陇山塬

张少强 著

黄河出版传媒集团
宁夏人民出版社

图书在版编目（CIP）数据

陇山塬 / 张少强著. -- 银川：宁夏人民出版社，2025.2. -- ISBN 978-7-227-08130-2

Ⅰ.I247.5

中国国家版本馆 CIP 数据核字第 2025W1D587 号

陇山塬　　　　　　　　　　　　　张少强　著

责任编辑　陈　晶
责任校对　杨敏媛
封面设计　王敬忠
责任印制　侯　俊

黄河出版传媒集团
宁夏人民出版社　出版发行

出 版 人	薛文斌
地　　址	宁夏银川市北京东路 139 号出版大厦（750001）
网　　址	http://www.yrpubm.com
网上书店	http://www.hh-book.com
电子信箱	nxrmcbs@126.com
邮购电话	0951-5052106
经　　销	全国新华书店
印刷装订	宁夏凤鸣彩印广告有限公司
印刷委托书号	（宁）2500092

开本	720 mm×980 mm　1/16
印张	26.5
字数	360 千字
版次	2025 年 2 月第 1 版
印次	2025 年 2 月第 1 次印刷
书号	ISBN 978-7-227-08130-2
定价	58.00 元

版权所有　侵权必究

目 录

第一章　衣锦还乡 \\ 001

第二章　美丽山乡 \\ 021

第三章　花雨季节 \\ 036

第四章　情在缘了 \\ 042

第五章　继承家传 \\ 046

第六章　创业困旅 \\ 060

第七章　情难自已 \\ 065

第八章　初见端倪 \\ 071

第九章　巧结善缘 \\ 077

第十章　父子同心 \\ 081

第十一章　山乡淘金 \\ 091

第十二章　一厢情愿 \\ 096

第十三章　雪夜历险 \\ 109

第十四章　摇摆爱情 \\ 117

第十五章　梦醒时分 \\ 123

第十六章　青春往事 \\ 128

第十七章　真爱无价 \\ 158

第十八章　挂锁提亲 \\ 163

第十九章　知心爱人 \\ 170

第二十章　料理丧事 \\ 188

第二十一章　家族争斗 \\ 195

第二十二章　陷入泥淖 \\ 202

第二十三章　重新出发 \\ 215

第二十四章　混沌蒙昧 \\ 225

第二十五章　难分难舍 \\ 259

第二十六章　兄弟反目 \\ 272

第二十七章　芳芳变了 \\ 293

第二十八章　校园趣事 \\ 302

第二十九章　校园风波 \\ 307

第三十章　智斗流氓 \\ 318

第三十一章　初悟人生 \\ 330

第三十二章　人生岔路 \\ 343

第三十三章　兄弟分家 \\ 350

第三十四章　勇担责任 \\ 356

第三十五章　投石问路 \\ 362

第三十六章　为梦而去 \\ 368

第三十七章　山乡巨变 \\ 388

第一章

衣锦还乡

在CBD国贸中心,摩天大楼似顶天的巨柱,高架桥上的车流、繁华的商业区、高耸的现代化楼宇组成一个立体化的国际大都市。这是二〇一二年的京城。夜晚,灯火辉煌,它宛如璀璨的明珠镶嵌在华北平原上。霓虹灯与万家灯火交相辉映,游人自八方而来,共同见证着这座城市的繁华与辉煌。

初到京城,赵志强被眼前的景象惊呆了,他迷失了,千万种对都市生活的设想都成幻梦,他只能疯狂地追赶着城市的灯红酒绿,经过岁月的磨炼,不断蜕变,在城市的车水马龙中有了自己翱翔的空间。

十年了,陇山塬上的那一个个农家小院,与山峦间飘浮着的薄薄烟雾,构成一幅水墨画,撩拨得赵志强心里痒痒的。喧闹的都市,鳞次栉比的高楼大厦,装不下游子浓浓的乡愁。

赵志强心里念着故乡的陇山,它纵贯黄土高原,北临黄河天险,南携秦岭雄风,在五千年前就孕育出璀璨文化。陇山西麓有人皇伏羲、女娲故里,大唐开国君主的诞生地——李家龙宫;南麓有华夏人文始祖炎帝的都城和陵墓,也有周王分封天下的伟业,还有大秦统一六国的雄霸之基,以及医学鼻祖岐伯与黄帝论道处;东麓有灿若繁星的史前文化遗址;北上有三万年前旧石器时代文化遗址水洞沟,一万年前的石刻岩画和西周属国——获,还有须弥山圣境、泾河老龙潭、道教名山崆峒、西王母瑶池仙境……

"爸啊，要回老家了，你发什么呆啊？"女儿赵桐的话语，打断了赵志强的沉思。他看着十二岁如花的女儿，她将乌黑的秀发束成一个马尾，脸庞娇小，肤白如瓷，透着淡淡的红晕，眉似柳叶，鼻梁挺直，嘴角挂着甜甜的微笑，似一束温暖的阳光，照亮了他的生活。

八十岁的母亲吴秀莲踮着三寸金莲踉跄着从房间里出来，一脸着急地催促："娃，快走吧！妈着急得坐不住了。"这时的母亲是慈祥可敬的，发白如雪，皮肤白净。妻子李洪霞听后在一旁抱怨："那个鸟不拉屎的穷山沟沟有什么好去的？冬天，大雪封山，山路结冰，你要不怕把车开到沟里就走！年年喊着回老家，把人烦死了！你知道不，回一次老家，你们是高兴了，我却会生一场病。"

吴秀莲听了儿媳的话，气得转过身作势要打儿媳："就你个没良心的，对我老家没感情。我想回得很，我催我娃呢。老天爷啊，谁家的儿媳妇像你这样，不是我儿子，你能啥？！"

李洪霞面红耳赤地回道："你老人家一点儿不贤良，能把人整死！"听母亲和妻子又在斗嘴，赵志强心火上升，狠狠地扇了自己一个耳光。

"这是干啥？跟你回老家就行了，我又没说不回去，把你老妈、娃娃都拉上，你总满意了吧？你妈在城里这么多年了，我哪儿亏待过她，你母子这样对我。你的好兄弟也不打个电话问问你老妈，你和你的那些兄弟有什么感情可言？就你嘟瑟着要回去，那就回吧！看是让你光宗耀祖一回，还是倒霉丧气一回！"李洪霞昂着头愤愤不平地说。

赵志强有苦难言，不知道为什么曾经温柔贤惠、善解人意的妻子，如今变成这个样子，真是不可理喻。妻子是城里人，当时赵志强刚参加工作，一家四口租住在狭小的出租屋里，两人夫唱妇随，相濡以沫。而现在有房有车，日子好过了，情感生活却变得乏味无聊，似沉入精神痛苦和情感孤独的深渊里。他想不通，吃穿不愁，风吹不着，雨淋不到，又不用干重体力活，知书达理的妻子为什么没有了以前的体贴？

赵志强固执地认为，是城市生活的繁华让很多人失去了淳朴的底色。随着社会发展，一种无形的力量正深深地影响着城乡人的文化生活，先前被人们推崇的伦理道德、做人准则、诗词文学、戏曲神话等逐渐被人们淡忘轻慢了。

在经济快速发展，社会文化生活日新月异的今天，赵志强想逃离城市，回到农村，寻找心中坚守的一方精神文化净土。

父亲赵万里是在赵志强上高二时得病去世的，他成家后，便把母亲接到城里和自己一起生活。母子俩心思一样，家乡再穷，都有剪不断、理还乱的乡愁，而妻子李洪霞却越来越抗拒随赵志强回老家了。

常言道：母亲在哪里，家就在哪里。母亲习惯了农村生活，她常和赵志强说："娃，这城里人待得烦的。楼房像鸟笼子一样，对门邻居都不说话，哪有老家好啊。城里人没情义，妈很想老家的那帮婶娘和亲朋。"

"月是故乡明，人是故乡亲"，这是游子的千古情结。

回老家也是赵志强多年的心结，他想把自己的家人带到老家和亲人团聚，渴望见到和自己一起玩泥巴长大的兄弟、一起翻墙爬树的玩伴，以及没见过面的小一辈，久未走动的这些亲戚朋友，不知光阴过得咋样了，还有曾经朝夕相处的乡里乡亲，这一切都化作剪不断的乡愁和无休止的思念。

其实，回老家对赵志强有着别样的意义。受过高等教育，有多年记者工作经历的他，不再纠结儿时同村同族人对他们家"三代不出人才，后代就变驴了"的那种欺辱，相反正是这样的刺激，让他下定决心，排除万难，一定要考上大学。否则高考落榜后，他也不会选择到城里一边打工一边继续上学。他也就不会从一个农民工成为知名媒体的记者，后晋升为主任记者，又即将调任中央报社某部主任，也不会出版专著，成为知名作家了。这些都为赵志强进一步探究社会精神文化生活奠定了坚实的基础，人怎样活着才算幸福？

赵志强的这段传奇经历，成为父老乡亲教育孩子、激励孩子学习时常提的，赵志强也成为赵氏大房头后辈学习的榜样。农民变"名记"，他是全县第一人，自学成才成为公众人物也是全县第一人。真是穷山沟里飞出了金凤凰。

少不更事时，父母常念叨，清光绪十四年，陇山周边连年遭受地震干旱，尤其是陕西宝鸡的川区人，住无片瓦，盖无寸布，吃柴嚼草，卖儿鬻女当妻，饿殍遍野，狼吃狗啃。土匪乘机作乱，杀人放火，到处抢劫，图财害命，视生命如草芥。唯有山区还有一线生机，陇山是一座高原"湿岛"，备受大山恩泽，山里人家高墙大堡，自给自足，生活相对安稳。

这年太爷赵恒十八岁，被继父分了家，他分得的家产最少，只有一间茅草房和一些简单农具。为了争口气，太爷从陇川村老庄搬到十里之外的一片荒滩上。后来这片荒地成就了太爷赵恒，赵家也就成了这个村子最富有的人家。这片荒山平川因赵恒老汉的原因，有了新的名字——赵家川。初时这里没有人家，就孤零零地住着赵恒夫妇。太爷个子小，但力气大，能扛起二百斤重的石磨，肯吃苦，是务农的一把好手，尤其声音洪亮，一说话满庄子人都能听得到，就如一口移动的铜钟。太爷二老刚来这里时还没有一块像样的土地种庄稼，他们就开荒种地，靠铁锨挖、镢头刨，硬是一把苦一把汗地挣下了"五对牛"的好光阴，在好年景能打上万斤粮食，还雇了二十几个长工。

清光绪二十六年，连续十多年的自然灾害，让川区人民生活更加艰难。陕西、河北等地的饥民组团到处抢掠，引发义和团运动，八国联军入侵。而陇山人家受到大山保护，一直风调雨顺，百姓生活富足。太爷富起来后，为了防土匪，护光阴，他领着长工用背篼背土筑起了一座大堡子。堡墙高三丈五尺，墙基宽一丈五尺，墙顶宽八尺，有垛墙，还能并排走三人。堡墙四角建有巡逻人住的夜房子。堡门口还有二道院子。堡墙周围和二道院子外，还挖有三丈宽、两丈深的壕沟，挖壕沟的土用来打了堡墙，进出堡子靠宽大的木吊桥通行。晚上长工回二道院子和堡子后，就派人从堡门墙头上用两条铁链拉起吊桥，把堡子、二道院子和外面的世界隔绝开来，这里也就成了一座坚实牢固的堡垒。二道院子里建有大大小小的房子，有长工居住的屋棚、牲畜棚圈、农具棚等。

二道院子和堡子用一道门隔开。在十五厘米厚的朱漆大门上钉了铜泡钉，显得庄严气派、富丽堂皇。堡子里面住着赵恒夫妇和信得过的长工。由于赵家堡子夯筑得结实，防守严密，能攻能守，贼人只能望堡兴叹，绕道而走。周围村子里的人家如遇到土匪，都跑到赵恒建的堡子里躲避，还管吃喝住。如果土匪抢走了他们的粮食，赵恒还会免费帮助他们。太爷的好名声就是这样一点一滴地积攒起来的，传遍了十里八乡，为人称颂。

民国七年，太爷赵恒四十八岁时，还无儿无女。太奶不生养，老两口空落落地住在一个大堡子里，守着偌大家业，无人继承，就寻思着从他三弟赵泰家过继一个儿子来顶门。过继来的儿子已有十多岁了，对赵恒夫妇不亲，不服管教。老两口常因为娃娃教育的问题吵架，吵着吵着两人的感情就淡了，开始彼此恶言伤人。有一次吵架，太爷骂太奶："一个不下蛋的老抱窝鸡，活着有啥用，还这么大脾气！这么大的一摊家业，临了还得送给别人，活着有啥意思！"太爷声大如雷，全庄子人都听到了。

太奶性子倔，怎能受如此侮辱，一气之下上了吊。不久太爷找了个小自己十几岁的寡妇，还带着三个娃。民国九年，太爷五十岁时，二太奶奶生了儿子，也就是赵志强的爷爷赵作鹏。太爷真是高兴极了，老来得子，一家人把这个孩子当宝贝，后来又添了个女儿。赵恒这一脉总算有后了，赵恒精神头更大了，土布衫子换成了丝绸马褂，冬天舍得穿羊皮大衣，有了财主样，步子更稳，声音更亮。

赵作鹏出生后，太爷赵恒有些变心了，把从他三弟赵泰那儿过继来的儿子退了回去。从此，太爷和三太爷之间有了隔阂，退回去的这个儿子，就是赵志强的三爷赵作理，他是个洋气人，大高个，披肩发，五官端正，一表人才，后来腿受了伤，走路一瘸一拐地，那长发也跟着一甩一甩的。三爷分家后，由于身体原因，他家境况并不好，一直惦记着太爷的家产，最终白当了几年儿子，就此恨上了爷爷赵作鹏。从此，爷爷成了三爷的眼中钉、肉中刺，一辈子和爷爷闹矛盾。要不是爷爷，他就是太爷家产的合法继承人，大富汉一个，吃香的喝辣的。

到了民国，农村变化不大，人们还依以前的方式生活，只是剪了大辫子，不用留清朝的长辫子了。

自有了儿子，太爷并不由着儿子的性子娇惯，而是下功夫管教培养。为了培养儿子，九岁时，太爷就给请了先生教书识字，还在儿子赵作鹏十二岁时，就给娶了一个大四岁的女人延续香火。赵作鹏十四岁时，被送去陇德县官学寄宿学校念书，十六岁便有了儿子。十九岁时，赵作鹏州试考中了秀才，陇德县还敲锣打鼓地送来一块金字大匾。太爷高兴地放炮，给来人散银圆。赵作鹏是富家少爷，五官俊秀，一脸福相，人见人爱。考上秀才后就有了功名，秀才见县官不用跪拜，还免税赋，有机会还可直接当官。从此，赵作鹏的风流劲上来了，出出进进骑着高头大马，戴一顶礼帽，穿一身白缎面长袍，外套一件黑缎面红丝花马褂，风流倜傥，把银圆往腰里一裹，到处拈花惹草。

赵作鹏这跨马游街的秀才日子过了一年，在二十岁时，七十一岁的赵恒寿终正寝。上午他还在干农活，睡午觉后便再没醒来。来送太爷的人，挤满了整个堡子，穿孝服的人跪倒一片，非常隆重。太爷走了，偌大的家业交由爷爷赵作鹏打理，乡人说："赵恒老汉走了，家业传到花花公子赵作鹏手里就败光了。"

爷爷赵作鹏虽是花花公子，但过日子丝毫不马虎，比赵恒老汉更有一套。没几年，家里成了"十对牛"的好光阴，还有了自家的油坊、磨坊、打铁铺等。赵作鹏是大家没有看透的"两响炮"，让全乡人刮目相看的大秀才。民国三十一年陇吉设县，赵作鹏那年二十二岁，被国民政府陇吉县县长任命为陇堡乡保长。

爷爷当官后，大会小会都参加，一年四季不着家，但拈花惹草有时间。奶奶独守空房，气不顺，就经常和爷爷吵架，吵着吵着，就上口咬爷爷，爷爷的腿经常被奶奶咬得青一块紫一块，如狗啃过一样。两人的感情有了裂缝，爷爷更不想回家了，常和当过兵的五哥赵作霖厮混。赵作霖炮兵出身，孔武有力，方脸隆鼻，长得英武霸气。两人的年龄一般大，情投意合，于是相伴到处游荡胡闹。家中条件好，有的是银圆，打牌、坐庄、摇碗子，他们正道邪道都沾了。因爷爷常不回家，管家赵作堂乘虚而入，与奶奶还传出绯闻，太奶气得要死，可太爷走得早，她一个女人家守家难，拿儿子儿媳也没办法。

太奶长得好，常穿一件青色大襟上衣，裹着裤腿，迈着三寸金莲，走起路来当当当地。她把家里柜门上的钥匙往兜里一装，守在家里，死盯儿媳，处处防着家贼。

爷爷赵作鹏十六岁就有了儿子赵万里，当保长时儿子六岁了。爷爷奶奶的婚姻悲剧，使父亲赵万里这个富家少爷一直由着性子，不念书求学，整天和管家、长工在一起饲骡喂马，学着种庄稼，谁也不敢管，长成了天不怕地不怕的小魔王，平日不学无术，心狠手辣。尤其赵万里十二岁时就娶了大他两岁的妻子吴秀莲，一成家就成大人了，更没人敢管了。

父亲的弟弟赵万全八岁时就开始读书了，但受他哥的影响不求上进。赵作鹏常在外面胡混，夫妻不和，没咋管教，他便也养成少爷脾气，缺少家教，蛮不讲理，信马由缰地疯长，一不高兴，就翻脸无情，恶语伤人。

解放后，爷爷赵作鹏当富汉的日子到头了。那年赵作鹏二十九岁，赵万里十三岁，吴秀莲十五岁，在土改工作组来了后，他们没有顽固抵抗，而是热情接待，主动配合政策，上交了银圆，分了土地，被工作组评为"开明地主"。

但赵作鹏是当地屈指可数的大地主，又担任过国民政府的保长，难免和邻里、族人之间产生龃龉，再加上解放后搬迁来一批外乡人，其中一部分外姓人和赵氏族人借机公报私仇，对他进行了残酷批斗，将他上报乡里认定为罪大恶极的大地主，赵万里、吴秀莲成了深受封建思想毒害的地主分子、地主子女。从此他们三人大会小会接受批斗，度过了人生中最灰暗的几年。

新中国成立初期进行社会主义改造，经济发展仍在探索阶段，如何搞活农村经济，让农民生活不再贫穷，从中央到地方百废待兴。

赵作鹏想大干，在街上开了间裁缝铺。那年爷爷三十六岁，正是干事业的好时候，没几年便在街上盖起了三间门面房。一九六三年，国家调整政策，为了限制私有制，发展公有制。先富起来的赵作鹏又被错划成剥削阶级的代表，送去教育改造了。

七年后，赵作鹏出狱，历经坎坷后，他总算活明白了，告诫儿子和孙子一定要好好读书，向国家政策看齐，争取早日改变家庭命运。赵作鹏希望儿子赵万里能把光阴过到人前头，不要捅乱子，不欠外债，不要叫别人说闲话。希望孙子辈有出息，有能继承他的手艺做裁缝的，有能考上学吃公家饭的。

赵万里的大儿子赵志龙，在爷爷赵作鹏和父亲的支持下读到了初三，十三岁时本打算参加中考，但因爷爷是服刑人员，成分不好，连续复读两年过不了政审关，被迫回家种地了。二儿子赵志飞干脆不读书了，他觉得上学没希望，成分不好，反正是吃不了公家饭。赵万里只好把希望寄托在三儿子和小儿子身上，一九八八年政审完全放开，此时，小儿子赵志强还在上小学。

五十二岁的赵万里也不甘于现状，他渴望靠自己的能力过上富日子，于是学别人贩大牲口，可是他老走霉运，倒腾一次亏一次钱，常和父亲因为倒烂账的事闹矛盾。赵万里和吴秀莲夫妻俩则经常因为喂牲口吵架，赵万里为了让骡马长一身好膘，偷偷拿粮食当草料喂。夫妻俩吵急了，暴脾气的赵万里拿棍棒伺候老婆，村里人常当笑话讲，给他起了个绰号"赵冷良"。

同村族人中，有当兵成为军官的，有考上中专、大学当教授的，总之吃公家饭的人越来越多，而赵万里兄弟俩都是庄户人，老大赵志龙、老二赵志飞考学、当兵，大队部不给开政审介绍信，都因成分问题拉倒了，整天和黄土地打交道，老三赵志福、老四赵志强还在念书，尚无结果。同族人看不起他家人，欺辱说："三代不出人才，后代就变驴了"。

赵家大房头听族人如此侮辱人，不由得悲从中来："本是同根生，相煎何太急？"赵志强后来明白了，人的思想境界是有差别的，境界低的人，想不通问题，像倔驴一样，不好相处，沟通困难。

一九七九年，国家取消了阶级成分，戴在赵万里父子三代人头上的帽子摘掉了，他们为了赶上族人开始努力奋斗了，落后就要挨打，要想平等相处，挺胸做人，必须成为新社会有用的人。

赵作鹏告诫儿子赵万里，赵万里又告诫自己的儿子一定要考上大学走出去。

赵志强是赵万里最小的儿子，他终于不负父辈的期望，成为传媒界的知名人士。此时，他站在敞亮的办公室窗前，看着京城的繁华，思绪回到遥远的故乡——陇山市陇吉县陇川村。

二〇一二年春节，赵志强把公休假也休了，差不多有半个月时间，可以回老家过个年。这次回老家，母亲特别高兴，能见到多年未见的亲戚。女儿赵桐是第一次随父亲回老家，充满了好奇。妻子李洪霞也可以乘机与兄嫂增进感情。

腊月二十八，赵志强给赵志福打电话说："三哥，过年我回家，这次能多待几天。"赵志福惊喜地说："好啊，老四，我们几兄弟好多年没有聚一聚了，你们这次能回来过年太好了。"

从都市到山乡，黄土路蜿蜒在半山腰上，被冬雪覆盖了，车轮下发出咯吱声，向阳的地方，大地裸露出来，枯草扯着风声，泛着黄晕。路两边，一边是山岭，一边是悬崖。进入大山，年味渐浓，路遇备年货的行人，骑着自行车、摩托车，提鸡牵羊，村子里传来孩子们的欢闹声，空气中弥漫着肉香，给人带来期待中的新年的欢乐与惊喜！

嘀嘀两声喇叭响，一辆黑色轿车停在了赵志福家门口。赵志强和妻子李洪霞、女儿赵桐，扶着母亲下了车。已是大年三十，赵家大房头的老少妇孺迎出门，妯娌忙上前亲热地拉住吴秀莲，拍着手说："哎呀，终于见到你了，这在城里享福了。"一位须发皆白的长辈笑着说："我们的大记者回来了。"此时，不知哪个捣蛋的侄儿子点着了炮，嗵的一声吓了大伙一跳。长辈佯怒道："去，远点去放，把你四爸一家吓着了。"

吴秀莲穿着一件红花毛呢上衣，下身是黑色棉裤，脚蹬皮鞋，比村里同辈人看上去精神。她颤抖着嘴唇，眼泪唰地流了下来。赵志强也很受感动，李洪霞穿一件羊绒大衣，脚踩一双棕色皮靴，肤白眉淡，一脸冷傲，而女儿赵桐早不知被哪个同伴拉走了。

阅尽千帆，赵志强气质已然变了，长辈们说话、开玩笑都很谨慎，同辈人更是不敢随意说笑，尤其是侄儿辈，一接触赵志强的目光便立马红着脸低下头来，一副手足无措的样子。这一切让赵志强既感到亲切，又觉得陌生。

陇山人受秦汉文化润泽深远，虽是面朝黄土背朝天的农民，但人人注重修身齐家。在进祠堂大门时，本来是长辈依次先进的，可这次长辈却转身礼让赵志强。赵志强哪敢托大，先让母亲进，又礼让长辈们进，可是长辈们执意要赵志强先进，给出的理由是："你和国家领导人、地方官员都在一张桌子上用餐，给家门长脸了。我们虽是你的长辈，却是小老百姓一个。"赵志强自知这是族人的恭维。他们用这朴素的礼节表达着浓厚的感情，赵志强忙拉着长辈的手一块儿进了大门。

在赵家大房头，赵志强的确算见过大世面的。他在国家级媒体当主任记者，因工作特殊，与社会各界都有接触。记者肩负特殊使命，只有心中有百姓，心中有国家，深入生活，有敏锐的洞察力和观察力，才能成为一名好记者。

赵志强明白，从黄土地上成长起来的人，回到黄土地，见的哪个不是自己的亲人，哪个不是自己的长辈、同辈、后辈。自小一起光屁股玩到大的好友，需要摆架子、摆谱吗？多滑稽！赵志强见的官多了，他发现真正的好官、好干部，都是亲民、爱民的。恰恰是那些官僚习气重的人，才会手里有一点儿权力，就拿着鸡毛当令箭。

老家，就是一种回忆，就是一个梦。回老家，就是追忆往昔，体验岁月变化，与昔日亲朋好友接触、聊天，增添乡土亲情。在场面上见多了各色人等，心情烦躁了，回到老家过几天截然不同的清闲日子，听听亲人的唠叨，感受浓烈亲情。这么多年，赵志强对家乡的帮助，从来都是默默的，不会大张旗鼓搞面子工程。对一些家庭贫穷、上学困难的学生，发布网文，就能帮其获得一些热心公益事业的人的私下帮助；或者通过电话维持正义，帮助农民工讨来辛苦钱……他扶贫帮困、惩恶扬善，已坚持多年。

龙湖夹在两山之间，北山高大耸立，倒映在湖中，南山形如官帽，作为赵家川的主山，几十户人家坐落山间，村子被树木包围，龙湖如玉带，形成黄土高原上特有的农家样貌。

陇川村是较晚通上照明电的几个村子之一。供电之初的几年内，村子里总断电，收电费的人伙同乡供电所，不断对陇川村人收取高价电费。交了电费的用不上电，而一些没有交钱的人，却坦然用着电。整个村子停电十天半个月是常事，每通一次电，乡供电所的"电老虎"必须到村支书家大吃一顿，每顿一只羊，而这羊钱，需要平摊到村民家的电费里，村民叫苦不迭。赵志强去乡供电所询问情况，所长初时态度很强硬，说什么时候交齐电费，就什么时候通电，否则免谈，谁来都不顶事。

赵志强亮出了记者证，问："请问具体欠费金额是多少？主要欠费人是谁？能否察看一下台账？"所长让人拿来台账，他看后发现村上欠费主因是电工超量用电，并挪用电费，造成村民没电用。

赵志强严肃地问："这电工是谁委任的？"所长沉思一阵说："由村

民自荐并经供电所考核通过后任命的。"赵志强又问:"既然是这样,就说明不是村民没交电费,而是所里用人不当,管理不善,是电工挪用了村民电费,而不是村民不交费。不追究电工挪用电费的责任,却将之强加给村民,想再多收一次钱,这是何道理?本来村民的电费中已包含了给电工的工资补助,怎么还要额外加钱?供电所明知电工胡作非为,为什么不严罚,还强停村民照明电?现在问题搞清楚了,那陇川村的电能不能通?"乡供电所所长哑口无言,当场表态立马整顿,更换电工。

第二天,所长带人去陇川村通电,并谢绝村支书招待。从此再没有发生随便断电和吃拿卡要的事情了,电费收取也公开透明化了,电工工资一度电加多少,村民都知道了,没了抱怨。至于电工没钱花了,自己想办法去赚钱,再不能从村民身上薅羊毛了。自此,乡亲们常念叨赵志强的好,有难解的困难都会找赵志强帮忙。赵志强很忙,但看到乡亲们有困难,或者有问题得不到解决时,就会抽空打电话给相关部门合理反映问题,问题也能很快得到解决。这就是知识和眼界改变了赵志强,让他能看得明白,能讲得出道理,能说出缘由。

入乡随俗,赵志强按长辈的要求接了纸,给先人上了香。接纸前,他看到桌上供着一本族谱,第一次有种冲动,想了解祖先的历史,看看族谱上到底记载着什么。长辈看出了赵志强的心思,把族谱小心翼翼地递给了他。

赵志强双手接过族谱翻开,只见开篇写道:

> 族之有谱何为乎,所以别疏戚、异远近,传之亿千万世而无乱也,传曰:"系之以姓而弗别,缀之以食而弗殊,虽百世而婚姻不通者,周道然也。"夫同此一姓而各称其先,各传其

后非有谱以核之，其不至于数十世后而婚姻相通者，几稀矣！否则陌路视之又熟知为一脉之传，一人之裔也哉。

甘肃自同治纪元花门倡乱经数年之久，扰八府之地，黔黎肉献原野，血流川谷，十室九空，所余无三之一焉。

族之不收谱于何有，是则为人后者之所大痛，而极不忘者也。

吾甥恩利、恩孝二年前，欲谱其族而丐序于余，言之者累矣，贫贱也奔走于衣食应而弗就。今春复来言，曰前二年时，恩孝父尚在，所记忆者无悉，今逝矣！而言犹在耳，尚可述其大略。

子其为我序之，余询之曰，闻之先人云，始祖乃山西大槐树下，赵氏有禄、勤、恕兄弟三人者，肇徙隆德县。在明朝初年，禄、恕居县城西川，子孙今繁衍。勤即吾族所出也。咸同间尚有来往，自兵燹后，遂不相知焉。

夫岂惟此，即吾族之居是乡者，晨夕相共也，饮食相招也，而各究其所出，则三四世而止耳，四五世而止耳，若来诸远者，则皆茫茫焉。

故吾二人之所得知者，仅高祖而已矣，上焉者更不知几何世也，呜呼痛哉！

余闻而悲之，夫一父之子传之久，而至于相视若行路同胞之亲，究其终，而至于婚姻可相通，此大乱道也。

余既重其请，又以与有葭莩之亲也，无计以辞之，是为序。光绪岁次壬寅上元节后三。

吏部拣选知县、光绪甲辰科举人苏源泉撰并书。

赵氏家族在陇山六百余年没有断过根脉。到清康熙三十九年，也就是

赵志强这一辈往上数十辈祖先，族谱有确切记载，还有口头传说，到清同治七年，陇山地区发生暴乱，上万赵氏族人为了活命，奋起反抗，但活下来的不多。他们这一支，族谱上确切记名的开山之祖为赵有勤，在这次暴乱中活下来的先人赵汉被补记军功，尊为赵公，育有三子，是方圆百里人人尊重的大富汉。到了他的曾孙辈，人口又昌盛起来，因出了一位"皇清待诰"赐建府第，于是豪门联姻，儿子娶了当地历史上有确切记载的"一门三进士"苏家家主苏源泉的女儿，成就一段爱情佳话。赵氏族谱就是苏源泉给写的族序，如今成为当地文物。

苏源泉，字本如，生于清朝同治十年，逝于民国二十年。苏源泉生性好静，善读诵，肯用功，赐进士出身，朝考三等第三名，钦点主事，签分礼部。《塔影河声·兰州碑林纪事》中记载：戊戌变法期间，与其兄苏耀泉签名参与了"公车上书"。公在甲辰会试策论考卷中，力主兴办教育，富国强民，被认为"博通中外，言有体要，后副词浅义深，足以振聋发聩"。

民国年间，苏源泉担任审计院协审官和内务部佥事，主持制定了中国近代学校教育制度，于一九一二年公布，史称"壬子癸丑学制"。其中一些基本的东西，至今为各级各类学校沿用。一九二〇年海原大地震，内务部、教育部、农商部委派翁文灏、谢家荣、王烈、苏源泉、易受楷、杨警吾六位委员，于一九二一年春赴灾区调查。他们所调查到的资料，直到现在仍然具有很高的科学价值，堪称我国地震史上第一次对大地震所做的全面、详细的科学调查。在邢台地震时，周恩来总理对这份调查还给予了赞扬。后来，军阀混战，苏源泉无心仕途，弃官索居，以诗书为伴，而终其身。著有《诗敬斋诗草》四卷。苏源泉的书法工于真草隶篆各体，尤以行楷见长，取法苏东坡，其书法古意盎然，笔力劲健，神气凝贯，名震京师。

赵氏一族与高官苏源泉结了姻亲，学习苏氏家规家训，更注重道德文化传承。会宁苏氏家规家训以"清、慎、勤、俭"为主,倡导"德行立于己志,愿以自励节行","在才不能兼济天下时,德则能独善其身,不为官位所累,却为实事所乐"的处世人生哲学和家族文化。崇尚"一等人忠臣孝子,两件事读书耕田""孝为先、和为贵、善为根、勤为本"的做人准则和目标追求。

赵氏重耕读传家,文武双修,兄弟互帮互助,不轻易分家,有本事的照顾没本事的,条件好的帮扶条件差的,遇到困难要团结,绝不能让外人灭了根脉。

老人常说,中华民族五千多年,离不开"三志":国家要修史志,县里要编县志,族人要立族谱。有了族谱,就有了根,有了魂。没有族谱的人家,家里如有老人过世,没有把亡者的生辰八字、生平事迹记录在族谱上,就需要在家里"签三代",顶替族谱接受香火供奉。如赵志强家要"签三代",一般要写"故显考(妣)赵××君(氏)之神位"。"考"指男子,"妣"指女子,然后是亡者的名字,再加上"君(氏)之神位"几字。这是陇山人逢年过节必须要做的一件事,以感念先人恩德。

赵家兄弟四人,面对南山祖坟,向先人告慰,行跪拜礼之后,相跟着归家。

有了仪式感,就有了庄重心情。一下子,赵志强就回到了童年,感觉到了幸福吉祥。接纸后,家人提出由赵志强执笔写对联,这是送祝福,不能不写。

这写毛笔字有要求,有章法,懂书法的一眼看得明,好在自家村里,也没有那么多讲究,喜庆就行。于是赵志强静下心,认认真真,尽自己所能地写好。家人看了之后,还是比较满意,说:"这么多年,毛笔字没有忘,还行,能拿出手。"随后笑着贴到门上去。往年写对联这事,都是三哥赵志福一手包办的。

上房、下房、北房、东房、厨房、大门、二门，甚至家禽家畜的圈门上都贴上了对联。最后才贴年画门神。门神不能早贴，必须在接完纸后贴，这是讲究。对联一贴，年味马上有了，空气都是幸福快乐的，给人一种红红火火的美好感。

出门多年，又不经常回家，空着手回家，赵志强觉得难进门。再者自己在外面闯荡多年，这个年，赵志强想营造出一种特别的幸福感来，他给家人精心准备了回家礼品。过年要说吉祥话，尤其是要给长辈、亲朋备礼物，不管是一支烟、两杯酒、一杯茶，为的是把祝福送到，一同快乐。

烟酒糖茶不分家，一般都不能少。还有些海鲜、特色肉食、乡下不常见的水果，都是拿给家人过年图新鲜吃的，一起乐乐。凭能力挣钱，过年拿出来给大家花花，也是一件开心事。赵志强先拿出水果供到祖先的牌位桌上，让先人在烟火中细品年味。然后他给村里的长辈们及伯叔婶娘、同辈哥嫂、侄儿侄女分发礼品。族人都夸赵志强这么多年来心里记着家里人，礼物每人有份，做事公平公正。聊了一会儿天，一部分族人先告辞，临走时都邀赵志强上家串门，赵志强一一答应了。最后只剩自家兄弟几人聊天。虽然家人特别兴奋，但又疼惜地说："从远路上回来，先上炕躺会儿，晚上再聊。"

刚躺下，两通来电吵醒了他，一个是县长打来的，一个是市长打来的。相约初三上门喝两杯，还一通抱怨，说好不容易回老家来，也不去县里和市里指导一下工作，给家乡的经济建设多做宣传报道。"赵大记者是我们土窝窝里飞出去的金凤凰，不能当了大记者就忘了家乡。来了家乡，可不能不认父老乡亲。"听他们这么说，赵志强只好满口答应。

市长、县长的出现，在陇川村刮起了旋风，村里人以为赵志强是个很大的官,领导这么重视。实际他们不知道,市长、县长都是为了宣传报道市、县的发展,好在党报上亮相,得到上一级领导的重视,当然也有对文化人的尊重。一时间赵志强身上有了更多光环,村里人打心里佩服赵志强:这娃娃了不起,是真的了不得。并常常教育子女向赵志强学习,学习他能吃苦,以及在逆境中成才的精神,学习他能顶住多重生活压力,战胜困难,最终成为国家有用之才。

自此,笼罩在赵家大房头头顶的那片阴云全部散去。被族人指指点点的"三代不出人才,后代就变驴了"的魔咒全面解开,全家人扬眉吐气。村里人夸赞说,赵家大房头出了两个"大人物",一个是创业致富带头人赵志福,一个是国家干部、知名记者、文化人赵志强。

穷一年也不穷一日,尤其是过年图喜庆、图吉利。现在赵志强有出息了,想让全家人过一个不同的年。在外归来的人,大年三十晚上还要给全家人发红包,把自己的美好祝福、深深情谊,传递给家里的老人、娃娃们,每人都有,图个吉利、喜庆和高兴。

赵志强回家探亲,原则上要先看望大哥,住大哥家,然后去二哥家,再到三哥家。现在大哥住处相对小,孩子多也不方便。二哥家的四合院最为宽敞明亮。三哥在县城有房子,乡下也有,就是他们兄弟住过的老院子。自赵志强考上学,三哥去县城之前就把老院子扩建了。赵志强有些念旧,兄弟分家前,原就住在一起,所以就选择住在老院子里,好时时能看到老房子,回忆儿时的情形。

征求三个哥哥的意见,结果兄弟一合计,还是住在老二赵志飞家,毕竟宽敞,老房子虽然扩建了,但老三搬到县城了,老房子现在基本上成了黑灯瞎火的古庄子。由于赵志强回家了,赵氏族谱就被请到了老二赵志飞家供着。大年初四晚上,同族的长辈、同辈都来"坐纸"和"送纸"。

"坐纸"和"送纸",就是一年一度族人聚在一起喝茶聊天、猜拳行令,酒足饭饱后,族人坐下来聊一聊家族的事。主题是族中先人对社会的贡献,对后代的期望,以及家族教育、孩子成长情况等。解放前赵氏有祠堂,"破四旧"拆了,族人只好聚一起聊聊家族史。

聊着聊着,自然就说到家族里谁家孩子有出息,谁家孩子没教育好,不务正业等,然后提到如何教育娃娃,让其成为家族榜样。自然有的人家光彩照人,有的人家暗淡无光。后代有出息的家庭、讲究仁义道德的家庭、日子过得好的家庭,自然受族人尊重。随着家族人口的不断增长,风水轮流转,每一年都有优秀人才出现,每一年就有新的话题。

如果后代没出息,自然在家族中少了话语权,时间一长就显得尴尬、面上无光,甚至聊着聊着会产生家族矛盾。每个家主在"送纸"后,都会下功夫教育后代,为的是教育好后代,在家族中有威望,说话有分量,脸上有光,在人前人后也能抬头挺胸。

随着社会发展,人口不断外迁,这种风气慢慢转变。以前的家族会,族人对赵家大房头的看法对大房头一门人影响很大:后代不出人才,人品还不好!

在家族会上,桌子上供奉着族谱,所有房头的一家之主都在这里,抽烟、喝酒、聊天,浓重的烟味混合着酒香、肉香和汗味。如果在这样的场合想争面子,没有实际分量,别人是不会听你絮叨的。如果谁在这种场合不知轻重地多话,反而会被贻笑大方,让族人看不起。都是一个村子里的人,谁家的锅大碗小是一清二楚的。有本事你就干出实事来,让大家看到,大家就认。光说没用,张嘴会说话的人很多,就这么现实。不用点名,凡是后代没有多大出息的,一家之主自然精神不振。明眼人都知道该如何做了,当着先人的面,不能说假话、套话、疯话,不能目中无人。知错能改,善莫大焉。知耻而后勇，想要人前光彩，必须人后努力。

　　赵氏四兄弟，尤其是赵志龙和赵志飞，在这一年的家族会上感受到了莫大安慰。四弟赵志强成为今年家族会上的焦点，对他的评价超越了全村有公干的人，人人称颂。赵志龙、赵志飞、赵志福体验到了从未有过的巨大荣耀，情感上得到极大慰藉。父亲在世时，多年来，他们家在家族会上从没有话语权，只有那种没有荣耀的憋屈、隐忍和无奈。他们不由得眼含热泪，感念党，感念国家，感念好社会，感谢好兄弟为家里争光，就连族谱上写着父亲名字的那一页，似乎在烛光下也显出些光彩来。

　　已到了午夜，大家端起香蜡纸表茶酒，出门找一块干净土地，向着祖坟的方向磕头作揖，燃香烧表，祭酒奠茶，鸣放礼炮，算是送走了先人，家族会也就此结束了。山川归于平静，夜色显得浓重，如一位沉思的老人。

第二章

美丽山乡

山乡夜色中升起几束带着火花的光柱,紧接着一声声炸响,在夜空中散开几朵瑰丽的花,让黑夜不再黑暗,一派年的喜庆。虽然没有城市烟火的绚烂,但这里有别样的味道。

三十年河东,三十年河西。赵志强的出人头地,终于打开了赵家大房头精神上的枷锁。这一天的到来,赵家大房头整整盼了四代人。太爷虽下得一把好苦,光阴过到了人前头,但他没上过学,没文化。

爷爷倒是考了个秀才,后来当了保长,红火过一阵,可村里人却说搁到现在,秀才的文化水平顶多算小学毕业生。这保长顶多算正科级干部,还是阶级敌人,不值一提。

赵志强的父亲这辈就兄弟俩,父亲赵万里压根儿没读书,二爸赵万全读了那么几天,在新社会两人都是种田的农民,和文化人不沾边。

到了赵志强这一代,大哥赵志龙初中毕业,二哥赵志飞没念书,三哥赵志福还是初中毕业,和人家中专生或者大学生没法比。

总的来说,从大哥盼到二哥,再盼到三哥,到赵志强时,家里几乎不抱希望了。因为赵志强的学习成绩一直不稳定,不像赵志福上学时成绩好得那样明显。他能从一名学习成绩一般的高考落榜学生,成长为社会知名人士，真是一个奇迹。

虽然赵志强现在身上有了迷人的光环，但这也是岁月人生的馈赠。对此，赵志强常怀感恩之心，感谢党和国家的好政策，感谢这个家族，感谢亲人的加油打气，尤其是三哥赵志福，把他送上了一条光明大道，成为受人们尊重的文化人、知名记者。

苦难是一门学问。有人面对困难一蹶不振，有人迎难而上创造奇迹。赵志强明白，他不断学习上进，改变了思想，得到了智慧，从而超越了自己。人生境界不同了，不再是之前的他。

陇川村以赵姓人家为主，山清水秀，平坦肥沃，四面环山。北面的山下有一片长十五公里、宽约一公里的湖泊，鸟瞰似有龙头、龙尾、龙之四足、龙之矫健躯体，所以当地人称这如龙一样的湖泊为龙湖。

龙湖形成于一九二〇年（民国九年）十二月十六日晚八时六分里氏八点九级的大地震。后有人称之堰塞湖、震湖等，却都没有龙湖听起来霸气形象。

当年震中不在这里，那次特大地震在陇堡乡形成四十多处堰塞湖，其中龙湖面积最大，是世界第二大震湖、亚洲第一大震湖。龙湖出产神奇的五色彩鲫、草鱼、鲢鱼等，是当地人招待贵宾的美味佳肴。

凡来此旅游的人都会惊叹：北有沙湖美，南有龙湖秀。夏天，龙湖碧波荡漾，芦苇如裙，湖光山色，美不胜收。在如镜的湖面上，成群生活着野鸭、野鹅、鱼鹰、灰鹤等飞禽，犹如人间仙境。龙湖周围居住着近万户人家，一到冬天，环湖居住的人们通过结冰的湖面往来，省去了绕行的麻烦。地处洼地中央的赵家川就是人们聚会、娱乐的活动场地。

老人们常说："欺天的饭可以吃，不可说欺天的话。"意思是说，人不能把事做绝、把话说绝，干啥事都要留几分余地。吴秀莲讲不出大道理，就给幼小的赵志强讲了几个身边发生的真实故事，算是给他启蒙了。

"你爷爷赵作鹏刚到世上四十天，在咱堡墙上的夜房子里睡着，地震了，房子塌了。你太爷太奶哭天抹泪地忙把你爷爷从椽子屋檩里刨出来，一看你爷爷嘴里塞满了土，你太爷太奶忙把你爷爷嘴里的土掏了出来，你爷爷竟然活过来了。四十天大的小孩，脆弱得就如毛毛虫一样，用力按一下就死了，但你爷爷活下来了，你说命大不？娃，这是你太爷太奶平时做的善事多，积下了善德，老天爷放过了你爷爷，留下了根，不然就不会有你们了。"

赵志强在院子里玩着红胶泥，吴秀莲坐在房台子上，边纳鞋底边给小儿子讲故事。

"地震后，大家不敢在堡子里睡，怕有余震，把堡子震塌了，把人埋里面。你太爷太奶就在堡子门口搭了个草棚子睡。那时狼特别多，你太爷就睡在草棚子门口堵狼，手边放着一杆红缨枪。半夜，你爷爷把你太爷哭醒了，睁眼一看，草棚门口不远处有几双狼眼在夜里闪着绿光。你太爷会些拳脚功夫，还是吓出了一身冷汗。要不是你爷爷的哭声，狼趁你太爷睡着时扑过来咬断脖子，一家子人就填了饿狼的肚子了。"

赵志强问："妈，填了狼肚子还能说话吗？"

吴秀莲摸了一下赵志强的头，说："瓜子。你太爷壮着胆子大喊一声：快起来，有狼！那声音大得像响雷，把狼惊跑了。此后，你太爷整夜不敢睡死，提心吊胆地护着家人，怕被饿狼叼走了。"

赵志强说："妈，后来呢？"

吴秀莲端详着鞋底，说："没后来了，后来就有你们了。"

赵志强催促："妈，再讲别的。"

吴秀莲把针在头发上划了几下，用顶针把针捅过厚厚的鞋底，咬着针拉出线，说："清朝年间，你太爷的大堡子对面的山脚下，有一家富户，特别富，富到我们家的所有家当加起来都比不上人家的一根汗毛。人家的堡子还比我们的大、坚固，骡马成群，牛羊满圈，人口众多。他们家的骡马从堡子里走出来到湖对面的山上吃草，前头的大牲口已经开始吃草了，后面的骡马还没完全出圈。总有近千头，富得很。"

赵志强又问："妈，牲口怎么能从湖上过去呢？"

吴秀莲说："地震之前这儿没有湖，是一片平川地，山脚下有一条小溪，一个跨步就过去了，咱这里是个出富人的窝窝。"

吴秀莲的大襟上挂着宝瓶样的针插子，随着她的动作，一晃一晃的。

赵志强问："妈，那这家家主叫啥名字？"

吴秀莲说："据说这家主事的是个女人，人们都叫她'闫寡妇'，她的男人死得早。这天，闫寡妇起得早，心情好，便在伙计的陪同下站在堡墙上往外看。当时她看到眼前的壮观景象，突然把持不住自己，说了一句欺天的话：'老天爷啊！若要俺穷，除非身后的这座山垮下来。'谁知话刚说完山真的垮塌下来了，把闫寡妇一家人埋在山下的大堡子里了。你看对面的那座山只有半截子，闫家就压在那座山底下。她说了欺天的话，地震了，被埋到了山下。直到现在，那一道弯叫闫儿湾，那个山嘴还叫闫儿嘴。"

吴秀莲顿了顿，说："娃，你记住，你将来生活好了，有吃、有喝、有钱花时，也不能造孽。"

赵志强用红胶泥捏好两个车轮子，抬头问："为啥？"

吴秀莲喝了口水，说："娃，这是积福报。我们这儿从前有一个富户，日子过得非常好。就因为生活太好了，这家人觉得吃不穷、穿不穷，家里的光阴几辈子都筛篦不穷，便看谁都有些不顺眼。有一天，老婆婆在揉面，儿媳妇在看娃娃。娃娃拉屎了，儿媳妇急喊：'妈啊，妈啊！娃娃拉了，快找个东西擦屎！'这老婆婆两手面，没有顺手的东西，就抓了一个面团给娃娃擦了屎，顺手丢在院子里。家里光阴好，狗都不吃粘了屎的面。这事做得太过分了，不珍惜养活人的五谷。恰巧被上天派来巡视人间疾苦的神仙看到了，就上报玉皇大帝。玉皇大帝很生气，命令天神下了一场暴雨，结果引发山洪把这家子人冲走了，其他人家也跟着受了灾。"

赵志强睁大眼睛问："妈，真有玉皇大帝？"

吴秀莲捋了一下遮眼的头发，认真地说："咋没有？有老天爷就有玉皇大帝。妈没见过世面，都是听老先人传下来的。人不管多富有，要珍惜吃喝，不能铺张浪费，否则会导致风气变坏。如果多得吃不完，就拿去做善事，救救穷人，也算是结一种善缘。人富了要修德，德薄了压不住财，财就跑了。多做善事，就会积更多福报。当你不求回报时，有一天回报就来了。这就是中国人的文化传统，中国人的思想，中国人的道理。"

赵志强的脸有些痒，用手抓了一下，脸上留下几道泥印，像只花猫。逗得母亲咯咯直笑。赵志强追问："妈，啥是传统？"

吴秀莲止住笑，说："你长大读书了就知道了。当然，外面的人是啥思想，妈不知道，如果我们把这种思想丢了，人人都急着要回报，那就是把中国文化的根丢了，社会也就乱套了。娃，我们穷，别人帮了我们，我们要记着恩情。你还不上，要给自己的后代说，让娃记着，你的后代总有强的，说不定有一天就加倍地还了人情。人人不能一马跑出头，有风光时，也有落魄时。当别人有了困难求你时，该帮的大胆去帮，但千万不能帮倒忙。好男儿志在四方，你总要出去闯世界。社会在不断地变，如果有一天，你发现人心变得功利，事事求回报，干啥都要好处，这就不是一个好的征兆。我娃要注意了，你要远离那些充满负能量的人，与正直、心善的人交往。多存钱，少欠债，把自己顾好。"

赵志强搓着泥手，问题又来了："妈，外国人也会这样吗？"

吴秀莲看了看她纳的鞋底，说："妈没去过国外，不知道外国人啥思想，如果一个国家的人是这种思想，那这个国家肯定是没良心、没文化的，我娃也不能在这些国家待、与这些国家的人交往，如果实在要交往，就得小心着、防着。这样的人为了利益，说害你就害了，因为他是利益为上，从不把道德作为做人准则，一切都是看利益，他迟早会出卖你。这样的人，你不能深交，也不能口吐真言。"

赵志强似懂非懂地眨巴着乌黑的大眼睛。

吴秀莲又感叹道："人世间的道理太多了，学也学不完，但是我娃记住这几点就行了。害人之心不可有，防人之心不可无。"

赵志强那时候还是个孩子，每天听母亲给他念叨这些"碎糜子"。他边玩边听，有时听，有时不听。

赵志强小时候最喜欢的就是过年，天天盼着过年。过年就会有好吃的、好穿的，有零花钱，有炮放，有伙伴玩。大人们都乐呵呵地，也不咋生气，所以过年是那样的美好。

年来了，在爆竹声声中，喜气洋洋地来了。腊月二十三，母亲在厨房锅台的后墙贴上灶神像，供上香火，忙喊放炮，一脸安详与庄重。赵志强最喜欢放炮了，看到那一串串鞭炮噼里啪啦地如桃花瓣般飘落，美极了。

那时还有大一点儿的炮仗，几分钱一个，咚地一声响，地皮都在抖，感觉空气都被炸开了花。赵志强特爱放，一放就忍不住，一个接一个地放。爷爷赵作鹏就光着脚跳下炕，追着孙子打，嘴里喊着："你狗日的能少放几个不？那是钱买的！"

赵志强最烦爷爷了，说："这个老汉小气得很啊！"

父亲虎着脸，佯装生气地说："找打！"

赵志强不服气地说："爷爷就小气得很嘛！没冤枉他老人家。"

一家人忍不住哈哈大笑起来，爷孙俩总算消停了。

赵作鹏身子闲了，嘴巴不闲，念叨起他的陈芝麻烂谷子："天大大，家从细处有。一个炮三分钱，你这一阵就放掉多少？过年还有几天呢，现在放完了过年放啥？你太爷常说一寸光阴一寸金，寸金难买寸光阴。你一个念书娃娃，把大把时间浪费在贪玩上，念书如果也能这么上心，还怕考不上大学？一天把你们当宝一样供着，可你们从来不把老太爷的话当话，在学习上加把劲。"

赵志强红着脸说："啊呀呀，我爷爷又来了，耳朵听起毛了。"

见没人迎合，赵志强只好说些讨爷爷欢心的话："爷爷，要不你说说我们家是咋来的。"

赵作鹏一听，顿时来了精神，打开了话匣子："清同治九年，你太爷刚到世上，长江沿岸发生特大洪水，陕西宝鸡大旱，泉水干涸，饿死人无数。清光绪四年，华北大旱，史称'丁戊奇荒'，波及陕西宝鸡，这次你高祖爷爷一家没有扛住，全家人跟着村民逃荒了。这年，你太爷八岁，一个大家族上千口人各奔东西逃荒，看哪儿能活命，就往哪儿跑，别断了根。你太爷的祖上是宝鸡大户人家，由于天灾人祸，一家三口向甘肃一带逃荒，逃到会宁时你高祖爷爷、高祖奶奶快饿死了，为了活命，两人商量，把你高祖奶奶十个银圆卖给大户人家，这样双方都能活命了。"

赵志强好奇地问："爷，我高祖奶奶卖给谁了？"

赵作鹏幽幽地说："虽是灾荒年间，但你高祖奶奶被一个有钱人看上了。卖妻之前你高祖爷爷一滴眼泪都没掉，卖完后，转身如老牛一样叫着大哭。"

赵志强不屑地说:"卖了还哭啥?没良心。"

赵作鹏有些尴尬,说:"你高祖爷爷难啊,要活命!"

赵志强又问:"那高祖爷爷有钱了,活下来了吗?"

赵作鹏情绪有些波动,说:"你高祖奶奶说,后来你高祖爷爷托梦,说他回宝鸡的路上被歹人暗害了,银圆被抢走了,后来果然杳无音信。那时,你高祖奶奶二十多岁,长得好看,身穿素白旗袍,越发显得乌发秀眉,肤如凝脂,身材高挑,说是赵家先人一眼就相中了。你高祖奶奶要带着你太爷改嫁。赵家先人问这娃咋办?你高祖奶奶说:'不要娃,渭河就是我的去处。'赵家先人啥话没说,雇了辆车把他俩接走了。"

"你太爷祖上是陕西宝鸡的,要记住,原姓张,后来才姓了赵。赵家先人祖上是山西大槐树人,我们不是。"

赵志强一脸疑惑地问:"爷爷,你去寻过我高祖爷爷吗?"

赵作鹏说:"我解放后去过宝鸡,试着找了,但你太爷走得早,信息太少了,没法找,宝鸡也太大了。

"你高祖奶奶在赵家又生了三个娃,就是你太爷的三个弟兄,长大后几人有了嫌隙。你太爷为了争口气,吃了好多苦。分家后,他就在这荒无人烟的地方,硬是一把苦一把汗地挣下了这份家业。你太爷要强,但心里苦,人家三兄弟,年纪轻轻就有好几个娃了,他快五十岁时才有的我,单枝枝。

"我懂事早,十多岁就成了秀才,你太爷走后我把家苦成'十对牛'的好光阴,你们要是能比上我也算有出息。你大只会种地,也没文化,常被人欺负,被人看不起。到了你们这一代,我们家终于人丁兴旺,你们兄弟四人,你二爸家两个,比我们两代单传强多了。但你何时考个功名,给我们家一个出人头地的机会?你心里要装个事,别天天光想着要。"

赵作鹏唠叨个没完，赵志福听得不耐烦，便挺胸抬头地说："您老人家消消气，让强儿放吧！等我考上大学，挣了大钱，让您老人家享福。"

赵作鹏听了三孙子的话，一下消了气："我最爱听孙子的这句话了，爷爷等着呢。"说着便背着手回了上房。

赵万里盘腿坐在上房炕上，火炉上熬着罐罐茶。茶熬好了，赵万里忙往父亲的茶杯里续上一杯热茶，高兴地对着房门外说："我福娃有出息，哪像强儿混球一个，惹爷爷生气。"又回头对父亲说："大啊，我也老大不小了，你老不要对娃娃说我没文化、没出息，给娃娃长不了精神。"

在赵志强的印象中，春节前后，就是孩子最幸福的时刻，是魂牵梦萦的期盼，是中国人的浓浓情结、精神深处的民族烙印。

从小年开始，年味渐浓。腊月二十三就是小年，母亲叫"祭灶日"，这天她要祭奠灶神，虔诚祈愿灶王爷上天言好事、下界降吉祥。灶神上天后初四才回来，这段时间人间无神仙管辖，百无禁忌，泥墙动土、胡吃海喝、婚嫁迎娶，都平安无事。父亲说是"赶乱岁"，忙和一锨泥把墙抹一抹，说一年内动土不犯忌。

到了二十四扫尘日，母亲催一家人扫穷土，擦洗得窗明几净，送走穷运、晦气。

二十五接玉皇日，父亲虔诚地说："玉皇大帝要下界巡视人间善恶，并定来年祸福，家家要祭拜玉皇祈福。主要是一家人要和睦相处，在这一天和之后的日子里，人们起居、穿戴都要干净整洁，相互之间要谨言慎行，不准吵架骂人，语言文明，礼貌待人，以博得玉皇大帝欢心，来年降福。"

二十六洗福禄日，赵志强最开心，这两天家里要集中洗澡、洗衣，除去一年的晦气，准备迎接新春。最重要的是他可以穿上新衣裳到处炫耀了。

二十七到二十九是家家户户赶年集、备年货、贴年红的日子。父亲盘算着要备什么年货，让一家人其乐融融，过个好年。二十八、二十九也是母亲展示她巧手的日子，她用红纸剪出喜鹊蜡梅、丹凤朝阳、猴子献桃等图案，赵志强对母亲崇拜得无以复加。

大年三十才贴春联、门神。这天家家置酒办宴，亲友往来叫"别岁"。除夕夜大年夜是一年中最美的一天，这永远的美，留在人们的心田里、生命里、血液里，相伴一生。

大年初一这天要祭岁神。天一亮，赵志强就被院子里的三声炮响轰醒了，原来父亲赶早放开门炮，开财门迎喜神。接着父亲虔诚地焚香致礼，敬天地、拜岁神、祭列祖。在吃早饭之前父亲要先给爷爷拜年，然后叫赵志强兄弟给爷爷拜年，父亲说："拜年是感念先人的养育之恩，尽人子之责，树人子之榜样，这样的礼节不能少。"

子跪父母，孙跪爷奶。亲热地叫一声称呼，老人开心地应一声，然后子孙行跪拜大礼。子一辈行礼毕，孙一辈行礼。过年磕头数有讲究：人一头，神三头，鬼四头。意思是给活着的人行跪拜礼时，磕一个头；给神仙行跪拜礼时，磕三个头（跪下头点地三下）；给新亡人和鬼魂行跪拜礼时，磕四个头（跪下头点地四下）。给先祖行跪拜礼时，也磕三个头，等同神仙一级。礼毕吃过早饭，去同族长辈家，要行跪拜礼，路遇长辈要行注目礼，站定问候。这一天又叫聚财日、扫把生尘日，一整天不动扫把打扫卫生，即便瓜子果皮满地，为防"扫把星"引来霉运，也不往外泼水、倒垃圾，以防破财，可谓"全民偷懒日"。

大年初二早上要拜祭天地神灵。父母早早叫醒赵志强兄弟，一起完成祭礼，鸣炮烧香祭酒奠茶，礼毕后"开年饭"。母亲做的年饭一般都有"生菜"或"发菜"。鱼肉寓意年年有余，羊肉寓意三阳开泰，牛肉寓意牛气冲天，猪肉寓意衣食无忧等，取生财利禄之意。第二顿是母亲最拿手的肉臊子长面，筋道丝滑、香味绵长。这天也是姑爷节，年轻女婿都去给岳父、岳母拜年，赵志强兄弟没姐妹，特别羡慕别人家，偷着去看别人家的姑爷。

大年初三一般也叫"小年朝""赤狗日"，除了转亲戚、居家，没啥特别的讲究，但一定要吃顿菜盒子饭。常言说：初一饺子、初二面，初三盒子往家转。母亲忙着给全家人做香喷喷的菜盒子，赵志强挤在锅台前等着第一个品尝，吃后口舌生香。

大年初四要迎灶神，母亲早早盛好丰富果品，父亲叫赵志强兄弟焚香点蜡烛鸣炮，这天灶王爷从天上返回人间，要点名查户口，全家人一起吃团圆饭。这天喜庆，灶神开心一年。

大年初五叫"破五"，父母特别重视，要记着"一破一送一接"的习俗。"一破"，父亲说从这一天开始，玉皇大帝巡视人间完毕升天，之前的（腊月二十三到正月初五，共计十三天）诸多禁忌，如约束人的各种礼节、言语、习惯（如不动针线、不吃药等）皆可破。"一送"，父母让儿女早起，洒扫庭院，把垃圾送走，放炮，就叫送穷神。"一接"就是接五路财神，一年四季好发财。这天要吃元宝水饺，填穷坑，开市贸易，是个特别的节日。

大年初六，一些商店酒楼开张营业，很多地方称为开市日，凡是做生意者大放鞭炮喜迎宾客，不亚于除夕的盛况。母亲把这天叫游百病日，要求全家人出游、闲逛，天黑回来。

大年初七是人胜节，母亲称作"女娲造人日"，父亲说是"人日节"。出门人要讲究"七不出"，一家人聚在一起过节。年快过完了，亲戚少了，儿女伺候父母好好吃一顿饭，也算感谢父母这几天的辛劳。

大年初八就要上班了，也叫"顺心日"。父亲常强调"八不入""八不归"，还说男人要自省人生八德——孝悌忠信礼义廉耻。走向社会，这八德是处世哲学、做人准则。历年，从初三开始，也是社火日，每个村庄组织人员唱大戏、吃暖锅，这戏可唱到初八，也可唱到初十，如果财力雄厚，还可唱到正月十五。

正月十五是一个大节日，大家要闹元宵，有观灯会、舞龙舞狮、放烟火、猜灯谜、吃元宵、祈福等一系列娱乐活动。在农村，元宵节后，还有一个特殊的日子——正月二十三"燎疳"日。"燎疳"又称"炼疳""跳疳火"。正月二十三夜幕降临，家家门前柴火高垒，柴火里有麦草、葱皮、蒜皮、谷秆、苜蓿等，点燃后散发着奇异的香味，烈焰腾空，照得四周通明。

这时，全家人出动，热热闹闹地从火堆上跳过，老人在家人的搀扶下跨过，小孩子则由大人抱着从火堆上跳过。还要在土坷垃上吐了唾沫，沾上火灰尽力向远方扔去，俗称"送疳"；同时用黄纸剪"疳娃娃"，大人小孩都用香烛往"疳娃娃"身上点窟窿，自己身上哪里疼就往哪里点，点完了再跟柴火一起烧掉，认为这样接下来一年就能平平安安了。"燎疳"余下的火灰还要用扫把木棍拍打，并描述拍出来的火星是什么"花"，像玉米花、麦花、豆子花之类，预示着接下来一年种啥农作物会丰收。

这是赵志强小时候的年。现在，人们对传统节日的讲究都没有了，缺少了仪式感、庄重感，反而觉得过年没意思，除了吃喝玩乐，再好像没有什么新鲜的事可做了。

赵志强印象最深的是吃年夜饭。天黑下来后，全家人行动，给每个房间点上灯，或挂上红灯笼，要求家里家外灯火通明、香火缭绕，呈现一派欣欣向荣的景象，象征美好生活和辞旧迎新。

一家子人做年夜饭、准备年礼，闲下来就坐在一起聊天。等备好年夜饭、年礼后，全家老小坐到炕上，其乐融融地挤在一起吃年夜饭。父母先摆好干果碟，有四碟、六碟、八碟的讲究，碟子里装有瓜子、糖、花生、油馃子、杏仁等。凉菜吃一轮后，开始上热菜，有四碟四碗、六碟六碗、八碟八碗、十碟十碗的讲究，寓意着四季发财、六六大顺、八方来财、十全十美。主菜有象征年年有余的鱼肉、三阳开泰的羊肉、龙凤呈祥的鸡肉、牛气冲天的牛肉、衣食无忧的猪肉。热酒就着热菜下肚后，父母开始给娃娃发压岁钱，发瓜子、糖。一家人围坐在一起打扑克、下象棋、玩麻将等，赢瓜子、糖、压岁钱。快到午夜时，母亲又端来一大盆猪骨头，把调料粉撒到肉骨头上，浇上辣辣的蒜泥，美美地咬一口肉，口舌生香，再喝一大口酒，美味无穷。这时，爷爷赵作鹏捋着山羊胡，清了清嗓子说："我们先开个家庭会议。"

赵志强知道，爷爷的家庭会议开了好多年，基本上年年都一样，就是上学的好好上学，光宗耀祖。

赵万里又把父亲的话强调了一遍，转身征求老爷子的意见："大，我们可以吃肉了吧？"赵作鹏点头示意，一家人抓起肉骨头，大快朵颐。

猪骨头煮得可真烂，入口酥软嫩滑，鲜香四溢，再抿上一口上等烧酒，更是锦上添花。烧酒一入喉，似一道火，从嘴里流到胃里，滑过肠道，火辣辣地舒服，整个人顿时飘飘然，如沐春风。家人狼吞虎咽的吃相，更增加了过年的乐趣和品尝美味佳肴的快乐。

吃完肉骨头，母亲也轻松了，没啥家务活了，全家人聊会儿天。想睡觉的可以休息了，不想睡觉的可以继续玩，等午夜十二点一过，便是大年初一，全村人都去庙里争烧头香，图个来年好运。

大年初一，是新年里最重要的一天，是新的一年的开始。除了去庙里烧头炷香求个吉祥，家家还要等天亮日出赶着迎接喜神。迎喜神也是一件快乐的事。全家出动，还要赶上家里的牛驴羊等。大人们到了开阔地，向着喜神方向，点香燃表、祭酒奠茶，行跪拜礼。喜神迎接礼毕，人们也不急着把牛驴赶回圈里，任由它们在那一片川地上撒欢儿。驴似懂人意，跑来跑去，乐此不疲，呆萌可爱。大人小孩尽兴燃放大小炮仗，好不热闹。赵志强有些多愁善感，想起其他房头说他们家"三代不出人才，后代不如驴"。驴还能自由自在地撒欢儿，不必看人脸色，而人却连这一自由都没有了，这是多么悲哀的一件事。人连动物都不如，哪能活出精神头，这真的是奇耻大辱。

有一年，赵万里想在村里人面前打起精神，想着法子撑面子。他和父亲赵作鹏商量，村里舞狮子时，把舞狮人邀请来，在赵家川支一个场子，给舞狮人置办一桌酒菜，并包一个大红包。一是为图喜庆，二是为争面子，日子比以前过得好些了，能拿出钱支场子了。舞狮大会如期在赵家川举行了，赵作鹏忙前忙后，赵万里也是春风满面，帮着打下手，赵志强兄弟几个都很快活，参与到耍狮子的活动中去了。

舞狮子就在赵家川那块平地上进行，离赵志强家不远。冬天，这块平地是一片广阔的大舞台，三乡四村的人都赶来看热闹。

咚啪——咚啪——刺啦啦啪，礼炮、花炮绽放出五彩光芒，把夜空装扮得亮丽多彩。咚嚓——咚嚓——咚咚嚓，鼓声喧天，锣声脆鸣，一浪高过一浪。

舞狮场中央燃起一堆篝火，火焰蹿起一丈多高，炙烤得围观人群全身热腾腾的，照得大地一片通红，村民古铜色的脸庞在火光的照耀下闪着金色光芒，被场上舞动的狮子吸引着伸长脖子，露出灿烂的笑脸。火堆旁蹲着一位花白胡子老汉，不时往火堆上加根木棒，以助火力旺盛，然后扭头看着场内舞动的狮子，咧着没了牙的嘴笑。场子前排蹲着一溜人，有人抽水烟，有人抽旱烟，有烟锅的把烟锅让给没烟锅的人抽。年轻人站在人群中呐喊助威，异常兴奋，小孩子则钻进钻出地嬉戏着。那年代着装都比较统一，男人穿羊皮袄或黑布、蓝布棉袄，戴棉帽子，穿大腰棉裤，女人大多包着头巾，穿布棉袄、棉裤，手笼在袖子里，一脸的朴实。赵志福跟前忙后地随父帮忙，赵志强就和村里的同龄人在人群中打闹嬉戏。

场子上，狮子张着血盆大口有节奏地舞动着，骨碌碌转动的眼珠子，增加了几分威风神气。舞狮子的人是村里选出的会武术的精壮青年，反应灵敏，身手矫健。此时他们正表演着拿手绝活雄狮独立、八字舞、狮子过桥、拜四门等。引狮子的是村里刘把式的孙子刘清泉。刘把式是清朝时期的镖师，据说会两百多套少林拳，棍、棒、刀、枪、剑、戟、钩样样精通，独门绝技是刘家双连枷，常用鞭法是黑虎扫堂鞭，常用拳法是小洪拳。刘清泉人才出众、文武双全，这次引狮子用的拳法就是小洪拳踏四门。在耍狮子吃灯时，刘清泉表演了几套武术，首先表演的是六合枪，枪花点点，虎虎生风，如银龙入海、银蛇飞舞；其次表演的是黑虎鞭，鞭鞭带风，如巨浪翻涌，又如泰山压顶，遮天蔽日。村民喝彩声雷动，直夸其功夫了得。表演到精彩处，一帮小孩子就在旁边的空地上，现学现卖刘清泉的武术。

赵万里家的暖锅子端上来了，一阵扑鼻肉香弥漫全场，一些年纪大的老人被请到暖锅前，就着馒头，大口吃肉；其他人家也端来暖锅子，共庆新年，增加节日喜庆气氛。这也是女人们厨艺的比赛场，赢得好口碑的大舞台。一顿暖锅子，能让女人们争得好名声，赢得三乡四邻好人缘。赵万里忙给耍狮子的头头塞了一个大红包，给舞狮人每人一个红包，还给老年人发了喜钱、小孩子发了压岁钱。这次活动本可圆满散场，却因有人不满，砸了场子，使大家最终不欢而散。这件事让赵志强记忆深刻。

第三章

花雨季节

人们四散而去,赵家川又归于平静,大红灯笼上的剪纸在灯光下显得孤单。赵作鹏一家人被黑夜包围,叹着气进入梦乡。

夜很深了,屋子里黑洞洞的一片,十一岁的赵志强心烦意乱地躺在炕上,翻来覆去地想不明白村里人不满他们家、砸场子的缘由。难道说真的如村里人说的,"家里不出人才,人就变驴了",让人家看不起?赵志强认为这些人思想愚昧,吃人的、喝人的,还骂人家不好。自己将来当了作家,就把这些愚昧的人写进书里,让世人看看这里的人多么的愚蠢无知,又自命不凡。他转而又想,是不是真的如那人说的,我们家的饭菜不香?我将来一定要找个茶饭好的女子当老婆,在村里办一场风风光光的酒席,让他们尝尝好饭菜,给自家长脸。赵志强又琢磨着人变驴了到底是什么意思?

赵志福也无半点睡意,想着爷爷和父亲为了办这场活动,把家里存的好酒、自己舍不得吃的好菜拿来招待村里人,却被人家掀了桌子。将来一定要出人头地,挣好多的钱,让人刮目相看。

赵志强听到三哥的叹气声,问道:"三哥,你不睡觉想啥呢?"赵志福心情不好时,就拿弟弟当听众,抒发自己的情感。他不管弟弟听不听得懂,一吐为快,"哥想给你找个会做饭的嫂子,将来让我们家扬眉吐气,你觉得马红梅好不好？"

马红梅是赵志强的远房表姐，小时候来过他们家，他有模糊印象，却不知她是赵志福的恋人。

赵志福是校学生会主席，是被老师们交口称赞的三好学生。他擅长交际，是情窦初开的女学生们心中的白马王子。那时，落后的山乡信息闭塞，封建传统思想浓厚，谈情说爱是一件让人害羞的事。即使男女之间产生朦胧的爱慕之情，能大胆地给对方写情书的人却寥寥无几，只能暗恋或单相思。这个年龄段的孩子们只要看到有男生和女生在一起，就感到非常的恐慌和不安。但这些单纯的少男少女中，仍有早熟的、大胆的，马红梅就是其中一个。

马红梅笑起来就像一道光，让人身心舒畅。她略圆的脸上有两个可爱的酒窝，让人心动，她眼中闪烁着星辰般的光芒，清澈明亮。马红梅和赵志福两家隔着龙湖，虽然直线距离不远，但要串门需绕湖行走十公里才能到。环湖居住的亲戚，常隔着湖喊着聊天，即使不聊天，也能隔湖看清对面人家的情况。虽不常走动，但三乡四邻的情况还是了解的。

这天，赵志福收到马红梅的来信。读信后，他心跳加快，一时间慌了神。

哥：

　　我终于鼓起勇气给你写这封信，在下笔之前我想了好几夜，也撕坏了好多信纸，迟迟没有写好、写完。

　　这是我心里挥不去的心结，实在是不吐不快。已经一个多学期了，近来在梦中总梦到你。校园里能见到你的地方，我常常偷望你的背影。你的言行、举手投足，我时时关注；每次听到你的声音，我都心跳加速，情不自禁。为此，我脑子很乱，思想矛盾，学习也受了影响，班主任找我谈过话，可是我按捺不住心中的那份思念与渴盼。

哥，你能理解我此时的心情吗？

今夜，月光如水，舍友都已进入梦乡，唯独我久久无法入睡。此时此刻你是否知道我默默地为你祝福，并坠入对你的深深思念而无法自拔。想你，难以启齿，只能悄悄地为你泪水长流。

哥，请你张开双臂给我一个温暖的拥抱！

红梅

一九八七年十二月

这突如其来的表白，让赵志福心中如钻进一只小兔子般咚咚跳。马红梅的笑靥如盛满甜蜜的美酒，赵志福动心了。喜欢马红梅的男生很多，可她的梦中情人只有他。

在此后的日子里，赵志福越是怕见到马红梅，就越是遇到她。在校园的小树林、操场上、食堂里、龙湖畔……不知是巧遇，还是上天的特意安排。马红梅那迷人的笑，在赵志福心中挥之不去，让他不知何时坠入一个怪圈，每天见不到马红梅，心里就空落落的。从此，马红梅成为赵志福不舍的依恋。

赵志福情不自禁地拿起笔，给马红梅回了一封信。信件往来，在两个年轻人的心中种下爱情之树、结下情爱之果，让两颗心走得更近、贴得更紧，能感受到彼此的温暖。赵志福盘算着，初中毕业后就不继续念书了，尽早和马红梅成家立业，承担起孝敬老人的责任。他觉得马红梅是最佳人选，知书达理、善解人意、聪明伶俐，两家又是远亲。赵志福想得很清楚，家里穷，他考上中专也供不起，越上学家里越穷，不如早早出来挣钱，学一门技术，还能养家糊口，解决家里的困难，活到人前头，也算光宗耀祖。此外，弟弟上学还要花钱，如果供不上学费，同样念不成书。他决心已定，初中毕业就成家立业。

成绩优异的赵志福，做了这样的打算，在当时来说有些让人难以理解，与长辈的望子成龙观念相冲突，也决定了他的人生轨迹。实际上，赵志福考不考中专，父亲赵万里心里也很矛盾。他虽然总念叨着一定要考上学，吃上公家饭，但旧社会地主家的少爷这一身份让他吃尽了苦头，觉得种田当农民还是比较踏实，不管何时，都需要农民来种地。爷爷赵作鹏虽然不认同赵志福的选择，但是也能接受。因为他师傅教育他，穿衣吃饭是人们的基本生活需求，学会一门社会必需的手艺，也是一辈子，甚至几辈子不愁吃穿的本事。

那还是一九三七年抗战初期，陇海县县长贾炎借剿匪的名义，带一百多人到处抓百姓、抢掠财物，深受其害的百姓举起反对国民政府统治的大旗。当时，这里还归甘肃省第二行政督察区陇德县管辖，接连发生了几次农民起义，社会动荡，人心惶惶。一部分起义农民加入共产党去了延安，一部分被国民政府招安。为了管辖好这片土地，一九四二年，国民党当局在甘肃省陇德县与陇海县之间起义集中的地方，设立新的县城陇吉县，推行保甲制，实行军政化管理，下辖三镇六乡六十三保。

陇吉县成立后，赵作鹏被县长任命为陇堡乡保长，掌管一乡的军事行政大权。赵作鹏当保长后，见世面多了，对社会乱象了解比较深刻。虽然进入国共联合抗日阶段，但是天下姓"共"还是姓"国"还不明确，如何安身立命，他心里彷徨极了，不断地摸索着。赵作鹏担任保长一职后，觉得仍穿一身土财主的衣服不合适，想定做一套"官服"——中山装。在定做衣服的过程中，他结识了一个技艺超群的张姓裁缝。张裁缝专门给国民党官员做中山装，给国民党军官制作军大衣和皮卡衣，还会缝制各类流行服饰及寿衣、戏服等，可以说技艺精湛、花样繁多。赵作鹏对有本事的人很是佩服和尊重，张裁缝也想结交赵作鹏，把他拉入自己的组织，这样优秀的青年在当地并不多。

张裁缝给赵作鹏分析当前的形势，赵作鹏对张裁缝的政治眼光极为赞赏，常让他指点迷津，觉得他可以做自己精神上的导师。张裁缝呢，特别想收赵作鹏为徒弟，想把自己一生所学传承下去。张裁缝告诉赵作鹏，不管何时，穿衣吃饭必不可缺，做裁缝是一门长久生意。于是赵作鹏拜张裁缝为师，学习手艺。赵作鹏聪慧过人，边工作边抽空学习，不到半年时间，就学成出师。

一九四九年，陇吉县解放，赵作鹏捐钱捐粮，积极配合土改政策，成为开明地主。新中国成立后，政府对装神弄鬼的"一贯道"这一组织进行大清理。随后查出张裁缝是"一贯道"成员，赵作鹏受到牵连，经调查审问，明确了张裁缝是真心授徒，没有让赵作鹏参与"一贯道"的宗教活动，政府给予了宽大处理。

"一贯道"发端于晚清，极盛于二十世纪四十年代，其宣称整个宇宙分"红阳""青阳""白阳"三期，各历一万八千年。眼下正值"白阳"期末世，大劫将至，必须信奉"一贯道"，才能消灾免难。由于社会动荡，战争频发，人心浮动，在政治前途不明朗的情况下，一部分人，尤其是国民政府官员和富商财主对前途迷茫，为了寻求精神麻痹，便加入"一贯道"。全国信徒有三百余万人，组织强大到妄图与国共两党分庭抗礼。解放后，政府绝不容许这样的邪教组织扰乱社会，于是进行严厉打击，坚决取缔。当时，一些顽固分子或被判刑劳教，或被枪决。

年轻有为的赵作鹏对人生充满梦想，本想成就一番事业，但在马家军的专制统治下，受国民党的思想熏陶，他没有接触到共产主义先进思想，而是受张裁缝影响，在政治上失去了方向，被"一贯道"蒙蔽，走错了路。在政治洪流中，他一次又一次地失去了站在时代前沿的机会，没有寻求到理想的人生目标，把美好的青春葬送在错误的选择中，过起了靠手艺吃饭的小老百姓生活。

赵作鹏从一个雄心勃勃的青年才俊，日渐退化成为前途迷茫的普通人。虽然他牢记父亲赵恒叮嘱，要成为对国家有用的人才，当官为宦。他还是违背了父亲的意愿，遵从了师父张裁缝的意愿，靠手艺立世、养家，一再远离政治。其实他一生没有离开政治，而是没有从政治的旋涡中走出来，受尽了委屈，让后代也跟着受罪，失去了更多在新社会成长的机会。

赵作鹏父子囿于思想上的局限性，没有给后代一个明确的目标，让子女们也走了很多弯路，日子越过越苦。赵志福面对家庭生活困难的现实，放弃了读书上学的大好机会，选择了爷爷的老路，靠手艺养家糊口。

常言道："选择大于结果。"赵志福的出发点是好的，为了尽早承担起家庭重责而放弃了学业，但引发了一系列问题。由于生活所迫，人心多变，这也为他的爱情埋下了隐患。

热恋中的赵志福与马红梅在校园的林荫里、操场上、龙湖畔消磨去了许多学习的美好时光，他的学习成绩下降了。恋爱影响了学习，这事很快传到了双方家里。赵万里对此不以为意，认为儿子谈恋爱正常，没啥可大惊小怪的。学习的事，和儿子谈谈，让抓上去就行了，反正儿子学习好着呢，一直是班里的前几名。马红梅的家人听说后，觉得出大事了，她的母亲坚决不允许。

第四章

情在缘了

一九八九年的夏夜,赵志福穿着一身干净整洁的蓝色便装,哼着小曲,迈着轻快的步子,如约来到龙湖畔。

那夜,月亮早早地爬上了天,如银盘一样高高挂在天上,月光如水般亲吻着大地,浮云如仙子的衣裳在天空中迎风飘扬。湖水如银,湖面上闪着细碎的波光。郁郁葱葱、挤挤挨挨、沙沙作响的暗绿色芦苇丛,好似湖中仙子的玉带绕湖飘舞。野鸭欢叫的嘎嘎声,此起彼伏,追赶月光的鱼儿,跃出水面,拍起响亮的水花,给这个夜晚增添了无限生机,犹如梦幻仙境,令人如痴如醉。

月下龙湖,水波荡漾,一只温软如玉的小手搭在了赏月人的肩上。赵志福感受到马红梅熟悉的气息,迎着透明的月光,他看到她眼神空洞而迷茫,仿佛一口绝望的深井,那张迷人的脸庞挂满愁云,两行清泪滑过脸颊,留下长长的尾线。

"红梅,你怎么了?哭啥?谁欺负你了?快说,我找他去!"赵志福惊问道。

马红梅摇摇头,和赵志福四目相对,泪水涟涟。赵志福的心中顿感一阵凉意,四目相对,沉默良久。红梅一字一句地说:"哥,我们散了吧!"

"为啥？"赵志福惊问道，"这，这咋回事？"他顿觉五雷轰顶，天旋地转。缓过神后，他紧紧地抓住马红梅的胳膊，再次追问："这是为啥？你说说。"

马红梅艰难地挣脱赵志福的双手，抹着眼泪逃进暗夜里。她是个苦命的孩子，上天早给她安排好了命运，她的婚姻自己做不了主，必须按母亲的要求定一门"换头亲"。

马红梅家的日子过得凄惶。红梅爸走得早，家里穷，她哥三十多岁了，还没有成家立业。红梅娘就存了让女儿定"换头亲"，给儿子娶媳妇的想法。

马红梅的哥哥狗蛋人不傻，只是有些憨，不注重打扮，脸上有麻痣，见人就咧嘴笑。多年的光棍生活，让他自卑。他自小无父，母亲双眼有疾，光阴凄凉，遇到合适的姑娘，却无钱置办彩礼，只好单着，家里家外的活，都是他干，尽量为自己存些钱。村里人以貌取人，认为他没有钱，不愿把女儿嫁到他们家受苦。红梅娘只能指望女儿来"换头亲"，供她上学也是为提高换亲筹码。

"换头亲"是农村的旧有婚俗。家庭贫穷，或者孩子有智力障碍、身体残疾等方面的问题，难以实现自由婚嫁，就靠"换头亲"解决问题。双方儿女互相嫁娶，不要彩礼。这种婚姻没有感情基础，双方是基于生活条件的限制而结合。

"换头亲"，赵志福第一次感受到这种悲情婚俗带来的伤害。失恋、换亲，剧烈的情感冲击，几乎击垮了赵志福的精神支柱，让他一时变得呆头呆脑、神经兮兮。他在湖边走走停停，如一头呆驴，想冲出圈门，又打不开门，只好在圈里打转转。

夜已深了，水汽从湖面袭来，赵志福下意识地打了个激灵，头脑似乎清醒了，跌跌撞撞地回了宿舍。赵志福身上沾满了尘土，面如死灰，还用拳不住砸自己的头，这样的状态吓坏了舍友，舍友们以为他中了邪，连夜报告老师，将他送往卫生院。

一个月后的中考，校三好学生、学生会主席赵志福名落孙山。中考落榜早在赵志福意料之中，他并不伤感，只在日记中郑重地写下一首诗《心爱的人》：

如果这是偶然的一次见面，我不会如此悲痛，
如果仅仅是随意的谈笑，我不会为此哭泣。
只因为过去曾留情、曾有意，而如今缘已尽、情未了，
才叫我伤心悲戚。
千百次想真心将你挽留，但我终无力留住你的脚步。
多少次欲潇洒地挥手道别，但我终难展露笑意。
既无力挽留又为何心不死，只叹有情无缘欢聚，只恨缘在情已逝。
虽然我与你不是初恋，但心诚胜过第一次牵手。
虽然我与你不是初吻，但无一次有如此亲切甜蜜。
我所爱的并不一定属于我自己，然而此生我的那一颗心永远属于你。
过去已成为回忆，我不敢回味。
只叹情在缘在两相忧。

一九九〇年作于落榜之日

中学毕业后，赵志福明白了一个道理，贫穷是魔鬼。要想让心爱的人回到自己身边，只有快点儿挣来钱，才能赶走贫穷这个恶魔。他暗下决心：

我要成为陇川村的首富，我要主宰自己的命运。这是他希望的明灯、前进的航标。等有钱了，他要给马红梅一份像样的彩礼，改善她家的生活，让她家的日子过好，才能打破"换头亲"的禁锢。

赵志福这种敢爱敢恨的性格影响着弟弟赵志强，让他似乎明白了课本上学的汉乐府民歌《上邪》中"山无陵，天地合，乃敢与君绝"的意思，在他心中种下了爱的种子。而赵志福决定跟上爷爷学手艺，自立门户，摆脱贫穷。

第五章
继承家传

　　陇吉县的黄土墙，记录了新中国的变迁。从随处可见的白底红字的毛主席语录，到农业学大寨、工业学大庆，再到改革开放，先富带后富，摸着石头过河，以及实现"四个现代化"的各类标语。如今，依山傍水的村庄里建起了白墙青瓦的四合院，农户人家门前照壁上醒目地写上了遒劲大字：耕读传家躬行久，读书继世雅韵长。

　　陇山人骨子里认为"万般皆下品，唯有读书高"，自古士农工商，读书取士第一，大善为政，造福社会。务农其次，工第三，经商为下品。十年寒窗苦读书，金榜题名天下知。读书才是人间正道，才能跳出农门。正是受这种正统思想的影响，赵家大房头遭受族中其他房头的侮辱、诋毁和打压。

　　赵志福中考落榜后，觉得种田收成低，出门打工又非常辛苦，于是决定学门技术，靠手艺养家。之所以不直接从商，是因为他认为商人追名逐利，赚的是昧心钱，有损德行。他对赵志强说："你好好上学，哥哥挣钱供你，你给咱家争气考学。"虽然靠手艺挣钱比不上吃公家饭为人民服务光荣，也比不上唯利是图的商人挣得多，但是只要能下苦，家里的穷日子能过得去，总得有人挑起家庭重担吧！

赵志强似懂非懂，记住了三哥的叮嘱，赵志福也开始了他的拜师学艺之路。

爷爷赵作鹏是方圆百里有名的裁缝，带出了好多徒弟，已成名的几个已在街上开了门面，生意红火，还骑上了摩托车，是乡里第一批购买摩托车的人。赵作鹏的生意也被徒弟抢走了不少，加之他上了年纪，嫌兼营面料批发麻烦，死守着店面挣些微薄的手工费，又没得力帮手，渐渐在街上开不下去店了，只好走村串户上门给人缝衣服。

赵作鹏的两个儿子被妻子娇惯得没学下知识，解放后赶上阶级斗争，彻底错失了读书时机，长大后只会下一把苦，以种田为生。赵作鹏不指望儿子给他当帮手，就把希望寄托在孙子身上，希望孙子辈里既有能考上学的，又有能学手艺的。如果能考上学就吃公家饭，考不上学就跟他学裁缝手艺。

解放时，陇吉县会裁缝手艺的只有赵作鹏一人。政策一放开，他再次开店创业。县广播站还以人物专访的形式对赵作鹏进行了采访报道，在全县广播后上门学艺的人很多，但大部分都被他以各种理由拒绝了，只选择性地先后收了几个徒弟。徒弟学有所成之后，就在街上开了店，与师傅赵作鹏抢生意，干得风生水起。

赵作鹏很无奈，他从心里特别想培养自己家的孩子。一九七八年，大孙子赵志龙初三考学时，因家庭成分问题未能升学，他让跟上自己学手艺，心想就凭裁缝这门手艺，发家致富不成问题。为了让大孙子好好学手艺，他还给买了当时最流行的"上海牌"机械表和"永久牌"自行车，赵志龙成为陇川村第一个戴手表和骑自行车的人，成了乡里的新潮人。一时间，赵志龙成为乡里女孩子争嫁的对象。赵志龙正值青春，一笑露出洁白的牙齿，他常穿一件的确良花上衣、喇叭裤，配上一米八五的大高个儿，整个儿是陇吉县最打眼的青年。

赵志龙学了一阵子裁缝手艺后，泄气地说："整天如女人一样干针线活，我压根不感兴趣，尤其是做羊皮大衣这活儿最苦、最脏。羊皮刚拿来时，硬如铁板，皱皱巴巴，散发着羊膻味。我还要把这硬如铁板的羊皮进行熟皮处理，让它变成软软的白羊皮，再缝制成皮衣。这活儿又脏又累又臭，我宁愿下苦种地，也不学裁缝。"赵作鹏对此失望至极，他本想着把这门手艺教给自己的后代，让孙子能养家糊口，成家立业，衣食无忧，哪知大孙子却不感兴趣，于是就带二孙子学习。但二孙子赵志飞一天书没念，画图、裁剪、算账都不会。赵作鹏只好死马当活马医，带着看。赵志飞干针线活还可以，就是裁剪和画图、量尺寸学不会，也记不住。赵作鹏用尽办法，甚至从头给教识字和算术，但也不是一天两天就能学会的。他万般无奈，只好放弃幻想。

赵作鹏为了跟徒弟竞争，又收了几个年轻徒弟，扩大规模，可是新收的徒弟剪坏了别人的衣服，赵作鹏不仅得给客人赔钱，声誉也受了影响。徒弟一多，便出现狼多肉少的情况。他们认为赵作鹏不断带新徒弟出来和他们抢生意，将他看成仇人。赵作鹏遭到排挤，心灰意冷，不再招收新徒弟了，也不想在同一条街上开店和徒弟为了生意变成仇人，主动关了店门，走村串户上门做衣服讨生活。

上门做生意，手工费要得低，因为人家管吃管喝。活儿也是有一单没一单的，挣钱不稳定，常靠熟人介绍，干完活就得走人。而且挨家挨户敲门打窗的，惹得鸡叫狗咬，招人讨厌。到了晚上，还得求人家留宿，实在没地儿住，就得睡野外，有时还得给人家掏住宿费。虽然省了自己开店、做饭等一堆麻烦事，但是活儿干得并不顺心，也挣不到钱，只是混日子。

有一次回家，儿子赵万里说："大，我没啥本事，就会下苦种庄稼，吃的粮食我想办法。家里的零花钱、娶孙媳妇的彩礼钱，你老得想办法。"赵作鹏知道儿子赵万里的本事，就满口答应了。再者农村人讲，八十老人门前站，不吃一日闲饭。他才七十岁，还年轻，要帮儿子挣钱。

五六年时间，赵作鹏挣来了娶大孙媳妇、二孙媳妇的彩礼钱。但随着年纪的增大，赵作鹏有些力不从心，连家里的油盐钱都供不起了，为此父子俩开始吵架。有一次，赵作鹏急了，大骂儿子是逆子。赵万里在气头上，二杆子劲上来了，还嘴道："你生逆子干啥？你为啥生下我？"于是，就真要当个大逆不道的逆子，拿起斧头要劈自己的父亲。事情是这样的。

赵作鹏年龄日渐增大，本来挣钱就难，挣的钱供不上家里的花销。于是心情不好，骂儿子赵万里不会过日子，花钱从来不计划，还欠了外债，不记老子的苦，是逆子一个。当"逆子"一词出口，缺少文化教育的赵万里顿时火冒三丈，回骂道："你一年四季在外面挣钱，从不在家里下苦，连家里的茶水钱都供不起，要这样的老子能干啥？"

赵作鹏一听，气急了，连声骂儿子："逆子！逆子！逆子！"

赵万里疯了一样跳下炕，抓起一把砍柴的斧子，照着父亲便砍。幸亏大孙子赵志龙眼疾手快，一把抓住斧子，却因着急手碰到了斧刃，被劈了个大口子，大拇指处露出森森白骨，伤口如一个血盆大嘴，鲜血直喷。

赵作鹏吓得脸色惨白，不敢吱声，赵万里丢了斧子，抱头蹲下缓气。吴秀莲、赵志飞、赵志福等人忙找布给赵志龙包扎伤口。赵志强呆立一旁，傻傻地看着众人忙碌。吴秀莲手忙脚乱地边找东西边哭："天啊，你疯了吗？你现在把儿子的手砍了，你把娃娃废了。"

见赵万里要砍他大，吴秀莲更坚定地认为赵万里不是赵作鹏的亲生儿子。这父子俩的性格差别太大了。吴秀莲当童养媳时，就听奶奶说她婆婆不贞，当时吴秀莲还不信婆婆会做出那种丑事。吴秀莲想起年轻时，赵万里经常打她，心狠手辣，而公公赵作鹏虽然风流，却从来没见打过女人。赵作鹏年轻时，有堂兄弟打他，他就如长了飞毛腿一样，跑到堡子里躲了起来。没亲眼见过赵作鹏和他的堂兄弟打架，只见到赵作鹏为了跑得快，在两条腿上各绑三块大青砖，每天要靠着腹力平举腿三百下。有一次婆婆把公公的腿咬得青一块紫一块，往下流血时，公公都没有把婆婆打一顿，甚至拿手指头戳一下，这是多么善良的一个男人。

儿子把赵作鹏吓住了，他内心深处涌起阵阵悲凉，自己年轻时风流，浪费了大把时光，没操心孩子，家庭教育成为他人生中最大的败笔。他也没把心放到妻子身上，没有陪伴她、呵护她，让夫妻和睦，子女恭顺。他年轻时觉得妻子比他大，两人属包办婚姻，没有感情，妻子只是个生娃工具，所以他在私生活上基本上是信马由缰，也许这就是因果报应。

正是这样的穷苦日子，给赵家兄弟几个留下了深深的心灵创伤。穷人家的孩子早当家，赵志福在上学时，就有跟着爷爷学手艺的打算。但赵作鹏爱以貌取人，赵志福小时候长得丑，眯眯眼，在几个孙子中形象最差，赵作鹏从来没有抱过，还给他起了个绰号"三响子"。因为家里生活清苦，缺吃少穿，赵志福穿的鞋没有后跟，走起路来趿拉着鞋吧嗒吧嗒地响，绰号就此得来，也因而落下病根，一到雨天腿就疼。

赵作鹏本没有计划教"三响子"，但苦于大孙子不想学，二孙子学不会，传承手艺的事只好落到三孙子赵志福的头上。赵志福从小就知道爷爷不喜欢自己，为了讨爷爷欢心，真是下了一番苦功。

学裁剪，没有心眼那是万万不行的。为了学到一门终身受益的技术，赵志福每天第一个起床，给爷爷倒尿盆、端洗脸水、洗衣服，凡是有关爷爷的脏活、重活、累活他都干，还投其所好地带爷爷去看戏。赵作鹏是戏迷，也爱唱戏，最擅长旦角，扮过花木兰、穆桂英、樊梨花、皇姑、国太等。所以哪里唱戏，赵志福总会抽空带爷爷去，就是跑十多里路，他也不怕苦。

夏天，天热得像个闷罐子，汗如长了脚往出蹦。黄土路上，赵志福用自行车驮着爷爷走村串户上门做衣服。最让赵志福难受的是敲门找活。农村人家家养狗，一听到叫门声，狗就狂叫起来。有时候人出来得快，有没有活儿立马便告诉你；有的人家敲半天门才出来个人，出来后还嫌烦，骂骂咧咧地。有活儿的人家一般很客气，会把你请到家中，但对于手工费还要和你砍价。大方的人家，答应得痛快，还会好吃好喝地招待你，很尊重师傅。小气些的，对手工费是一砍再砍，并想着法子让你答应。如果活儿实在少，只要有人管吃管住，即使手工费少也能勉强答应，上门求人不容易。十家中总有一家会管你，不至于晚上睡到荒郊野外。

虽然人家愿意接待，但总觉得欠着人情。赵志福觉得上门找活儿就如同上门乞讨。有一次敲门问活，这家的狗挣脱铁链追着他们咬，跑了几道沟坎，还摔倒沾了满身灰，衣服也破了。爷爷的腿被狗咬烂了，直流黑血。赵志福哭着帮爷爷处理伤口，赵作鹏皱着眉头，直冒冷汗，却故作平静地说："瓜孙子，不要哭，上门讨生活，常会被狗咬的。你看我衣兜里常备着红蒜，把红蒜嚼碎，涂在被狗咬的伤口上，就可消毒杀菌。听说被狗咬后，如不及时给伤口消毒，人可能会中毒甚至发疯。"

赵志福含着泪说："爷爷，你太可怜了。我都不知道你是这么给家里挣钱的。爷爷我一定学好手艺，开个门面，不再让你受这种苦了，等你老了，我给你养老送终。"赵作鹏嘴角微动，声音沙哑地说："好孙子，咱们家就靠你了。爷爷老了，教会了好些徒弟，但都是别人家的人，现在见面客客气气，实际上如仇人一样。这么多年，也没有一个来家里看过我。你要明白，他们现在都是你的竞争对手。你如果学会了，千万别和他们硬碰硬，因为他们干了多年，积累了好多人脉，你刚出道，竞争不过人家。你将来不能多带徒弟，这个地方就这么大，干这活儿的人多了，你就挣不上钱了，人多手稠，狼多肉少，自古一理。当然，社会在变，不知会变成个啥样子，你自己要学会变通。"

俗话说：吃一堑长一智。赵作鹏解放前是方圆百里的大富汉，经见的事多，该是"老狐狸"才对。一九四九年，解放工作队来到陇堡乡后，说是要打土豪分田地。那时候的有钱人家，心里有如十八个吊桶——七上八下，如坐针毡。

民国时，清朝的大辫子剪了没有啥，长袍马褂不穿了，换上中山装，好像更精神了。但土地归属没有变，富人的日子没有变，照吃照喝。突然让他们交出土地，平均分配，钱粮也要分给平时下苦的穷人，有些富人想不通，于是拒绝配合，想对着干。

在赵作鹏家堡子对面山顶上，有一个韩姓大地主，人送外号"韩扒皮"，非常顽固。解放军来了，地主老财便把吊桥拉起来，堡子四周有护城壕沟，又深又宽。解放军进不去，就在堡子外面拿着大喇叭对着堡子里的韩扒皮喊话，给他讲国家政策。但韩扒皮越听越来气："想分我的家产，做你的春秋大梦去吧！"他仗着自己人多，有钱有粮有枪，见解放军人数不多，便与解放军对打起来。

韩扒皮要钱不要命，瞄准喊话的解放军战士就是一枪，但打偏了。解放军见势就与韩扒皮打起来。由于堡墙高，又有护城壕沟，解放军冲了多次，都没有冲过护城壕沟。韩扒皮站得高，看得清楚，又有受过训练的家丁，打死了好几位解放军战士。解放军有手榴弹，但是堡墙高，投不上去，没多大杀伤力。双方激战了四个多小时。解放军经过多年的解放战争，哪个不是一等一的英雄，却被这个小小的地主家的堡子阻隔住了，还导致一起出生入死的战友伤亡。

韩扒皮见解放军一时近不得身，更是嚣张，喊道："有本事抢走，老子就服。"这个堡子建在山顶，险恶陡峭，又有护城壕沟，一时围攻不下，韩家的狗腿子就牛上了天。

解放军又组织了几次进攻，终因堡墙厚手榴弹炸不开豁口，又没有重火力支持，全靠步枪，让地主老财占尽先机。眼看战友们死伤过半，一个战士自告奋勇，要了两把盒子枪，带了两把匕首，借助战友的火力掩护，乘天色渐暗，越过护城壕沟，将两把匕首扎在堡墙上，快速地爬上堡墙，一跃而入，用盒子枪快速地击倒护院，放下吊桥，跳下城墙打开堡门，战士们攻进堡子。

韩扒皮一看大势已去，心想解放军肯定不会放过他的，于是就从口袋里掏出一块金子吞到肚子里，从靠悬崖的堡墙上跳下去，一直滚到沟底，金子把肠子都坠断了，人摔得血肉模糊，一身黑袍长褂被柴草划成破棉絮，样子惨不忍睹。

解放军进堡子后，放过了韩扒皮的家人，只是根据政策划分了地主成分，对从犯予以从轻发落，打发回家。对于那些反动顽固分子，坚决枪毙。对于枪战中死去的护堡人员，安排人员掩埋。牺牲的解放军战士，归葬到烈士陵园。

这场惨烈的土堡攻防战，让赵作鹏彻底看清了形势，了解到了共产党爱民如子的宽大政策。更让他胆战心惊的是，解放军是不可战胜的。富汉的粮食是靠土地多，长工们一起干，大家苦下的。赵作鹏家两代单传，命比啥都重要，只要不要命，他啥都舍得。多坚固的堡子、多高的城墙、多宽的护城壕沟，都挡不住解放军前进的步伐。就连国民党的几百万军队，都被解放军打败了，何况一个地主老财。但他这个人有些奇怪，他和村里的富人恰恰相反，不仅没有藏起钱财，把土地便宜卖了，反而谁家便宜卖地，他照收不误。最后他一个人几乎把村里富汉家的地全收了。一道弯，一架川，都是他赵作鹏的土地了。地真的是多了，可是家里的银圆买地都快花光了，母亲看儿子这样花钱收地，生怕儿子把家里的银圆败光，就私藏了些。本来他家里已是"十对牛"的光阴了，这一折腾，他一下子需要更多的长工、更多的牛，好把这么多的土地耕种起来。

赵作鹏认为只要把土地和粮食交给解放工作组，一定会给他宽大政策的。解放工作组到来之后，宣讲了政策，成分按现时家庭情况划分。所以赵作鹏虽主动交出土地，但还是地主，只不过给了一个开明地主的名头，而那些解放工作组来之前变穷的富人，就按贫下中农算。

赵作鹏有些后悔，早知道政策如此，还不如早早败光家产，当个贫下中农多自在，根正苗红啊！这么多的家产、银圆，任他挥霍，能潇洒好一阵子，还能评个贫下中农呢。但赵作鹏又一想，解放工作组没有给他治罪，还发了一张开明地主的证书，这不就是个大奖状嘛！这个开明地主证书就是护身符啊！

赵作鹏又给自己打气，父母自小教育他不能浪费粮食、随意挥霍财产，他把这么多的家产捐给了贫下中农，捐给了政府。如他早早地败光了，这全村不就没粮食可分，变得赤贫了吗？他看着抽屉里的开明地主证书，心里不慌了。

可世事难料。不管你想得多好、初衷是什么，总会有人为自己的利益拿你开刀。

以前和赵作鹏一起吃喝玩乐的那一帮富人，现在成了政策下的红人，他却是典型的地主分子，身份发生了翻天覆地的变化。人家顺风顺水，他成了大会小会批斗的恶霸地主。

作为开明地主，本来国家政策上是可以宽大对待的，但由于陇川村的地主极少，找不出一个典型，为了响应政策，便把赵作鹏拉出来作为典型进行批斗。再者，陇川村一些外姓人和不服他的赵姓本家，借着政策，以权谋私，对他变本加厉地整治。和赵作鹏一起被批斗的还有同村的几家富农，其中一个胆子小，看到村上的当权者如此下死手整人，吓得寻了短见。赵作鹏毕竟经的事多，从之前执行政策的解放工作组成员身上看出国家政策会越来越好，村上、乡上这些心术不正的当权者终将会退出历史的舞台。所以他咬牙坚持下来，因为好日子还在后头。心中一有不快，他便走到无人处，唱一段戏安慰自己。

实际上，赵作鹏还有一个不为人知的秘密。民国时陇吉县共有保长六人，他和一个叫代月虎的邻乡保长交好，曾私下议论，国民政府要是完了，到底是把家产败光好，还是继续富着，给新社会做贡献好？

两人商定继续发展经济，过富日子，给地方做贡献。代月虎拿出家里的银圆，为乡上建学校、做公益。这些做法，恰好符合社会发展。新中国成立之后，代月虎也被划定为开明地主。村里、乡上的人都对代月虎给予了很高的评价，虽是地主成分，但大部分人念着他的好。在新社会，代月虎成为知名人士，后来还当上了县政协委员。但赵作鹏再清楚不过了，代月虎是个狠人，身上还背着命案。如果翻案了，估计会被政府枪毙。代月虎聪明的是用手里的权和钱不断地给自己镀金，一白遮百丑。

和代月虎相比，赵作鹏不那么受老百姓爱戴。同朝为官，代月虎为大家做了一些好事。而赵作鹏的一系列操作看起来似乎只为了个人，帮助了那些故意败家的富人，还增加了仇恨，一点不记他的好。赵作鹏打错了算盘，没法后悔，路是自己选的，又能怎么样，人生有时候就是一场豪赌。

人不必以暂时的成败论英雄，在社会上行走还得看胸怀、胆量、气度。

赵作鹏听了父母的话，践行着自己的人生价值观。代月虎虽然风光，但心里有负罪感，没有赵作鹏活得磊落。

赵作鹏是一个乐观的人，虽然路走错了，方法也用错了，但他自信掌握了一门堪称百里挑一的好手艺，这门手艺就是张师傅送给他的铁饭碗，他坚信自己肯定有翻身的机会。

那些年日子苦，吃大灶，人们常常饿得受不了。赵作鹏会裁缝手艺，有些干部家里条件好，需要做衣服，还会给赵作鹏一个好脸色。外村人也知道赵作鹏的手艺，私底下叫他去做衣服，混碗汤喝，不至于饿死。但是本村的一些积极分子不知从哪听说赵作鹏私下外出做活，就半夜里闯入其家，手持棍棒往赵作鹏身上招呼，直到再搜不出值钱的东西，才肯罢手。

一九五六年，社会主义改造完成，陇山市跟上全国形势开展经济建设。一些农民开始私下养几只鸡，或者种些菜到集市上去卖。赵作鹏认为机会来了，便到党岔街上租了一个门面，开了裁缝店。由于做衣服的人多，有些积蓄了，赵作鹏便临街建了三间带玻璃门窗的大瓦房，这一举动轰动一时。几年后，割"资本主义尾巴"，陇吉县最先富起来的赵作鹏一时成为压榨人民血汗的典型，性质恶劣，成为"反水地主"，被罚没全部财产，判刑四年，送入监狱教育改造。

进了监狱，狱长知道赵作鹏手艺好，就让他在狱里给干部做中山装、军大衣等。相比其他犯人，赵作鹏自由些，没有下过重苦。赵作鹏裁剪布料时常落下布头，一个狱警的老婆爱贪点小便宜，总来赵作鹏这儿偷拿布头，一次两次还可以，时间一长，赵作鹏担心出事，不得不制止。狱警老婆为了贪便宜，让他睁一只眼闭一只眼，便表现得很暧昧。风月场上的高手赵作鹏哪有不明白的，一来二去，两人干柴烈火。这段关系一直维持到赵作鹏刑满释放，但纸终归是包不住火的，两人的风流事被这个狱警察觉，又不好把事情弄大，怕丢面子，就等赵作鹏刑满释放当天修理他。

出狱当天，狱警来检查赵作鹏的包裹，倒没有翻出什么特别的东西，但这个狱警发现赵作鹏用裁衣服剩下的布头拼了一个装工具的包裹，包着裁皮衣的刀具。偷公家布料性质很严重，赵作鹏又被加判了三年刑，发配到陇北县劳改农场进行教育改造。赵作鹏非常懊悔，又得苦熬三年，不能和家人团聚，都是风流惹的祸。这监狱里的日子很是艰难，为了偷腥，又加判三年，还不如在家陪老婆，过平淡日子。当然干任何违规的事都是有代价的，不是自己的拿了用了，总是要付出代价的，尤其是别人的女人，更不能碰。

在陇北县劳改农场，赵作鹏又被安排到服装组，每天除了思想汇报，就是做衣服。赵作鹏的手艺好，很受劳改农场干部的尊重。苦熬三年刑满要释放时，狱长和服装组领导找赵作鹏谈话，讲党的政策好，等他刑满恢复自由身，可安排他到国营服装厂工作，吃公家饭，将来还有机会成为国家干部。

这么好的差事，是打着灯笼都找不到的，不但能改变他的政治背景，还能实现父亲的遗愿。可是七年的监狱生活，让他特别思念妻儿，他就拒绝了这份好差事，与公家人身份失之交臂。

出狱回乡后，赵作鹏发现村里人的思想非常陈旧、顽固，他这个坐过大狱的人，回来之后被当成害群之马，饱受冷眼，处处受到打击。虽然刑满释放了，但县里、乡上、村里没把"政治犯"的帽子给他抹掉，一直让他戴着，干啥事都要早请示晚汇报，处处被监督着。干部们把他当犯人一样看管，隔三差五进行批斗教育，生怕他投机倒把。所以赵作鹏的回乡创业梦迟迟得不到实现，又丢了去陇北县国营服装厂工作的机会，真是肠子都悔青了。

更可悲的是，劳改回家后，妻子再不愿与他同房。这七年，妻子张桂梅在孤单寂寞之时，把对赵作鹏的仇恨当作排解寂寞的麻醉剂，当赵作鹏出现在她面前时，她一时无法从这种精神依赖中走出来。即使两人同睡一间房，她也不愿和丈夫同床，两人矛盾重重，赵作鹏失望透顶。当张桂梅不开心时，对赵作鹏又打又骂，总嫌他脏，说他年轻时和别的女人有不清不白的关系，在狱里又因为男女关系，被多判了三年。年轻时风流，对她不好，中年时犯了罪还这样，让一家人受牵连。她守了多年活寡，心里积怨太深，说有男人，如没男人一样。两人的夫妻关系实在没法维持下去，便分居了。赵万里、赵万全两兄弟根据母亲的意愿，让父亲到赵万里家生活，母亲则去赵万全家生活。赵作鹏夫妻二人自此形同陌路，后半辈子再没说过话，夫妻俩痛苦地过完余生。

自此，赵万里因家中有会挣钱的父亲，再不愁零花钱，日子越过越好。而赵万全的日子平平淡淡，没有起色。赵万全私下向赵作鹏要过钱，赵万里知道后，心里不太乐意，拐弯抹角地说："老二你平时对大不好，要钱时便想起大。"之后赵万全再没有张过口，实在是遇到困难了，才会厚着脸皮向父亲借些。但赵万全的妻子就此恨上了老公公，到处捣是非，说赵万里的媳妇吴秀莲和老公公不清不白，说得有鼻子有眼，不给她老公公好日子过，也不给赵万里一家好日子过。希望赵万里把父亲赶出家门，这样赵万全就可以把父亲接过来，让自己家有一个赚钱的老人。赵万全的媳妇还告到大队部，工作组一次又一次地找赵万里夫妇谈话，赵万里自然也恨赵万全两口子。

农村就这样，老人分到谁家，谁就得照顾吃喝拉撒、养老送终，当然老人挣的钱，就是谁家的，别的兄弟是沾不上的。赵万全只有暗暗伤心的份，他不明白母亲为什么不原谅父亲，如果父母能在一起，他现在的日子不就过到人前头了嘛，怎会因为没钱而发愁。每次看到赵万里两口子花钱爽利，夫妻俩就打心里不舒服，于是兄弟俩的关系时好时坏。

有时候赵万全的日子过不去了，向村里人家借了钱，一时还不上，村里人要得急，赵万全就犯了驴脾气，和借钱给他的人吵架，这一吵名声更坏了。三乡四邻的人都知道，赵万全这人人品不行，不讲诚信，借钱不还，还要无赖。兄弟俩在村子里名声一个好，一个坏。一个娘养的，因为生活等原因，发生了变化。

党的十一届三中全会胜利召开之后，一部分冤假错案被平反。赵作鹏也写了申请材料，希望能给他平反，摘掉"反水地主"的帽子。连着写了多次，写的都是希望能返还他被没收的临街裁缝店和解放时给留下来的榨油磨坊，所以平反材料一直没有批复，政治帽子一直戴着。一九七八年后，全国各地搞起了改革开放，赵作鹏的心思又活络起来，但是坐过两次牢，他的政治帽子一直没有摘掉，让他再不敢为人先了。一直等到国家打破计划经济，转向市场经济之后，政策明朗了，他才又开店做起了生意。直到此时，他头上还顶着"反水地主"劳改犯的帽子。后来他又去县里找相关部门反映，也没人给他摘掉政治帽子。此时赵作鹏已是六十四岁的人了，他再不敢像年轻时那样张扬，有收入就行。

三孙子赵志福出师后，为了让全家人过上好日子，决定到街面上开店创业。他让爷爷在家里待着养老。赵作鹏也七十多岁了，该金盆洗手，退出裁缝行业了，他乖乖听三孙子赵志福的话，待在家里安度晚年。

第六章
创业困旅

夏天，陇川村犹如一幅浓墨重彩的画卷，缓缓地展开来。麦田在微风中摇曳，一棵棵挺拔的玉米，叶子宽大翠绿，在风中刷啦啦地响。田野被染成不同色彩，一派收获的景象。

赵志福出徒后，在本乡开店已没有了市场。因为爷爷的几个高徒已就近开了裁缝店，生意红火，口碑不错，别人再想插足很难。

到底在哪儿开店做生意，赵志福只能一步步地考察了。陇山地区乡之间离得都比较远，骑自行车也得走几个小时。所以除了本乡，还有陇合镇、陇马乡、陇坪乡几个乡镇可以考虑。赵志福想先去较远一点儿的陇合镇看看，大约有二十五公里路，要翻三座山。山里人常与山路相伴，走就走吧。

为了赶路，赵志福起了个大早，翻过第一座山时，太阳已爬上了天。他紧走慢赶大中午才到了陇合镇。陇合镇不大，主街道像一个大大的"人"字，沿街两侧都是平房，建有各种店铺，以及卫生院、镇政府大院。赵志福发现有一家裁缝店，一问才知是爷爷的徒弟的女儿开的。赵志福进去观察了一番，见活儿不多，看来生意并不好。为了早点儿回家，赵志福顾不上吃饭，就往家赶。这天很热，路边地里的庄稼叶子都晒得打了卷儿，赵志福回到家时，如跑了气的皮球，脸都晒脱皮了。

第二天天刚麻麻亮，赵志福就起了床，吃了母亲打的荷包蛋，就往陇马乡赶。赵志福心里一阵酸涩，家里平时很少吃荷包蛋，只有来了亲戚贵客才会有。今天母亲破天荒地做给他吃，是在无声地支持他、鼓励他。弟弟正在念书、长个子，母亲也没舍得给打个荷包蛋吃。真是"慈母手中线，游子身上衣。临行密密缝，意恐迟迟归"。

吃完早饭，天还有点黑，母亲让父亲陪着儿子走一段路。赵志福不同意，自个儿走了。走了老远，还听见母亲叮嘱："娃，路上小心。饿了就在集上吃一碗面，不要怕花钱，早点儿回来。"

天还没有亮透，只挂着几颗星星。离家近，赵志福没什么害怕的感觉，走到西盘岔河时他心里开始紧张，四面黑洞洞的也没有一声狗叫。小时常听说这里闹鬼，受过教育的赵志福知道没有鬼，但心里还是慌慌的，毕竟在农村生活多年，受乡俗观念的影响根深蒂固。西盘岔河是附近最深的河沟，总有两里多远。河沟附近没有人家居住，除了地形不好，据说风水也不好，是孤魂野鬼徘徊的地方。这样想着，赵志福不禁失笑："人和鬼各有各的地盘，老先人创造的鬼神论真的很有意思！"

为了给自己打气，赵志福大笑出声。四周安静得针掉到地上都能听得见，呼吸声、心跳声、车轮声，突然，沙啦啦——啪的一声，好似山坡上掉下些土来。赵志福仔细看了看，什么都没有，忙安慰自己道："可能是野物踩塌了山坡上的松土。"

这时呼啪一声，一个大土坷垃重重地砸在赵志福面前的土路上，惊得他头皮发麻。四周无人，是谁用土坷垃打人？会不会是老人常说的鬼吓人？想到这，赵志福顿感头大如斗，发如铁丝，口干舌燥，全身血液狂奔，似有人紧贴着他的后背发出扑哧扑哧的笑声。

老人常说，走夜路如感到害怕，不要回头看。回头看会被打灭身上的三把火，左右肩各一把、头顶一把，这三把火是救命火、阳刚之火，有则神鬼轻易不能近身。一旦回头这火会被打灭，对自身不利。如在万分危急之时，可咬破中指，点几根头发丝，用"诀"打之，能救自己。

还有一种简单的方法，就是手摸自己的头发，头发带电，这种真元之火也能扫除阴气。赵志福吸了一口气，用力摸了摸头，头发丝发出轻微的啪啪声。虽然静电很微弱，但无形中给了赵志福勇气，他心跳正常了，头脑也清醒了许多。一正压百邪，妖魔鬼怪不近身。他大喊两声，周围村庄里的狗叫了起来，不一会儿一切又恢复平静。

缓过神来，他明白了一件事，人是群居动物，只有人才能让你平静下来。有人就有了相互依靠的安全感，一切妖魔鬼怪都是远离人群之后，孤独和恐惧的化身。头发摩擦产生的静电，是在增加人体的生命信息，增强人气。鬼不是真鬼，是人的心魔在作怪，其实人最怕孤单，孤单才会产生恐惧与心魔。

赵志福抬头看了看土坷垃打来的方向，恍然大悟，原来那儿有一道悬崖，可能是自己刚才吓到了崖上沉睡的动物，它们走动间触碰了山上的土坷垃。那些土坷垃顺着山崖滚落，重重地砸到地上。

世间万物是神奇的，赵志福还听说过鬼火和鬼打墙。鬼火就是在暗夜里看到一团蓝莹莹的火球跟着人跑，或者在某一个地方燃烧。鬼打墙就是人的神志不清楚，一直在原地打转，如面前有一堵墙阻挡人的脚步，永远跨不过去。只有在外物干扰下，或者心志清醒后，才能看清这一假象，走出困境。还有一种奇怪的现象就是"失魂了"，也就是一个人在黑暗中，或者野外，甚至家里某一个地方，由于恐惧而神志不清，顿感失魂落魄、有气无力。这时就需要"叫魂"，给人一种心理暗示，让人增强信心、恢复精神。

中华民族几千年，之所以产生神仙、妖魔鬼怪的传说，就是古代人们在与大自然斗争中，自然环境太强大，人类太弱小，人们不断在自然斗争中倒下，心中充满恐惧，需要借助一种强大的力量启示自己、鼓舞自己，给自己能量和勇气，最终战胜一切困难存活下来，这就是人的精神力量。

赵志福走出心理恐惧，回到现实，天放亮了，眼前的山和山路清晰可见，这也是他创业历程上的一次重要考验。在之后的日子里，赵志福还会遇到许多困难，还有许多解释不清的事发生。人这一辈子，会遇到各种各样的困难和挫折，拥有强大的心灵才能更快地走出困境。

赵志福调整好心态出发了。儿不离开娘，就是长不大的孩子。人不独立，不独自打拼，永远不知生活的酸甜苦辣咸，成不了大器。实际上，做人的道理、创业的道理，都能从老祖宗的话里悟出来，但是如果不自己经历，就永远不明白这些话的道理。

爬上第一座高山时，已是晌午，赵志福远望，群山连绵起伏，好似大海扬波，远与天齐，气势磅礴。农村孩子看山就似看海，看海就似看山。山海让一部分农村孩子迷失了方向，世代与山为伴。一部分孩子则产生了丰富的想象，对山外世界充满了无限幻想，努力拼搏，渴望冲出大山，看看外面的世界。

山海是胸怀，是眼光，是境界，是追求，是精神，是无穷无尽的宝藏。赵志福边走边赏山海。一个人独立主事，想法都不一样了。太阳毒毒地晒，顶着烈日走，赵志福并不觉得苦。

山路并不好走，有时他骑自行车，有时自行车骑他，道路崎岖不平，路上的浮土厚得埋脚，自行车都阻住了，只好扛过去。山路陡峭，弯道急，下山也不敢骑车。上山路时，赵志福努力推着自行车走，汗珠从额上滑落到路上的尘土里，湿成一个汗窝窝，一串一串地。下山的时候，山风吹着被汗水浸透的衣裳，凉飕飕地，粘在身上硬僵僵的似铠甲一般。

经过四个小时的奔走，赵志福终于到了陇马乡。在四面环山的山脚下，有一片平川，主街道只有一条，沿街两排房子，有土坯房、砖房，也有钢筋混凝土房，乡政府大院、地税所、邮电所、工商所、饭馆、商店等坐落其间。

陇马乡还有一处娱乐场所，严格来说，是个戏台。不过唱戏也不流行了，就是有人组织，也并不一定能找全会唱戏的人，人们大多出门打工去了。有商业头脑的年轻人，和电影放映公司联合，包专场电影卖票挣钱。虽然打工挣钱不容易，但小伙子们一有空就去看电影，既能看喜欢的电影，还可借机谈恋爱。

放电影后，村里就会悄悄传出一些花边新闻，成为大众茶余饭后的谈资。比如谁家的媳妇屁股大，谁家的媳妇水桶腰，谁趁机摸了谁家媳妇的手，或者哪个二流子趁机浑水摸鱼地耍流氓。

正好这一天陇马乡有集，是乡上最热闹的一天。集上人来人往，有买葱蒜、菠菜、辣子的，有买黄瓜、茄子、西红柿的。看来当地人的生活不错，这些新鲜蔬菜一般是家里来客人才买着吃，或过红白事时才有。男主人陪着客人一起吃罢，家里的娃娃、女人才能去吃。有时没有剩菜，那只能饱个眼福。如此来看，在陇马乡开裁缝店，生意应该不错，但赵志福走了一圈发现已有人开店了，他有些灰心，只好调头回家。

赵志福边走边想，现在人们对生活的要求越来越高了，一件衣服再不会是老大穿了老二穿，老二穿了老三穿，一穿就是三五年。年轻人一两年就换一身，样式也多，但羊皮军大衣和羊皮卡衣仍是冬衣主流，而且做一件羊皮军大衣至少得一千元，光好羊皮就需要四五张，好面料也得两米。农村条件不好的人家，全年的进项还不够置办一件军大衣的。所以羊皮军大衣、羊皮卡衣还是比较稀罕的，有很大的市场。

第七章

情难自已

太阳温和得像一位笑呵呵的老人,山川如一位柔情似水的姑娘,赵志福家的农家小院,一片安详。二十世纪九十年代的陇山塬,人们接触新事物的机会很少,他们仍过着自给自足的小农生活,手工业仍占据生活重要位置,裁缝在农村不可或缺。

连着跑了几天路,赵志福很累,一觉睡到自然醒。阳光透过窗暖暖地照射在身上,他来不及享受这种舒坦,三下五除二地穿好衣裳,着急地喊:"妈啊,太阳都出来了,你为啥不叫我呀?"

吴秀莲忙进屋说:"娃,昨天走了那么多路,看你累的,妈就没叫醒你,又不是赶早去拾银子,急什么!"

"妈,再辛苦也得早起,我得尽快找个开店的地方,好改善咱家的穷日子,这样我才能睡得踏实。妈,我今天要去陇堡乡,离得近,还能来得及,你给我拿个馍去。"

吴秀莲劝说:"缓一天吧,明天再去。"

赵志福有些烦躁地说:"妈,你别再说了,快拿馍馍去。"

吴秀莲便转身出门去,脚踢到门槛上差点儿摔倒,她自顾踮着小脚向厨房走去,吓得院子里鸡飞狗跳。听到舀水声,赵志福又喊:"妈,不要做饭了,拿个馍吃就行,我洗把脸就走。"

赵志福飞快地洗漱完毕,拿了一张吴秀莲端来的白面饼子,骑上自行车便走。

"小心噎着了。"吴秀莲跟在后面喊,心里一阵酸涩,"娃真是长大了!"

刚出门,赵志福便碰到同村的几个玩伴,他们穿着流行的花格子的确良衬衫、拉风的喇叭裤,骑着"永久牌"或"凤凰牌"自行车,甩着长长的头发,说说笑笑地去赶集。赵志福粗算了一下,去趟陇堡乡来回也就三个小时,沿龙湖走四公里后,就到了堡余川,再往前不远就是陇堡乡。这里的路比较平坦,他们几人一口气就骑过去了。这一段路他们骑得如风一样,特别潇洒。小伙子们最关心哪个姑娘好看,这是他们聊天的主题,往往无话不谈,且越说越荒唐,几个人流氓兮兮地说,今天看谁的运气好,能见到熟悉的女子,或者结识一个,把她带上街逛逛,那就算谁日能。

空气中弥漫着青春的荷尔蒙,尘土飞扬。几个人正热烈讨论着,突然发现不远处有个独行的美丽背影。他们端详着这个姑娘的身段儿,赞叹着是绝对的好姑娘、绝对的美女。

"吱溜溜——"其中一人吹了一声口哨,用眼神示意谁先追上,谁就带这个姑娘逛街。"冲啊——"几个人如饿狼扑食,携风而上。"呼——呼——"车速快得耳边生风,几人一溜烟冲到姑娘跟前,待看清姑娘的面容后,吓得惊叫一声,如遇妖怪一般夺路而逃。

这突如其来的鬼叫声吓得姑娘抱头躲闪,当看清是几个年轻男子,她忙遮住脸上的奇特印记,心中掀起狂风暴雨。

这个姑娘叫李春花,是李家堡人,绰号"狼面水仙"。她身材曼妙,面容却奇丑,似是在娘胎里被人诅咒了,《水浒传》里的青面兽杨志还比不上她可怕，让人见之产生一种窒息的恐惧感。只因这张"阴阳脸"，李春花至今没有找到婆家。李春花的父母是近亲结婚，见女儿如此，父亲也很愧疚，许诺如果有人娶他的女儿，一分钱的彩礼不要，还愿陪嫁两头牛和五只羊。即便条件如此诱人，仍无人上门提亲。

李春花见过的冷脸和遭受的打击太多了，她多么希望自己能遇到一个白马王子，哪怕是在梦里。她甚至失常地想，即使有个流氓来调戏她也行，至少能证明她是个正常的女人。不管是谁，只要愿意娶她，她一定好好对他。

经此惊吓，赵志福几人如霜打的茄子，没有了先前的精神，晃晃悠悠地骑行着。他们默默地骑行一段路后，又发现了一个美丽的身影。几个人又活过来了似的，想要再次冲上去。赵志福觉得这个人的身影似曾相识，没有轻举妄动，但为了给哥们打气，扭头说道："哥几个，我敢打赌，这次绝对没有错，你们先冲。"

"噢——走你的！"几个人嘲笑着赵志福，边打口哨边向前冲去，那姑娘没有回头，只是加快脚步往前走。几个人快速地骑过去，回头看了一眼，惊叹的确是大美女啊。几人骑着车围着姑娘绕了个圈，赵志福上前轻浮地在姑娘的耳边打了个响指。

姑娘回头定定地看着他，赵志福一下怔住了，原来是马红梅。他满脸通红，真是大水冲了龙王庙，调戏到自家人身上了。马红梅见是赵志福，脸也一红，尴尬地笑着说："你学坏了，和他们几个流氓一样。"赵志福的脸更加发烫，不知如何是好。马红梅大大方方地说："你也赶集去啊？把我捎上，走得腿疼的。"

其余几人傻了眼，这肥差竟让赵志福得了去，心里不禁泛酸，拿眼瞪着赵志福。"瞪啥？去，去，这是我表妹。"赵志福不好意思地说。那几人气呼呼地说："鸟的个表妹，美死你。我们走，小心撑死你。"

赵志福嘿嘿一笑，说："走你们的。"这意外相遇，让赵志福心里五味杂陈。三年不见，马红梅出落得更加楚楚动人，过去的一幕幕又在赵志福的心头激起巨大波澜。马红梅似有同感，问道："几年不见，你现在忙啥？"赵志福没有正面回答，却问："你现在成家了吧？"

"不说我，说你。"马红梅忙转换话题。赵志福便说："毕业后，我学了裁缝手艺，现在出师了，准备选个好发展的乡镇开裁缝店。"马红梅惊喜地说："呀！我俩想到一起了。毕业后，我也报班学习了裁剪，可那里教得简单，只会做些简单的单衣。能不能开店，也不好说，再者女人迟早要嫁人的。"

一听这话，赵志福才知马红梅还没有找到合适的婆家，学习了缝纫技术，和自己同路。不知"换头亲"的事解决了没？马红梅没有说，赵志福也不好问，心想：新社会了，哪还有"换头亲"这种事，红梅肯定也不会同意，她不会轻易放弃自己的幸福，一定有好的办法说服自己的母亲。

赵志福骑着车，马红梅坐在后面，农村人比较封建，不敢大白天搂脖子拉手。不知马红梅经历了什么，似乎胆大多了，直接搂上赵志福的腰，过往的路人不时地拿眼剜他们。赵志福的胆子也壮了，不管路人，任由马红梅这样。

两个人边走边聊，马红梅还是提到了那个不愿提的话题。两年来，上门给她提亲的人特别多，但一提到"换头亲"，有的人家宁愿多给些彩礼，也不愿意，再说有的人家也没有女儿拿来"换头亲"。当然这些提亲的人家里，也有家庭条件不错的，可是母亲没有同意。眼看着哥哥年龄更大了，母亲和哥哥心急如焚，红梅也着急了，想先给哥哥找个媳妇，自己就自由了。

赵志福听得心如刀绞。马红梅顿了顿，幽怨地说："哥，我真不甘心这样。我的命真苦。"

"你再坚持一下，再过一年我就成功了，我会尽力帮助你的。"赵志福神色严肃地说。两人聊着聊着，很快就到了陇堡乡，打眼一看这儿的经商环境真不错。陇堡乡似躺在陶盆中的微缩景观，北面一潭碧水映着蓝天白云，南面是半月形的大街，街两边是各类商铺，招引着熙熙攘攘的游人，有一种山城街市的别样繁华。街上已有两家裁缝店了，生意特别好，还开了服装培训班，按学习多少种裁剪样式收费，大多学员只能交得起学习一两种单衣裁剪样式的费用，即使学会了，至多会缝缝补补，想独立开店挣钱难如登天。

这两家店的老板，都是赵作鹏教出来的得意门徒，猴精猴精的，赚钱的招数很多。见赵志福进店，便热情地招呼询问。可是当听说赵志福也想开店时，便面露不悦，说了一堆"现在生意不好做，年轻人都喜欢新潮衣裳，外面买的多，上门定做的少，现在他们只是勉强支撑着，不知啥时候就经营不下去了，他们办裁缝培训班是想赚学徒的钱，但只教基本功和单衣加工"这样的话。

赵志福当然明白他们是什么意思，只好顺着他们的话说："现在的确是这样的，竞争激烈，干这一行的人多，都想开店，但市场需求就这么大。"赵志福又补充说他只是想了解一下行情，不打算在陇堡乡开店。这两个人一听，立马换了表情，拍拍胸脯说："赵志福，有用得着我的地方吭声，一定会鼎力帮助你的。"

这一席话，让赵志福颇有感触。陇堡乡的确不错，但是这里已没有他的市场了。闷热的天，风都挤不进来，内心的燥热烧得赵志福不住冒汗，黏住了衣裳，似有人用手撕扯。陇堡乡逢集，街上人挤人。赵志福和马红梅在集上逛了逛,没啥心情,便往回走,他也忘记给马红梅买点礼物了。马红梅看出赵志福心中的不快,对他开店的信心打了折扣。

在回家的路上,马红梅的话明显少了,多少有些伤感。赵志福打着圆场,说他本来就没打算去陇堡乡开店,今天就是了解一下市场行情。他计划明天去陇坪乡看看,那里离得远,或许有机会。马红梅恢复了冷静,暗想:那还是没有十足的把握。聊着聊着,到了龙湖边,赵志福和马红梅要分开了,两家人隔湖而居,临水而生。

看着马红梅远去,湖面波光粼粼,似赵志福眼中闪烁的泪光。一阵山风吹来,卷起一阵凉意,赵志福不自然地缩了下脖子,想起与马红梅梦断的那个晚上,不禁喊道:"红梅,你等着我,我会尽快把店开起来的,让家里人上门提亲。"说着眼里涌出晶莹的泪水。分开后,赵志福心情低落,回到家连饭都没有吃,拉了一床被子倒头就睡。母亲几次叫他吃饭,他就是一声不吭,如丢了魂的空壳子,家里人急得团团转。

天边的落霞一片血红,收走了最后一点残光,送入沉沉的夜,大地一片无尽的黑暗。

第八章

初见端倪

黄土地扛住了西北风的撕扯，挺起农人伟岸的胸膛，展露一抹绿色。人总要想办法活着，哪怕平凡如尘土，柔弱如茅草。

赵志福蒙头睡了一天两夜后起了床。那是个阳光明媚的早晨，朝霞伴着初升的太阳，放射着金色的光芒。

这两天，最着急的人就是赵志福的父母。赵志强也担心哥哥，心想开个店这么麻烦，还创业干吗？还不如到外面的世界去闯。赵志强哪知他哥的心事啊！

赵志福在沉睡的这一天两夜里不住做着怪梦。第一个晚上，他梦见自己骑车过快，掉到山崖下去了。好高的山崖，他一直往下掉，心里有种被抽空的感觉，咽喉里似有东西堵着，胸口如压着一块石头，有种坠入地狱般的恐惧感。梦中他拼了命地想抓住什么，可是什么也抓不住。他奋力喊叫，就是喊不出声，绝望得连眼泪都没有。

先人积善儿孙享。朦胧中，赵志福想，老先人几辈子都老实巴交的，没有欺弱怕强过，没有做过亏心事，为什么我的命就这么苦呢！转而他又想，这一切都是软弱的心魔在作怪。好男儿志在四方，遇到困难挫折算什么？天生我材必有用，千金散尽还复来。好事多磨嘛！就算店铺开张后不景气，自己热忱待人，总会有人光顾。他不相信，世界这么大，就没有他的一碗饭吃。

想到这，他渐入梦乡。第二个晚上，赵志福梦见自己骑自行车在一条山路上狂奔，突然闯入一个满是奇花异草的山谷。金色的阳光斜洒下来，如一束束佛光。自己身轻如燕宛若仙人，飘行于香花奇草间。过了峡谷，来到一片盈盈湖泊，碧绿可亲。他跳上了一条小船，御舟而行，临风而立。这时突然传来一个婉转动听的声音，如仙音缭绕。当赵志福沉醉于美景仙音之中时，被一声大叫吵醒了。

"志福，志福，儿啊，一天两夜了，你咋还不醒啊？"赵志福睁开睡眼，见父亲满是胡茬的脸正对着自己，眼角挂着泪。赵志福迷迷糊糊地问："咋了？大，哭啥？"

"娃，如果做生意的店面不好找，我们就不干了，再学着干点别的，不要想不开，你都昏睡了一天两夜了。"赵万里给儿子宽心。

"没事的，大。我只是觉得累，多睡了会儿。"赵志福忙安慰父亲。

"不要哄我，我知道你肯定是遇到坎儿了。你快给家里人说说，急死人了。"赵万里盯着儿子的眼睛，试探着问。赵志福缓和了下表情，忙岔开话题说："没啥，这两天老做奇怪的梦。"

吴秀莲让赵志福把梦境说出来。日有所思，夜有所梦，她想知道儿子在想什么。赵万里是个粗人，哪管那么多，听完儿子的描述，摆摆手笑说："做的啥梦，别胡思乱想。你是睡觉时没盖好被子，风吹屁股眼了。多少年了，我啥梦都做过，这不大半辈子都过来了。"吴秀莲则面露喜色，说："娃，是好梦。梦见掉悬崖下预示会长个子；梦见奇花异草，是要转运了，预示有贵人帮助，更是好梦。"

赵志福也想不出个所以然，心想是福是祸都躲不过，怕什么？只有做好当天的事，才能一步一个脚印走出来。对于未知的事情，还没有发生，费那么多心思干什么？再说就是一个梦，没必要太计较。车到山前必有路。

"咕咕——"赵志福的肚子发出抗议声，已经两天没有吃东西了，他伸胳膊打了一个哈欠，说："妈，我要吃饭。"吴秀莲一听儿子要吃饭，高兴得眼眶都红了，踮着小脚往厨房走去，不一会儿用长木盘子端着几碗漂着葱花的白面片和一碟咸韭菜进屋来。赵志福从未觉得饭有这么香，一口气吃了三大碗，用手擦了一下嘴，缓了缓，才满足地说："大、妈，你们放心，这两天没白睡，我悟出了不少做人的道理。等着看吧，儿子会是咱们村第一个开小轿车回来的人。"

赵万里黑黢黢的脸上露出笑意："狗娃子，大等着哩。你把大一年的烟茶钱供上，大就开心得很了。至于小轿车，咱们家几辈人都没碰过那玩意儿。"吴秀莲面如莲花，高兴地笑出声来："我娃有志向，一定行的，妈等着坐你的小轿车。"

"我一定行的。"赵志福大声给自己鼓劲。"娃，有理不在声高。要说到做到，这才是男子汉。"赵万里怕儿子轻狂，忙教育道。

"我要去陇坪乡看看。"赵志福一脸坚定地说。赵万里算了一下路程，说："走陇坪乡有四十五六公里路，都快赶上县城远了，一天时间回不来，这样跑，身体受不了。"赵志福沉思了一会儿说："正因为远，爷爷带出的徒弟有可能没想到在那儿开店，我要去验证一下自己的判断是否正确。"

听说去陇坪乡得赶早走，连夜回，迟了就得住店过夜。赵志福这是第一次去，路不熟，父母也没办法，只好千叮咛万嘱咐，要注意安全，饿了买碗饭吃，不要舍不得花钱。实在累了，就在乡上住一晚上再回来。吴秀莲担心地说："听老人言，住店不能住路边上的店，小心黑店。今天别去，缓一天再去。"

得到家人的支持，赵志福顿感心里敞亮多了，踱着步子到后山梁散心。要独自走这么远的路，还是第一次，赵志福心里有些慌乱。来到后山梁上，他凝眸远望重峦叠嶂的大山，似一片山海，波涛汹涌，一望无垠，不由得低眉叹气："山海啊，我就是山海里的一叶孤舟，能否经得起这汹涌的波涛？"

对着远山，赵志福张臂大喊，宣泄着情绪："神仙爷，我一定会成功的。"山谷发出回音："我一定会成功的——我一定会成功的——"喊了一阵，他心情舒畅了，便回家准备第二天的行程。

天麻麻亮，鸡叫头遍。不用母亲叫，赵志福就火烧屁股地起来了，吃了母亲为他做的早饭，就出发了。临走时他轻声对父母说："大、妈，我去陇坪了。路远，估计天黑透才能回来。如果今天回不来，我就住店了，不用担心。"

赵万里一扬手，说："娃，出门在外要学会将小。俗话说：将小将小，天下走了。出门问路要有礼貌，以防得罪人走错路。"

赵志福精神昂扬地骑了大半天自行车，到下午两三点时，他的双腿如灌铅一样沉重，屁股在车座上压得麻木、胀痛，身子骨酸软发飘，犹如在棉花包中，全身乏力。到陇坪乡还需翻一座山，虽然这座山山势较缓，可是他的两条腿已不听使唤。无奈，赵志福只好坐下歇缓，一坐下来便困意来袭。他连忙爬起来，想喝口水解乏，可是没有带水。他口干舌燥，向四周望了望，心想，不能休息了，不然会累睡着的，这荒山野岭不安全，必须翻过这座山去，一过去就到了。老天爷，再给我一点力量吧，爬过山就有饭吃了。

并不高大的黄土山，此刻感觉高大得难以攀登。赵志福抹了一把脸上的汗，扶车喘口气，努力地向上爬去。经验真的是吃苦受累得来的，这趟远路让赵志福吃了不少苦，也懂得了好多事。走远路应该备些水和食物，这个很重要。否则只能忍饥挨饿，自己受罪了。他的舌头干燥得都不灵活了，转动一下，好像毛巾粘在有毛刺的木板上，拉也拉不动。

但赵志福的思想还活跃着，没有和身体一样僵硬，他真希望自己有超能力，一个意念就能到某一个地方，多轻松，多让人崇拜。孙大圣的筋斗云，就是人人渴盼却望尘莫及的法术。赵志福明白这纯属幻想，还是有钱了买摩托车、小轿车比较现实。山路再颠簸，我一阵风就过去了。

人是铁，饭是钢，一顿不吃饿得慌。千里路上做官，为了吃穿。以后就要多多挣钱，就要吃那好吃的、穿那好看的、坐那新潮的，这才不枉人活一场。生意做大了，就不用在家里种地，也不用吃苦受这罪了。

一通胡思乱想，赵志福终于撑到了山顶。山路弯弯绕绕，看不到集市，但隐约有声音传来。要下山了，一阵凉爽的山风吹过，赵志福一下来了精神，一个跨步骑上自行车就往山下冲。耳边风过，来到一段砂石路上，平坦舒适，真是从没有过的爽快。约莫骑了三公里，眼前突现一个繁华的集市，耳边传来汽车喇叭声，喧闹嘈杂。陇坪这天正好逢集，快散集了，往回走的人多了。赵志福快速地拐进街道，边走边打量路上行人，发现街上的自行车款式多样，有斜梁的、双弯梁的，也有山地车……和自己的老式"永久牌"自行车相比，差别不是一般的大。赵志福犹如发现新大陆般，十分兴奋。街上车水马龙，大汽车、客货车、农用车应有尽有；逛街的男女老少，脸上洋溢着幸福的笑容。

赵志福快速在街上搜索了一遍，没有发现皮衣加工店，也没有裁缝铺，只有服装店。"真是天助我也！"赵志福在心里欢呼着。这里虽然离家远，但地处两省交通要道，是一个极佳的商业通道。

街上有三个市场，一个是农贸市场，供当地农民交易牛、驴、马、羊、鸡、猪等;一个是商贸市场,有几十间店铺,日用百货店、饭馆等一应俱全;还有一个就是菜市场,葱、韭、蒜、辣子、大白菜等样样都有。服装店里的衣服样式多,价格也较贵,但唯独没有卖羊皮大衣的。大西北的冬天很冷,人们需要穿羊皮大衣过冬。赵志福去打问了几家商铺的房租,的确比较贵,心想那就租一个相对较偏的,或者临街口的铺子,土房子也行。通过这一次走访,他心里一下有数了。真是山重水复疑无路,柳暗花明又一村。

第九章

巧结善缘

陇坪广阔旱塬宽，四面环山如龙盘。庄稼丰茂，山花满川，陇坪街市位于旱塬中心，道路四通八达，真是一处经商好去处。赵志福找到陇坪乡这片创业乐土，真是：众里寻他千百度。蓦然回首，那人却在，灯火阑珊处。赵志福觉得值了，先前遭受的一切苦难都成为美好回忆。俗话说：人挪活，树挪死。世界这么大，总有一处适合你发展的创业地，只有经历苦难，努力拼搏，才会拥有。

也有人建议赵志福到县城开店，但是他觉得这不现实。县城的一套营业房房租一年就得四五千元，凭他的实力根本租不起。如果开门营业一两个月没活儿，自己就得饿死。能在陇坪乡开起裁缝店，就算迈出成功的第一步。

心有乐事，喝水比吃蜜还甜。赵志福想把这一好消息尽快告诉家人，忘记来时父母的叮嘱，匆忙吃了一碗面就往家赶。虽然回家已是轻车熟路，但下午三点多了，加上上午长途跋涉，体力消耗巨大，赵志福自认为年轻，体力恢复得快。当他爬上第二道山梁时，太阳的半边红脸已掉进了山腰，火红的晚霞把天边装扮得异常美丽。可是，夕阳无限好，只是近黄昏。赵志福叹了一口气，天要黑了，回家的路只走了一小半，怎么办？

眼看当天回家已是不可能了，在这旷野空谷中说不定还会有野狼、野狗什么的，想到这赵志福胆战心惊。真是人欢事出来，驴欢屁出来，猫欢有一嘴肉吃来。赵志福硬着头皮往家赶，这半道上连户人家都没有，更不要说旅店，他不由得加快了骑车的速度。夜好像比平常来得早，来得快。"真是见鬼！牙长的一截路都走到天黑了。"赵志福心焦地随口骂了一句，继续赶路。

天很快黑下来，一轮明月如银盘高高挂起，照得天地间一片月白。真是谢天谢地，还有月亮这么圆，这么明，这么亮，驱散了黑夜的阴森恐怖。可月光再亮，终究是夜晚，路面的不平，不容易辨识，赵志福一路上走得磕磕绊绊。

山路弯弯曲曲，如蛇盘绕。一会儿月光被山包遮住，一会儿山路又回到月光下，月明处还好说，月隐处只能摸黑前行，一会儿快，一会儿慢。远山向月处，如一位鹤发老人，和蔼可亲。远山背阴处，黑咕隆咚，好似妖魔鬼怪。赵志福天生胆小，有些怕黑，就是在家，晚上上茅房时，还得喊上弟弟赵志强，边上茅房边问："老四在外面不？"有一次，赵志强故意不应声，吓得赵志福提着裤子跑出来大骂。

这漫长的夜路，赵志福走得别提多战战兢兢了，他不住念叨着："老四、老四，你要是在多好，还能给哥壮壮胆。或者有一辆摩托车开着，有车灯多好。"赵志福自小就特别喜欢车，不管是自行车，还是摩托车，更别说小轿车了。赵志福胡思乱想着，借着月光看了看表，已是晚上九点多了。

一整天的重体力消耗，让赵志福的肚子不争气地咕咕乱叫，望向山沟里的人家，见灯光逐渐稀落下去，赵志福的腿肚子不由得打战。看来今晚回不去了，得找户人家借住。不然等人都睡下了再登门打扰，人家并不一定搭理了。露宿荒野，遇个阿猫阿狗的那多吓人。借着昏暗的光，赵志福支撑着疲惫的身体下得山来，向有灯光的人家走去。一连问了几户人家，都没有人愿意借宿。

赵志福闷闷不乐地向半山腰一户独门独院的人家走去。老人常说住店不能住到临边头，但赵志福没有办法，只好去这户人家试试，先住下再说，哪管得了那么多。

巧的是这家人正围着炕桌吃饭，平时这么晚吃饭的农家很少。当看到赵志福疲惫的样子，这家人就知道他走了很长的路，热情地让进家门。一个穿花格衣服的十八九岁的姑娘忙端来一碗洋芋面片让他吃。赵志福饿得如有一只手在肚子里抓，但他仍克制住那份饥饿感礼貌地和主人家谦让。这是最好的饭，胜过山珍海味、美味佳肴。

饭后闲聊，赵志福才知道这家男主人叫张文明，约莫五十岁，是一位小学老师，为人通情达理、豁达开朗，很欣赏赵志福的率真、坦诚和拼搏精神。赵志福边聊天边打量着这家的情况，只见院子里有三间大瓦房，还有下房、耳房等。他所在的这间是上房，房中一铺通间大炕，炕上铺着暗红色的防尘布。在炕的右侧摆放着一个炕柜，古色古香的，很是漂亮。炕上靠墙边处摆着一溜被褥，能看出是好光阴人家。中堂摆着一张八仙桌，桌后靠墙处配一张长条桌，两边各摆一把靠背椅，显得气派大方。靠后墙的地方摆着一张写字台，写字台上放着一台黑白电视机，赵志福第一次看电视，觉得特别新奇。

以前只是听人说过：点灯不用油，种田不用牛，家家都有一台戏。赵志福今天真是见了世面。这家主人两儿两女。儿子顶替了父亲的工作当了民办教师，已转成公办教师。大女儿没有考上大学，闲在家里，准备外出打工。可是父母不愿让女儿外出打工，说是见不得从城里打工回来的女娃娃披头散发、涂脂抹粉，穿得花里胡哨、露胳膊露腿的，搞得人不像人鬼不像鬼。在农村人的传统思想里，只有不正经的女人才会穿成这样。

张文明的大女儿长得不错，圆脸，皮肤白皙，个头不高，略显丰满，手脚勤快，是个淳朴的农村姑娘。

在聊天中，赵志福试探着问这家人是否听说过赵作鹏。张文明笑说："知道，知道，赵师是远近闻名的大裁缝，手艺好得很，还给我们家做过衣裳。我身上穿的这件中山装就是他做的。原来你是赵师的孙子，怪不得觉得面熟，你的手艺肯定错不了。"

赵志福和这家人就算结识了。张文明见他不住打哈欠，忙给他安排休息的地方。赵志福头刚放到枕头上，就把疲惫和辛劳统统撂在脑后，沉沉地睡过去了，一夜无梦。

第二天醒来时，张文明早就起来了，在熬茶喝。赵志福忙穿好衣服，向主家真心地表示感谢，然后收拾行李要走。这家人热情地留着吃了饭，才放他走。临走时，赵志福诚恳地说："我再没啥本事，就会做衣服，如要做衣裳就来找我。或者赶集时，到我那儿喝茶、歇缓。"

千里姻缘一线牵，三生石上早已定。这是后话。

第十章

父子同心

湖水如镜,山冈如帽,赵志福远望山下湖畔那片绿树环抱的村子,心里多了一种别样的情感。回到家,赵志福讲了这一路的经历。父母觉得遇到好人家了,说:"受人滴水之恩,当涌泉相报,待你事业有成,得重谢人家。"赵志福铭记父母的教诲。

自从分田到户后,许多人家的条件好起来了。赵万里比他弟弟赵万全家好很多,但是和村里的好人家比,还是差一截。赵万里脾气暴躁,很难控制自己的情绪,时常因为穷日子,与妻子吴秀莲打架。赵万里打老婆,是全村有名的,打起来不分轻重,劈头盖脸,连棍都能打断。吴秀莲常被打得全身青一块,紫一块,至少得缓半个月才能见好。村里人看了直摇头,更加讨厌赵万里,甚至低看这一门人。人的名,树的影,好话传不远,坏话传千里。

赵志福自小讨厌父亲的这一恶习,随着年龄的增长,他也试图阻止过。可父亲头一扬,生硬地说:"打倒的婆娘揉倒的面,你妈的那张嘴欠打。"赵志福气得面红耳赤,却拿父亲没办法。他们就是在这样的日子中长大的,母亲吴秀莲也落了一身病。

在赵万里的记忆中,家里一直是好光阴,骡马成群,有长工下人几十人，光耕牛就有十对，不要说进出让人乘骑的骡马了。他自小衣来伸手，饭来张口，想要什么就有什么，家里人从来没有违逆过他。光阴鼎盛时，名门望族常来常往。不管来家还是出门，人人都骑着高头大马，一身绫罗绸缎，好不潇洒。赵万里自小就骑在马背上玩，威风八面，一有空就和管家一起饲骡喂马。赵万里十二岁时，他父亲赵作鹏就凭三寸不烂之舌，让陇吉县李营村的吴家当铺大先生将十四岁的女儿吴秀莲许给赵万里做童养媳。那时赵万里还小，母亲张桂梅纵着儿子，少有管教，真是慈母多败儿，让赵万里养出一身的少爷毛病，想干什么就干什么。妻子吴秀莲怕挨赵万里打，对他言听计从，就是干不情愿的事，也只能好言规劝，如果有违他意，就没好果子吃。

赵氏大房头势单力薄，传宗接代是大事。太爷赵恒一生最遗憾的事就是近五十岁才有了自己的儿子，便早早给儿子赵作鹏娶了大四岁的媳妇。那时赵作鹏还是个十四岁的学生娃，却已有了一个十八岁的妻子。太爷赵恒去世后，太奶奶就接过丈夫的责任，监督儿子赵作鹏给十二岁的赵万里娶了一个年龄大的媳妇，为的是优生优育，增加人口。

地主家的大少爷，一般启蒙较早，可赵万里从来不爱读书，就喜欢干长工们干的活——耕田和养骡喂马，而他母亲张桂梅娇纵着儿子，儿媳吴秀莲不听赵万里的话，张桂梅也搭手教训儿媳。那时赵作鹏在外读书，家务事大多时候由妻子操持，儿子赵万里迟迟没有进学堂。后来赵作鹏当了保长，为了公事一年四季忙得不着家，一旦回到家里，夫妻俩又常吵架，更没有精力和时间管束儿子了，于是赵万里这位少爷就越发无法无天，缺少管教。赵氏大房头两代人过早地娶妻生子，多少有些拔苗助长，虽增加了人口，但家庭教育没跟上，为后代成长埋下隐患。张桂梅常说："自从我过门，看到自己的男人是个头扎小辫子、走路蹦蹦跳跳的小娃娃，打心里厌烦,根本没有那些壮小伙子强壮、惹人喜欢。"也许这就是这对夫妻关系不和的主要原因。

张桂梅正值豆蔻年华,仗着少奶奶的权力,每天指挥着一帮精壮男子干活,把这些人和自己的丈夫一比,难免心生无名之火。赵作鹏一心求学,满口人生理想的大话空话,丝毫引不起她的兴趣,每天牛头不对马嘴的对话,让张桂梅有一种灵魂无法安放的苦恼,所以夫妻的情感隐患越来越深。

人无远虑,必有近忧。赵作鹏满以为这样就能安安稳稳地过日子。但生活并非想象中那样简单,有好多的意想不到,他没看明白外面世界轰轰烈烈的解放战争,以及暗藏的祸患和人生机遇。

赵作鹏当保长后,更是忙于公务,对家事疏于管理,尤其是没有及时化解夫妻矛盾,影响了孩子的教育。解放后,三十多岁的赵作鹏和二十出头的赵万里父子俩的富贵日子到头了,本想家产全分了能换来太平日子,哪知赵作鹏却成了村里的"万恶大地主"。

解放工作组走后,赵作鹏一家遭受了更不可思议的对待。一些利欲熏心、仇恨赵家人的村里人,把赵作鹏夫妻用绳子捆起来,绑在柱子上,拷问有没有私藏的银圆和金条,都埋在哪里了。赵作鹏经不住拷问,交出了少得可怜的救命钱,但这些人还是不死心,把家里能挖的地方挖了个遍,连墙皮都铲掉了。有人说堡子里的钟鼓下会埋压金银珠宝,他们便在院子中央挖了一人多深的坑把东西取走。后来还有人了解到堡墙合拢处必须用珍珠、玛瑙、银圆、铜钱摆出一条龙的形状,于是堡墙又被掏出豁洞。

赵作鹏经常头戴高帽游街示众,赵万里夫妇也成为受封建思想毒害的地主子女,在批斗会上陪批陪斗。熬到农业合作社时,由于赵万里最大的爱好是饲养大牲口,便主动请缨成为饲养员。分产到户后,他家分到一头驴。之后不管国家政策如何转变,赵万里还是喜欢养骡马。家里条件好一点，他就把毛驴倒腾成骡马，即使贴钱，他也心甘情愿，家里没钱他就去借钱，从未心疼过钱。他自私地认为父亲有手艺，总会挣钱回来的。

骡马这种大牲口吃得多，还要吃好草料，饲养成本高。一年中草料总是不够吃，赵万里宁愿花钱买草料也要养。他喜欢骑骡跨马，那种驰骋的感觉特别爽，风一般快，如将军一样豪迈。解放后，尽管赵万里接受了贫下中农的再教育，但作为地主的后代，他认为家庭条件好的标准就是有一匹宝马良驹。只要在集市上发现骡马贩子贩的马、骡子比自家的好，赵万里就如着了魔，不惜一切代价地牵回家。即使家里条件有限，不能多养，他也会拿自己家养的牲口换回他看上的宝马良驹，再贴补些钱进去。吴秀莲对此不高兴，说了赵万里几句，他气得宁愿抽自己的老婆一顿，也绝不亏待自己的马。

赵万里骑过、养过的好马很多。对他而言，马是门面，是他走亲访友赶集时的坐骑。有了好马，赵万里又根据不同的马，花大价钱给配一副好马鞍子。光有鞍子不行，要想骑着有派头，还需配好马笼头、上衔铁、水勒、缰绳、马鞭等，更为讲究的是马脖子上的铃铛，不仅种类多，铃铛的数量也有讲究。宝马良驹配上铃铛，走和跑会发出不同声音。好马不管是走起来还是跑起来都步履和谐，马脖子上的铃铛发出好听的声音。如果是劣马，跑起来马脖子上的铃铛声特别凌乱，没有规律和节奏。一听铃声就能判断出马的好坏。所以赵万里在全县高价搜罗了一套做工精致的牛皮脖套十三响错金青铜铃铛，十分洋气。赵万里还有一句口头禅：猪好一口食，马好一口料。他常把家里的玉米、豌豆、莜麦偷偷掺到草料中给马吃，一年四季吃掉不少粮食。就因为喂马饲料的事，两口子经常吵架，甚至大打出手。即使吴秀莲被打得躺到炕上起不来，照样骂赵万里浪费粮食，不顾自己的穷光阴，只顾自己的大牲口。但吴秀莲骂归骂，赵万里打归打，给马喂粮食长膘这事谁也挡不住。

赵万里也试着改变过自己,当过骡马贩子。他说自己喜欢骡马,就当骡马贩子,也算是一种营生。见农村的骡马贩子都挣大钱了,日子过得很红火,吴秀莲就信了。可是赵万里当骡马贩子还是没挣上钱,老亏钱,家里的光阴也不见好转。几年下来,赵作鹏挣的钱不够儿子倒腾。赵万里的骡马梦断,终于把马换成小毛驴,由于不再倒腾,日子渐渐有了好转。

父母的争吵,常伴着赵志福四兄弟的少年生活。赵志福也曾恨过父亲赵万里,他渴望快点儿长大,自己当家作主,尽快让家庭摆脱贫困。一分钱逼死英雄汉,不挣钱过好光阴谁能看得起?

话说赵志福已决定在陇坪乡开裁缝店,但要开起来还是有些困难。裁缝店里至少得要一台缝纫机、一台锁边机、一张剪布台案,以及日常用品、桌椅板凳,另外半年房租、启动资金也是必需的。还有,这么远的路,工具、家当怎么弄过去?当时的交通工具只有马拉架子车,来回九十公里的山路,谈何容易?这一大堆的事,都快把赵志福愁坏了。

见赵志福愁眉苦脸的,赵志强关切地说:"三哥,我不念书了,帮你挣钱开店。""去去去,捣啥乱?等你帮我开店挣钱,黄花菜都凉了。"赵志福没好气地说。赵志强问:"三哥,那你有啥好办法?"赵志福盯着弟弟的眼睛,声音低沉地说:"你好好念书,哥没有念成书,一家人都盼望着你能有出息。哥还要挣钱供你上大学哩,你别操这个闲心,好好看你的书去。"

话虽这样说,可是开店的钱从何而来?家里当时仅有三百元钱,这是赵作鹏父子十多年的积蓄,而开店预算最少也要三千元。一家人急得如热锅上的蚂蚁。

为了儿子,赵万里拉下老脸向亲戚朋友借,可是人家都知道赵家的锅大碗小，觉得钱借出去有如肉包子打狗——有去无回，便找借口推掉了。一圈子转下来，赵万里一副肩膀抬着一张嘴，灰溜溜地回家了。

吴秀莲一听急了，狠下心骂道："你堂堂七尺男人，太没出息了，还不如把你那个东西割下来喂狗，喂了狗，狗还叫几声。这么多年了，你就有打老婆的本事。这点钱人家也不借你，是拿屁眼儿看你。你活着还有啥意思？你平日里骑马打老婆，本事大得很，你现在显摆吧！这点钱，你还要满世界地借……"

赵万里被妻子骂急了，随手抄起个东西便打："把老子逼急了，我把家产全踢腾了，看你吃啥？"

"你打，你打。你是你大的儿子，你是男人，你有本事踢腾出钱来，你把老娘打死，老娘也心甘。如果掏不出钱来，你就不是男人！我今天就支着让你打，我看你是不是男人。"吴秀莲为了儿子，誓要把赵万里逼出个响屁来，有一种置之死地而后生的智慧。

"你们这是怎么了啊！咋又打起来了，能不能省省劲啊？"赵志福大声喊着，和赵志强把父母拉开。

赵万里的确被妻子逼出一个响屁，他把笤帚一甩，蹲在炕沿上，如老猴一般，心想，真他妈的窝囊了半辈子了，再不能这么窝囊了。为了儿子，就是卖驴、卖粮、卖房，也要把赵志福扶起来。先卖掉家里最值钱的两头驴，等明年种地时再想办法。能借上别人家的驴，就借着种，如实在借不上，就是自己当驴，也要把粮食种上，想到这，赵万里豁出去了。

嚯地，赵万里站起来大声说："卖驴！"

吴秀莲一听急了："天大大啊，你再想不出别的办法了？你个老家伙，总不能把你套上当驴使吧？"

"我不求天、不求地、不求人，就求己。我要帮儿子把裁缝店开起来。"

赵万里豪横地说。

"我的天啊,你疯了,哦——"吴秀莲一下急得晕了过去。赵万里头也不回地出门走了,一边走一边绝情地骂:"你要死就快些子,都死了大半辈子了,还是死不了。"

赵志福愤怒地对着赵万里的背影喊:"你去哪儿,也不管我妈了?你咋这样啊!"他哭着把母亲抱到炕上躺下,盖上被子。吴秀莲手脚抽搐,蜷缩成一团。

接下来的几天,赵万里把家里的六只下蛋母鸡卖了六十元,一头准备过年的肥猪卖了六百元,最后才把两头耕地的毛驴卖了一千五百元,凑了两千一百六十元。最后无奈地说,先就这么办吧,就这点家底儿了。

毛驴是家里的重劳力,十多亩地一年全靠它们。为此,吴秀莲和赵万里又吵了几次,看能否不卖驴,从别处借钱。其实卖驴真的如同割赵万里的心头肉,两头驴给他们家苦了好几年,是家里最值钱的活宝。赵万里对驴比对兄弟赵万全亲,但为了赵志福的事业,也为了走出家庭的困境,一辈子没啥出息的赵万里赌了一把,赌自己的儿子行、父亲赵作鹏的手艺行。等儿子开店挣钱了,一步死棋就走活了。他也可以腰杆子挺直了,在人前说两句攒劲话。风水轮流转,他不可能穷一辈子。想到这,赵万里眼角不禁流下两滴浑浊的泪,滚落到胡子上。

冬天做衣服的人多,如果生意好,春播前赵志福就能挣回买一头驴的钱。有头驴就可和同村的人家合着干活,等赵志福挣得再多点儿,再买头驴回来套成一对,就和以前一样了。

卖驴的事就这样定下来了,可赵万里一连两个晚上没有睡好觉。除了上街卖鸡和卖猪,一有空就在驴圈里自言自语地给驴加草喂粮食,还挽起裤腿,把驴牵到湖里洗澡,把两头驴拾掇得油光水滑。又把驴圈的土重新换了一遍，弄得平平整整。驴吃草料时，他就坐在槽沿边看着驴一口口地吃，对驴说："对不住了，你跟着我苦了这么几年，没功劳也有苦劳，这次实在对不住啊！"驴卖力地吃着草料，还时不时转头用鼻子蹭蹭赵万里。

赵万里说着说着，想起了一件辛酸事。农业社刚分田到户时，家里只分到一头驴、十多亩地，驴太瘦了，连犁都拉不动。赵万里把自己同驴套成一对，由大儿子犁地，老婆跟在后面撒籽种覆粪，一上午只耕了两磨地。赵万里累得直冒汗，衣服被汗浸湿了，汗落在地上砸出一个个窝窝。为了能套成一对驴，一家人省吃俭用好几年。后来政策好了，父亲赵作鹏能挣上钱了，毛驴换成了马，那段日子真不错。可人生真如过山车，这好日子没过几年，又过回来了。这几年天公不作美，连年大旱，家里仅有的那点积蓄也掏光了，这光阴真是秋天的蚂蚱——没常性，手头的零花钱像麻绳见水——节节紧。把家里的财产变卖了，又一贫如洗。想到这大半辈子活得辛酸，赵万里的鼻涕流了出来，他用手抹掉，在手里擦干。

赵志福正是需要帮助的时候，这帮儿子实际上也是帮自己，这一点赵万里也能懂。儿子将来成家也需要钱，日子一直这样过下去咋能行，总不能看着儿子打光棍。唉，吴秀莲这个女人，嘴巴碎，心肠好，这么多年吃苦受累的，谁家的女人不想过好日子？想到这，赵万里的脸上露出难得温情的一面。

第三天天亮，赵万里抹了一把眼屎，对着镜子，用刀子仔细地刮胡子，洗漱干净，吃饱饭后，便赶着驴跟集去了。黄山吐绿，杨柳夹道，有牵驴拉车的，也有骑自行车的，包花头巾、穿花格衣服的妇女欢笑着行走在树影斑驳的黄土路上。赵万里穿着有些褪色的中山装，迈着豪迈的步子，似走在人生的金光大道上。

一路上遇到了好些熟人，赵万里打起精神，与人家说说笑笑，表现出一副不卑不亢的样子。人活脸,树活皮,墙皮活着一锨泥,他赵万里再不能让娃娃跟着自己没出息了。想到这儿,赵万里猛然吼出两句乱弹。

到了集上,赵万里家的两头吃得膘肥体壮的毛驴被几个驴贩子一眼相中了。这种务庄农的驴,准能赚个好差价。驴贩子看出赵万里是生手,见他不知行情,心里早就有了谱,吃定他了。两个驴贩子围住赵万里唱起了双簧,连骗带哄搞得赵万里还以为卖了个好价钱。本来能卖两千多元钱的一对驴,硬叫驴贩子一千五百元给搞走了。赵万里卖掉驴后有些窃喜,买了点菜准备回家好好庆祝一下。在集市出口,正好碰上赶着他家那两头驴的买主,顺便打问了一下,买主说这是对种庄稼的好驴,两千八百元买的。赵万里一听腾地热血上涌,郁闷得想当街撞死。

赵万里去找驴贩子理论,人家还恐吓他、侮辱他,他觉得窝囊极了,几年的收入就这样被驴贩子挣走了。但有什么办法,他们这帮人就是靠坑蒙拐骗欺负老实人赚钱,没有道德可言。

赵万里心里无论怎么骂,还是不解气,买菜时因舍不得两分钱,与一个菜贩子争吵起来,真是大榔头敲上不痛。谁知菜贩子也不是好惹的,他们也是一伙子,呼啦一下,几个菜贩子围上来呵斥他。那菜贩子趁机扑上来,给了赵万里两拳,他顿时变成了熊猫眼。另外几个菜贩子也一拥而上,照着赵万里就是一顿拳脚。赵万里感到有人在他身上乱抓,生怕卖驴的钱被乘乱抢去,死命地按住衣服口袋。有人怕赵万里被打死,连忙将那些菜贩子拉开。赵万里被狂揍一顿,衣裳也撕烂了,如叫花子一样,全身痛得没有还手之力,完全不见打妻子时的蛮横劲儿。他艰难地爬起来对着天大吼一声:"老天爷啊!"然后整整被撕破的衣服,找回满是灰土的帽子拍了拍,戴在头上。他忙摸了摸钱,还好都在,心上一松,忍着痛一瘸一拐地往家走。赵万里昏昏沉沉地回到家,吴秀莲正坐在炕上做布鞋,抬头看到他的样子，吓得从炕上挪下来，惊问："天啊，你咋了？谁把你打成这样子了？"说着大哭起来。

"少猫哭耗子。快去烧些开水来，拿个干净毛巾给我焐一焐，再做一碗浆水面吃。快去啊，还傻站着干啥？死不了的！"赵万里豪横地训斥老婆。吴秀莲忙抹了一把眼泪，转身向厨房走去。

赵万里被老婆服侍着擦洗了脸，吃了一碗热腾腾的浆水面后睡了一觉，全身的疼痛立马减轻了。赵万里这次总算想明白了，这么多年他学着贩驴马为啥老亏钱，是被那些黑心贩子耍了。这里面的水太深了。睡醒后，他掏出卖驴的一沓钱交给老婆。吴秀莲看到钱，如看到希望一样，紧紧攥在手心里。赵万里哀叹："我再没别的办法了，现在只能指望娃娃了。"

晚上，吴秀莲按赵万里的要求做了一桌菜，一家人坐在一起，喝了两杯酒，吃了个团圆饭。饭后，赵万里对赵志福说："儿啊，人穷志不短，自己要看得起自己。人再穷也总是有办法活下去的，只要努力就有希望。"赵志福点了点头，坐到炕沿边。

赵万里仔细地点了点钱，又说："儿啊，虽然离开店预计的三千元少了点，但我们的家底就这么多，这两千一百六十元你得省着点花，能不能成功，就看你的了。老子就这么点能耐了。这两天就置办你开店的用具，过两天送你走。"

赵志福看着父亲沧桑的面容，心中产生些许暖意，低声说："大，我知道。"

第十一章

山乡淘金

晨起,太阳刚露头,空气清爽,花喜鹊嘎嘎嘎地欢叫着,赵志福伸了一个懒腰,心情顿时欢快起来。

这两千一百六十元的创业资金低于预期,赵志福知道家里为了筹到这笔钱,已是费了很大周折,只能走一步看一步了。

家里为赵志福准备了基本生活用品,购买了刀剪软尺和最为重要的设备——缝纫机。本来计划要买锁边机,没钱就没买,只能先手工缝边,就是慢些,耽误时间。这些东西装了满满一架子车。自家驴卖掉了,赵万里就去借了一头驴帮着拉车,又在车上备了驴吃的草料和水。

这些生活必需品先暂时用着,等把铺子开起来再想办法。拉架子车去陇坪乡,比骑自行车去要慢得多,光路上就得走整两天。赵志福上次从陇坪乡回来后,把投宿张文明家的事告诉了父母,赵万里这次想借住到张文明家,一是感谢人家,二是解决中途休息的问题,他认为张文明可交。

拉车走远路本就是件很辛苦的事。没办法,穷人家的孩子早当家。如果雇一辆三轮蹦蹦车更省事些,但当时这种车少,要价高,赵志福一家舍不得花钱。驴车上路,步行推进,一天走不了多远。赵万里父子三人一上午才走了十多公里。山路上上下下,累得人口干舌燥。借来的这头瘦毛驴体力差、劲小，加之长途载重，早已累得不乐意了，蔫头耷脑地，开始耍驴脾气，爱走不走的。赵万里抽了一鞭，那家伙回头白了赵万里一眼，蹄子踩在地上啪啪啊，尾巴一抬，屁股一撅，放了一个长长的臭驴屁，紧接着，"扑哧——嗵嗵嗵——"稀屎也跟着喷出来，屎点子溅到赵万里的脸上、身上，气得他破口大骂："驴日的，放屁也不和驴一样。"

瘦毛驴听懂了一样拿眼睛翻他，似乎在说："你是我的啥，想使唤就使唤，你给我喂过草，还是拌过料？"赵万里知道这头驴他得罪不起，人已经走得很疲劳了，如果驴再坚持不住，耽误了时间，会出事的。

走到一处陡坡时，好不容易快到坡顶了，赵万里父子三人已头冒热汗，青筋暴起，瘦毛驴突然止了步直打响鼻，就是爬不上去。这可是关键时刻，驴一停下来，车就往后退，如果人扛不住车，就会掉到山沟里去，一切都将化为乌有。宁叫驴挣死，也不让车翻过。赵万里狠抽一鞭，驴更不听话了，吃痛地倒退两步，车子跟着倒退。赵志福忙喊赵志强从车上取下两块砖头，垫到车轮下，这才止住了架子车的倒退。这样挺着不是办法，赵万里一着急，叫了瘦毛驴两声："驴大大，驴先人啊，你快上啊。你可不能要了我们父子的命啊！"不知是驴听懂了话，还是体力有所恢复，猛地往前跨了两步，把车拉上坡顶。上了山之后，人和驴都一身汗，赵万里怕被山风打了，把架子车停到避风处，给驴吃些草，人也坐下吃些干饼子，补充体力。

休息了一会儿，他们忙着起来赶路。下山之后，瘦毛驴上眼皮打下眼皮，走路磨磨唧唧地没有精神。赵志福见天色已晚，路勉强走了一半，再这样走下去，就是连夜走，天明也到不了陇坪乡，还是找个地方休息。赵万里头一扬，说："我们去张文明家，一是答谢人家的帮助，二是看能不能借宿一晚。"这是什么逻辑？人家帮了一次忙，还缠上人家不放了。

在赵万里的意识里，认为人就要实诚，那人好，就得处下去。礼尚往来，这世上人谁不靠谁活着呢？

到了张文明家，赵万里说了情况，受到热情接待。赵万里拿出事先准备好的礼物，谢道："张老师，您可真是好人。上次犬子晚上打扰了你，我非常过意不去，特来感谢，想不到又要麻烦您一家人了。"

农村人朴实憨厚，张文明也是个善良、乐于助人之人，听赵万里如此说，他用手摸着山羊胡，笑道："没啥，没啥，人都有个三灾八难的，都需要人帮助，自古如此。"张文明让大女儿张芳芳赶忙做一锅酸汤面给大家吃，安排儿子把赵万里拉车的毛驴喂上。

席间，赵万里为与张文明拉近距离，主动说了家庭琐事，谦虚地说自己一辈子没啥出息，全指望着儿子赵志福。这次开店，东拼西凑了些，也勉强能维持一段时间，但生意怎么样也不好说。双方聊得还算投机，朋友就这样交下了。

一夜无话。天亮后，赵万里父子赶早出了门。路上，赵万里对儿子说，张文明这家人不错，好人哪。他大女儿也不错，等生意好点儿，不如两家结个儿女亲家。父子俩说说笑笑，在晚上赶到陇坪乡，这里明显不同于别的地方，夜晚有的铺子还亮着电灯，公路上大车奔驰，更增加一派繁荣景象。父子三人高高兴兴地在一家饭馆吃了饭，没舍得花钱住店，找了个避风处，拿出床板和铺盖，挤着凑合睡了一晚上。满天的繁星，似提灯的萤火虫，虽然空气冷凉，但丝毫不影响赵志强展开想象的翅膀，天上如街市，灯火辉煌，令人向往。

天亮后，弟弟赵志强看着车，赵万里领着赵志福在街上找开店的房子，繁华处没有空房子，打问了好多人，最终在一家兽医站旁找到了一间空房子。谈妥租约后，三人把东西搬进去，支起床板，摆好家什，凑合着开门试营业了。看收拾好了，赵万里和赵志强便赶着空车回家了。

赵志福的裁缝店算是开张了，他早起在街上转了转，和别家店铺相比，他这儿有些偏，为了省钱，本来就租得离主街远了些。酒香还怕巷子深。看来需要做一个广告牌立在路边，要不然顾客看不着，也找不着。

赵志福在街上找了一个做牌子的店铺，花三十元做了牌子，找了些铁丝，在临街的树干上挂起来。牌子上写着："赵氏皮衣加工店，兼作单衣，请往里走。"想不到牌子挂上去不到半天时间，上门做衣服的人没有，倒来了两批乡上的干部。

第一批是工商所的，他们手里拿着拆下的牌子，气哼哼地对赵志福说："牌子不能乱挂，挂广告牌得向工商所打申请，你还没办营业执照就乱挂牌，下不为例。"赵志福忙赔了好多不是，才算打发走这批人。心想，看来得办营业执照，还得请示工商所的人重新立牌子。第二批客人是税务所的工作人员，他们给赵志福讲了一些税务政策就走了，再三强调要及时纳税。

赵志福想着自己刚来，得与这些管理人员搞好关系，但自己又和他们不熟，怎么办才好？思前想后，他为了搞明白门道，向同街的其他店主请教。街上有一家布料店，店主王利明指点他："要在这条街上开店，你得找个熟人给这儿的工商、税务等各方面的'神'敬一敬，不然以后的事儿多着呢。"

赵志福明白了，忙出门给王利明买了条烟，让其牵线说话送礼。创业经费本就少，这一折腾，又花了不少钱。烟酒敬了，工商所还不让立牌子，赵志福又硬着头皮在当街的"醉八仙"请了一顿。酒过三巡，那日拆广告牌的人说："小子，看你人不错，是块做生意的料，以后有什么事找哥。"赵志福赔着笑说："我的店面离主街远，想在临街的地方立个广告牌，望所里行个方便，刚开始做生意，以后日子长，等生意好一点儿了再感谢各位。我刚来，好多规矩都不懂，望多多赐教。"这事就办下来了。做广告牌的费用和烟酒钱都没计划到，这下超出了预算，创业资金更加紧张了，真是雪上加霜。之后不知道还有啥花钱的地方，赵志福更加节俭了。

广告牌立起来了，逛街的人总算看得到了。这天不是赶集日，街上行人稀稀拉拉的，基本上都是街上的住户和生意人。赵志福在房子里等了一天也见不到一个人来。赵志福心里特别慌乱，日子咋熬，生意咋做啊？他又转而安慰自己，熬到赶集日可能会好些，总会有人上门询问的。虽说如此，不见顾客上门，赵志福急得如热锅上的蚂蚁，思忖得想个办法呀！如生意做不下去，他们家就翻不了身，继续贫穷下去。他实在坐不住了，就站到广告牌下向路过的行人介绍，招揽顾客。

真是万事开头难。该花的钱都花出去了，如还没有人上门做衣裳，赵志福顶多坚持三个月就得卷铺盖走人。决不能坐吃山空，必须得想出一个好办法。

第十二章

一厢情愿

临街的店铺,每天都有人光顾,逢集日人更多,而赵志福的铺子,在深巷子里,只有去兽医站路过,或刻意寻找,否则根本没人注意到。

从来没有做过生意的赵志福,在这漫长的等待中,感觉犹如坐牢,焦急、烦躁、六神无主,有着说不清的担心和恐慌。赵志福多么希望有顾客上门来,哪怕第一个活不要手工钱,他都愿意干。

一天、两天,无人来。赵志福孤零零一个人,在漫长的等待中辗转难眠。他和衣躺在床板上,迷迷糊糊中做了一个奇怪的梦。梦中,他骑着一匹高头赤红大马在群山万壑间驰骋。猛然间他来到一片辽阔草原,原野上百花绽放,五色彩蝶嬉戏花间,可爱的梅花鹿、活蹦乱跳的牛和羊、自由自在的兔子、聪明狡猾的狐狸,一派醉人美景。

"咚咚咚——咚咚咚——"赵志福隐约听到有人敲门,忙一骨碌爬起来,摸了摸头发,正了正衣冠,喊了声:"就来!"开门迎来的第一位顾客是怎样的人啊?赵志福喜悦地打开门。

来人是张文明,赵志福忙让进屋,递烟熬茶,和他寒暄起来。张文明和蔼可亲地说:"娃娃别忙了,我来做一件衣裳,看看你的手艺如何。"赵志福高兴地说:"好,我会尽最大能力做好。"

张文明拍拍他的肩，说："慢慢做，不急。"赵志福郑重地说："您是我的贵客，我定会尽心尽力，尽快做好，包您满意。您老穿上，那就是我的活广告啊！"张文明笑说："想做一件皮衣好多年了，料一直配不齐。终于遇上好皮子，能做一件长大衣了，我特地交到你这儿。"

赵志福忙用皮尺量张文明的肩宽、胸围、腰围、袖长、身长，用本子记下来。做皮衣要把肩宽、胸围、腰围、袖洞尺寸成比例加大，并且根据不同人的身材调整加宽的尺寸，还要根据肩型增加皮衣垫肩的厚度，只有这样，做出来的皮衣穿在身上才能合身有气度，否则衣服容易变形走样。

赵志福根据尺寸算了皮衣所用面料，建议张文明用什么领料，还有面料的大小、材质及颜色。皮衣的手工费只是其中一部分，面料也能带来一部分利润，但目前赵志福没钱进布料，只能去别人家看料，以市场价购买，这块都是零利润。赵志福多么希望能有钱进些面料，增加收益。

赵志福诚恳地对张文明说："张老师，我刚开店，没有面料，您和我一块儿到别的布料店选面料去，可以不？"张文明痛快地答应了："好，我们走。"二人边走边亲切地聊着，出了巷子一拐弯，就到了王利明的布料店。王利明一看是赵志福带来了客人，热情地说："布料随便选，价钱给你优惠。"

选好布料后，赵志福要付钱，张文明拦住了，他不想给赵志福增加负担。扯好面料，往店里走的时候，张文明看到赵志福在街上立的广告牌，说："娃娃，你挂的这个牌子没特色。人们不容易记住，形成不了品牌影响力，不如改一个名字。到时我给你写个字，你找广告铺子重做个牌子挂上去，这样比较好。广告牌就像门面，给人的第一印象要好。"赵志福忙请教。

张文明文墨深，琢磨半天，说："就用'煜明皮衣加工店'吧，煜明是光亮、光明的意思，象征着前途一片大好，如太阳一样，永远明亮，给人积极向上的感觉。'煜'这个字不常见，又和普通的玉、亮、光等有明显区别，人们容易记住，有特色。"

赵志福觉得有道理，听取了张文明的建议，又拜托他给自己的裁缝店题名。张文明的毛笔字写得非常好，在这一带很有名气，他写的字就是招牌。两人约定，等取衣服时，把字带来，赵志福非常高兴，遇到肯真心帮助自己的人，真是人生一大幸事。

临走时，张文明语重心长地说："小伙子，做生意要有耐心，眼睛要活，看准机会。做活要认真，做好一件，就能一传十十传百，口碑就是你的活广告。"

"嗯，记住了。我一定会努力的，感谢您。"赵志福诚恳地应是。"不客气，我走了。"张文明转身出门，赵志福送他走后，便开始忙活。有活儿干，赵志福心里踏实了许多。干活间隙，赵志福便去街上店铺里串门，走一走缓解一下疲劳，顺便做宣传，招揽客户。他也不处理身上的羊毛，这样就证明他有活儿干，不是生手。

赵志福趁机和布料商拉近关系，询问布料的行情、利润，这属于商业机密，关系不熟的话，一般是不会说的。赵志福从他们含含糊糊的回答中听出些门道，没想到这里面还有这么大的学问。这零星的信息给赵志福增强了创业的信心，为了实现自己梦想，不管多苦多累他都要坚持。生活有了盼头，人的精气神就不一样了。

皮衣制作是一项相当复杂的工作，爷爷赵作鹏常说："从一张带血的、脏兮兮的羊皮，最终成为一件绵软舒适的二毛皮军大衣，这中间得有不少工序啊！"顾客们拿来的羊皮，有熟过的，也有没熟过的。熟过的羊皮皮板干净绵软，适宜裁割，用力抖动，羊毛齐刷刷、展脱脱地垂下来，显得非常美，所以才会有"二毛皮九道弯"一说。

没有熟过的羊皮一般皮面干硬有褶皱，毛面脏污凌乱，还附着油脂。这就需要裁缝熟皮，熟皮后才能制作皮衣。这些皮子大多已存放多年，羊皮剥下来没有处理，皮板上有死皮，还被虫咬了，奇臭无比。赵志福每次都被熏得作呕，爷爷见了，笑着说："做皮衣心态很重要，连这些罪都受不了，怎么能成为大裁缝？这是考验一个皮衣加工人手艺的标准。"爷爷手把手地把这些活儿都教给他了，只有戏服制作手艺失传了，因为当时没条件教，也没法学。

为了让干硬皱巴的羊皮皮面变软，赵志福费了很大的劲，熟羊皮说起来容易，做起来难。

熟皮要先泡皮，专业术语叫下缸。赵志强听三哥讲过这个，本来想学，可是直接被臭跑了，之后便心有余悸，再不提学的话了。赵志福想起这事，嘿嘿笑了，笑着笑着，眼睛里有了泪光。

下缸前需把玉米面均匀地抹在皮板上，等皮子软了再下缸。赵志福在缸内加盐、芒硝、面粉和水，将皮张浸泡于缸中。加盐是为了保护羊毛，加芒硝可以软化皮板，加面粉能保护皮毛，并吸附油污。

爷爷讲过："夏季浸泡二至三天，秋季需要七天，每天翻倒一次。当用手在四肢内侧靠近躯体的无毛处轻轻一搓表皮即掉时，皮子便算泡好了，选个大晴天，捞出来晾晒。"

出缸前皮子先用清水冲洗，然后加碱、肥皂、洗衣粉等洗涤剂，手工搓洗皮毛，让沾满油脂的凌乱羊毛变得洁白蓬松。

在皮子半干时，还要铲皮。有专用皮铲，把半圆铲头刀对着皮面，将半月形的牛角柄顶在铲皮人的肚子上，抓住搭在齐腰高横架上的羊皮，弯腰一下一下地铲，先横铲，后纵铲。这样既能把羊皮铲大，还能使羊皮皮面变绵软，铲完后晾干即可裁制衣物。

铲皮是辛苦活，赵志强帮三哥干过，不一会儿，便满头大汗，腰酸背痛，两手酸软无力。赵志强不知三哥和爷爷都是怎么干的，从没听他们叫过苦，只模糊记得三哥说过："这活儿苦，但手工费还可以，也就不觉得苦了。"

最后一道工序是除硝，就是把铲好的羊皮皮面向里搭到架子上，用棒子轻拍掉羊皮里的硝粉。

这就是熟皮，皮熟得好坏，影响羊皮的整体效果。一般处理好的羊皮可以存放好几年，不容易坏，送到皮衣加工店，就可以做皮大衣了。这是良心活，也是技术活。

裁皮是个艺术活。把熟羊皮放到台案上，皮面朝上展开，根据不同的皮张，依着木工尺用木工笔画出皮袖、前衣襟、衣背。皮刀锋利得很，在羊皮上沿着画的线轻轻一划拉，一张羊皮就裁成了不同的样式。

缝皮是眼力活。羊皮不规则，要裁成衣服的样子，必须要学会补皮，补皮时要根据毛色搭配协调，还要注意毛发是否为同一方向，再根据大小裁规整，然后把这些裁规整的皮板缝成一件完整的皮衣。

缝制时，针距针脚要一致，排列整齐，如机器加工的一样，看上去美观大方。皮衣直接缝制也可以穿，但白皮面不好看，裁缝一般都给搭块布料面子，这是赵志福最为擅长的传家手艺，但需要极大的耐心。大哥赵志龙就是因为这个才不愿学这门手艺的。

搭面子也有讲究，有活里活面，也有死里死面。做成活里活面，面料脏了可以卸下来洗，能保持干净如新，做成死里死面只能穿到破，脏了也没法洗。张文明送来的羊皮是熟过的，制作起来相对较快。赵志福一连忙活了几天，终于完成第一件作品，他端详着挂在墙上的衣服，感到很满意。这天，张文明如约来到店里，看到那件款式精美的皮大衣时，夸赞道："不错，不错。这么繁杂的活，做工好，出手快，将来生意肯定不会错的。"张文明忙穿上衣服在镜前来回打量，觉得自己派头十足，喜欢得不得了。

张文明特意在街上转了几圈，碰到赶集的熟人就主动说他在这街上的裁缝店做的皮大衣做好了，非常合身，还把一些熟人领到赵志福的店里。见者都夸这件皮大衣很洋气，夸赞赵志福手艺好，以后也来店里定做衣服。

临走，张文明问手工费多少，赵志福推辞不要。张文明有些生气地说："娃娃，你刚开门做生意，资金紧张，我不能占你便宜。帮你是看你这个小伙子人好，有闯劲。该多少就多少，你必须收下。开门做生意，就需要人帮衬，我不能白使。"

赵志福真是打心底感激张文明，他两次去张文明家白吃白住，怎能收手工费。但张文明是一位高素质的人民教师，尊重别人的劳动成果，不想占便宜。赵志福刚来到陇坪乡就领略到了，王利明就是无利不起早的人，没有一条烟，他就不会帮你介绍关系、帮你交往干部。而真正的好干部，会以"为人民服务"的宗旨约束自己，不"吃拿卡要"，人民会打心底尊重他。

前三个月，赵志福店里的活儿断断续续，收入勉强能维持生活。不久，活儿接上了茬，不到半年，活儿多得排成队。临近年关，活儿更多，需要预约。大半年过去，认识赵志福的人都称他一声"赵师傅"，也有人调侃地叫他"赵皮茬子"。如果有人打问赵师傅的店面在哪儿，知道的大多会调侃地说："噢，赵师傅我们不知道，但'赵皮茬子'倒有一个！"然后就给来人指路，说好找得很。把打问的人逗得笑起来。于是，赵志福的名号"皮茬子"在陇坪乡叫响了。

春节，赵志福回家过年，他手里已有了两千元存款，能让家里过个好年，还能给家里买头驴。全家都很高兴，过了一个开心年。这次创业让赵志福信心大振，想着来年收入肯定也不会差，到时再买回一头驴，家里耕地就轻松了。

翻过年，皮衣活进入淡季，只有极少的单衣活。这与赵志福预想的收入差距很大，但他没有跟家里说，开始想办法来改变不利局面。

创收的路子还是有的，他想批发些布料到街上卖，还能揽些裁缝活干，这样收入肯定就上去了。但是赵志福刚给家里买了头驴，现在没有多余的资金，他只能靠做单衣挣手工钱。和皮衣相比，做单衣的手工费少得多，一下子没法回本。

这活人总不能被尿憋死，得想个办法。赵志福首先想到了贷款，他跑了几趟，才了解到想贷款就得抵押。赵志福唯一值钱的物件就是缝纫机，但是这是爷爷做衣服时用的老机子，也值不了几个钱，银行不抵押这些，需要有公干的人做担保才行。可是这种事谁愿意担保？赵志福只好放弃了贷款这一计划。

借钱吧，赵志福把身边的亲戚都想了一遍，还是放弃了这个打算。真的是六亲无靠，只能自己想办法了。在街道上时间一长，他也结交了一些做生意的朋友。生意人，临时互相倒腾些钱应急还是可以的，但都不能超过一个月，否则就失了信用。借得多、时间长不行，没人愿借给。街上有放高利贷的，赵志福问了熟人，他们私下说不能借，借了可能就翻不了身了。

不管怎么说，总得想个挣钱的办法。赵志福试着借了些小钱，批发了点日用品，还用布头做了些帽子，逢集日在街上卖了挣点钱。就这样，赵志福不断地在逢集日倒腾日用消费品，有赚有赔，总算能维持住日常生活。但他心中总有一种随时断顿的紧迫感，每天担心没有来钱的路子。

赵志福回家与爷爷赵作鹏商量，看有没有有钱亲戚帮帮忙。思来想去，赵作鹏终于想起一个多年未见的外甥。这个外甥家在甘肃白银，曾当过国家干部，家庭条件不错。赵作鹏已七十多岁了，为了孙子，只好借寻亲的理由找这个外甥借钱。

多年未见的舅舅上门，双方都很激动，认了亲，说见一天就少一天，相约多走动。熟悉后，赵志福把借钱的想法说了，姑舅爸爽快地答应了。赵志福拿到钱后，批发了些布料，本想大赚一把，哪知自己的眼光不准，对市场行情了解得少，批发来的布料花色、品种都有些单一，积压在手里销不掉。虽然这些布最终是能卖出去的，但资金回笼慢，让赵志福感到很痛苦。没办法，手里没钱了，只能边回笼资金，边研究学习。

到了下半年，开始不断有人上门做冬衣，皮衣活儿一下多了。由于夏天的倒腾，裁缝店有了布料存货，上门订衣服的人比以前多了些，从布料中能挣些利润。

资金回笼之后，赵志福先还了借姑舅爸的钱，留了些活动资金，但是手头还是特别紧张。家里用钱的地方很多，往往有许多计划外的花销，却又不得不支出。赵志福身心疲惫，店里的活儿倒多，但是一个人的精力有限，一年干不了多少，光手工钱也挣不了多少，一年到头最多能挣两三千元，也就是买两头驴的钱。要想多挣一些，只能请个帮手，可是光前期教授，就比先前一个人干还累，并且好多人坚持不下去，中途就走了。这啥时候是个头啊！

虽然通过一年的拼搏奋斗，手头活儿多了，挣小钱不成问题，但是与自己的奋斗目标相距还很远。要想挣更多的钱，必须有帮手，学徒和帮工都不稳定，最好的选择就是找个老婆。老婆可以帮他做饭，打打下手，而且关系稳定，都是为了自家奔波，能尽心尽力。

要说找老婆，赵志福最先想到的就是马红梅，这也是他创业之初对马红梅许下的诺言。张文明的女儿张芳芳也来过两次，做了两件单衣，还给他带了一些好吃的东西。但赵志福一门心思想着马红梅，对张芳芳一点儿想法都没有。

家里终于套上一对驴耕地了，又恢复了往日的家境，这圆了父亲赵万里的梦。赵志福也实现了自己的另一个梦想，拥有了一辆二手摩托车。他从陇坪乡回家，再不用骑那辆让人累得半死的自行车了，他也成为村里第一个骑上摩托车的人。不管到哪儿，只要屁股下冒一阵青烟就到了。

临近立秋时，赵志福抽空回家跟父亲赵万里说他要娶马红梅。赵万里一听，两道坚毅的浓眉锁起来，虎着脸说："人我给你选好了，就是张文明的女儿张芳芳，要娶她我就给你提亲，要娶马红梅我不管。"

赵志福急得脸都红了，愣头愣脑地大喊："除了红梅，我谁也不要！今后家里的钱我也一分不给。"赵万里一听，从炕上跳下来，光着脚板子，抽了儿子两记耳光："狗日的，反了你了，有了两个臭钱，连老子的话都不听了。"

吴秀莲埋怨赵万里："娃都老大不小了，你出手就打。打人不打脸，骂人不揭短。你赵万里长本事了，动手就打儿子。你看你一辈子干的那点儿没出息的事，还有脸打儿子。"说罢又回头对儿子说："别管你大，你认为对的事你就干，你大不去，你就和你爷爷去，反正是你爷爷的亲戚。"

赵志福捂着打红的脸赌气地说："好，我就和爷爷去，你当老子的不管，我和爷爷操办。"说完甩门走了。赵万里看赵志福是铁了心了，也没了办法，转头骂了老婆一句："你把你儿子惯坏了，还跟着娃娃膆我的毛，你啥时候才能跟我一个鼻孔里出气？欠打！"

赵万里面子上硬撑着，心里早软了下来。儿大不由父，这事儿还得他出面，不然人家说他赵家没人，这样的话赵万里老脸可挂不住。吃午饭时，他对赵志福说:"你先去做生意,等我找阴阳先生看个好日子,咱爷俩一块儿去。"赵志福见父亲同意了这门亲事,特别开心。赵万里看儿子脸上五个手指头印特别明显,可见当时他下手有点狠。不禁心疼起了儿子。

儿子走后,赵万里找阴阳先生算了一卦,顺便看了个吉日,卦辞曰:

三生姻缘由天定,昙花一现是孽情。
月老巧点鸳鸯谱,无心插柳柳成荫。

赵万里听得一头雾水,阴阳先生故作高深地说:"这事走着看吧!下周星期天是好日子,你去提亲。"到了这天,赵志福用摩托车带着赵万里去马红梅家提亲。

赵志福的心情特别好,还开心地哼起歌来。想着可爱的红梅妹妹,他心里如吃了蜜一样甜。他头天晚上还做了一个梦,梦见自己在故乡的山顶上抬头远望,山川披翠,百花争妍,红日东升,璀璨夺目。山下的河流如长江一样奔涌,水面五彩斑斓。他驾起一片浮云,长袍翩跹,轻舞飞扬。突然一阵疾风将他刮下云端,掉入湖中,他拼命向岸上游,一下惊醒了。

上路后,赵志福一心想着美事,一脚油门,摩托车如疯牛一样"呜——"的一声颠簸着向前冲去,卷起一阵烟尘。

第一次坐摩托车,赵万里别提有多神气,他盼着有人能看见。赵万里以为坐摩托车如当年骑马一样,正想着美事,赵志福猛踩一脚油门,他没抓牢,整个人四仰八叉地从车上跌落下来。赵万里缓过神,转头看儿子,此时的赵志福早已一阵风不见了。他连忙爬起来拍打身上的土,做贼似的四下看了看,才吐出一口闷气骂道:"二货,急啥子嘛!把你老子摔死,看你娃娃的亲事谁管呢!"

赵万里摔疼了，也追不上儿子，忙找个僻静处，如老猴般蹲在那里抽老旱烟。真是屋漏偏逢连夜雨，船迟又遇打头风。赵万里刚点上一锅烟，就被路过的堂弟赵万杰看见了，赵万杰问道："五哥，你在这儿干啥？去哪儿啊？"

赵万里的脸有些发烫，以为刚才的一幕被赵万杰看见了，心里不是滋味，忙说："忘了东西，让老三骑车去拿了，我正等他呢。"赵万杰没有要走的意思，摆着架子坐下来说："你的烟我抽一锅。现在儿子挣钱了，有好烟抽了，还抽老旱烟锅？"赵万里心烦，奇怪这个赵万杰今天咋这么缠人啊。赵万杰见赵万里肩膀上有土，忙给拍了拍，说："你看你，穿衣裳这么不小心。"赵万杰越说，赵万里越烦，觉得赵万杰在故意戳他的短处。

赵万里不情愿地把旱烟锅递给赵万杰。赵万杰装上旱烟叶，点火抽了几口，然后美美地吐了一个烟圈儿。赵万里看着更难受，说："万杰，你有事你先走，我等一阵老三。"可赵万杰就是不动弹，又和赵万里聊了几句。

到了下坡处，赵志福才想起父亲赵万里来："大，你抓好。"不见回话，忙回头瞅了一眼后座，顿时惊出了一身冷汗："老头子咋不在啊？走时不是好好地坐在后座吗？邪门了！"赵志福忙回头来找，见父亲和堂叔正蹲在路边田埂上聊天，刚要说话，话头就被赵万里抢过去了："让你拿个东西，咋走这么长时间？"赵万杰奇怪地问："咋？你家在那边？"赵万里没理会赵万杰，对儿子说："老三，走。"回头又招呼赵万杰："万杰，你也走。"

赵志福脸一红说："走，大。"赵万里小心翼翼地跨上车，双手死死抓着坐垫，如抓驴缰绳一般，悄声对儿子说："走慢点。"等到看不见赵万杰了，赵万里骂儿子："你个狗怂，把你大丢了也不知道。以后骑车小心点，这玩意儿看起来好，坐上去一点儿不保险。"

赵万杰还没走，在原地打着转转，觉得好生奇怪，这赵志福来的方向不对啊！又想起赵万里那忸怩的神态，不由得哈哈大笑，骂了一句："嘚瑟啥？咋，你家就在那儿？看把你能得！"

不一会儿，赵万里父子到了马红梅家。马红梅一看赵志福的样子，便明白是怎么回事了。她忙将人招呼进门，端上茶水，留下母亲与他们聊着，自己一闪身躲了出去，心里悲喜交加。

赵万里和红梅娘叙旧，然后说明来意。红梅娘侧坐在炕沿上，表情木讷，思谋良久才说："我本来是要娃娃'换头亲'的，这几年没换成，把娃的年龄给耽搁了。咱两家要结亲还得问娃娃，我不好做主。"

赵万里父子在红梅家等了一上午，没有等到马红梅再出现。赵志福心想，难道红梅变心了？快大中午了啊！赵万里也心里急得如猴上树，但仍表情平静地等待着，实在等不住了才对赵志福说："娃啊，家里还有事，今天就转到这儿吧！"赵志福心想："人家没有要留着吃饭的意思，这样轻看我们，真不明白红梅是咋想的。"

红梅娘眼睛不好，但心如明镜，她不同意这门亲事。赵志福骑着摩托车表面上风光，其实家境并没有多好。所以她推托这事由女儿做主，却不喊女儿回来见面，意思已很明显了。她知道女儿和一个吃公家饭的小伙子正处着，男方收入高，受人尊重，将来当了官，儿子就不愁了。赵志福只不过是个下三流的手艺人。

在回家的路上，赵万里开导儿子："娃，看来人家不情愿啊。如红梅愿意，咋和你打个照面就一溜烟不见了？这明显是在躲咱、拒绝你，你能察觉不？"

赵志福低着头没吭声，想起和马红梅交往的一幕幕，嘴唇微微颤抖，目光呆滞。他不相信马红梅会变心，也不相信她会这么绝情，仍心存幻想，想再次去红梅家一趟，或等她给他捎个信儿来。虽说赵志福如此宽慰自己，但打击还是很大的，到家后蒙头睡倒了。

吴秀莲怕儿子落下心病，来到炕头前絮叨："娃，别睡了，天下好女子多得很。去个穿红的来个挂绿的，她不值得你这样啊！"

赵志福嫌母亲烦，起来骑车走了。赵志强见三哥为了一个女人如此糟践自己，不屑地说："哼，不就一个女人吗，看把你难受成啥样子了？换作我，才不把这种薄情寡义的女人放在眼里呢。"赵志强是把牛吹下了，谁知在以后的日子里，他和马红梅有了一段奇缘，引发巨大风波。

第十三章
雪夜历险

冬天,天气渐冷,时不时刮风扬雪,裁缝店里的活儿多,赵志福就一个人,特别忙。加上他一直思念马红梅,希望她能回心转意,却一直没有她的消息,相思之苦乱了他的心智,让他精神状态很不好。赵志福盘算着让弟弟放寒假了来帮忙,让他体验一下挣钱的不易,好好上学。

寒假,赵志强去陇坪乡给三哥帮忙,一进屋就看到满屋子的羊皮羊毛,硝味儿扑鼻,就连吃的饭里,时不时还能拔拉出羊毛来。赵志强不习惯这里的生活,但他知道三哥的不易,竭尽所能帮三哥干活儿。

赵志福不爱做饭,但人是铁饭是钢,每次到了饭点儿,他就胡乱弄些吃的,能填饱肚子就行了,也不讲究好不好吃。赵志强不会做饭,帮不了三哥,就对赵志福说:"三哥,我看你得找个老婆了,至少能给你做三顿饭,还能帮你收拾一下屋子,再这样熬下去你的身子就垮了。"

赵志福反问:"每天和羊皮打交道,你说能干净吗?这找老婆哪那么容易,还是多干些活儿挣些钱,把家里收拾好,看能遇上合适的女子不?"

赵志强也面露难色,心想:"也是,哪有那样容易的事?"在他看来,三哥的确很辛苦。每天六点起床,除了吃午饭和晚饭时可以各休息半小时,一直不闲着,熬到晚上十二点才上床休息,每天干活都在十二个小时以上,真是熬死人了。赵志强见赵志福十二点了还不睡，就催促："三哥，早点睡，要是这样熬上一年，哪能受得了。"赵志福边踩缝纫机边说："爷爷常说，钱难挣，屎难吃。不这样干咋挣来钱呢？你要是觉得苦，就好好学习，考上大学坐办公室就不用受这个罪了，你哥我现在是没办法了。"

有时候，兄弟俩忙里偷闲闲聊，赵志强和赵志福开玩笑说："三哥你快点娶个嫂子回来，要身体好的，能帮你干活儿，还能给你生几个娃，好把我们赵氏的缝纫手艺发扬光大。"赵志福放下手中的活回敬道："你懂个啥，光生娃了，活儿谁干？你说我是照顾她呢，还是干活儿呢？""先找一个帮你干活儿，要是不好，就把她休了。"赵志强傻傻地说。赵志福收起笑容说："瓜兄弟，世上的事如果有那么容易就好了。"赵志强摆手说："哎，不说了，不说了。不过我建议别让你的娃娃学你的这个手艺，这活儿也太辛苦了，还是让娃娃好好上学，将来有个好前途。我们受苦就行了，不能再让后代受苦了。"

赵志福信心百倍地说："瓜兄弟，你哥谋大事着呢，一辈子断不能总这样辛苦。等钱挣多了，我要开一家服装厂，还要开上自己的小轿车。""这想法不错，我支持你。"对于三哥的伟大梦想，赵志强大声夸奖了几句。

两兄弟还聊起小时候的好多趣事。说有一个晚上，他俩睡不着觉，便躺在家里的下房里聊天。聊着聊着没意思了，两兄弟就光着身子站到炕上，用灯光照着"牛牛"，在墙上投影子玩，两人高兴地跳来跳去，直到玩累了才睡着。赵志福也回想起了这件事，开心地笑起来，不小心踢倒了凳子，说那时候真傻。

赵志强裁皮子、缝皮子很快，赵志福夸他缝得不错，他很高兴，偶尔偷奸耍滑，赵志福也不管。赵志福在缝纫机前一坐就几个小时，坐得屁股蛋痛。赵志强关心自己三哥，让他干一阵活儿就起来走走，休息一下。赵志福嘴上应承，但是干起活来就忘了，把那台老缝纫机踩得如手扶拖拉机一样啪嗒嗒地响，整个机身都在振动。裁好的面料渐渐成形，墙上不几天就挂满了各式衣服。逢集，就被顾客拿走了。

做皮衣活，最苦的就数铲皮子。赵志强累了时还能偷懒，可赵志福没办法偷懒，如果他偷懒了，这活儿就干不出来，钱也挣不上了。赵志强偷懒，赵志福从来不说，他知道弟弟将来是要上大学的，让弟弟来帮忙就是为了激励弟弟好好上学。

一个多月的假期，赵志强在赵志福这儿最多干二十多天，到了春节就得回家。赵志强觉得铲皮、缝皮茬、锁扣子这些活儿太累了，这样的日子对他来说度日如年，可是赵志福美好的青春年华要与这些东西常伴。赵志强在花钱时，不会想到三哥挣这些钱是多么不容易，父母兄弟也没有切身感受。只有爷爷赵作鹏知道孙子的不易，这些苦他也曾受过。

赵志强终于熬到快过年了，活儿也干得差不多了。赵志福说："老四受苦了，你先带些钱回去，顺便买些年货。还有些收尾工作，等干完了我年三十就回去。"临走，赵志福让赵志强捎十斤胡麻油回去，让家里过年用。

年来了，大街上时不时地响起鞭炮声，生意人把店门锁了，贴上大红对联回家过年去了。偌大的一条街显得空落落的，而赵志福还坚守在陇坪乡的裁缝店，不停地忙活着。

赵志强归心似箭，早上天空飞起了雪花，在离开裁缝店往家走的时候，他有一种漂泊异乡的感觉。这次经历让他明白了生活的不易，想着考上大学就好了，毕业后找个体面工作，动动嘴，跑跑路，写写画画就能把事办了，岂不比三哥的这个活儿轻松。

四十五公里山路，平时赵志强骑自行车得走一整天。这天又下雪了，不知能不能回去，但赵志强还是义无反顾地往家走。上路后，雪渐渐大了，还刮起了大风，刺骨的冷。

山路坡陡、雪滑，骑行还真是一件难事。星星点点的雪被风一吹就如春天的柳絮飘散。下着下着，地上积了一层薄雪，自行车走过，压出一条线来。雪不断地下，渐渐有一寸多深了，自行车轮胎压到雪上，发出咯吱咯吱的响声。赵志强骑得非常小心，懊恼着："这咋回家？老天爷这是想要我的命啊！"这时骑行已相当费劲，他只好艰难地推着自行车走，累得汗流浃背，头顶不停地冒着热气。

好不容易爬上一座山，下坡时，自行车开始打滑，有几次差点掉进沟里，更要命的是他的鞋底不防滑，难以行走。当他艰难地推着自行车走到上咸滩时，两腿发软，嗓子发干，烟熏火燎一般。

环视雪野，有一户人家的房顶升起淡淡的炊烟，赵志强忍着干渴饥饿，向那户人家走去。这户人家的大门开着，从门头和院子里的摆设能看出这家人的光阴不错。赵志强径直走进院子，敲开上房门，见炕上坐着一个头发花白、面容慈祥的老奶奶，她端详着赵志强，说："快上炕来暖暖。"

赵志强眼里噙着泪，头上冒着汗，嗓音沙哑地说："我，我饿。"老奶奶朝院子里喊了一声："端一盘馍来。"一个扎着羊角小辫，穿一身花格子衣服的小女孩端着一盘馍放到赵志强面前的炕沿上。赵志强饿急了，连声谢谢都没来得及说，抓起馍就吃。老奶奶见状忙又喊："泡杯茶来。"那个羊角辫小女孩又端来一杯热茶水放到炕沿上，手被烫得放到嘴前吹。赵志强没有感觉到茶水烫，一口馍就着一口茶狼吞虎咽起来。

长时间的雪地行走，赵志强的眼睛有些雪盲了，老奶奶长的什么样，小女孩长的什么样，始终是模糊的，他大脑一片空白，吃到嘴里的馍是什么味道，甚至吃饱肚子，谢没谢这位慈祥的老奶奶，赵志强都迷迷糊糊的，没有多少记忆。可能太累，人的记忆力都下降了。一盘馍下肚，赵志强能继续坚持走路了，此时已是下午，他急忙往回赶。

雪野茫茫，寒风凛冽，他头上直冒汗，湿了发梢，冻成细细的冰棒，他顾不上这些，只想着能在天黑前回到家。他推着自行车走了五六里山路，爬到李家章山路的半山腰时，腿一软，脚下一滑，整个人连同自行车从结了冰的雪坡上滑了下来。他把自行车用绳子绑到肩上，跪下来手脚并用往上爬。手抓着冰凉的雪地，粘在手上的雪快速融化成水，冰凉刺骨，他强忍着，尽量用肘着地，艰难地往上爬，爬到坡顶平路上后，他的双手已冻得失去知觉，他忙把手焐到衣服下暖了一会儿，过了一阵手才有了知觉。

其实比双手更惨的是双脚，鞋帮子已被雪水湿透了，两只脚泡在雪水中，早已变得麻木。如果赵志强穿双母亲做的布鞋就好了，他脚上这双鞋是买来的便宜货，鞋底是硬塑料的，一到雪地上就打滑，一点儿也使不上劲，使行走更为艰难。

爬李家章山时，天已经黑下来了。还有更陡的一段坡路等着他，路旁是深沟悬崖，细算路程，还有十五六里。赵志强再没有勇气走下去了，两只脚先前还有猫抓一样的痛感，此时却如两块木头，不痛不痒，完全不听使唤，体力严重不足。他扶着自行车，把腿提起来，想动一下脚，哪知已麻木得动不了了。赵志强大惊失色，如果再坚持走，翻过山遇不到人家，这双脚指不定就残废了。小时听老人讲过农村有冻掉手和脚的人。他不想就这么残废了，也不想死在这儿。如果残废了，他这后半辈子就完了。赵志强想就近找人家借宿，他望了望四周，山如坟墓般阴森吓人。

借着自行车的支撑，赵志强向山下的村子里走去。只要遇到人家，就上去敲门借住，一连问了三四家，都被拒绝了。他有些失望，但坚持继续问，相信总有人家会收留他的。赵志强又向四周看了看，满眼是雪，人烟稀少，朦胧间发现前面土岗子上孤零零地有一户人家，院子里亮着灯。老人常言住店不能住临边的，但赵志强已管不了这些了，只要有人家收留，总比在野外被冻死强。这家人的院门虚掩着，赵志强艰难地将自行车推进了院子，丢下自行车，就踉踉跄跄地往亮灯的下房走去，挑门帘进去后，见男女主人在炕上熬茶喝，一帮娃娃挤在炕上。见有陌生人进门，一家人都抬头惊看着这个闯入者。赵志强直接瘫坐到火炉旁的椅子上。男主人惊道："这娃娃冻坏了，快上炕。"

男主人约莫四十岁，他忙跳下炕，把赵志强扶到炕上，想帮他脱掉鞋子，可鞋子冻到脚上了，鞋带都解不开。夫妻俩只好把赵志强的脚连鞋带脚包到破被子里焐暖。赵志强如木头人一样，迟迟没有反应，双脚在热炕上焐了好一阵，鞋帮子上的冰才消了，男主人帮赵志强把鞋从脚上脱下来，放到火炉旁烤。赵志强的脚仍毫无知觉，皮肤煞白，冰冷如铁。

这时从炕上跳下去个半大姑娘，出了下房，过了一会儿，端来了一盘油馍馍。男主人忙把熬好的糖茶给赵志强倒了一杯，让他就着热茶吃馍馍。赵志强木讷地抓起馍馍，就着热茶风卷残云，一家人吃惊地看着赵志强。

吃了东西，赵志强精神好多了，这家人问他是干啥的，从什么地方来？赵志强脑袋里像是装满糨糊，也记不清自己说了啥。从他断断续续、前言不搭后语的回答中，这家人大致了解到，赵志强是从陇坪乡回家过年，下大雪，回不了家，在半路上累倒了，要借住一晚，第二天回家。女主人一脸同情地说："打工人可怜啊！"接着叹气说："我们家这位，一年四季出门打工。"

赵志强的意识一直是模糊的，他隔着窗子呆呆地看向窗外，院里几间大房子收拾得很体面，看得出是个过日子的好人家。赵志强的突然造访，让这家人有些意外，为了让他休息好，男主人陪他在家里最好的上房睡，给他盖了两层被子，感慨道："你冻透了，要好好地出一身汗，才能缓过来。快过年了,弄个头痛脑热,年可怎么过?"

女主人穿着红花袄子,裹着厚厚的青色头巾,背了一大背篓柴火,往上房炕洞里添柴,又看了看被子有没有盖好,念叨着:"夜里你俩少聊点,好好地睡上一觉,明天早点儿回去,指不定家里人怎么着急哩。"大爱面前,一切语言都是苍白的,是要用一生去躬行的。

女主人走后,赵志强仍觉全身冰冷,和男主人没聊几句就睡着了。天一亮,赵志强感觉好多了,忙向主人家道谢,想赶早回家。可他忘记问这家人姓啥名谁了,没法去感谢人家,他对此一直深深自责。

一直娇生惯养的他,对人情冷暖和感恩没有那么看重,随着时间的推移,经历了生活磨难,方觉这情分的珍贵。之后赵志强一直想去感谢这家人,他想,这样的人家,救助他的时候,肯定没想过回报,而是出于真心的同情与关爱,以及对生命的尊重,这是人们朴实的博爱之心,伟大而高尚,由己及人,由人及己,传递着满满的正能量。正因如此,这成为赵志强的性格之一,一看到受罪人和受苦人他就想帮帮,不求回报。

赵志强先前还不明白,做皮衣的活儿那么苦、那么脏、那么累,三哥为啥还是拼命、努力地干,废寝忘食,从未偷奸耍滑。这一次自己差点把命送了,才知赵志福在这么远的路上,一年四季来回奔波,都经历过什么样的艰难险阻。

赵志强之前觉得三哥性子软,不怕他,还笑他傻、笨、爱管闲事。直到这次吃了苦头,他才渐渐明白生活的不易,才能理解人、容忍人,开始有担当、有责任感,敢于吃苦。他也渐渐明白三哥不傻也不笨,是家里最吃苦耐劳,最值得尊敬的人。

三哥这么拼命,不是为了自己,而是为了这个家。他买摩托车不是为了耍洋气,而是为了生活。陇坪乡距家几十公里,光靠骑自行车,这一年四季来去太辛苦了,如果遇上坏天气,不知有多危险。遇上好人家,还能得到帮助,如果遇上不愿相助的人,那就有生命危险了。再者也不能总指望找人帮助,帮一次就欠一笔人情债。欠下那么多人情债又拿什么还?还得清吗?

第十四章

摇摆爱情

赵万里父子与红梅娘有一句没一句地聊着。红梅家的房子矮小，室内昏暗闷热，有股说不清的味道。家里没有一件像样和值钱的摆设，家具样式老旧，似一个年事已高的老人。红梅娘眼神空洞地看着前方，一身灰布大襟衣裳裹不住生活的寒酸，但她用"拖"字诀，让赵万里父子吃了闭门羹。

其实马红梅没有走远，只是在村里转悠。她不由自主地走回到家门口，看到门口停放着的摩托车，有种走进去的冲动，但始终没有听到母亲的召唤，就没有进屋。

马红梅心想，既然赵志福有心娶她，就得有能力说服母亲，只有母亲这一关过了，她那颗悬着的心才能落地。可赵万里父子认为，马红梅如有意，就该招呼他们吃个饭，或照个面，不该不清不楚。两个年轻人想法不同，渐行渐远。

眼看中午了，母亲也没有招呼她回家做饭，这把燃起的希望之火又无声地熄灭了，马红梅有些伤感地登上南山。南山是家门前的一座小土山，离龙湖很近，站在这能看清龙湖的全景。这里安静，空气新鲜，记录了马红梅心里好多不为人知的秘密。

家里，马红梅熟悉到闭着眼睛都能知道家具的摆放，这简单的生活时常让她觉得闷得慌，于是常来这儿散心。马红梅是个爱幻想的女子，时常为出身贫苦而伤感，这山里人的日子有啥好的啊？除了一把辛酸泪，还是一把辛酸泪。农村有理想、有志向的人，都一个个跳出了农门。可自己面前的这道坎却总是迈不过去，自己的命咋这么苦？走又走不成，留又留不踏实。

因为家庭困难，红梅初中毕业就回了家。想考中专，家里人不同意，她就是考上也不会供给。见女儿对"换头亲"十分抗拒，红梅娘做出了让步，说只要帮哥哥找个媳妇，一切由她。马红梅读过书，知道外面的世界有多大，渴望能走出大山，改头换面。

想到这些，马红梅觉得心里堵得慌。这山，一山压着一山，一山重着一山，放眼远望，山连着山，永远没有一个平展的地方让人透口气。唯有南山这里，才是让自己心静的天地。每次来这儿，她都蹲在一个大土堆上，抓起脚下的细黄土玩。马红梅明白，自己是家里受教育最多的人，必须帮家里人走出困境。

山，如如来佛的五指山，马红梅这只孙猴子似乎永远也逃不出去，山就是她心中的监狱，要走出这里，真是堪比登天。几万年前这里没有这么高的黄土山，是一片美丽湿润的平原。几万年对地球来说，只是一瞬间，而对于人来说，就是沧海桑田。马红梅看着眼前的一切，叹道："人生苦短，绝不能亏了自己。"

生活在这里的人世世代代都这么贫穷可怜，而大城市的人却生活得富足美满，同样是人，为什么差别就这么大？马红梅向往城里人的自由自在，向往城市的灯红酒绿、莺歌燕舞，那里有林立的高楼大厦、豪华炫目的小轿车、平坦宽阔的柏油马路、美味可口的山珍海味、华贵美丽的服饰……自己又不差在哪，为什么就不能过那样的生活，却要守在这个贫穷的山乡，灰头土脸地过一辈子。

你看看这里的人，就像这光秃秃的山，哪里有一点生机？他们满脑子都是"传宗接代""老婆孩子热炕头"，他们祖祖辈辈、世世代代都没有走出这大山，永远活在这个死循环中，不知外面生活的丰富多彩。

这贫穷的山乡仍奉行着"嫁鸡随鸡，嫁狗随狗"的传统观念。女人一生下来命运就已注定，到了一定年龄就得嫁人、生娃娃，娃娃长大了，儿子得娶媳妇，女儿就得嫁人，嫁了人再生娃娃，甚至连读书的机会都没有。遇到个好男人，生活还能过得去，遇到个不好的男人，一辈子挨打挨骂受穷。这样一眼看到头的人生有什么意义？如果选择留在山里，她一辈子也就这样了。

传统农村家庭中，男人是一家之主，只需干好田里的活，家里的重活、脏活、累活永远是女人的，饲喂家畜、做饭、扫院，帮着男人干田里的活，还要服侍男人、孝敬公婆、带好孩子。男人干完田里的活，回家盘腿坐在炕上，等着妻子端来饭食，喝一罐糖茶，倒头就睡。而家里的鸡毛蒜皮、零敲碎打全靠女人，女人刚躺到炕上要休息一会儿，娃娃又喊着要吃喝。原本细嫩的手长满老茧，裂了口子，不管多痛都得忍着，才三四十岁，就已变成老妈子了。这一切都不是马红梅想要的，她要尝试新的生活模式。

马红梅吐了口闷气，望着山顶上移动的羊群，那放羊娃在山上点了火，还开心地在那里哇啦哇啦地唱。这些死娃娃有啥好开心的，马红梅心里泼烦。从她记事起就过着这样单调的生活，好像永远没啥变化。现在长大了，看到提亲的人隔三岔五上门，觉得心烦。整个过程就像市场上相驴相马一样，折磨得她心都碎了。

说句心里话，马红梅打死也不想过这样的生活，她是一个不安于现状、不随遇而安的女人，过早地告别梦想、结束幸福，她心有不甘。赵志福事业初成，但她学过裁缝活儿，知道其中的辛苦，做皮衣加工那更辛苦，所以赵志福对她的吸引力不大，在她心中的位置还不如同村考上中专的那个赵建强重要呢。赵建强毕业后肯定会被分到大城市里工作，她要是答应了肯定能跟着一块儿到城市里生活，这可比在这个穷山窝里窝着不知强多少倍。

想到这，马红梅越发没心情回家了，决定中午不回去了，就在这山顶上散散心，好断了赵志福的念想，让人家早点成家立业。马红梅想通后，反而心里轻快了，发现坐在山顶上看龙湖很美。湖水澄碧如镜，天上的云朵倒映在湖面上，野鸭、野鹅在水中自在浮游，水鸟自由飞翔，如一幅醉人的画，充满诗情画意。它们看起来是那样自由自在，快乐无比，这才是马红梅想要的生活。

对，要琢磨琢磨如何帮哥哥找上老婆。哥哥狗蛋三十岁了，村里和他同龄的小伙子都是几个娃娃的爹了。母亲眼睛不好，需要人照顾，所以帮哥哥娶媳妇是头等大事。她把周边的年轻女子打问清楚了，心中酝酿了一个神秘的计划，只有解决好哥哥的事，自己才能天高任鸟飞，海阔凭鱼跃。

马红梅对自己的未来已有了规划。这几年，村里有了劳务输出政策。这些合同工过年回家特别风光，在城里待个一年半载，人就变了一个样，言谈举止、穿衣打扮都有了很大的变化。可见城市生活有多美好！她读过书，可以劳务输出到东南沿海地区。当时流行一句话，不嫁世代修地球的，要嫁就嫁劳务输出和吃公家饭的。

路遥知马力，日久见人心。赵志福怎么也想不到马红梅会这样想。他对马红梅一片痴情，还以为她仍是上学时的那个纯情表妹。

穷人家的孩子早当家，马红梅被家里的重担压得喘不过气来，所以思想多变起来。她深知，美貌是女人的资本，如何利用好这个资本，求得个好前程，就看自己的手段了。

赵志福在等待马红梅回心转意的时候，生出些许恨意来，觉得她对爱情有些儿戏。他这几年吃了好多苦，就是想等条件好了再娶她回家。赵志福自上门提亲后，一直在苦苦等待马红梅的回音，最终换来的是一把辛酸泪与满腹伤痛。在农村，对爱的要求越简单越好，甚至有人认为就是搭伙过日子。贫穷的山村处处有爱，处处有真情，朴实纯真、知足常乐，是他们的本性。随着时代的发展，农村男女"嫁鸡随鸡，嫁狗随狗"的传统婚姻观念逐渐发生了改变，从一而终不再是婚姻的信条。农村女子找对象再不会考虑本乡本土的，而是对外面的世界和人充满向往。

日出而作，日落而息，男耕女织，老婆孩子热炕头。老一辈人就是这样走过来的。他们为了先人、为了自己、为了子女的未来拼搏，当青春不再，人至暮年，需要儿女的赡养才能度过余生。养儿防老是几千年不变的生活规律，养女则教会其相夫教子、从一而终、孝敬公婆，做一个贤妻良母。如果女人违背这一生活理念，就会受到全社会嘲笑和批判。

在赵志福的认知中，父辈的爱情是伟大的，是相互付出，承诺一生，他希望成为父辈这种爱的践行者。生儿育女就是一种无私付出、博大的爱，是不计个人得失的爱。女人把自己交给家庭，交给生活，交给孩子，交给男人，交给公婆，交给伦理习俗。赵志福认为要想成为一个有出息的人，就要学会舍弃，向着自己的目标前行。生活不会善待左右摇摆的人，要么顺其自然地生活，把一切交给命运；要么努力地为理想奋斗，把自己交给理想。所以农村孩子一旦认定考学这条路，不管是在初三还是在高三，都会复读多年，只要有恒心总有考上的一天。为的就是跳出农门，实现自己的理想，只要有范进中举的执着，就不会有孔乙己的难堪。

自从上门提亲后，马红梅一直杳无音讯。赵志福是一个认死理的人，不喜欢这种似断非断的感觉，他想当面问个清楚。白天干了一天的活，晚饭没有吃，赵志福乘月夜急着回家。那一夜月光并不明亮，天上浮云若隐若现，骑车上路之后，赵志福突然感觉困意袭来，在翻过山的一段转弯路上，雪夜路滑，又被迎面而来的车辆灯光直射，只听"咣——啪——"两声，赵志福被撞飞出去，人事不省。

第十五章

梦醒时分

赵志福出事的那夜，马红梅做了一个怪梦，梦见她在龙湖边玩耍，横空飞来一块巨石，不偏不斜地砸在她身上，把她打翻在湖里，湖水很深，巨石死死压着她，让她直沉入湖底。她拼命地喊救命，水却灌进了嘴巴，让她发不出声来。突然水里窜出一头怪兽，张开血盆大口将她和石头一口吞下。她惊出了一身大汗，惊醒后方知是一场梦。

这可怕的梦预示着什么呢？红梅心神不宁，睡意全无，觉得肯定有大事发生。

青春期时，同众多青年男女一样，马红梅时不时会做些奇奇怪怪的梦。梦醒之后身体都会有一种奇怪的变化与反应，因为对此没有正确认识，她会有一种莫名的羞耻感，进而产生深刻的自卑感。她把这种再正常不过的生理现象，当作一种罪恶，甚至恐惧地认为会遭到报应。"难道说这是因为对爱情的不忠贞，而以噩梦来警示我？"马红梅有些心惊。

马红梅对着黑色的夜，胡思乱想了很多，好不容易熬到天明，仍六神无主。过了半日，什么事都没有发生，她安慰自己：不就一个梦嘛，这也太迷信了，亏自己还上过学。人一生中不知做过多少梦，如果梦境都应验了，那还了得。大凡做梦，多是因为日有所思，也可能是最近自己精神不太好造成的。

新社会，人们不再迷信于梦的释义，《周公解梦》只能躺在故纸堆中做它的好梦。历史上的解梦故事，已成为一种神话传说。现代人做了怪梦也只是一笑了之，以唯物辩证法的态度看待梦境。

从神经生理学角度来看，马红梅最近心情不好，面对现实心情烦躁，导致思路模糊，反应迟钝，才会做奇怪的梦。闲坐家中，前途迷茫，胡思乱想，任谁都不会有好心情，总会有不顺心的事发生。不管在工作中，还是学习中，都是如此。所以处于青春期的年轻人易冲动、自我控制能力较差、易做错事，好的是他们年轻，有试错的机会。

无巧不成书。刚过中午，赵志福家传来话，说不再与红梅家议亲，从此两人桥归桥，路归路。原因是赵志福发生了车祸，正在医院抢救。在农村，讲究男女双方提过亲或商定亲事之后，如半年内男女双方都顺风顺水，这门婚事就能成。若其中一方不顺，这亲事便不吉，将不会正式成婚。这种婚俗，就叫"搁婚"或者"试婚"。"搁婚"期间，如果双方都有喜事发生，顺风顺水，是上上婚，佳配；如果平平淡淡，就为平为福，也算吉利；如果一方，或双方都不利，那就是不吉，或大凶。顺风顺水的婚约，就认为女子是旺夫命格，将来双方会白头偕老，儿女成双、子孙满堂。

赵志强知道此事后埋怨父亲："大，你也太迷信了，都什么年代了，还信这一套。说不定我哥见了红梅，身体会好得更快呢。你不要拆散他俩了。"赵万里一听，气不打一处来，上手扇了赵志强一个耳光，骂道："你懂个啥？这是老祖宗传下来的经验总结，必有道理。"这是第一次挨父亲打，赵志强一下蒙了。实际上一开头赵万里就不同意赵志福与马红梅的这桩婚事，只是拗不过儿子，便想成全他们，没想到这样不顺心。

赵万里觉得马红梅长得是漂亮，但漂亮不能当饭吃。看她那样子，家务活不爱干，地里活干不好，又不喜欢农村，娶这样的女人进门，无疑是娶了金枝玉叶，哪方面都落不下，这样的婚姻必定不会长久。

这消息传到马红梅家，如同刮了一场台风。红梅一家觉得蒙受了奇耻大辱，这赵万里只是上门转了一圈，红梅娘压根就没有应承此事，赵万里不害臊，反而猪八戒败阵——倒打一耙。

马红梅觉得受了侮辱，却也担心赵志福的伤情，转而又暗自庆幸。赵志福这人死脑筋，二人本已分手，现在还这样死缠烂打。以前对他还心存歉意，但这次他们家的做法让她对他的最后一点牵挂都没有了。只能怪赵志福时运不济，骑摩托车出风头，才出了事。这怎么能怨红梅，都什么年代了还这么愚昧。

念着旧情，马红梅想去看一下赵志福。她换好衣裳正准备出门，哪知母亲连滚带爬、哭天喊地从炕上扑下来，一把抓住女儿，愤怒地说："你个不知死活的娃娃，真不知道生活的深浅！你是没有尝够生活的酸甜苦辣咸，还想去看那个不要命的货？"

"妈，你这是干啥？"马红梅惊慌地问。"我苦命的娃啊！你不管娘了吗？他是死是活与你有啥关系，你去了能治好他的伤？娃啊，你想想，他出了车祸，说不定落下个终身残疾。我这个病，让你跟着受了多少苦，你还想找一个残疾的男人和你过一生吗？你能对得起我，对得起你死去的爹，对得起你自己，对得起这个家吗？如果你执意要去，就先把老娘埋了。我今天就死在你面前。"说着，红梅娘把头往门框上磕去。

"妈啊，你这是咋了啊！我不去了，不去了还不行吗？"说罢，马红梅一下子瘫坐在地上，脑袋嗡的一声，像断了线的风筝，一下子失去了知觉，晕了过去。马红梅醒来时，见自己躺在自家的土炕上，母亲坐在身边暗自垂泪："娃，你咋了啊，你真能撇下妈？早知道这天杀的有那么重要，妈就不拦你了，我苦命的娃啊！……"

马红梅不知道自己为什么会晕厥，她隐约听见母亲的哭声，当看清母亲的样子，她吓了一大跳。母亲眼窝深陷，面色苍白如纸，精神萎靡、气血不畅，不知为何母亲的手上、脸上满是血。马红梅强撑起精神，对母亲说："妈，我不去，我和赵志福没有关系。你这是咋了？哪来这么多血啊？""血？哪里的血？是不是你摔倒绊的，头好着吗？"红梅娘忙用手摸索着女儿的头。"你的手上、脸上都是血，你怎么了，妈？"马红梅惊慌地查看母亲的脸和手，哪都没烂，这血是哪里的？红梅娘急切地问："娃，你哪里痛？快说啊！"

此时，马红梅感到自己的耳垂揪心地痛，嘴唇干裂，口中苦涩。摸了一下耳朵根，手上顿时沾满了血。自己的耳朵咋破了？她吓得忙喊："妈，我的耳朵根破了。"

"娃，是妈不好，把娃的耳朵扯坏了，我该死，该死！"红梅娘捶胸道。原来马红梅晕厥后，母亲为唤醒她，使劲揪她的耳朵，因为太着急，用的力气大，把她的耳朵都揪烂了。

"妈呀，你不能这样，我好好儿的，不要紧。我好着呢！你别折磨自己。"马红梅哇的一声哭出来，"我可怜的娘哎！"

红梅娘收住眼泪，说："娃，不要哭，会哭坏身子的。你想去就去，不要管妈了。妈给你做饭去，你吃了饭就去。"红梅娘一急，没有摸到拐杖，从炕沿上掉下去，沾了一身的土。

马红梅忙从炕上扑下去扶起母亲："怪我，怪我不争气，我不应丢下你不管。妈啊，你要小心着，你要是不好了我可咋办？"马红梅哭着说："妈，我不去了，我不会让他们看不起的。"

"娃，你想通了就好。妈的心病好了。"红梅娘摸索着紧紧地捏住马红梅的手,"娃,妈给你做饭去,咱娘俩做一顿好饭吃。"

母亲这真真假假的举动,让马红梅的心灵受到莫大的刺激,她下决心要彻底斩断对赵志福的那点牵挂,帮哥哥成家后,她要走出山村,去实现自己的梦想。

第十六章

青春往事

太阳掉到云里，红霞染红了天边。马红梅蹲在南山头远望，远山披着金霞，无比美丽。落日余晖下的龙湖湖面如镜，色彩斑斓，远山近湖，层次分明。

哥哥是家里的顶梁柱，母亲老了，一切都得靠他。作为女儿，终究要嫁人，所以在临走之前，帮哥哥解决好婚姻大事比什么都重要。

红梅娘张玉红是个苦命的女人，丈夫得鼻癌走了，走时马红梅刚到世上一年。张玉红那时还年轻，为了孩子她一直没有再嫁。一个寡妇还带着两个孩子，在那个饥荒的年月，谁娶了她就等于娶了一个沉重的负担。张玉红长得好看，虽然没有人敢娶她，但有人讨好她，有人同情她，有人帮助她，总之他们娘仨还是活了下来。

听老人讲，张玉红到世上时刚刚解放，她的家庭成分是富农。人民当家做了主人，摆脱了靠给地主家扛活讨生活的穷日子，过上了人人有衣穿、有饭吃、有活干的好日子。

江山一片红，贫农血沸腾，全国各地刮起轰轰烈烈的运动风，贫下中农成为社会主义建设大军。

一九五九年春，全国推行"低标准"口粮政策，集体大锅饭由以前的管饱，变成了稀汤汤，人们开始饿肚子了。为了活命，解散了集体大食堂，口粮发放到户，每家每户再自己想办法解决吃饭问题。

十几岁的张玉红正好赶上三年困难时期，全家人遇上困难，吃草根、树皮、麸皮才活了下来。一九六四年，在"农业学大寨"运动中，村里的马国栋与张玉红碰到一起，两人一见钟情。马国栋一表人才，身材高大，国字脸，头发浓密，笑起来极有男人味。那时的张玉红十五六岁，扎两条麻花辫，眉眼弯弯，清纯动人。喜欢张玉红的人特别多，但丝毫动摇不了马国栋这个"真命天子"在她心中的地位。为了爱情，张玉红没有按照家里的意愿选择有权有势的村干部，而是嫁给了根正苗红的普通社员马国栋。那个年代，男女平等，婚俗简单。因为成分不好，张玉红的父母也不敢提啥要求，接亲的人拿根棍子牵着新娘就走了。新娘嫁过去就下厨房烧一锅汤，全家人一人一碗稀汤饭，吸溜着喝得头上直冒热汗，这事就算完成了，以后就一起搭伙过日子了。

一九六五年，张玉红和马国栋有了第一个孩子。他们认为名字越贱越好养，就给孩子起了个土得掉渣的名字"马狗蛋"。虽然穷，马国栋对张玉红知冷知热，一家人生活得很幸福。马国栋总将自己的稀汤饭给张玉红悄悄地留一点，但张玉红疼惜男人，怕他饿亏了身子，想着法子逼他多吃，尽力让全家人吃饱。为了改善生活，马国栋在张玉红的开导下学别人把自家种的菜，或者把养的鸡拿到集上卖钱，日子渐渐有了好转。但此时马国栋突然得了怪病，鼻子不断塌陷，一直溃烂，还痛得要死，乡村医生束手无策，说不出所以然。这病硬生生折腾了马国栋七八年，鼻子都烂掉了，从正面看去，白花花的骨头都能看到。

谁知张玉红此时意外怀孕，有了第二个孩子马红梅。孩子到世上还不足一年，马国栋就走了。这日子过得更艰难了。狗蛋为了帮母亲干活，没有念过一天书，小小年纪就什么活都干。虽然渐渐长大了，却因没文化吃过很多亏。张玉红心火上烧引发严重白内障，渐渐地看不清了。

张玉红母子三人相依为命。狗蛋吃苦耐劳，勤俭持家，本想学做生意，但他没有上过学，不会算账，只好下苦力种田。他不想让妹妹吃一字不识的亏，一直供她读到初中。马红梅毕业时，狗蛋已二十八岁了。作为大龄青年，狗蛋不仅家里条件差，还不善言辞。就是有看上他的，也嫌弃他家穷，不愿嫁他。马红梅不甘心被"换头亲"，她必须和命运抗争，为了改命她什么都能放下。

马红梅颤抖着手拿出赵志福写给她的第一封信，划了根火柴，自言自语道："赵志福，永别了。"她的手在颤抖，这些信件曾是她生命的一部分。她寂寞无聊、孤独无助时，是它们给她以慰藉。

她记得那是一个天高月明的夜晚，自己对着孤灯给赵志福写了第一封信。信写好后，她如坐针毡，一会儿把信藏在枕头下，一会儿又拿出来压在床单下，一会儿装在书包里，一会儿夹在课本里。那一夜，她折腾到夜里两点多钟，才迷迷糊糊地枕着月光睡着了。梦中，家乡的湖畔，赵志福向她飞奔而来，两手相牵，红霞满天。第二天从起床到上课，她一直在想送情书的办法，课都没听进去。最后她灵光一闪，决定让同桌赵志宁送，他是赵志福的堂弟，这事儿准能办成。

晚上，马红梅给赵志宁买了一把糖，小声说："志宁，能帮姐个忙吗？"

"没问题。啥事儿？"赵志宁拍着胸说。

"送一封信给赵志福。"马红梅嗫嚅道。

"什么信，还要我送？你为啥不送去？"

"我如果能送，还用问你？"马红梅的脸微红。

"好好好，不过你有什么奖励？"赵志宁扮了一个鬼脸。

"一定要保密，姐请你吃糖。"

"吃了糖那就保密不了了。"赵志宁坏笑着说。

"为啥？那把糖还我。"马红梅惊慌地问，"你敢坏姐的事，小心挨揍。"她跳起来，做出要打的架势。

"好姐姐饶命啊。"赵志宁嬉笑着拔腿跑了。

信送出去了，马红梅却没心思看书了，从早操到晚自习，她一直对着书本出神。早自习她常在教室门前的大槐树下背书，几乎天天如此，但那天她在树下呆站了一节自习。

马红梅的眼睛盯着一个方向，那是赵志福每天背书的地方，那个熟悉的身影已一连两天没有出现了。第三天，他来了，带着光，向她投来一笑，嘴角上翘，牙齿洁白，似繁星，似云霞。她只觉热血上涌，呼吸急促，两腿发软。

晚自习，赵志宁从外面跑进来，坐在她身旁，说："借你的书用一下。"随手放进一封信。马红梅慌张地走出教室，向宿舍跑去，跑得磕磕绊绊，脸颊发烫，心跳急促，口干舌燥。

宿舍里没人，都上自习去了。马红梅点上煤油灯，颤抖着手打开信。赵志福那飘逸洒脱的字迹跃入眼帘，她借着灯光细看：

红梅妹妹：

真没有想到。这几天，我想了很多，不知如何回话。经过几天的慎重考虑才给你回信。这封信代表了我真实的内心。

红梅，我也不明白这是不是爱，只觉得这种感觉来得太突然、太快了。这几天我也背不进去书，就想着每天在槐树下背书的你，你的背影、你的笑、你的一举一动。

有好几次，我还梦到了你，你笑得那么的甜，那样可爱。

　　梦到你我骑着快马，奔驰在辽阔的草原上，蓝天白云，鲜花烂漫，牛羊成群，飞鸟翱翔。你我牵着手，在无垠的草原上自由奔跑、欢跳，你如彩蝶飞舞，笑声如铃，长发如波，微风送来阵阵花香，弥漫原野。

赵志福

一九八七年二月二日

　　此时的马红梅似生了病，脸热心跳，全身酸软无力，想出去走走，却腿上没劲，想睡又睡不着。逗留宿舍的马红梅被查夜的田老师发现了："谁这么早在睡懒觉？为啥不上自习课去？"

　　"老师，我，我头痛。"马红梅撒谎说。田老师用手背碰了一下她的头说："真发热了啊！那好好休息一下。"田老师忙回办公室拿了包感冒药来，看着马红梅服下。

　　那段往事，如烟笼罩心头，似阳光透过云层洒下万道光束，神秘多彩，萦绕心头。

　　赵志福的回信，让马红梅那颗悬着的心落了地，随之而来的是欣喜和快乐。她开始注重打扮，将头发梳得油光水滑。那时约会最怕被同学碰见，龙湖湖畔成为他们看书学习聊天的乐园。每次约会，她心里都如揣了只兔子，突突地跳，小脸儿像玫瑰花瓣一样红扑扑的。

　　记得第一次约会，马红梅揣着两本书，做贼一样溜去赴约，老远便看见心爱的人等在那儿，向她这边张望。快到赵志福身边时，马红梅不小心绊了一下，在倒地的刹那，他一个箭步冲上去，扶住了她。四目相对，两眼生辉，他俩全身如电击一般慌乱地分开，又不好意思地吐吐舌头，尴尬地笑了。

这种情况平时再正常不过了,这次却感觉不一样,恋爱让人变得敏感、不知所措。他俩对视一眼,眼神似能烫伤人,又急忙避开,低下头。

沉默了一会儿,面对如镜湖面,赵志福拾起一块土坷垃向湖面扔去,土坷垃在水面跳跃着,溅起一圈又一圈的水花。马红梅也照做起来,打着打着,两个人开心地笑起来。

黄昏,太阳低下羞红的脸,要藏在山那边了,霞光似揉碎了,在晃晃悠悠的水面洒落一湖光辉。鱼像在水面上跳舞,庆祝美好的时光,鸭扑扇着翅膀,唱着洪亮的歌……

贫穷并没有让他们的年少时光单调乏味,反而生出更多美丽的幻想和对人生前程的憧憬。

"鱼多么自由自在,不为生活而烦恼,不因贫穷而气短。"赵志福划拨着水感叹。马红梅看着远方,幽幽地说:"要想改变这贫穷的生活,只有不懈地追求和努力,跳出农门就可能一鸣惊人。"

"考上中专是我最大的愿望,家里实在没有能力供我上高中、考大学。如果考上师范学院,就不用掏学费了,毕业了还能分配个工作。"马红梅的眼睛里闪着光。

赵志福想得比较现实:"我们学校的中专升学率只有百分之二,得是尖子里的尖子。"

马红梅收回目光,看着赵志福,激动地说:"我们就争做人尖子吧,一起努力。我们的青春,我们自己做主。"

赵志福似受到了感染:"对,我们的前程我们做主。只要能让生活过得好,我们就走那条路。"他站起身,突然大声吟诵:"大风起兮云飞扬,威加海内兮归故乡。安得猛士兮守四方!我们就用这首诗为我们的青春壮行。"

马红梅一脸钦佩，拍手称赞。赵志福继续讲道："项羽是秦末贵族的后代，反秦起义军首领，他英勇无敌，为人耿直，受人尊重，推翻秦王朝后，自封'西楚霸王'。项羽的个人能力强过刘邦，按理说天下是项羽的，可他刚愎自用，不听谋臣良言，终失了天下。刘邦生性狡猾，人品为时人所不齿，但身边却聚拢了张良、萧何、陈平等能臣谋士，他善听良臣谏言，广施良策，收拢人心，借着项羽霸业的东风，终成了帝王。当然，还有明朝的朱元璋，是个放牛娃，却最终当了皇帝，可见农民也能干大事。"

赵志福的一番话语让马红梅更加倾心，她就喜欢这种胸怀天下的男人，觉得这样的人必将成就大事，对他的爱慕之情更加强烈。她目光灼灼地看着赵志福说："哥，我相信我们一定会成功。我们好好学习，争做尖子生，将来考上中专院校，为家人争光，让全校和全村人刮目相看。"

"对，我们要活得风风光光，不能平平淡淡、一事无成，绝不能再过祖辈那种面朝黄土背朝天的日子。"赵志福也不由得握紧拳头。

两个年轻人达成了共识，更加用心地学习，努力向尖子生行列进军。这天上晚自习时，马红梅又收到赵志福的一封信，信中写道：

红梅妹：

最近学习怎么样？我们一定要努力，学习是第一位的，不管见不见面，你要记住，总有一个人始终关心着你，那就是我。不知道这封信该写什么，我就把一周的学习情况向你汇报一下。

除了学习，我突然喜欢上写诗了，给你看看我诗中的你。

诗二首之《我很在意你》：

早晨你来了

带来了一片云霞美丽的倩影

灿烂的笑容

让空气充满活力

夜幕中你披着轻纱轻轻地走了

深深的夜色

如无尽的思念和忧伤

诗二首之《我的诗》：

浩瀚的海请来吧

来到我的海岸

海涛用那洁白的浪花亲吻你的脸

你的脚

你的肌肤

大海上的帆船请来吧

来到我的船上

长风徐徐

那忽明忽暗的灯塔是永不灭的航标

蓝天上的云

九天长空任你遨游

天空的虹

赤橙黄绿青蓝紫

构成完美的图案

　　是快乐的歌
　　用真情歌唱快乐的时光
　　愿我们一同欢快地成长

　　我不知道如何表达，就以这两首诗记录我们纯洁的感情。好好学习，一切都在不言中。

爱你的赵志福
一九八八年二月十二日

　　真情如涓涓细流，浸润着马红梅的心田，又似赵志福滚烫的眼神、热烈的笑、温暖的怀抱。她一连读了十多遍，都能背下来了。兴奋之余，她信心倍增，又去挑灯夜读了。

　　那时的感情，就如皎洁的月光，清澈如水、纯净明快，温情满怀，又不失浪漫情怀。

　　瞒得过初一，瞒不过十五。熟知两人的恋情早被好事的同学发现，并在校园里疯传，尤其是马红梅的那帮死党，没有一个嘴严的。

　　这天，马红梅正在宿舍里一个人偷偷地看信，被同宿舍的万彩霞抓了个正着。全神贯注的马红梅只觉一道黑影闪过，手里的信纸唰地被一把抢走，待看清来人，她惊叫起来："天啊，万彩霞，快还给我。"

　　马红梅一个鲤鱼打挺，跳起来就追，这万彩霞不是省油的灯，一面跑一面还转过身对马红梅做着鬼脸，故意气她。

　　"彩霞、彩霞，我的好姐妹，快还给姐。"两人在宿舍里上跳下蹿，搞得满屋子狼藉。马红梅终于逮住了万彩霞，两个人喘得上气不接下气，全身酸软无力。

"你个杀千刀的，快还给我，小心我撕了你！""撕啊，你撕啊，看我先撕了它。""好了，好了，我亲爱的彩霞，姐求你还不行嘛！"

万彩霞杏眼圆睁、柳眉倒竖，做出拷问的架势："好啊，那你老实交代，这信是哪个小白脸写给我们的红梅姐姐的？"那副样子真让人恨得牙根痒痒，马红梅哄着万彩霞说："来，亲爱的，姐给你一个好东西。"乘万彩霞愣神时，马红梅一把抢回了信，把万彩霞按到床上挠她痒痒。万彩霞笑得岔了气，求道："好、好、好姐姐，求、求你了，我认错好吗？"

"好说，但你要保密。"马红梅放开万彩霞，缓过气来的万彩霞眨巴着眼睛，一本正经地说："那你让我看看，不然我就告诉她们几个。"

马红梅见万彩霞那严肃的样子，怕她嘴上不严，真告诉那几个死家伙，便轻轻地点了点头，递过信去。"哈哈，就是嘛！真不愧是我的好姐姐。"万彩霞一副得偿所愿的样子，让马红梅忍不住想揍她一顿。

万彩霞读信后脸颊微微泛红，故意拖长声音调侃道："好诗啊！我——很——在——意——你，有这样的好情诗，还对姐妹藏着掖着，真不够意思！从今天开始，你的情书要和咱几个姐妹一起分享。"

"不行，不是说好了吗？你怎么说话不算数啊。"马红梅急红了脸。万彩霞贼笑着，抬起头看着天花板说："那你得请客。"马红梅如做错事般乖乖地答应，任由万彩霞摆布，心里盘算着如何整治万彩霞这个"大嘴巴"。

两人说说笑笑地来到校园外的小商店，买了一些平时爱吃的零食。馋嘴的万彩霞吃着糖，嘴巴甜多了："好了，我吓你呢。今天的糖格外地甜啊！光我们两个吃不太好，给那几个死女子些。"

"红梅你可要小心,我现在有你的把柄。嘻嘻。"万彩霞眨了眨眼,吐了吐舌头,扮了一个鬼脸,露出一副无赖相,身上那件红黑相间的花格子衬衫,更衬出万彩霞的娇俏。到了教室门口,万彩霞叫出她的几个好姐妹来,清了清嗓子:"大家站好队,我给大家分一些好东西。"

"什么东西?看你神神秘秘的,别绕弯子了,我们还要看书去呢。"一个矮胖的姑娘说。万彩霞忙笑说:"有糖吃啊,人人有份。"万彩霞一人一份分了,给自己多留了一份。想不到那几个家伙一看一人才这么点儿东西,对视一眼说:"把手展开。"

"再没有了。"万彩霞向后退了退。"把手展开,听到了吗?"那个矮胖的姑娘一副凶悍的样子,脖子伸得老长。万彩霞瞪眼立眉,但唬不住她们,脸色微红地败下阵来,不情愿地展开手,手心里还放着五块糖,几个人一阵风地一抢而空,又不怀好意地说:"敢吃独食,看姐妹们不收拾你们。"

万彩霞白了一眼马红梅,说:"都被她们几个死女子分光了,你还不帮帮手?"马红梅粉面含春,笑靥如花,幸灾乐祸地看热闹。万彩霞吓唬说:"你今天不帮妹子出了这口气,我可饶不了你,我很在意你啊。"马红梅一听慌了,忙帮腔:"一帮死女子,真是恩将仇报啊,人家吃糖都想着你们几个,你们还想吃了人家不成?"

一个高个微胖,瓜子脸、高鼻梁的姑娘说:"是你买糖,还是她买糖。为什么不叫上咱姐妹几个?自己吃得胀住了,把剩下的给姐妹,还私藏。"马红梅一看这几个家伙今天是吃定她俩了,剜了一眼万彩霞。万彩霞一脸的苦瓜相,嘴抿得紧紧的。这几人一哄而上,在万彩霞的衣兜里、胸部一通乱摸。

万彩霞痛苦大叫:"哎,死人,真是坏透了,太不信任人了。"万彩霞这一骂,这几个家伙更猖狂了,摸胸的摸胸、揪屁股蛋的揪屁股蛋,痛得万彩霞如小猪一样直哼哼。

万彩霞拿眼瞪着马红梅喊:"我很在意你啊。"马红梅惊得魂都快出来了,忙上前老鹰抓小鸡一样地拉开几人:"没了没了,还抓人家,真不仗义,说变脸就变脸,哪有好姐妹样啊!"几人看万彩霞真没吃头了,嘻嘻哈哈地停了手。

几个人开心地吃糖,但吃完糖后,一个小个子、圆脸蛋的机灵鬼觉得不对,梗着脖子问:"说,什么事?请姐妹们吃糖!""就是嘛!"几个人附和道。

万彩霞看了一眼马红梅,又恢复了牛哄哄的样子:"姐妹请你吃糖,还要啥原因?""不对。"几个人异口同声地喊,把万彩霞惊出一身冷汗。

万彩霞正不知如何说,马红梅急忙救场:"我们家来了个亲戚,带来了好多糖。刚才我正准备拿出来时,彩霞看到了,所以我俩就给你们几个拿来了。"

几人看马红梅一脸真诚,就信了。其中一个瘦高个、高鼻梁的姑娘说:"这还差不多,我还以为只有万彩霞这个死女子记着我们几个。"几个人笑着,扮了个鬼脸便散开去教室里看书去了。

赵志福和马红梅相约半个月见一次面,这天他提前递来小纸条:"六点钟老地方见。"自从他俩的事被万彩霞发现后,马红梅格外小心,怕有"小尾巴"跟着,走走看看,没有发现死党的影子,就大大方方地向约定的地点奔去。

赵志福早就到了,一见到他的身影,马红梅就心慌意乱。赵志福正专注地盯着湖面,马红梅悄悄地凑过去,想吓他一跳。刚近身,马红梅还没有来得及使鬼点子,赵志福猛一转身,吓得她三魂出窍。赵志福忙扶住她,一脸幸灾乐祸地说:"没想到吧!"

"哪有这样吓人家女孩子的,真没良心。"马红梅娇嗔道。

赵志福忙赔不是:"逗你玩呢,你不是也想吓我嘛!"马红梅小脸微红,用拳头捶赵志福,嗔怪道:"坏人一个。还没到约定的时间,叫我来干吗?"

赵志福摸了一下头,有些不好意思地说:"最近喜欢上写诗,全是写给你的。"马红梅羞答答地看了他一眼,正要说话,此时一个土坷垃飞到湖面上,咕咚一声,激起一片水花。两人回头看,什么人也没有,便继续聊着。咕咚,又一声水响,马红梅觉得肯定是那几个死女子所为,便转身从地上捡起一个土坷垃,向着隐蔽处扔去。啪一声,万彩霞突然从一棵树后伸出头来,如一只小狐狸一样,笑呵呵地说:"吓着了吧?"实际上她怕被打中,就先投降了。

赵志福忙塞给马红梅一封信,说:"我先走了。"马红梅装好信后,脸上飞满红霞,向万彩霞骂着追过去:"你这个死女子,我不会饶了你的!"

万彩霞一甩辫子,扭着腰在前面跑,像一团火,马红梅就在后面追,越追,万彩霞扭得越欢,到了校门口,两个人止步装作没事人地并排走着。红绿相衬的两个姑娘,显得清纯醒目,万彩霞凑近说:"老实交代,赵志福给你什么了,一会儿让我看看,不然有你的好果子吃!"

两人找了个没人的地方,悄悄读信:

红梅妹:

祝学习上进,争做班级第一名。别离时间太多,相聚时间太短。总想见你,又怕耽误你的学习,只能把思念写进信里,变成一串串温暖的文字。在你独坐、静思、无聊时阅读它,于字里行间感受我绵长的思念。

诗一首《心的归巢》：

心是一只鸟

总会从你的窗户飞进飞出

休憩在你的香巢

在温暖的春风中

在炎热的夏日里

在绵绵的秋雨中

在大雪飘飞的季节里

它不怕春雷阵阵

它不怕烈日如火

它不怕风吹雨打

它不怕严寒酷暑

为了抵达你的心田

飞越了万水千山

愿你好好学习，共勉，共勉。

爱你的福

一九八八年四月一日

万彩霞闭眼摇头，似笑非笑地说："诗是好诗，就是太酸了。这是想出一本诗集吗？何不写点儿情话，让姐妹脸红心跳一下。"

马红梅气得直瞪眼："你个死女子，嘴碎不碎，我们这是相互鼓励学习啊。今天跟踪我干什么？"说着，作势要挠万彩霞。万彩霞忙求饶："好姐姐，不带这么玩的，我就是想吓吓你们两个。哪知我一激动，坏了你俩的好事。快说今天怎么补偿我？"

"你啊,猪八戒败阵——倒打一耙啊,还想宰我?"马红梅气哼哼地说。

"我不管。"万彩霞耍赖道,"请大家吃零食,不然我就把今天的事说出去。"

敌不过姐妹的要挟,马红梅带着淡淡的甜蜜,羞答答地答应了。她不愿意姐妹们掺和自己的事,但又无力拒绝她们的骚扰。每当马红梅与赵志福秘密相聚,她不愿意让姐妹们出现,但再小心谨慎,还是甩不掉"小尾巴"。

九月,湖面泛着清冷的光。总是早到的赵志福这次却迟到了,原本心情很好的马红梅,此刻有种淡淡的失落感。秋风吹来,带着凉意,她不由得打了个冷战,心里有种说不清的担忧。

半个小时过去了,太阳收起余热落山了。迟迟不见赵志福的踪影,马红梅等得心焦,开始胡思乱想,原来等人是这么煎熬。等赵志福来了非要给他点教训不可,她百无聊赖地抓起土坷垃向湖面打去,涟漪一圈圈地荡漾开来。这时,赵志福满头大汗地跑来,累得手挂着大腿,喘着粗气说:"对不起,我迟到了,让你担心了。"马红梅故意不理他,赵志福又慌张地解释:"班主任突然找我谈话,说今年是特别重要的一年,问我咋打算的,不能耽误了中考。絮絮叨叨地说了一大堆,我一句话都没听进去,心里一直惦记着你。"

马红梅于心不忍,不再责怪。一阵秋风来,她打了个寒战,赵志福忙伸开双臂,马红梅害羞地扑进他怀里,静静地倾听赵志福如诗人一般形容龙湖的美:"我就特别喜欢龙湖,它懂人的感情,充满灵性,充满智慧。不高兴时,我对着湖水诉说心事,湖面微微波动回应我。高兴时,我对着湖水畅谈,湖面映满云霞为我庆贺。想你,却怕影响你的学习,我也对着湖水说了，湖面鱼儿翻滚，野鸭鸣叫，为我解忧……"

马红梅正听得入迷，体验这如诗如画的美，赵志福话头一转，嬉皮笑脸地说："红梅，你就是我的灵魂，如果没有了你，我就是一个没有灵魂的躯壳。"

马红梅一个激灵，吓得跳起来，脸蛋红红地用拳头捣赵志福："你这人咋这样！一猛子把人吓着了。"赵志福眼睛亮亮地望着马红梅笑，她羞答答地说："哥，你讨厌死了！"

赵志福突然正经地说："红梅，我就喜欢和你聊天，聊学习、聊前途，这是一种从来没有过的幸福快乐，就如无比美妙的烈酒，让我沉醉。"

马红梅羞红了脸，不好意思又非常高兴，心上人的话如酒一样，让她迷醉，年轻的心总是那样敏感。先前风凉飕飕的，此刻如沐春风，温润着身体，晚霞飞上恋人的脸颊，像盛开的桃花。两人紧贴着，马红梅淡淡的体香，让赵志福心旷神怡，温热的体温如磁石一般，拉近了年轻人的心，更增添了无限乐趣，躁动的本能让两人倍感羞涩。时间似乎停滞了，空间也静止了。眼神在燃烧，似电，似波，似光，有一种莫名的吸引力，他们青涩而又笨拙地，蜻蜓点水般亲吻了对方，又羞涩地快速分开，脸颊绯红。

为了抑制狂乱的心，缓解初吻的羞涩，赵志福忙转移话题："红梅，我，我得奖了。"说着，他从怀中掏出一张荣誉证书："红梅，你看，我写的散文《龙湖四季》，在全国中学生作文大赛上荣获一等奖。"

马红梅摸着烫金字体，崇拜地说："哥啊，你太能了。把我们的家、我们的湖、我们的生活，写得那么美。"

两个人头碰头地读起来：

我的一切美好都是从陇山龙湖这儿开始的，它的春夏秋冬给我了无限灵感。

我爱陇山龙湖的冬天。

冬天,龙湖失去了往日的生机,结了厚厚的一层冰,风卷着雪花漫天飞舞,它那美丽的面容如少女脸上遮着的轻纱。看着湖面上来来往往的人们,用肩挑着、用手提着、用架子车运着各种年货,他们快活的笑声如银铃一般响亮。最快乐的是与我最爱的人在这块天然的滑冰场上滑冰,与她追逐嬉戏……当凛冽的寒风刮起的时候,龙湖一改往日的温柔,风从四面八方汇聚到一起,在冰面上横冲直撞地卷过来。那时候,你可以去农民朋友家围着温暖的火炉聊天、抽旱烟,吃那热气腾腾的油馍馍,可是我不愿去,我要和我最爱的人一块儿感受这寒风中的温暖。

春天,时间如流水一样。风神从远山而来,掠过湖畔的柳林,柔软的枝条欢快地扭着纤纤腰肢,我拉着她的手,一块儿散步、聊天、看书。龙湖禁不住春天的热吻,敞开封冻已久的心扉,波光粼粼。鱼儿欢快地游上水面,吐着泡泡。湖边的农民犁开土地,播下希望的种子。我们相爱的种子也随着时光在两人的心田播下,等待热恋的夏天、丰收的秋天。

夏天,龙湖如长成的大姑娘,穿上漂亮的绿裙,湖面上翻飞的各种水鸟是那裙上的花边。村里的大人小孩,看着那绿莹莹的水面,会情不自禁地一个猛子扎进去,水面荡开一圈又一圈的圆晕。在水中,人们没有了往日的腼腆,个个似刚从母腹中出生的婴儿,大呼小叫着,来一阵狗爬式,来一阵站水;或静静地躺在绿绸缎般的水面上,看天上悠悠飘来的白云,如嫦娥披着的轻纱，陶醉于龙湖幻象之中；或坐上小船，在绿波中荡漾；或躺在河边享受阳光的亲吻，其乐融融。我们的爱，就是在这样的夏天里不断升温，我们的爱情之树，生根、发芽、开花，正如农田里的庄稼，我们百般呵护。

秋天，田野里一片金黄，夕阳西下，微风轻拂过秋天的田野和深绿色湖面，麦浪和水波一同荡漾着农人们的欢笑。傍晚的龙湖别具一格，夕阳似出嫁的新娘满面红晕，把西边的云朵映得红光满面。龙湖的深处漂来一条小船，打破傍晚蛙的叫声，惊起一群群水鸟。我们的爱就如金色的九月，充满了金色的辉煌。在星稀月朗的夜晚，让相恋的人儿不忍离去。

我爱陇山龙湖的四季，它给我们的爱充满无限生机，它给我们的成长带来了无限的希望……

马红梅陶醉于这篇优美的散文中。从此，赵志福在她心中更显伟岸了，让她魂牵梦萦。马红梅暗下决心要好好读书，让自己能配得上赵志福。

两个人互相鼓劲的书信，被万彩霞称为情书。字里行间澎湃的感情，如暗夜的繁星，让人产生丰富的联想。万彩霞有些嫉妒马红梅了，不知为啥，她也好像暗暗喜欢上多才多艺的赵志福了。她叹口气，稳住慌乱的心，赌气地说："不看了，从此不看了。"

"啥不看了？我看看。"这一幕正好被她们的好姐妹逮个正着。一群少女看到男同学写给女同学的情诗，如打了鸡血一样激动。

一个女生兴奋地跳到床上，手里挥舞着信纸，喊道："快看啊，这是写给我们大美女红梅的情诗！"一个胖妞儿急忙去抢："快给我看看！"另一个瘦猴儿也跟着跳上床，一起瞎起哄。

破床板承受不住几人的揉捻，突然哗地一声倒了，她们连同床板、被子一块儿轰然落地，几人横七竖八地窝在支床板的砖堆里，被子、枕头、床单胡乱地盖在她们的身上，尘土把几人弄成花脸，表情扭曲，乐坏了马红梅和万彩霞，两个人拍手狂笑不止，几人爬起来时，灰头土脸的甚是滑稽，痛苦地揉头揉腿，还吐了口嘴里的土渣子。

"我让你俩笑。"几人忍着痛一拥而上，把马红梅和万彩霞压倒，挠痒痒的挠痒痒，掐肉的掐肉，两个人又痒又痛，流出眼泪来，不停地求饶："好——好——好妹妹，饶——饶——饶命啊！""不行，要叫姐姐。""好——好——好姐姐，饶——饶——饶命啊！"

几人闹够了、疯够了，累得全身没一点儿力气了，头压着头，手压着手，腿压着身子，像小猪一样躺在那里哼哼。不知谁说了声："一会儿学生会要来检查宿舍卫生，快起来收拾啊。这么乱，学生会那帮子又会说是猪窝。"

几人一跃而起，抬床板的抬床板，码砖垛的码砖垛，铺床的铺床，扫地的、洒水的，七手八脚地干完了活儿，整个宿舍焕然一新，几人长叹一口气。突然有人问道："情诗呢？"几个人又是一通乱翻，从一堆衣服里面找出一张皱巴巴的纸。其中一个捋了捋信纸说："看，都折成这样子了，看红梅不揍扁你们几个。如果是我的白马王子看见你们这样糟蹋他的情诗，还不撕了你们几个！"

"红梅姐，有情书我们大家一起看，分享快乐啊。""就是嘛！"几人附和道。

万彩霞骂了句："真不害臊！"脸却红了。马红梅又生气又无奈，心想："这帮害人精，不懂得尊重别人的隐私。"忙把信纸折好，装到信封里。

那几个家伙纷纷说："还没看呢就装起来，真是小气！"然后嘻嘻哈哈地笑着抢了来看。正看着，同宿舍的一个女生跑进来喊："学生会的检查卫生来了,快收拾。"马红梅忙收起信,几人七手八脚地忙了一阵子。刚收拾好,校学生会主席赵志福和值班老师进来了。值班老师喊了声:"好家伙,这一大帮女子在宿舍里干吗呢?还不去上自习!"

几人咯咯笑着跑出了宿舍。在人群里,万彩霞看到赵志福神气地与那帮人指指点点地说着什么,就掐了一把马红梅,悄悄说:"看你的白马王子,帅气不?"马红梅羞得热血上涌,转身作势要打,万彩霞红着脸笑着跑开了。

教室里,那几个死党挤眉弄眼地说:"亲爱的,你莫慌!"搞得马红梅脸如火烧。不过此事发生后,她再不怕那帮死党了,光明正大地与赵志福谈起恋爱。

马红梅恋爱的事,让这帮姐妹对她刮目相看。爱情对于青春期的她们来说,充满魔力,无法抗拒。一上初中,女生心中隐隐约约会对某个男生产生说不出的好感,这种说不清道不明的东西原来叫"爱"。她们没有接受过这方面的教育,还以为是一种病,不敢告知他人,心里既自卑、害羞,又渴盼、好奇,是马红梅让她们明白,这是朦胧的爱。

在传统认知中,小小年纪谈情说爱,是伤风败俗。说喜欢某人,或者爱某人就是不正经。只有"父母之命,媒妁之言"才能算正常交往,通过"三聘六礼""明媒正娶"才是门风端正,是人人夸赞的好事。

"自由恋爱"在二十世纪八十年代的陇山地区,还是一个新名词,之前叫私会,或私订终身。村里出门打工的女子,在城里找了对象不回来,或者找个邻村小伙,在外成家不办婚礼,没给家里一分钱彩礼的,叫私奔,都属于村里最大的新闻,父母觉得没有面子,当笑话一样被人谈论。当时,马红梅在学校明目张胆地谈恋爱,也是为世俗所不能容的。

他们思想落后,是有原因的。那时,陇吉县只有部分乡镇通了照明电,条件好的干部家庭才买得起黑白电视。偏僻的陇堡乡还没有通照明电，更不要说陇川村，好多人都不知道电为何物。

电视传播的一些新思想、新事物、新观念，在这里都会一石激起千层浪。虽然新中国已成立多年，推翻了旧社会，但几千年来的封建礼教仍根深蒂固，对中学生谈恋爱，连教书育人的人民教师都持保守看法。

马红梅和赵志福谈恋爱的"丑事"，悄悄地在同学之间发酵。有一天晚上，马红梅被一个叫李淑芳的女生叫走了，两个人因为赵志福产生嫌隙，此事闹得沸沸扬扬。本来是一段美好的青春故事，却因为不会处理感情问题，产生了极坏的影响。

后来，马红梅对自己当时的做法特别后悔。如果把心思全放到学习上，说不定自己能吃上公家饭，也能嫁个好人家。老人言：一心不能二用，什么时间干什么事，该学习时全身心学习，到了恋爱的时间再去恋爱，过早地陷入爱情或干不切实际的事，都是误入歧途、自毁前程。这件事的另外一个主要人物李淑芳在学业上也受到了挫折，但结果还算不错。

李淑芳是街道上人家，家里条件好，经见的事多，胆子也大。她对赵志福很有好感，暗示过他多次，还主动给他写了信。那时，赵志福和马红梅已达成学习同盟，两人无话不谈，对李淑芳的表白反应很冷淡。这下伤害了嫉妒心很强的李淑芳，她把心中的无名之火全发到马红梅的身上。李淑芳是"班花"，心里从不认输，决定找"狐狸精"马红梅谈一次话。李淑芳大高个儿，五官精致，不扎辫子，头发如黑色绸缎披在肩上，穿着时髦，气质高雅，和其他女生形成鲜明对比，有一种高不可攀的感觉。

李淑芳哪里受过这等窝囊气，见到马红梅后怒火中烧，本来想好好谈话，却变成了劈头盖脸地质问："你为什么抢走了赵志福？"

马红梅吃了一惊："你和他什么关系？"

李淑芳情急犯了糊涂，如泼妇一样张口就来："我是赵志福的对象。你个狐狸精用什么手段勾引的他？"话一出口，连她自己都吓了一跳，但说出的话，泼出的水，已收不回了。

马红梅被李淑芳激怒了，回道："我从来没有听说过你，有本事你问赵志福去。"

马红梅的话无疑戳到李淑芳的内心痛处，少女的骄矜，被怒气激发，使她变得不可理喻："我警告你，离赵志福远点儿，小心姑奶奶撕了你的嘴！"

马红梅也被激得犯了泼劲儿，心想哪有这么霸道不讲理的浑人，竟然欺负到自己头上了，她怒吼道："你想把我怎么样？你自诩是大美女，有本事把赵志福迷住，这和我有什么相干？"

盛怒之下，李淑芳如一头发威的老虎，大骂道："我看你不但是狐狸精，嘴还犟得很。"说着抢上前，照着马红梅的脸就是一记响亮的耳光。

打人不打脸，骂人不揭短。虽然马红梅性格温顺，但兔子急了还咬人呢，"啪啪"，她结结实实地还了李淑芳两巴掌，李淑芳被打急了。向来强势的她哪受过这种气，上前抱住马红梅连撕带咬。马红梅用力推开李淑芳，准备离开，谁知李淑芳又疯狂地冲上来，伸手抓马红梅的脸。

马红梅躲来躲去，正当两人难分难解时，她的一帮姐妹从天而降，一把推开正在撒泼的李淑芳："这谁啊，哪来的泼妇？"

李淑芳是街道上的人，胆大、蛮横。虽然收了手，但仍不肯罢休。万彩霞也来了疯劲，见自己人多势众，吼道："臭不要脸，长得美就牛？！牛啥牛，看姐妹们不收拾你！"不知谁喊了一声："打！"姐妹们一拥而上，照着李淑芳就是几脚。

李淑芳一看不是对手，想溜，但死鸭子嘴硬，走前骂了一句："走着瞧，姑奶奶不会饶了你的！"

马红梅几人怕把事弄大，被学校开除，也就罢手了。

青春期的孩子记仇，打了架，在没有大人开导的情况下，容易变得极端。李淑芳集结了一帮姐妹向马红梅发出挑战，还学《三国演义》的桥段，发来战书。

接到战书后，马红梅的一帮姐妹气得口吐芬芳："这个不要脸的东西，要给她个教训。"真是无知者无畏，没有人正确引导，班主任也没有察觉，面对这种情况，她们做出了错误的决定："来就来，谁怕谁啊！"

马红梅一把撕了战书，扔在脚下使劲踩了几下，还呸地吐了口唾沫。

不好好读书，打什么架啊！她们根本没考虑过能不能担得起这个责任，只是觉得就此罢手会丢了面子，绝不能任人欺负。几人就学《孙子兵法》中的"攻心者为上"，想吓唬吓唬李淑芳，让她自己认输。

马红梅的应战，让李淑芳骑虎难下。她本想让马红梅知难而退，哪知这帮不知死活的妖精，还真顺着杆子往上爬。她一下没了主意，只好硬着头皮应战。

李淑芳和马红梅各带着一帮人如约来到操场上，大战即将开始，空气中弥漫着浓重的火药味。

"这是干什么？晚自习不去学习，在操场上干啥？"一个中年男人在黑暗处厉声大喝，原来是马红梅的班主任牛老师，"李淑芳和马红梅留下，其他同学都回班里去！"

一场风波被双方的班主任及时制止了。当时还没有素质教育的说法，在这个穷山沟沟里，老师教育学生常采用武力管教。班主任就如学生家长，说话做事总是命令式的，很少推心置腹地谈人生哲学，指导学生哪些事该做，哪些事不该做。家长和学校的教育方法基本一致，奉行"棍棒底下出孝子，教鞭下面出人才"。

家长对老师常说的一句话是："娃娃学不进去，不听话，你就用教鞭好好地收拾他。"马红梅从小学到初中，老师就是这样待她的。做错题、写错字，脖子上就会挨老师一巴掌，两眼金星乱冒，头脑一片空白。她记得有位小学老师用抬水棍打人，班上的一个男同学头上被打了个鸡蛋大的包，常喊头晕头痛。她多么希望老师是智者、是知己，能理智地教育她怎么做人。

学生打群架，这事影响极坏，双方班主任都不希望事态扩大，想大事化小，小事化了。李淑芳是初二年级的学生，正是初中最为重要的一年，所以李淑芳的班主任又气又怕，严肃处理怕影响学习，不处理又担心纵容了她们，总之责任重大，班主任权衡利弊，只批评教育了一番。

马红梅正在上初一，班主任牛老师觉得正是抓学风、抓学习的好机会，便和教导主任商量着要整顿一下初中的学习风气，教导主任把这一计划报给校长，校长听后不予置评，说正逢全乡校风考评，不能给学校惹事，小范围批评教育一下就行了。

牛老师见管不了其他学生，便叫来马红梅严厉批评一顿："马红梅，你小小年纪不好好学习，还谈恋爱、打群架！这哪像一个女娃娃干的事，这比街上的地痞流氓还可恶……看你这个样子，将来肯定是没啥出息，嫁人也找不到一个好人家。"

牛老师整整一个小时的疯狂输出，对马红梅不仅没有起到教育作用，反而严重地伤害了她的自尊心。离开办公室时，马红梅都哭成了泪人儿。如果是感情脆弱的学生，可能会被打击得厌学、不思上进。过了几天，牛老师突然觉得当时有些过火，是老师的失职，于是又找马红梅聊了一次："现在正是读书的大好时光，谈恋爱影响学习。中学生谈恋爱如小孩子过家家，既浪费时间，又没有好的结果。如果你能把学习搞上去，你和赵志福谈恋爱、聚众打架的事就一笔勾销。如果学习搞不上去，我定要通知你的家里人来管教你。"马红梅是个要强的女孩子，虽然前两天牛老师的话太过伤人，但她不服输，立誓奋发图强把学习搞上去，她向牛老师保证："我一定要把学习搞上去，不然您开除我。"

在此后的日子里，马红梅争做班里的好学生，赵志福也不断鼓励她，给她讲题答疑，两人更加形影不离。

马红梅顺利升到了初二，李淑芳却因为感情的事影响了学习，甚至留了级，正好和马红梅分到同一班。真是不是冤家不聚头，两个人又发生了一些纠葛。

从开学到期中考试，李淑芳认真学习，上课积极发言，尤其是期中考试成绩比较理想，整个人一下子来了精神，她那灰色的心情得以好转。本就条件优越，这下她又找回了自信，言谈举止显得不凡。作为情敌，马红梅自然感受到很大的压力。李淑芳一有空就给成绩差的同学讲题，表现出一副热心肠，获得了部分同学的好感。

马红梅的那帮姐妹见李淑芳这副做派，心里有些反感，认为她处处表现自己、炫耀自己，不禁为马红梅鸣不平："红梅姐，你看李淑芳的那个傲气样，哪天我们姐妹给她点颜色看看！"马红梅说："想要扬眉吐气，必须在学习上超过她，杀杀她的锐气。""对对对！"一帮姐妹点头赞同。

李淑芳心里也放不下与马红梅之间的龃龉。她这么做，多多少少有些故意表现的意思，尤其是给别的同学讲题时，还时不时用眼剜马红梅。为了改变自己的不利局面，李淑芳想先从万彩霞下手。

期中过后的一次模拟考试，马红梅成绩考得不如李淑芳。李淑芳请全班同学吃零食，还特意请了马红梅的那帮姐妹。期末考试成绩公布后，马红梅考了全班第一名,李淑芳是第八名。

马红梅和一帮姐妹真是扬眉吐气,凑了些钱,大吃一顿以示庆贺。这种场合当然少不了李淑芳,一帮姐妹想看她的反应,借机嘲笑她。李淑芳是被万彩霞连拉带扯地架来的,此时的她如泄了气的皮球——蔫巴儿了。看到此情此景,李淑芳心里五味杂陈,暗下决心一定要在学习上超过马红梅,绝不能输给她,李淑芳冷哼道:"马红梅、万彩霞,你们等着,我会让你们笑不出来的!"

李淑芳收集到一些对马红梅来说相当致命的信息,不禁开怀畅笑。她从万彩霞那打探到马红梅有个哥哥,快而立之年了还没有成家,马红梅的母亲希望拿她"换头亲",所以红梅家绝不容许她在学校谈恋爱。总之,李淑芳对马红梅做到了知己知彼,自信地说:"赵志福,你一定会后悔的,总有一天,你会知道谁才是最值得你选择的人。"她一直想不明白:"我李淑芳要形象有形象,要钱有钱,学习也不错,就是考不上中专,我也不愁吃喝。只要我努力,家里一定会尽所能供给我的,考上学是迟早的事。马红梅家里穷得叮当响,赵志福还把她当宝一样。我要让你赵志福尝到被羞辱的痛苦!"

赵志福的成绩在全年级名列前茅,是校学生会主席,也是全校公认的三好学生。他自尊、自爱,把自己的名声看得比什么都重要。李淑芳就是看中了他这一点。她为了多与赵志福接触,通过同学赵志宁常约赵志福一块儿玩耍,还请同学们下馆子,给每人一份小纪念品,并故意让赵志福等陪着她到银行存钱取钱,存取金额让赵志福惊叹。他全家半年的收入,都比不上李淑芳一个人的零花钱。

李淑芳还鼓励赵志宁追求马红梅,她发现赵志宁很喜欢马红梅,只是碍于赵志福才没表白。李淑芳常暗示赵志宁,喜欢就大胆地说出来。初二一年，马红梅与赵志宁的亲密程度远超过了赵志福，两人约会时赵志宁常陪伴马红梅左右，连赵志福都感觉到尴尬。

随着与李淑芳接触次数的不断增多，赵志福对她的看法也发生了微妙的变化，觉得她并不是有钱人家的大小姐，甚至对她的理财能力暗暗佩服。这些，李淑芳从赵志福的言语和神态中能感受得到。

有时赵志福和马红梅约会时，也会与李淑芳不期而遇。马红梅倒能坦然面对，赵志福反而显得手足无措。李淑芳见状，哈哈大笑道："我说谁这么甜蜜呢，原来是我们的白马王子啊。怪不得我们的红梅同学正上课呢，一转眼就不见了。真是打扰了两位的好事。"

赵志福显得有些尴尬，想调节一下气氛，谁知李淑芳又调侃道："赵志福你真行啊，吸引了这么多女同学围着你转。赵志宁喜欢马红梅，你也喜欢，两兄弟就爱一个女生，真奇怪。"赵志福被触到了痛处，脸一热，血气上涌。

马红梅红着脸恼怒地说："李淑芳你说话咋这么损？心直口快也不注意场合，是故意埋汰人吧？"李淑芳面不改色地说："难道不是吗？我说的是实话。"马红梅挽着赵志福的胳膊，神情激动地说："李淑芳，你不要信口雌黄！"

赵志福心中五味杂陈，两人为了他争吵，让他感到极为无聊，而马红梅却没有要走的意思，还在和李淑芳斗嘴，赵志福尴尬地甩手离开了，马红梅一脸难堪，李淑芳则幸灾乐祸地哈哈大笑。

虽然赵志福和马红梅不久便和好了，但两人之间有了裂痕，似乎没有先前亲密了。更为郁闷的是，凡两人约会时，总会碰到李淑芳，李淑芳旁敲侧击地胡言乱语。有时堂弟赵志宁陪在马红梅身边，帮着拿书，如一个小跟班一样，还总有一搭没一搭地插话。他们这种尴尬的交往，让赵志福心生厌烦，学习成绩不断下滑。马红梅也受到了感情的困扰，学习大不如前，变得蛮不讲理，有时候还无理取闹。

两人学习成绩下滑，最着急的就是各自的班主任，他俩多次被找去谈话，说如果处理不好关系，影响学习，一定会通知家长。李淑芳抓住机会不断给班主任打小报告。班主任一听急了，火速通知双方家长，并严肃地说："两人在学校谈恋爱，不学习，希望家长管管。如不管，惹出更大麻烦，学校将考虑开除二人。"

红梅娘知道后，在家里就闹开了，女儿嫁谁不嫁谁，决不能由着她自己。如果让学校开除，女儿的名声就坏了，不好"换头亲"了。马红梅心里委屈，她和赵志福是闹了一些矛盾，影响了学习，但不让两人交往，她实在接受不了。可家人只听老师的，不问来龙去脉，不分青红皂白，强硬地让两人断了关系。

后来赵志福回忆起这些，极为伤感："在不该恋爱的阶段，两人恋爱了。初恋就像昙花一现，虽然美丽，但衰败得太快，与个人的前程相比，显得微不足道。"

马红梅与他果断分手，让他消极地认为都是因为自己家里穷，考上中专也没用，还不如早日走上社会挣钱，自此上学就有了混日子的想法。之后，师生眼中的三好学生、人人学习的榜样赵志福如同变了一个人，他的生活轨迹也发生了巨大变化，迎接他的是一条困难重重的人生之路。

马红梅升到初三后，学习状态如秋后的鸡娃子，步伐东倒西歪，再没有精神过，也放弃了靠学习跳出农门的机会。而李淑芳因家庭条件优越，通过复读，顺利考上重点中专，吃上了公家饭。自此，三人的命运有了巨大的差别。

马红梅的一帮姐妹，上高中的上高中了，能上中专的上中专了。总之，他们那两三届学生，有一小半儿靠考学跳出了农门。这些人都很幸运，若干年后有人当了政府官员，有人成为媒体记者，有人成为银行行长，有人成为人民教师……另一半儿人中，有人出门闯荡，成了企业家、小生意人、包工头、建筑工人；还有极少数早早结婚生娃，在农村守着土地过日子，终活成父辈的模样。

初中毕业，马红梅的苦日子才刚刚开始。她听从母亲的安排，不断被迫相亲，在这些人中认识了刚从司法警官学校毕业，被分配到乡派出所的同乡张军。张军长得高大威猛，穿上笔挺的警服，妥妥一个美男子，两个人火速进入了热恋期。但张军工作后却选择了一个家庭条件好，又有稳定工作的女教师结婚了。马红梅虽然天生丽质，但与有着稳定工作的教师相比，还是有些逊色。

马红梅受了打击，明白了差距，只好把希望寄托在母亲安排的相亲上。有个相亲对象叫王大宝，大宝爹说他们家有一个儿子、两个女儿，只要马红梅能嫁给他儿子，两个女儿随狗蛋挑。

红梅家提出狗蛋的媳妇过门，红梅才能上花轿，双方基本同意了，红梅娘为此精心准备了一桌饭，想在饭桌上把这事儿定下来。马红梅正在厨房做饭，王大宝悄悄地溜进去，看到如仙女般的马红梅，趁她不注意，冲上去就咬她的脖子，还傻傻地说："美得很，比葱油卷饼香。"这突如其来的袭击让马红梅一点儿思想准备都没有，吓得大叫。狗蛋冲到厨房，看到王大宝的野蛮行为，一脚踢开他，骂道："我就是打一辈子光棍儿，也不能让人欺负我妹妹！"说着轰走了相亲人。

真是家有女儿不愁嫁，很快又有提亲的人上门了。这次来的小伙叫白定国，一米七五左右，五官周正，穿着得体，说话办事利索，就是有点儿娘娘腔。马红梅初见他就感觉很难受，但谁叫这家人的经济条件好呢。白定国的姐姐倒不错，结婚也是可以谈的，但王大宝的行为让马红梅心有余悸，想处一处再说。马红梅在与白定国的交往中，发现他不但小气，还有严重的狐臭，让她忍不住想呕吐。总之整整两年时间，马红梅处了十多个对象，最终都不欢而散，这让她身心俱疲，精神几近崩溃，感叹好男人都去哪儿了，这有毛病的男人，咋全让她遇上了？

想起这些往事，马红梅一个人在后山梁上拍着胸脯哇哇大哭："是老天不长眼，还是上辈子我造过什么孽？我命咋这么苦啊！"哭着哭着，她想起素未谋面的父亲，便面对着西山沉痛地跪下去，大哭道："大啊，如果您在天有灵，请您救救您的女儿吧。自从我记事起，一直是妈妈照顾我。您走得早，没有尽到做大的责任，您在天上救救女儿，也算是对女儿的一种补偿，这个要求不过分吧？大啊，您的女儿快活不下去了，对人生失望透顶，请大救救女儿，救救您的乖女儿吧。"

突然刮起一阵阴风，呼呼作响，马红梅似乎真的感觉到父亲的阴魂来了。一阵风卷起她面前烧黑的纸片，在空中打着旋儿，向远方飘去，她似乎看到父亲开心地笑了，半边天都是父亲的脸。

有希望就有精神，有精神才有前进的动力，才能继续追梦。马红梅从悲伤、消沉中觉醒，明白了一个道理，人不能被命运牵着鼻子走，要努力改变自己，改变命运。她要从自身找原因，从自身做起，一点一滴地做出改变。只有改变自己，才能改变命运，马红梅有了为自己好好活一把的想法。

挡在马红梅面前的困难就是帮哥哥狗蛋成家立业。解决了哥哥的事，她自己的问题就会迎刃而解。所以，她想清楚了一切，赵志福出车祸后，她也没有去看，一直到听说赵志福娶妻，成家立业后，她也像没事人一样。

第十七章

真爱无价

俗话说：人有拐拐心，天有盘盘路，人算不如天算。赵志福幻想着与马红梅旧情复燃，结果一场意外，让赵志福头撞南墙回了头，接受了另一段美好的感情。

朦胧中，赵志福听见有人唤他："儿啊，你醒醒。"他抬起沉重的眼皮，模模糊糊地看到一张似曾相识的脸，想用手揉一下眼睛，却发现手臂沉重得抬不起来，想翻个身，全身疼痛难忍，他这才意识到自己出了事故。

"啊，醒了，醒了！"张芳芳激动地跳起来，脸颊绯红，与身着的粉红上衣相衬，美如蜡梅。

"儿啊，你可醒来了，快把你老子急死了！"赵万里惊喜得语无伦次，说，"快谢谢你的恩人，要不是你张叔一家，你再也见不到你老子了。"赵志福向父亲指的方向艰难转头，看向张文明和他的女儿张芳芳，他眨巴着眼睛示意了一下，嗓音沙哑地说："真是谢谢张老师了，每次都麻烦您，这次又救了我的命，等我身体好了看您去。"

张文明喜悦地说："娃娃醒来了就好，你好好休息，我们不打扰了，过后再来看你。"

赵万里忙客气地说："等我儿身体好了，一定要重重感谢他张叔一家。"

张文明站起来和气地说:"她赵伯说哪里话,人都有个三灾八难的,见外了。"张文明摸了一下山羊胡,面露慈祥。

赵志福想坐起身送客,张文明忙示意:"别动,伤筋动骨一百天呢,好好躺着。"赵志福一动感到伤口如刀割一般疼,一脸痛苦地目送着张家父女离去,心中五味杂陈。

在赵志福住院的半个月里,张芳芳经常来看他,端吃端喝、擦手洗脸。同病房的人还以为她是赵志福的妻子,直夸他找了个好媳妇,说床前久病无孝子,现在能找上这样知冷知热的好媳妇,真是他上辈子修来的福气。见张芳芳满脸通红,赵志福尴尬地忙解释说:"这是我的救命恩人,是朋友,不是我媳妇。"他们听后忙道歉:"还以为是你媳妇呢!哪里有这么好的女娃娃,打着灯笼都难找。"

赵万里眉毛一皱,嘴巴一撇,说:"你娃娃怕是因祸得福,就你这犟驴脾气,是块石头也该焐热了。"

张文明看在眼里,急在心上,暗叹:"女大不中留,留来留去留成仇。这芳芳咋是个死心眼子啊,不到黄河不死心。罢了,罢了,由她去吧。"

赵志福住院期间,赵万里来过几次,每次在医院里待不了多久,就着急回去。凭他的经验,张芳芳迟早是自家儿媳,反正他顾了东顾不了西,不如就权且让张芳芳照顾赵志福。人的姻缘是天注定的,不如顺其自然。

在这么多天里,赵志福最想见的人就是马红梅,心想:家里人已传过话了,她也该来了,是死是活,看在多年的情分上,也该见上一面的。他越想越恨,越恨越想,不禁暗骂:"这个女人是蛇蝎心肠,真不该与她相爱一场,就是养一只狗都比她强。"

在医院里,赵志福有好几次从梦中惊醒,梦见马红梅来到他的病床前。当他惊醒时,却发现拉着的是张芳芳的手。有一次,他在张芳芳的脸上看到明显的泪痕。当然，他并非铁石心肠。这里离家远，家人顾不上照顾他。父亲笨手笨脚，弟弟还在上学。马红梅一直没有出现，要不是张芳芳，真不知该怎么办。

虽然张芳芳什么话都没有说，但其心思已很明显。赵志福心里明白，但还是放不下马红梅。他心里很乱，不想让张芳芳继续留在医院，既然给不了人家名分，这非亲非故地陪在身边，如果传出去岂不是害了人家？

为了赶走张芳芳，赵志福硬起心肠说："我是你什么人？你天天守着我！"张芳芳红着脸，怯怯地鼓起勇气说："你看你伤成了这个样子，家里没法照顾，我离家近，来照顾你，等你身体好点儿了再说。"

"这个不用你管，你走吧。"赵志福准备起身推张芳芳，哪知一翻身，痛得他眼冒金星，差点儿晕死过去。"你看看，我说了，等你好点儿了我再走。"张芳芳疼惜地说。

赵志福又昏昏沉沉地睡过去，迷迷糊糊中，听见张芳芳自言自语："赵志福你个大傻瓜，什么都看不出来。自从你来过我们家之后，我就喜欢你了。看你坚强、有毅力，相信你能干出一番事业，我会支持你的。我多次去你的店里，难道你还看不明白？给你的那双鞋垫，都是我一针一线做出来的。以前念书，没有做过针线活，为了给你做鞋垫，手都刺破了。你这次出事我守着你，我大我妈都没说过我，你却说我。我知道你心里想的啥，但我相信路遥知马力，日久见人心，如果马红梅真来伺候你，我绝对转身就走。"

人非草木，孰能无情？赵志福眼角悄悄滑下两行清泪，心想：芳芳我并非你想象中的那样好……唉！看来我和红梅的缘分真尽了。

赵志福悄悄睁开眼，细看张芳芳，眼前的这个姑娘形象上和红梅不能相比，但心比红梅高尚很多倍，会是一位贤妻良母。这样的女人，为了爱能吃苦，认定的事便义无反顾。现在裁缝店正需要这样一个能吃苦耐劳、不离不弃的得力帮手，这就是他一直渴望和寻找的人，是能相伴一生的好女人。

张芳芳瓜子脸，五官搭配不算精致，但周正，眉淡鼻小，目正唇润，两腮有"红二团"，这是陇山地区人特有的，是常年被山风吹刮的肤色。马红梅却没有，她两腮有个迷人的小酒窝，肤色粉白。赵志福不由自主地看了看张芳芳胸前的隆起，如一对鲜活的大桃子，他觉得这个比喻有趣，不禁呵呵笑出声来。这一笑把张芳芳吓了一个激灵，她看懂了赵志福的眼神，羞得起身跑了出去。

赵志福伤得不轻，左小腿骨折，打了石膏，左半侧身子都有不同程度的损伤。医生叮嘱，这伤没有几个月好不了，身边得有专人照顾，住院期间不能做剧烈运动，否则前功尽弃。这一下他好长时间都干不了活儿，一分钱挣不到，还花光了所有的积蓄，他又变成穷人一个。不过那天他要是没有躲开，就去阎王爷那儿报到了，永远离开这个花花世界了。他考虑了很久，慢慢想通了："红梅你这个狠心的女人，为了你，我差点把命都送了！人要知恩图报。我欠了张老师一家这么大的情，只有娶了张芳芳，把两家人变成一家人，才能还清。有福同享，有难共当。"

住院期间，最难打发的就是无聊的日子。张芳芳从家里带来父亲常看的《人生》《平凡的世界》等书给他，当他连看书都感到心烦时，张芳芳就讲学生时代的趣事，渐渐地，他生活中已离不开张芳芳的照顾了。

赵志福的伤好得很快，转眼间半个多月就过去了，除了腿上还打着石膏，其他部位活动自如。出院这天，赵万里和张文明都来了。赵志福能挂着拐杖缓慢行走，医生叮嘱他要轻轻活动脚，不然肌肉容易萎缩。赵万里让儿子回家养病，赵志福说再不去店里，会让人以为是干不下去关门了，最好是守着店接待顾客，干些力所能及的活儿，这样心不慌，还能留住客人。赵万里觉得儿子说得有理，就遂了他意。

赵志福躺在驴车上看着天空。辽阔的天空瓦蓝瓦蓝的，还飘着淡淡的云。驴脖子上挂着铃铛，发出"丁零当啷——丁零当啷——"的声音。赵志福觉得他人生的转折点出现了。他拜托父亲去帮他提亲，他想在年底之前和张芳芳结婚。

人生无常，世事难料。只有遇到困难，才能看清一个人的品质，懂得爱的珍贵。困难是挑战，也是机遇，是一个人成长的垫脚石，既然困难是机遇之神，我们就要从中看到阳光、积极的一面。

回到裁缝店，几个人忙着打扫了一下屋子，把半个多月来积下的灰尘扫得一干二净，屋里顿时窗明几净，有了家的感觉。

吃完饭后，张文明父女要走了。临出门，张芳芳回头看了赵志福一眼，眼里流露出一丝依恋和不舍。赵志福想拄着拐杖去送，被张文明拦住了。

赵万里照顾了赵志福几天，两个大老爷们笨手笨脚的，做的饭味道不香，和张芳芳做的饭菜相比差远了，赵志福开始想念张芳芳了。

经过一段时间的休养，赵志福痊愈了，去掉了腿上的石膏，一下轻松不少。这次事故对他的生意影响很大，顾客订的服装一件也没有赶出来，活计垒成了堆。

赵万里临走，赵志福再三叮嘱："大，你回去准备一下，尽快去提亲。"赵万里开心地笑着说："好好好，不会忘的。"

第十八章

挂锁提亲

在回家的路上,赵万里脚步轻快,看啥都觉得美气,山坡上的草似茂盛的庄稼,羊群似一堆大馒头……他高兴地吼起了秦腔,不顾尘土飞扬。

儿子要娶张芳芳,这一消息着实让赵万里高兴了好几天。张芳芳是打着灯笼难找的好儿媳,儿子摔伤期间,她不顾家人的反对和别人的看法,大胆地去医院贴身照顾,这需要多大的勇气?再说儿子老大不小了,身边确实需要个女人。有了女人,就有了一口热饭吃,也有人疼惜了,生活上互相帮衬,情感上彼此依靠,做老子的就不用操心了,等着抱孙子。

在陇山塬上,定亲俗称"挂锁",是一件非常大的事,挂锁时人际关系处理得好坏直接影响着双方家人的情感和关系。

儿子定亲、娶亲,这在农村都是头等大事。赵万里把这事向父亲赵作鹏做了汇报,然后和妻子吴秀莲商量了一下,请阴阳先生择了吉日,盘了生辰八字,央求媒人到张文明家去递话。

张文明家得知此事,也很重视,忙去阴阳先生那儿合了生辰八字,就应了这门亲事,托请媒人给赵万里家传过话去,双方议定吉日,积极筹备婚礼。张文明备了礼,特意拜请了娘舅、妻舅家的亲戚,议定吉日来观礼主事。

赵万里把吉日给儿子说了，让他备好提亲和定亲的烟酒糖茶及礼金。酒一般两瓶，要用红线拴着；烟要两条红盒的，用红丝带捆住；糖茶各要二斤；定亲礼金一般不低于三千元。这礼行在九十年代是比较大的，办得隆重。

两家结亲，必带的礼品是大馒头，这很考验茶饭手艺，须得主妇亲手蒸。蒸大馒头，面要发酵得好，面团揉得大小一致，馒头顶要用刀切一个"十"字，这样蒸出的大馒头不仅饱满、光滑，还头上笑开花。为了喜庆，还用六节竹子捆成梅花形的戳子，蘸上红色，规规矩矩地在馒头上点上梅花，不然会被亲戚笑话。这点了梅花的大馒头，一次要拿十二个，代表一年十二个月，月月笑口常开。有的人家还拿油饼，要拿二十四个，代表一年二十四个节气，节节油光水滑。

定亲这天，赵志福穿戴整齐，还特意理了发，人靠衣装马靠鞍，看上去精神饱满。赵万里也穿了身新衣裳，剃了胡子，收拾得很精神。他仔细检查了所带礼品，小心翼翼地装好。人逢喜事精神爽，几十里的山路，爷俩骑着摩托车一忽儿的工夫就到了。

张文明家早有准备，四合院洒扫得干干净净，家人收拾得光鲜亮丽。赵万里父子的摩托车还没停稳，张家人就迎出门，双方互相问候后，他们被让到了主屋。

赵万里少爷出身，精于此道，先开口说："亲家公，古人云，十里一乡俗。咱这个地方在礼节方面有啥要求，你多提点，以免因在长辈的礼节上做得不周而失礼。"

进了主屋，双方亲戚认亲打招呼。张文明先给自家亲戚介绍："这是亲家公赵万里、新女婿赵志福。"赵万里忙举手施礼道："各位亲戚好，今天我们来认亲了，以后就是一家人，望常来常往。今天有礼节不周之处，望指正并海涵。"

"客气了，客气了，亲戚请上座。"张家一位年长者起身回礼。随后，张文明又给赵万里父子介绍了自家亲戚，赵万里一一回礼，让座。主屋炕上放了一张大红炕桌，张文明的舅舅坐了主座左边的席位，他岳父坐了主座右边的席位，他大舅哥坐左手第一位，张文明坐左手第二位。媒人坐客座席首，赵万里坐客座第二位，赵志福坐下首，席口座空着。

坐定后，张文明那位留着山羊胡的舅舅先发话："今天我外孙女定亲，这是头等大事，略备薄酒，请大家品尝。"媒人示意赵志福拿出礼物，赵万里伸手接过，媒人把烟酒糖茶和十二个大馒头整齐地摆放到炕桌上，示意对方长辈过目。

山羊胡老人看着大馒头说："这馍笑得好，喜庆、喜庆。"大家都随声应和。他示意张文明收起来，说："这亲事能成，媒人辛苦了，最该感谢了。"媒人忙欠身施礼道："你们两家能结亲，这是上天赐的好姻缘。我只是帮月老牵了红线，主要是遇上了好亲戚，娃娃也都愿意。赵志福是好娃娃，年轻有为，勤劳聪明，能配得上我们家的芳芳，真是好女配佳婿，一段好姻缘。能保这个媒，我非常高兴，愿成人之美，也是乐在其中。"

张文明点头称赞说："赵志福这娃不错，有气魄、能干事，我是看好这门亲事的。"其他人也附和表示赞同。

山羊胡老人向四周看了看，示意媒人进行下一步。媒人看了看双方亲戚，说："两个娃娃都见过面，彼此熟悉，再不必细介绍了。那咱们就给娃娃挂个锁吧。"说着，示意赵万里掏出两个红包，用红线拴着，放在桌子上。媒人拿出红包里的钱让山羊胡老人点了一下，山羊胡老人抽出两百元作为回礼，把两千八百元装回红包里，点头对媒人说："叫娃娃来挂锁。"

今天的张芳芳特别好看，穿一身新红衣，扎着两条大辫子，脸色红润，在她母亲的陪伴下羞答答地站到大家面前。赵志福马上站起来，在媒人的指示下，拿起桌上拴着红线的两个红包挂在张芳芳的脖子上，这就算挂了锁，拴住了新媳妇。此后，两家人就算正式认了这门亲，两个年轻人确定了恋爱关系，可以正大光明地交往了。

等张芳芳退出去，赵志福坐定后，山羊胡老人说："今天娃娃的锁儿挂了，我们就是一家人了。"媒人忙示意赵志福先给在座的每人发一根喜烟，点上烟，再把放在炕桌上的空酒杯斟满喜酒。山羊胡老人端起酒杯说："大事定了，我们一起喝杯喜酒。"大家端杯一饮而尽。赵志福又给大家的酒杯斟满酒，赵万里端起酒杯说："双喜临门，我敬各位亲人一杯。"两杯喜酒下肚，气氛逐渐热烈起来。山羊胡老人让大家先吃干果。赵志福又给大家点上喜烟，从主位开始，挨个改口认亲、敬烟酒。

张芳芳的舅爷爷，赵志福也叫舅爷爷，张芳芳的外爷，赵志福就叫外爷，张芳芳的舅舅，赵志福也叫舅舅……最重要的是，赵志福对张芳芳父母的称呼变了。原先，他称呼张芳芳的父亲为张老师，或者叔叔，从此刻开始就改口叫"姨父"了；对张芳芳的妈妈，以前称呼为阿姨，或者姨姨，现在就必须改口叫"姨娘"。这个礼节结束之后，赵万里和张文明分别给媒人敬酒，这明面上的乡俗就基本结束了。撤掉炕桌上的干果碟，上齐主菜，大家开始敞开吃、敞开聊、敞开喝。

赵万里忙给儿子赵志福使眼色，赵志福立马起身给各位长辈敬酒。第一杯酒，赵志福先敬给山羊胡老人："舅爷，我敬您两杯喜酒。"

山羊胡老人高兴地摸着胡子说："娃就是灵。好，舅爷喝两杯。"赵志福又给外爷及其他亲戚各敬了两杯喜酒，大家喝得开心，吃得高兴。

赵志福敬了一圈酒后坐下吃饭。赵万里已乘儿子敬酒的工夫吃得差不多了，他接替儿子根据亲戚的长幼，依次敬酒活跃气氛。赵万里酒量好，陪亲戚喝酒不在话下。

赵万里敬张文明："亲家好，这来来去去，麻烦你好多次了，正不知道怎么回报你的恩情，想不到我们结成了儿女亲家。先敬你两杯，酒满心诚，我给你斟满了，你是文化人，我是粗人，今后多指点。"

张文明高兴得一饮而尽，满脸喜色："哪里哪里，只要娃娃愿意，不受委屈，啥都好说。"

喝酒是一门学问。这酒喝得好，双方感情进一步深化。如果酒喝多了，失了态，做了尴尬事，事情不严重的话，也是情有可原。如果在酒桌上喝得太多，犯了浑，得罪了亲戚，甚至会就此断了婚姻关系。就算娃娃喜欢，双方心里有了疙瘩，在以后的日子里也会相处得不开心，影响娃娃的幸福。

这次挂锁酒双方都喝得比较满意，亲戚们尽兴而归。一般情况下，挂锁后，过几年才结婚，每年过节新女婿都需去女方家走亲戚。但赵志福等不了这么长时间，他急着结婚，因为裁缝店需要帮手。赵万里根据儿子的要求，请媒人从中周旋，计划年底就结婚。按礼节，结婚需提前三个月议婚。

议婚即言礼，就是通知女方什么时间结婚，商议彩礼及嫁妆等，并一次性结清彩礼。经媒人、张文明、赵万里三人协商决定，女方不要衣服钱了，想穿什么衣裳自己做，缝纫机、自行车、手表、收音机这四大件家里都有，也没必要重复购买，只需六千元礼金就可以了。结婚日子定下来后，就要行大礼、提话、娶亲。

行大礼，要求的离娘礼有些不同。在烟、酒、糖、茶、大馒头的基础上，需要拿两斤猪肉，叫作离娘肉。家里条件好的，还会带羊肉和牛肉，要是没有这两样，猪肉也可。另外还要给女方的父母一千元衣服钱。

行大礼时赵万里、赵志福、媒人都去了。赵万里给亲家一千元衣服钱后，还给了张芳芳一千元零花钱。行大礼最重要的是点彩礼。媒人从包里拿出红纸包的礼金给张文明的舅舅山羊胡老人过目："这是礼金，请您老点一下。"

山羊胡老人数了数，满意地点了点头，递给张文明。张文明从这沓钱里抽出八张作为回礼，说："亲家，本想着娃娃过几年再完婚，哪知亲家这么着急。我娃娃没家教，以后可要多担待、多指点。"

赵万里知道这是客套话，如何回答，很讲究技巧。"他姨父，客气了。芳芳出身书香门第，知书达理。我儿赵志福年轻冲动，还望亲家公多教育教育。"

双方客气一番，山羊胡老人说："各位亲戚，我们就不客套了，大家吃喜酒。"

赵万里不失礼节地说："娃舅爷，不知道我们这儿还有啥礼节，最好讲明，以免失礼对不住大家。"

山羊胡老人笑着说："是啊，十里不同俗。今天有件事我们高兴忘了，应先给老先人敬杯喜酒的。"赵志福一听忙下炕在主屋桌上供奉着的家谱前面点三炷香，跪下去，烧一道黄表，祭奠喜酒、喜茶，磕头作揖。赵万里坐在炕上忙赔不是："失礼、失礼，亲戚别见怪。"实际上，先人要敬在前，来时要敬，吃酒前也要敬。

山羊胡老人给赵万里指点，就是在考验赵志福。中国是礼仪之邦，要依礼办事，不是说提亲就提亲，说原谅就原谅，女方家还是有自己的原则和规矩的。山羊胡老人点到为止，见状说道："亲戚，以后这礼节的事，我们相互学习就好了。"

山羊胡老人曾是国民党老兵，后来加入了共产党，解放战争中打过大仗，见过世面。退休后回家乡养老，通情达理，但也是一个重礼之人。

赵万里自觉有愧，心想还好遇到了一个好脾气的亲戚，如果是没有涵养的人家，肯定会吹胡子瞪眼，把事情闹大的。赵万里对山羊胡老人产生了敬佩之情，觉得这老人不简单，有气度，今天把这样的大事都忘了，人家也没有生气。

赵万里忙恭敬地给山羊胡老人敬酒，想乘兴打关喝酒，又怕失礼，忙问："娃舅爷，你们这儿兴划拳不？"

山羊胡老人顿了一下说："我们这儿没有这一习惯，你们想比画一下也行。不过在老先人跟前，一般是不大声喧哗的。"

赵万里忙摆手说："那使不得，就按这儿的习俗走。"他觉得山羊胡老人说得有道理，在老先人跟前自然是不能大声喧哗、张扬的，这也是孔孟之礼。赵万里顿感战战兢兢，说话都有些拘谨了。

见赵万里拘束起来了，山羊胡老人忙说："习俗是先人定的，我们也可随行就市，今天高兴，那就破个例。"赵万里尽自己所能与每个亲戚打了一关，几杯酒下肚，关系更加融洽了。赵万里也不敢多耍，怕惹人反感，点到即可。

十大碗的喜宴吃毕，大家聊了一会儿。亲家母端来羊肉臊子长面，吃完面就可告别回家了。赵万里和赵志福、媒人辞行出门，女方亲戚把他们送出门，说："不成亲是两家，成了亲是一家，以后常来，亲戚越走越亲。"

几人忙欠身回礼。张芳芳出得门来，默默看着赵志福。张文明知道女儿的心事，想着应该让二人好好培养感情，遂摸着胡子说："志福做生意缺帮手，芳芳有空可以去帮帮他。"张芳芳一听忙开心地应答。赵志福也高兴地说："是，姨父，那我们先走了。"

第十九章

知心爱人

入秋后,天渐渐转凉,上门定做皮衣的人越来越多,这是赵志福一年中最忙的时节了。陇坪乡逢集,张芳芳特意打扮一番,去看自己的未婚夫。在恋人的眼中,一切都是完美的。山道弯弯,尘土飞扬,她丝毫不烦,反而觉得似腾云驾雾。原野上一片丰收景象,片片成熟的庄稼,在农民伯伯面前垂下头。他们一边收庄稼,一边哼着欢快的歌谣。田地就是他们的画布,粮食就是他们的杰作。张芳芳看着这一切,心旷神怡。儿时,故乡的山山水水是童话;青年时,故乡的山山水水就是水墨画。自行车在山路上发出沙沙声,她情不自禁地哼起那首耳熟能详的歌曲《我家住在黄土高坡》:"我家住在黄土高坡,大风从坡上刮过,不管是西北风,还是东南风,都是我的歌,我的歌……"引得路人用奇异的眼光看着她。

张芳芳人逢喜事精神爽,人越看她,她就越高兴,自行车骑得飞快,歌唱得来劲。快到陇坪乡时,她收敛了疯劲,整了整紫花外衣,拿出随身带的小镜子照了照,又变回了乖乖女。集市上的人摩肩接踵,张芳芳穿过人群,急急向赵志福的裁缝店走去。一进门她就被眼前的景象吓了一大跳,这还是那个帅气阳刚的赵志福吗?房子里乱糟糟的,他的头发上、眉毛上、衣服上沾满了羊毛,如脱了毛的羊。

张芳芳一把拉起赵志福，心疼地说："你看你都成什么样了啊？"顺手拿了把毛刷刷赵志福身上的羊毛。赵志福嬉皮笑脸地说："心疼我了？心疼我就留下别走了，你知道我有多需要你吗？""想得美！由不得你。"张芳芳娇嗔地瞥了他一眼，倒了一杯水边喝边问："看样子还没吃吧，不吃饭的话，身体能受得了吗？"赵志福苦笑了一下说："你看我能顾得上吃吗？""就你有理。人是铁饭是钢，一顿不吃饿得慌。你看你都瘦成啥样子了，像叫花子一样。"张芳芳抱怨着，从背包里掏出带来的油馍和酸菜炒肉。一股香味顿时扑鼻而来，赵志福不由得直咽唾沫，拿起一个油馍就吃，嘴里含糊着："芳芳啊，你真是我的大救星啊。"还抛了个飞吻。张芳芳一下红了脸，佯怒道："热一下再吃，不然会拉肚子。"她利落地架起炒锅，把酸菜炒肉往锅里一倒，刺啦一声，肉香味儿顿时飘满屋子。赵志福也顾不上洗手，上手就抓。张芳芳打了一下他的手："喂，洗一下手，拿筷子啊。""吃完再洗。"赵志福嘴里塞满菜，含糊不清地说。"哎，猪，好吧，你吃吧！"张芳芳无奈地看着赵志福的吃相，心里不是滋味。"太香了。"赵志福打了个饱嗝，摸了摸肚皮，心满意足地说："走，我领你出去转转。"

两人肩并肩地出了门，张芳芳幽幽地说："你那天走后，我舅爷爷一个劲地夸你，说你是个好小伙子，聪明懂事，吃苦耐劳，将来一定能成大事。我们一家人听了特别高兴。"她转身看着赵志福，又说："我大打算帮你一把，让你把生意做大。你现在全靠手艺支撑，太过辛苦，如果自销布料，生意肯定会好做些。"

这对于赵志福而言无疑是一个好消息。陇坪乡发展速度快，街面上做生意的两三年基本上都买了营业房，就他把挣的钱都花家里了，三年了没存下几个钱，不然也能买上一套营业房。这租房子成本高，不稳定，客户不容易巩固。如果能如张芳芳所说，再过一两年，他就也能买上营业房了，他感动地对张芳芳说："谢谢老天爷赐给我一个贤惠的妻子，你就是我的福星。"

在街面上干得久了，一些同行看他老搬家，调侃道："赵皮茬，看你那么能挣钱，却抠门得连一套房子都不买？存那么多钱下儿子啊！"他有苦难言，总不能向别人诉苦："我家里事多，花钱的地方多。"家家都有个曲儿唱，一家和一家不一样。有了门面房，就有了根基，不然总感觉是在"飘"。没有门面房，急用钱时向生意伙伴拆借些钱，人家也不愿意借，怕他还不上钱跑了。更让他苦恼的是，一些老客户向他诉苦："你开店几年了，也不买套营业房，每次找你找得好苦，要不是喜欢你做的衣裳，我真没耐心找了。"

坐上三年搬不动，搬上三年搬成棍。为了能拥有自己的营业房，赵志福加班加点干活，一分钱掰成两半花。每天多挣一分，就多一分希望。他想办法贷了款，信用社还要抽份子，不仅拿走百分之十的股份钱，到期还款还需按贷款的总额还，这样利息下来都一分多了，他之后就再不愿贷款了。赵志福问父亲能不能找亲戚帮忙，父亲无奈地说："家里的锅大碗小你是知道的，老子就这么大的本事，你得自己想办法。不过那些没有门店的人，不也做得挺好的吗？"

赵志福被父亲的话堵得哑口无言，不解以前穷时也没有这么难受，为什么现在做生意了，反而这样难受？以前的穷日子能过，现在为什么老感觉麻绳蘸水——节节紧。真是穷人有穷活法，富人有富活法，人在不同的圈子就有不同的活法。不是自己的圈子，硬挤进去，会让自己万分痛苦。

"赵志福，你看。"张芳芳喊了两声见他没有回应，走近问，"你发什么呆，想啥呢？"赵志福笑着问："姨父真的会帮我？"张芳芳卖着关子：

"看你那呆瓜样,原来想这事呐!我好说,他老人家咋想,就看你了。""啊!要笑我呢,坏蛋一个。"赵志福佯骂。

张芳芳笑得像朵花:"呵呵,就你那点小心思,谁不知道?""唉,算了,看他老人家吧!"赵志福故作镇定地说。"没想到你这人这么麻烦,一句话就放到心上了。"张芳芳继续逗他。"我可当真了,你说的话我都记心上呢。"赵志福似笑非笑地说。"走,转街走,这事还成你的心病了,以后啥都不跟你说了,哈哈。"张芳芳调皮地掩嘴一笑。

女孩子爱逛街,赵志福算是领教了。从主街上的饰品店、日杂店、服装店到自行车店、百货商场等,从商贸区到小菜摊,他俩走了个遍。从街东头走到街西头,再从街西头走到街东头,张芳芳百看不厌。

这街上摆摊、开店的大多认识赵志福,他和张芳芳每去一家,人家就主动和他打招呼:"皮苤,今天有闲时间了?""皮苤,这女子是谁啊?""皮苤,这是你的对象吧?""皮苤,这是谁家小媳妇啊?""皮苤,你又和谁家女子鬼混?"对这一系列问候,张芳芳初时还捂嘴偷笑,中途变为哈哈大笑,后来被问得脸红脖子粗的,质问赵志福是不是经常带别的女人转?"开玩笑的话能当真吗?"赵志福忙辩解,"你看这些人哪个是省油的灯?他们故意气你呢。走,我们回店里吧。"赵志福怕再转下去,会有更难听的话出来,好端端地惹出是非来。张芳芳气呼呼地扭头就走。

逛街时,赵志福还一直为岳父大人能否帮衬浮想联翩。他知道现在去外面打工的年轻人多,很少到裁缝店做衣服穿了,因为农村裁缝的手艺一般比较落后,不会做新潮衣服,而买一件衣裳还比裁缝店做的便宜,这样一来,年轻人的钱是越来越不好挣了。

做单衣手工费少,样式上也要创新,得学做目前市场上流行的西装、夹克衫。皮大衣、皮卡衣在陇山地区还是有一定的市场需求,但是需要创新，才能保持住市场地位。为了适应消费者的需求，市面上也推出了不同的皮衣加工面料和大衣毛领，这为有些疲软的市场增添了竞争活力。但赵志福认为这种情况顶多能维持三五年，得做好应对策略，市场变化太快。城市里，每年都有服装设计大师在服装厂的支持下不断推陈出新。农村信息闭塞，人口流动相对缓慢，但这种局面也会很快被打破。赵志福常去兰州调布料，对市场发展有一定了解，他觉得形势并不乐观，大城市里服装厂如雨后春笋，等农村人都去买成品衣服穿了，他的裁缝店的出路又在哪里？

在逛服装店时，赵志福突然想到，用加工厂处理好的皮料做皮夹克、皮衣、休闲装，这也是一条出路，应该能满足年轻人的消费需求。当然，他要是能去大厂里学习一下就好了，可是他没时间，只好仔细观察这些衣服的样式和工艺。为了搞清楚，他买了两件不同款式的皮衣，拿回店里拆开，重新缝上，才学会了。

赵志福对创业有了新的规划，想着如果成功了，他就是赵氏家族中最早富起来的人，也算是出人头地了。等将来事业干成了，一定要盖一套像样的房子，好彰显一下自家的功绩。

这是爷爷的愿望，赵志福以前不明白，现在是深以为然。一般看一眼房屋建筑，就知道这家人的家世光阴。在古代社会，砖木结构的房子才能称为房，能住上这种房子的人家，基本上都富裕。窑洞、草棚、木棚、地窝子都不算房子，只能说是"窝棚"，普通人家才住。陇吉县是穷县，陇堡乡更是个穷乡，农村能盖起砖木结构大房子的人家，那都是人尖子，是好光阴的人家。大部分人家只能住得起土窑、草棚、木棚。

赵作鹏给赵志福教手艺时，经常讲家里以前的事，对建筑、礼仪等传统文化也多次谈及，赵志福在这种环境中长大，把个人和家族的名望看得比啥都重要，更是把家事当个人的事担着，认为自己的成败关系着一个家族的成败，需要坚定的责任心支撑。

赵志福记住了爷爷的告诫："我们家小一辈中没有出过有功名的人，因此族人嚷嚷着要与我们大房头分族谱，甚至嘲笑'三辈子不出人才的家族是属驴的'，这对我们家是一种极大的侮辱。"因此他有三个愿望，一是把生意做大做强，让自家不为钱财烦恼；二是供弟弟赵志强考上大学，让家里能出个大学生；三是娶一个孝敬老人的好妻子。赵志福从没对别人说过这些想法，这是他赋予自己的重任。他觉得作为新时代的青年，如果不能使自家的生活兴旺起来，是一件可悲的事。可是弟弟还小，父亲不理解他的苦心，还一个劲儿地向他索要，自己怎么都存不下钱来。另外爷爷、母亲的身体都不好，动不动就吃药打针，再怎么着也经不住药罐子折腾。一大家子全指望他，他是哑巴吃黄连——有苦难言。所以当他听说岳父要帮他，打心底感激张芳芳，真是老天眷顾，天赐良缘。他不由得含情脉脉地看向张芳芳，羞得她满脸通红。

赵志福想起一件事："今天是我和芳芳定亲后第一次见面，得给她买一个小礼物。"那时农村还不时兴互赠戒指，男女双方至多送一块手帕、一双鞋垫什么的。手表才开始流行，赵志福决定给张芳芳买一款手表。两人来到一家商店，店里有各式各样的机械表、电子表，琳琅满目，他选了一款"蝴蝶牌"机械表，标价二百元，样式很好看。正要付钱时，张芳芳拉住了他的手，说："走，我们到别处去看看。"赵志福不解地问："你不喜欢那款表？""不是，我们得省着点儿花。"张芳芳说，"日子还长着呢，我不需要戴那么高档的手表。"两人选了一块四十元的电子表，张芳芳满意地看了赵志福一眼。

回到裁缝店，赵志福愧疚地说："你今天第一次来，不送你一样称心的礼物我真不忍心。"张芳芳俏皮地说："你这样想就不对了。"赵志福问为什么。张芳芳神秘地说："这是秘密，不能告诉你。"

两人转了一下午，有些饿了，张芳芳便把从家里拿来的腊肉，和刚买的新鲜蔬菜炒了，又掏出几个油馍就着吃。

赵志福看着可口的饭菜直咽口水。自从开店以来，他很少能吃上这样好的饭菜。"有老婆真好。"赵志福又想起那块表来，说："芳芳，那款表那样好，你为什么不让买呢？"

张芳芳看这小子一根筋，便逗他："那你想想我为什么不买它？"

"我想不出来，才问你呢。"赵志福可怜兮兮地说。

"木头，你再好好想想。"张芳芳用指头点了一下赵志福的头。

赵志福装傻道："为什么啊？你快跟我说说。"

"看来今天不说清楚还真不行了啊。"张芳芳娇滴滴地说，"好吧，傻弟弟，你追上我我就告诉你。"说完便咯咯笑着跑了。

赵志福连忙追上去抓她，两人满屋子乱跑。张芳芳笑得跑不动了，被赵志福一下抓住。此时，张芳芳娇喘连连，面若桃花，犹如一只温顺的小羊，赵志福顿时如同被电击一般。

"我说我说，你放开我啊！"张芳芳看他那样子，打着磕巴说。

"不说不放。"赵志福佯装蛮横地说。

"你现在是创业期，得存些钱把生意做大，我不是心疼你嘛。"张芳芳满脸红晕，羞答答地说。

赵志福感动地轻唤一声："我的好宝贝。"边说边情不自禁地吻住她，这是张芳芳的初吻，有一丝慌张，她想挣脱赵志福的怀抱，但又渴望、期盼，复杂心情交织在一起，她全身酸软，只好听之任之，两人的唇触碰在一起，灼热得让两人如痴似醉，心扑通扑通，像要跳出来似的。

"咚咚咚——"突然传来的敲门声打断了他们,两人迅速分开。张芳芳整了整衣服,拢了拢头发,忙去开门。一个干瘦的老汉站在门外,一看店里有女同志,半开玩笑地说:"赵师父找对象了。"

"啊,是。正准备吃饭,快来一块儿吃吧。今天改善伙食,她是我的未婚妻。来尝尝手艺如何?"赵志福边说边走近火炉。

"不了。一眼就能看得出,找了个好娃娃当媳妇是你的福气啊。""是的,我很有福气。"赵志福高兴地附和着,并让座。

"哦,对了,衣服做好了吗?"瘦老汉皱巴着核桃皮一样的脸问赵志福,张芳芳忙给客人端来一杯热水。

瘦老汉接过赵志福递来的二毛皮卡衣端详着,抚摸着那柔软光滑的二毛皮,又披在身上抖了抖,觉得很合身。他对着镜子照了又照,立马精气神十足。深蓝色咔叽绒毛料面子,配上褐色翻毛大绒领,显得威严、庄重。人靠衣装,马靠料壮。瘦老汉连声夸赞:"美得很!赵师傅手艺真不错,真不是吹的!"瘦老汉看了看张芳芳,又说:"赵师傅的对象也不错,你俩郎才女貌。喝喜酒时别忘了叫我老头子。"赵志福高兴地应承了。

瘦老汉又对张芳芳说:"你找我们赵师傅,说明你有眼光。他人品不错,干劲儿足,将来前途大着呢。"瘦老汉急着去显摆新皮大衣,说:"不说了,看饭都凉了,你们快吃饭吧,我走了。"说完就走了。

赵志福也没有挽留,只对着那人的背影喊:"有空常来啊。"

客人走后,张芳芳打趣道:"赵师傅,看来人际关系不错啊。老汉当面给你打广告,你都脸不红,拿得很稳嘛。""快吃饭,别让这样的美餐成了展览品。我肚子还真有些饿了,好久没有吃到这样的饭了,我得好好谢谢你。"赵志福真挚地说。

张芳芳给赵志福夹了一筷子菜,调侃道:"赵师傅,你要怎么感谢我呀?"听张芳芳这娇滴滴的语气,赵志福心中微动,逗弄道:"等我吃完饭,养好了精神再感谢你,你最好今晚别走。"

他看着张芳芳那醉红的脸,恨不得一口吃了她。

张芳芳似看透赵志福的心思,粉面含春地说:"别动,谁还不知道你想啥,快吃饭吧。"赵志福几口扒拉完饭菜,放下碗筷,用手擦了一下嘴。"哎,你怎么这样擦嘴?太不卫生了。快倒点水洗洗,或者去街上买些餐巾纸。"张芳芳轻声埋怨。赵志福连忙洗了把脸说:"稍后我买些餐巾纸回来。""这还行,你要讲卫生,我不喜欢不讲卫生的人。"

两人说说笑笑,时间过得飞快,快到散集的时候了。张芳芳恋恋不舍地说:"我要回家了,你一个人好好待着吧!"赵志福耍赖:"别走了,陪陪我,我一个人好孤单啊。""陪你?我看你是黄鼠狼给鸡拜年——没安好心。"张芳芳嘴上骂着,心里也是不舍。"你什么时候再来啊?"赵志福幽怨地问道。"过几天就来看你。"张芳芳抿着嘴安慰他。

虽然不舍,赵志福还是催促张芳芳早些出发:"唉,好吧,时间不早了,路上要小心。再不走来不及了,路上人少,天黑了不安全,我岳父大人可不同意你那么晚回去。"

"唉,要不是你岳父大人,哪有你想的那美事啊,真没良心。"张芳芳恋恋不舍地说。

"是,是,我只是想留住你嘛。"赵志福不舍地说。

"这哪像是留人啊,分明是在赶人家走。"张芳芳说。

赵志福放下手里的活儿,牵起张芳芳的手说:"你要常来看我啊,我心里总想着你呢。"

"谁知你想谁着呢!放心吧,我过两天就来。"张芳芳一边打趣一边推着自行车往外走去。

赵志福还是放张芳芳走了，没有电话，无法通知家里人，张芳芳如果不回去，家里人肯定担心。真要留下来，赵志福也是不敢，两家都是讲脸面的人家，年轻人如果把控不住自己，坏了纲常，会把两家人的脸面丢尽的。既然不能留张芳芳，就得让她马上回去，天黑路上不安全，要为她的安全着想。赵志福把张芳芳送到街口目送她走远了。看着她的背影，赵志福有几分失落。

赵志福已经好久没有想起马红梅了，即使偶尔想起，也只是一段淡淡的回忆，最多是想知道她过得怎么样、嫁了什么样的人、家里生活条件好不好，祝愿她幸福快乐，找到理想的人、过上理想的生活，不再受苦。梦不同道不同，该放手时就放手，是一种解脱，也是一种幸福。

每个人都有自己的梦想。只有勇于追梦，人生才会丰富多彩，不会因为失去而留有遗憾。在追梦的路上，遇到志同道合者，旅程才会充满阳光。如果梦不同，勉强结合就是一种痛苦，会同时毁了两个人、两个家庭，甚至失去逐梦的动力。

赵志福恨过马红梅，天变一时刮黄风，人变一时昧良心。那今天的赵志福是不是也算变心了呢？其实，年轻人哪有一次恋爱就能成功的，只有交往过，才明白哪个人最适合自己。谈恋爱能让人的思想成熟起来，最后找到真爱。现在赵志福想起与马红梅曾经的快乐时光，心里平静了许多，已没有了牵肠挂肚，他和马红梅的感情只能算是初恋，过于浅淡，经不起现实的考验。赵志福觉得好笑，笑自己单纯，笑自己不懂生活，与张芳芳相比，马红梅只是他人生某一阶段的玩伴，而张芳芳则是他的终身伴侣和事业上的坚实后盾。马红梅的美，如花一样，是用来观赏的，经不住折腾。张芳芳的美，是生活，是依靠，是支柱，是朴实无华、令人心动的。花可送人，支柱不能倒。人贵有自知之明，要懂得什么是生活的真正需要。

老天爷啊，情感之事就这么微妙，真正懂得的人少，这就是生活的规律。为了纪念告别马红梅的日子，赵志福写了一首诗《伤别》：

时间匆匆

来去匆匆

相会别离匆匆

相逢又一十字路口

总留不住你匆匆的脚步

记忆中总抹不去

你翩翩而至的身影

长发如波

馨香就像一朵梅弥漫了空间

或歌声

或笑语

或欢乐嬉戏

分别的千言万语似那滚滚东流

伤别的泪水

似那断线雨珠

挥挥袖

握握手

道珍重

勿回头

真的结束了，曾经难以割舍的马红梅，他真正放下了。她再也牵不走他的魂了，她变成他记忆角落里的一个影子，突然出现，又瞬间消逝。赵志福满心想着和马红梅一笑泯恩仇了，哪知他们之间还有更大的冲突出现。

人与人之间的感情，在不经意间产生，又在不经意间消失。感情的种子一旦在心里种下，往往会结出不同的果实，在有意无意间，给你带来不同程度的影响和伤害。

天明，朝阳透过玻璃窗，洒下温暖的光。赵志福睡了一个舒坦觉，近几个月的辛苦疲劳一扫而空，新生活正等待着他去耕耘。

生活有了新的希望，赵志福活得忙碌、充实、快乐。快乐更有利于创造财富，体现自身价值，不需要别人去催促，而是一种快乐的付出。金钱能改善一个人或一个家庭的生活质量，但很难提升一个人或一个家族的文化素养。君子爱财，取之有道。只有通过努力挣来的钱，才能用得舒心。

赵志福这么认为，别人却并不一定这么想。看看身边的人，有仗着有钱，飞扬跋扈、声色犬马的；有挣了钱，先富带后富，热心公益事业、心怀仁爱的；有为了钱出卖灵魂，过得如行尸走肉的；有钱壮怂人胆，说狠话、大话、欺人话的；有狗仗钱势，六亲不认，目空一切，随意践踏别人尊严的。赵志福最看不起的就是那种狗眼看人低的小人，他们终生是钱的奴隶。

赵志福一直想找一个孝敬老人的贤惠女人。令他高兴的是，天不负他，让他找对了人。张芳芳在他心中的形象和地位不断变得高大、重要起来，给了他希望和信心。

赵志福一高兴就写诗，虽然是个又脏又臭的"皮茬子"，但他有着诗人情怀，随手写下《我的爱人》。

我的爱

没有你的日子我的心空空落落

有你的日子我快快乐乐

你的影子你的笑声你的歌声你的面容

是我生活的五线谱

共同弹奏出神秘的歌

你不在身边的时候

我的梦里我的耳边我的面前

都是那疯长的思念

  又盼来一个集日，赵志福坐立不安，不知张芳芳会不会来。这天生意不错，做衣服的人很多，可还是提不起他的兴趣。他真的动了情，思念着张芳芳。一日不见，如隔三秋。他真切地感受到，生活中不能没有张芳芳，她是他的人生伴侣、工作助手，也是新生活的希望。赵志福暗暗鼓励自己努力挣钱，好早日把张芳芳娶回来。正在胡思乱想时，张芳芳挑门帘进来了，赵志福噌地从缝纫机前站起来，跑到她身边，说："你真来了啊！我的天啊！你飘然而至，带来惊喜，带来思念，带来阳光，带来烂漫。"

  张芳芳惊叫着，甩着两条大黑辫子躲来躲去："哎呀！肉麻得我全身都起鸡皮疙瘩了。""还有肉麻的哩！"赵志福说着一把抱起张芳芳，在地上转了几圈。张芳芳一脸红晕，急喊："有人来了，快放我下来。"

  "我才不管呢，你是我媳妇，怕什么？"赵志福耍赖皮地说。"你个死家伙，胆子越来越大了，真拿你没办法。"张芳芳求饶道，"快放我下来，我有好东西给你。"

"怎么这么长时间不来看我？我生气了，要惩罚你。"赵志福虎着脸无理取闹。"人家天天为一个男人打毛衣，忙着呢。"张芳芳晃悠着大黑辫子，撒着娇。"哪个男人？"赵志福佯作不知，"我拿刀劈了他。""你敢吗？他很厉害哩。"张芳芳顺着赵志福的话往下说。"你说是谁，我非收拾他一顿不可！敢劳驾我媳妇，不想活了？"张芳芳又逗赵志福："哦，我想想，我想想，是我最尊重的一个人……""你想急死人啊？快说！"赵志福一副傻样，问道，"不会是我的岳父大人吧？"

"你这个没心没肺的，是装傻还是充愣？"张芳芳抱怨着，从包里拿出一件土黄色毛衣，样式很好看。张芳芳说："看什么看？又不是给你织的。"赵志福无赖地说："管他呢，我先穿了再说。"赵志福套上身一看，真合身，这明明是给他织的。

张芳芳笑骂："是啊，笨蛋。"赵志福一把搂住了张芳芳，啪叽一声，在她的脸上亲了一口。"讨厌，你这人最不正经了。"张芳芳眉眼娇俏地笑着说，可是，当看到赵志福火辣辣的眼神后，她紧张得心都要跳出来了。

赵志福得寸进尺，揽过张芳芳，眼中有光和火。此时，张芳芳心中顿时生出从来没有过的快活，逗乐道："你咋能这样看人家女孩子，一副色狼相。"

"我就色，你能咋样？"

"你再这样我就不理你了，再不来看你了。"

"你是我媳妇，你不来，谁来？你咋这么长时间不来？弄得我无心干活，茶饭不思。"赵志福情不自禁堵上她的嘴，心想："让你勾我馋虫。"

有了第一次接吻的经验，张芳芳不是那么生涩了，多了真切的体验。两人相拥的瞬间，张芳芳感觉到世界突然变得很大、很静、很美，仿佛整个世界都是他们的，如在太空中飘荡，翩翩似仙，又似一杯香茗，醇香馨甜，回味无穷。赵志福感到有一道电流从下腹生出，直冲天灵盖，他全身火热，充满力量，把张芳芳轻轻抱起，紧走几步放到床上。张芳芳面若桃花，醉眼蒙眬，修长的身躯，丰满的胸脯，让赵志福更加亢奋，他情不自禁地开始宽衣解带。

张芳芳猛地一骨碌爬起来，说："赵志福，这样不行……"赵志福也清醒过来，心生愧疚："天啊，自己怎么会这样……是啊，不能对不起芳芳，毁了她的清白。"

赵志福心情平复后，开始忙着干活。张芳芳也忙转变话题，边收拾屋子边说："我发现你这人除了会挣钱，还有个坏习惯——懒。你看你衣服都脏成什么样了，也不洗洗。你这样走到人群里，会遭人嫌弃，也影响了我的白马王子的形象。"

"这样不是更好？安全，让你少几个情敌。"赵志福嬉皮笑脸地说。"去你的，我宁可有情敌，也不喜欢你穿脏衣服。"张芳芳红着脸嗔怪。"是吗？那我就穿着你洗干净的衣服去会漂亮妹妹。"赵志福继续耍无赖。"你这人现在坏得不成样子了，我在说正事呢。"张芳芳粉面含怒，气呼呼地说。赵志福忙凑上前说软话："哦，别生气，老婆大人，我只是嘴上功夫。""去你的，一天没个正形，我还不是你老婆呢。"张芳芳忙收回与赵志福对视的目光。

经张芳芳一番收拾，整个屋子窗明几净，有了别样的感觉。家里有个女人照顾就是不同，一下多了生机。以前赵志福从没有这种感觉，现在觉得有女人的生活真好，可能是长大了的原因吧。随着生活体验的增多，家有了更加丰富的内涵，所以亚当需要夏娃了。

有了张芳芳的帮助，赵志福再不会有孤军奋战的感觉。经过一段时间的苦干，终于把生病期间积压的活儿干完了，张芳芳这段时间来得频繁，赵志福也吃胖了些。真是人逢喜事精神爽，他对着镜子照了照，感觉全身透着生机，虎虎生风。

赵志福正在天马行空地胡思乱想，张芳芳突然说："我们两个回家一趟吧，我大找你有事呢。"赵志福爽快地答应："岳父大人召唤小婿，哪敢不从？那就走，看老泰山去。"

张芳芳捶了赵志福一拳："那我们买点啥东西，看老泰山总不能空着手吧？"赵志福眉毛一挑，说："那就买两条好烟、两斤好茶。还有丈母娘和娃大舅，他们的也不能少。"张芳芳娇嗔道："还没娃，哪来的娃大舅？东西还没买就心疼钱了，真小气。"赵志福打趣道："那就买好的吧，要对得住岳父大人。"两人买好东西，把摩托车擦得油光锃亮，然后驾车疾驰而去。

赵志福觉得骑摩托车带美女，就得酷帅点儿，一阵风似的到了张芳芳家，老远就看到大舅哥张建国从院里跑出来迎接，说："听到摩托声，我就知道是你俩来了。"

三人说说笑笑地进了屋，家里人围到一起问长问短的，赵志福把礼物分给大家。芳芳娘拿着花衬衫，笑着说："你现在手头紧，别乱花钱，人来就行了。"张文明收好烟，说："我们离得近，也方便照顾，有什么困难就说。"

就算有困难，赵志福也不好开口，总不能说让张芳芳帮他干活，或者说手头没钱吧。他磕磕巴巴地，欲言又止。张文明明白赵志福的想法，主动说："听芳芳说你想扩大店面，现在缺进布料的钱，我们商量了一下，打算帮你渡过难关。"他转身对妻子说："娃她妈，你把那些钱拿来。"芳芳娘忙从箱子里拿出一万元钱放到炕桌上。

"家里也没多少钱，这一万元你先拿上周转。"张文明和气地说。这突如其来的好事，让赵志福激动不已，同时他倍感责任重大。张文明察言观色，摸了一把胡子说道："这钱是借给你的，你可得拿捏好，好钢就要用到刀刃上，看明年能买套营业房不。年轻人干事要有决心，就一定能干成。另外，你那边活儿实在忙的话，就让芳芳过去帮忙。"

"姨父想得周到。"赵志福涨红着脸轻声说，"姨父、姨娘，我一定会干成的，您二老放心。我赵志福绝不是个软蛋。"张文明怕赵志福有压力，安慰道："我们都是一家人，你也不容易。人都有困难的时候，需要帮衬着才能走过去。这关键时刻拉你一把，困难就克服了。"

一家人闲聊了一阵，芳芳娘做饭去了，赵志福和张建国、张芳芳三个人打扑克。第二天，赵志福早早起了床，收拾一下准备回去。岳父、岳母留他吃了饭再走。张芳芳对父母说："我的自行车还在陇坪乡呢，我去骑回来。"张文明叮嘱："芳芳你跟着去，路上小心，有活儿帮着干，别到街上乱逛，老大不小的了，要学会过日子。""知道了。"张芳芳吃了定心丸，心里如吃了蜜一样甜，高兴得想蹦起来，又怕父母责备。

美好的一天开始了。赵志福要去调货，店面由张芳芳先守着，或者她锁了门，先回家去，锁上门，他回来了去接她。张芳芳怕贼撬了门窗，就在店里住下，赵志福担心她一个人孤单，找了一个女邻居陪她。赵志福调货去了三天，张芳芳三天没有回家。这可急坏了芳芳娘："娃娃还没有结婚，不能出事，你去看看，都三天没有回来了。"芳芳娘催丈夫，张文明不耐烦地说："不会的，要相信娃娃。他们可能是进货去了。"芳芳娘着急地说："娃她爹，还是去看看吧！"张文明无奈，只好在逢集的日子去了店里。到了裁缝店，见只有张芳芳一个人，屋子里收拾得干干净净、整整齐齐。张文明问："赵志福干什么去了？"张芳芳说："他调货去了，说要去三四天，店里没人，时间长了怕出事，我留下看店。"

"哦，等赵志福回来了你早点回去，你妈想你了。"张文明叮嘱女儿。张芳芳乖巧地应承。张文明心想："要相信孩子，娃娃长大了，懂轻重。"

回家后，张文明向妻子做了汇报，但芳芳娘说："你不懂女娃的心。我是她娘，比你清楚。即便这样，也不能让他们长时间待在一起。要不然就让赵志福快点娶芳芳过门。"张文明坦然地说："亲家上次提亲了，说腊月娶亲，这也快了，不用急。""总之我们要叮嘱女儿，在结婚前不能出事。"芳芳娘担心地说。"这是你当妈的事，我哪能管那么多呢。"张文明干咳两声，转身进屋，若有所思。

很快，赵志福兴冲冲地回来了，提了成捆的布料，两人高兴得忙前忙后。有了张芳芳，赵志福一下有了家的感觉。当天，正逢集，两人就上街去试行情。想不到这次进的货，花色、价格都适合大众，买布的人很多。一天下来，净挣四百多元。不干不知道，一干吓一跳，两人喜出望外，照这速度，一年后他们就可以买一套营业房了。

真是福无双至，祸不单行。赵志福的二爸赵万全突然匆忙赶来，哭丧着脸说："侄娃子，你爷爷病重，快快收拾东西回家。"

第二十章

料理丧事

赵志福赶到家时,爷爷已气若游丝,脸色灰暗,如一块木头。家里乱作一团,幸好有一位年长者指挥父亲等人给爷爷穿寿衣。赵志福没顾上与族人打招呼,就冲进爷爷的房间。

"咯咯——噢——咯咯——"赵作鹏临终时喉咙里发出奇怪的声音,听得人毛骨悚然,屋子里弥漫着一股令人作呕的气味。赵志福悲伤地想:"人还没有去世就散发出这种臭味,爷爷肯定是活不了了。"由于赵作鹏怕风、怕光,整间屋子都挂上了窗帘,比平时暗多了,阴沉沉的。

大哥赵志龙、二哥赵志飞都在屋子里,着急地看着爷爷。赵志强是第一次近距离看老人过世,心里说不清地害怕。

一个嘴碎的姑姑说:"晚上,下房那个门窗还不时发出奇怪的声音,让人听着害怕。"传言说:这是老人要百年了,一些先人叫他来了。

"爷爷,爷爷,我是志福。"赵志福连叫了几声,想不到已走到鬼门关的赵作鹏老汉伸出手来抓住赵志福。他的手劲很大,翻了翻眼珠,眼睛里透出一丝活光,死盯着赵志福。

赵志福哭喊:"爷爷,我是志福。"赵万里忙说:"志福,不要喊了。你爷爷他不行了,看有啥要交代的吗?"赵志福急问:"爷爷,你有啥话要说？"

赵作鹏的嘴巴嗫嚅了半天，才说出话来："我、我、我要走了，你太爷和太奶都来了，在、在、在院子里等着呢。"一听这话，赵志福顿时头皮发麻，更觉恐怖。接着赵作鹏又有气无力地说："我、我走之后，你们都不要哭。我是秀才出身，给我打一口好点儿的棺材，三底两盖的就行，在阴间也能风光一阵子。你现在做生意，很好，把生意做大，也算大事一件，要供志强考上大学，那是光宗耀祖的事。"

"嗯嗯，爷爷你放心，我一定照办！"赵志福哭着点头。赵作鹏伸出手，指着地上站的一圈亲人，似乎还想说什么话，但已油尽灯枯，头一偏，就过去了。赵万里跪泣："大呀，你不要走啊。你叫我咋活啊？我还没有好好伺候过您老人家呢……"

赵恒春喊道："哭啥？还不快点准备后事。快打些热水、倒些酒，把老人的身子擦干净。等身子僵了就不好办了。吴秀莲忙端来一盆热水，赵万里忙着给赵作鹏擦洗身子。擦干净后，给亡人把老衣穿戴停当、遗容画好，然后把遗体抬到备好的木板床上。刚去世的人身体还有余温，必须在安葬之前让身体的温度降下去，不然遗体就会迅速腐烂，体内渗出尸水，据说流到路上不吉利，农村人叫"遗丧"，所以丧礼非常讲究程序，要给亡人体面。

给亡人降温，叫"收尸"。用荞麦面捏一个碗，放到亡人的心窝，往这个面碗里倒满酒。因为酒易挥发，又吸热，能很好地把遗体的温度降下去，据说这样三魂七魄就会快点离开，早入阴间，好投胎转世。这一过程也叫"落草"。

停丧地上铺上干柴草，供守孝子女跪坐，以免地上潮湿伤了身体。晚上，守夜子女要陪亡人过夜，不断火地烧纸币，给亡人送阴间过路钱。守夜子女即使特别累，也不能上炕去睡，最多在柴草铺上眯一会儿，也算"行孝"。来客给亡人上香行礼时，子女要跪着哭孝，以示还礼。这种古礼现在都简化了，大多站着还礼，佩戴黑纱和孝字臂章。

赵作鹏老人的临终遗言和动作成为村里人议论的话题。看老人临终时的样子，似乎还有什么大事没交代完。阎王叫你三更死，谁敢留你到五更。到了那个时间点，就是话没说完，也得走。赵作鹏是个有本事的人，可是儿子、孙子没一个强的。赵志福刚刚起步，谁能料到能不能成功。总之，赵作鹏这一房还是很弱，人才凋零。正如村里人所说，赵志福刚刚从岳父那儿借来钱，准备大干一场，哪知还没来得及开始，这笔钱就花在爷爷的丧葬费上了。

俗话说：听话听音，走路辨道。村里人的这番言论，表面上看是陈述事实，实则暗含深意，赵志福听出了话外音——赵家没人，人家看不起，有可能在之后的几天里有麻烦事发生。

父亲过世后，赵万里派出去几拨报丧的人，过了大半天仍不见人来，赵万里着急了，忙叫赵志福兄弟挨家挨户再去请人。赵志福去给庄间亲房乡邻登门报丧，连摩托车也不敢骑，怕有人说他显摆，故走得他满头大汗。

按理说，这事不需要一请再请，乡俗约定，谁家有老人过世，只要有人去报丧，乡邻准会赶来帮忙，家家都有这回事，也算互帮互助。但如果那家人被村里人低看一眼，这事就不好说了。

势利眼，赵志福心中暗骂，但普通人有什么办法呢？他人微言轻，改变不了现实，人家是觉得水塘里的鱼是翻不出大浪的。他只好低声下气，先把老人埋了再说。赵志福突然想到，这事应该去找族长大爷爷赵作堂。大爷爷赵作堂此时正坐在炕上抽水烟，头发胡须皆白，人很精神，一脸慈祥。赵志福兄弟哭诉着，赵作堂眉头紧锁，他猛吸一口烟，又长长地吐出来，拿起水烟头噗的一声吹出烟灰，然后利落地收拾好烟具，溜下炕头，穿上老布鞋，说："你们先回，我喊他们去，我就不信没祖宗了。"

按族规，赵氏同出一脉，不管传了多少代，分几次族谱，都是一祖之后，流着同样的血，必须相亲相敬，互帮互助，尤其是族中有权、有势、有钱之人，一定要行善举、做益事，先富帮后富，光大赵氏门楣……这种精神是高尚、美好，有利于团结的。可传着传着，尊卑贵贱、争权夺利，拉帮结派、尔虞我诈，以及是是非非、恩怨情仇都出来了，同一宗族之间，却相互攻伐。所以家国一理，需要以强有力的国家公器，以及利于人民的法律，严格约束那些有权有势者，保护广大老百姓的利益，才能使这个国家长治久安，不断强大起来，如果只保护少数特权阶层，那么灾难很快就会来临。所谓得民心者得天下，天下为公，这是人人都懂的道理，可在利益面前，某些人就被私心蒙蔽了双眼。所以古圣先贤不断地教化众人做利于国家的事。

陇川村近百户人家分成了几个生产小组，赵志福一家所在的这个组叫赵家川组，人住得相对分散，只有二十多户人家，分住在川头和崖坡上。川头上就三四户人，崖坡上人多，有近二十户，赵氏一部分族人就住在崖坡上。赵作堂一出面，本家很快就都来了，赵志福几兄弟忙着招呼人。村里外姓人在葬礼上作用很重要，挖坟坑、抬亡人、装殓、下葬、接待，这一揽子都需要他们来打理。为了能把葬礼办好，还需要从他们中推选一个影响力大、办事公道的人来当大管。如果没有外姓人家，就只能从关系远一点的本族人中选，这是规矩。

爷爷的过世，对赵志福是一个考验。如何把这件事情办好，真的是一门学问。赵氏族人本就看不起他们，在招待时不能显得寒酸，如何安排得排场得体，还能节省资金，极为难办。多年来的精神压力让赵志福一家想改变现状，几乎成了心病。赵志福慨叹一声，拿出岳父借给他做生意的钱料理丧事。这样做让他又回到了原点，但他只能打掉牙往肚里咽。

人活脸，树活皮，墙皮活着一锨泥。为了这张脸面，赵志福也是拼了。爷爷不单是他一个人的，但爷爷是他的授业恩师，其他兄弟没有一个能帮他分担，他只好咬牙一力承当，把丧事办得体面。他正在事业发展的节骨眼上，又遇到这一茬事，谁也没有料到，他只好先应对眼前事。

爷爷说过自己父亲过世时，他刚二十岁。那时家里光阴好，自己又考上了秀才，声名在外，办丧事时，全村的人都来了，连三乡四邻的外姓人也来了，纸活摆了整整一堡院，非常隆重。流水席吃了三天，有千人到访。事情办完，乡里人纷纷议论："赵作鹏家的事情过得隆重，光阴好，声望高。"

赵志福知道自己现在比不过爷爷那时候，那时家里光阴好，人人羡慕。他现在啥都没有，只能争口气，让爷爷走得干净利落，别让庄里人说寒酸、可怜了。

自从开店做生意，赵志福的胸怀也宽广了，比他老子赵万里强多了。农村办红白事都是花钱、赔钱，是赚不回钱的，条件不好的人家极易伤了元气。农村送情，一般红事几毛钱，丧事则给送三张白纸，不送钱，所以全是花销，没有进项。

在农村，家道殷实相当重要。赵志福和延请的大管伏余海商量请个吹鼓手，有人来吊丧时，就奏哀乐。赵万里插话说："你爷爷要求用三底两盖的棺木，那就按老人家的意愿置办，请个最好的木匠，把活儿做漂亮些。"

赵志福苦笑了一下，当着大管的面答应了。后来一细算钱不够，又忙去陇坪乡找朋友筹钱。有人就开始传闲话了，说应该给老人用最好的寿材楠木。楠木多贵啊，赵志福选了上等松木，有人就不满意了。赵志福也管不了有人非议，尽自己最大努力就行了。这贵和富是统一的，没钱没权如何显富贵。

伏余海是现任村支书，也是人精，在村里威信颇高，他看赵志福心情不好，劝道："人多嘴杂，由着他们说去吧！不过从这件事可以看出，赵家宗族对你家是有看法的。现在也管不了那么多，你家老人倒地上了，谁家没老人，由他们说去吧！你放心，我会尽最大努力帮你办好这事。"赵志福感激地说："那就全靠您老了，需要什么就说。"

伏余海沉默一阵说："你看这样行不，打寿材的木匠、看坟的阴阳先生，每人一天一包香烟，你不用安排人一根一根地发，如果发不到位，还影响人家心情。给管事的和跑腿的一人一天两包烟，一包自己抽，一包给客人发，他们也开心。"

赵志福明白伏余海的意思，变个方式，减少了麻烦，让跑腿的人也能得些好处，于是他对伏余海说："村子里其他人家过事情，买的是三元钱一包的哈德门，你安排人去买一包五元钱的红乒坛，这也体面些，三十条烟应该差不多了吧？"

赵万里也不能当甩手掌柜，忙说："猪肉打四百斤，羊肉打二百斤，金糜子酒得一百瓶，啤酒买上四十件，让大家尽量喝好。再有急需的你安排人买就行，到时管我儿赵志福要钱，辛苦大管了。"

伏余海说："好、好、好。这样确实体面，不过要花不少钱呢。"赵志福咬咬牙，说："我估计得花近万元，钱多少准备了些，应该差不多够。"伏余海一听赵志福给出的预算，开心地说："好说，好说，有钱好办事。就按你说的办，我这就招呼人去。"

赵志福看伏余海走了，不由得肉疼地叹了一声："宁叫牛挣死，决不能让车翻了。"

伏余海脚步轻盈，心想，没看出这赵志福还真是个人物，花这么多钱，眼睛都不眨一下。他忙安排人买肉、打酒，找阴阳先生、叫木匠、寻大厨、找帮厨，人人都得两盒烟，每天三顿酒肉吃着，比过年都开心。真是有钱好办事，派出去的人很得力，不到一上午，所有事都安排齐整了。赵万里见儿子办事得体，用人得当，心里很高兴。

阴阳先生酒足饭饱后，去选了一块好坟地。在打开罗盘点穴时，赵志福及时往罗盘上放了两百元，算是给的彩头。阴阳先生见赵志福大方，也表现得很卖力。

穴位看好后，赵志福让人去打坟，结果这时被人拦下了，说："这坟你不能打。"打坟人问为啥？对方说："他们家是什么人，凭啥占这样的好坟地，这坟地我不给了。"打坟人赶紧让人给赵志福传话："你们家的坟打不了了。"赵志福一问，才知是三房头的堂叔赵万杰作梗，他连忙过去协商，问已说好的事，地都换了，为什么又不行了？

赵万杰头也不抬地说就是不想换了，让他找阴阳先生再另看一处。赵志福忙掏出一百元钱塞到赵万杰手里，说坟都打了一半了，再换来不及了。赵万杰把钱一丢，破口大骂："你的钱大得很！不换就是不换，不行就是不行！先停下，让你大来！"

几个打坟人见状，议论纷纷："赵志福，这就是你们赵家人？你们的先人死了躺在地上，还说这种脱裤子放屁的话！我们不干了。"赵志福忙安抚住，让稍等等，他立马回去，让伏余海给打坟的人送去一件啤酒，外加一人一包烟。伏余海叫人把东西送去，打坟人一看烟酒来了，一下高兴了，说："这还差不多，我们先歇缓一阵。"

第二十一章

家族争斗

堂叔赵万杰不同意换坟地，这可把赵志福难住了，忙跟父亲说了。赵万里骂了句："这欺负人欺负到头上了。事前都说好了，坟坑也挖一半了，不让干了，再看不起人也不能这样啊！"父子俩忙去问阴阳先生能不能换一处坟地。阴阳先生说："周围再没有发现更好的地，最好是先商量，实在不行了再说。"一听这话，赵万里也没了主意，心想还是先求人家吧。于是让赵志福准备了两瓶好酒，拿了五百元钱，亲自上门去求人家。五百元可是能把那一整块地都买下来的。

赵万杰正悠闲地躺在炕上抽烟，见赵万里父子点头哈腰地进了屋，只轻轻点了点头，算是打了招呼。赵万里让赵志福跪下，给赵万杰赔不是。赵万杰看了一眼，没吭气。赵万里急了："难道让我也给你跪下？"说着就要跪下。赵万杰这才慢腾腾地下炕说："好了。坟地你们用吧！"赵万里父子是哑巴吃黄连——有苦说不出，还得赔着笑脸夸赞赵万杰。

赵万杰这样做，就是看赵万里一家子不顺眼，故意整他们。他们家几代没出能人了，在关键时刻拿捏他一下，算是给他个教训。同为赵家人咋了，再说你祖上并非我赵家人。

走出赵万杰家，赵万里沮丧地拍着头感叹："儿啊，河东三十年，河西三十年。你一定要争气，等有了出息，也让你老子扬眉吐气一回，在村里把腰杆子挺直喽。"

他又叹道："这可能是报应。我自小就不爱念书，为了念书和你爷爷吵翻了。当时你爷爷说：'不念书，长大后有你的苦受。'我当时对你爷爷赌咒发誓地说：'就是长大捣牛后半截，也不用你管！'你爷爷除了给钱，真就再没怎么管过我。想不到一个人没多大本事，就算老实本分也不行，别人会想着法子欺负你。我们家庭成分不好，一直在夹缝里活人，所以想着平庸一点好，不主张让娃娃念书当官。哪承想社会越来越好，看来我当时的想法是错误的，耽误了你们三个。你大哥没有念成书，主要是因为咱家成分不好，政审过不去，初三考中专人家不让参加考试，半途而废了。你二哥小时候想读书，我就没让念。赵万杰的那个儿子小时候不爱念书，他大一顿鞭子把他抽成了公家人，你看赵万杰现在的嚣张样。"

儿孙自有儿孙福，但父辈的态度也很重要，会影响后代的。赵万里这辈子活得窝囊、活得矛盾：旧社会的少爷没当几年，就解放了，赶上"文革"，他就成了被批斗的对象，政策好了，他又因为没本事，被人欺负，满心想着儿子长大了，人多势众，就不受欺负了，但又受了这场欺辱。

赵作鹏的过世，让年过半百的赵万里算是活明白了，要想翻身，必须好好培养后代，光宗耀祖。所以老话说得好，朝里要有人呢！三儿子成了手艺人，现在唯一的希望就是小儿子赵志强了。赵万里暗下决心，一定要供赵志强考上大学，可人算不如天算，他哪知道，小儿子正处于思想波动的危险边缘。家庭的各种矛盾，父母之间的争吵不休，母亲与两个儿媳之间的不和，早已被赵志强看在眼里，他开始思考有关家庭的问题，小学还没毕业就想着要找一个听话贤惠的好媳妇，将来能孝敬父母。刚十岁的娃娃一天想着这个，哪能念进去书啊！

赵万杰曾是根正苗红的贫下中农，现在是村里的富汉。他有七个儿子，大儿子是人民教师，二儿子是一般干部，三儿子是县委秘书，四儿子务农，另外三个正上学。这样的光景在赵氏家族中不算最好的，但和赵万里家相比已是人上人了。

赵氏四房头的赵作义是富农出身，成分也不好，但村上的大队长是他的兄弟，村支书又是他的儿女亲家，受他们的庇护，赵作义并没有受苦，反而得到了政策的优待。他生了六个儿子和七个女儿，老大初中毕业，在农业生产合作社时当了民办教师，后来转成了公办。老二学了木匠，农忙时务农，农闲时做木工活挣钱。老三成功躲过成分的限制，当了兵，上了老山前线，载誉归来，成了英雄，荣升中校团长，后转业到地方上成为邻市水利局局长，在职时，为家里办了好多大事，让上中学的四弟成功入伍，并推荐上了军校，毕业后在某部先后担任中尉连长、少校营长，后转业成为邻市纪委副书记。五弟小学毕业，入伍后受哥哥关照，转业后成为邻市交警队副队长。六弟小学没毕业就被送到部队某汽车连当汽车兵，复员后给市上领导开车，由司机提干为副乡长。总之，一个英雄兵，让一家人都吃上了公家饭。

赵氏二房头、三房头、五房头、六房头都有吃公家饭的，其中六房头的一个后代最为厉害，本是新疆生产建设兵团的一名普通民兵，后在军报当通讯员，由于能力强，转为军报驻地方记者，荣升军报总编室主任。六房头到处炫耀儿子拥有中将军衔，进出带着警卫。有一次回故乡祭祖，县上和市上的官员想拜见这位大记者，却被警卫拦住了。

唉，人穷志短啊！赵万里父子好说歹说安抚住了赵万杰，刚想喘口气，又听说五房头的赵万邦酒喝多了，闹了起来。年轻气盛的赵志福心火上涌，但想着自己才开始活人，给他陪葬不值得，先去看看他到底想干啥。见到赵万邦后,赵志福突然明白了,赵万邦儿女有成,想听恭维话,于是他毕恭毕敬地说:"我知道您老人家是一个通情达理的人,是村里的能人。儿女个个成才,人人羡慕您。侄儿哪里没有做对,让您老不开心了,你就说道说道,侄儿一定改。今天情况特殊,请您原谅侄儿一回,回头给您下跪磕头都行。"赵志福的一席话说得赵万邦倍有面子,总算舒坦了,在村里人的劝说下,就坡下驴,安静了下来。

哪知一波未平,一波又起。赵万杰在家里喝了些酒,出来显摆时与人闲聊,被村里人捧了几句,就不知哪根筋搭错了,突然觉得不对,认为上了赵万里父子的当,又到坟地里闹腾了起来。赵志福几兄弟一看这事还没完没了了,脾气也上来了,一把架起赵万杰,在头顶上转了几转,把赵万杰吓得裤裆里流出黄水水来。

几兄弟把赵万杰架开后,丢到地下,赵志福恨恨地说:"你能把自己拉的屎吃了,今天这事就依了你,如果你还闹,我几兄弟不是吃素的。"他掏出一沓钱,砸到赵万杰的脸上说:"你不就是想要钱嘛!这些给你买棺材板也够了!"

好汉不吃眼前亏,赵万杰爬起来灰头土脸地跑了,边跑边喊:"走着瞧,我叫我儿收拾你!"赵万杰回家后,给他当教师的大儿子打了电话,大儿子毕竟受过教育,哪能让父亲胡闹,埋怨道:"大,你这不是胡来嘛!仗势欺人、丢人现眼,你这事我管不了,也不会为你去惹事。"赵万杰一听大儿子的话,气得大骂:"你个狗日的,还是人民教师哩,老子白供给你了,你三丈牛肋子往外拐。赵志福那个王八蛋拿钱砸你老子哩,你不管这事,我可咽不下这口气。"

虽然大儿子把父亲顶了回去,但是听到赵志福拿钱砸他父亲,他记住了,给当县委秘书的兄弟打去了电话,添油加醋一说,县委秘书回话:"这事在明面上再不能闹了，如果传出去，对我有影响。这样吧，你让大先依了人家，别再闹腾了，让人笑话呢。再者，那兄弟几个都是犟驴，我们硬干干不过，大和他们在一个村里，如天天受那几兄弟欺负，我们总不能丢了工作，天天守着吧！赵志福不是拿钱砸人嘛，等过段时间我给陇坪乡工商和税务上的朋友打个电话，整治整治赵志福，让他吃不了兜着走。看不把他吃穷，吃破产！"县委秘书阴冷的笑声让当人民教师的大哥都吓出了一身冷汗，心想这幸亏是我兄弟，吃人都不吐骨头！

大儿子把兄弟的话原原本本地传给了赵万杰，老头子才舒坦地大笑起来："这才是我儿嘛！书没有白读，有头脑，动一下手指头，就能把赵志福那小子整死，还不留痕迹。"赵万杰年轻时就爱占人便宜，赵作鹏当时是保长，主持了公道，没有因为他是赵家人就偏袒，赵万杰从此记上了仇。

赵万杰的大儿子做事圆滑、深藏不露，为了给父亲挽回面子，高姿态地给赵志福赔不是："好兄弟啊，不好意思，我大犯糊涂，你别计较。这事就按之前说好的办，也是我们孝敬长辈了。当然，哥哥多一句嘴，以后万不能拿钱砸人了，这样不好。"软刀子话算是送到了，让赵志福自己掂量。

赵志福心想："这小子话说得亮堂。我给他大不但赔了同样面积的优等土地，还给了五百元钱和两瓶好酒。这事他只字不提，倒怪我拿钱砸他老子。情没赔，倒记恨上了。这家人够狠。"

第二天，赵志福又亲自上门去请赵万杰："是小侄不好，家里出了大事，我心里很乱很烦，一时也没有考虑周全，还望您老别往心里去。您老德高望重，大人不计小人过，今天您有空的话去我家里陪亲戚吃个饭，乐呵乐呵。"

赵万杰知道自己那当官的儿子要替他报了此仇，再不能在村里失了面子，便说："这还差不多。你爷爷的事是大事，我得参谋参谋去。"赵志福一路赔着笑，赵万杰梳着个大背头，背着手，把葬礼当作显摆的场所，一副高高在上的样子。村里人看到赵万杰那人模狗样的德性，就私下议论："真是白披了一张人皮。"当然，一部分人却认为赵万杰应该如此，谁叫人家生的儿子个个有出息，做老子的当然要显摆显摆了，如果是他们，也会这样的。社会在变，人的羞耻心和价值观也在变。

毕竟赵志福经历的事多，对人与人之间的关系了解得多。虽然这事暂时平息下来，但不知还会有什么糟心事发生。为了让爷爷能早一点入土为安，还真得处处小心、事事留心。赵志福各个地方都转了转，见阴阳先生正在写祭文，木匠师傅正在打棺木，打坟的打坟，做菜的做菜，吃席的吃席，基本上井井有条。赵万里告诫儿子："将小将小，天下走了。做人要低调，做事要高调。老子没啥出息，你现在出息了，要为我们争口气。"

赵志福下血本并不只是为了捞面子，是事情到了这份儿上了，总要把老人好好抬埋了。现下只能忍辱负重，将来把事业做起来，把家庭责任担起来，再不能这样被人排挤、打压。他相信，总有一天，人们会对自己家刮目相看的。

看着大家忙碌的身影，各房门上贴着的白纸黑字的对联，门头杆子上挂着的黄白相间的纸幡，赵志福悲伤地叹着气到爷爷停灵的房间守丧去了。伏余海忙着招呼村里人坐席，宴席就设在院子里临时搭建的黑色灵棚里。开饭前，按礼节先要献饭。吹鼓手吹着悲凉的曲子，孝子们穿着孝服，依礼而跪。在厨房门口，孝子们跪着接过饭，双手举过头，一个传一个地通过灵棚，一直传到停灵房，供到先人的香案上。此举就是让过世的先人看看，儿女成群，人口昌盛，祈求幸福。礼拜先生头戴礼帽，身穿长袍大褂，站在台子上喊"一叩首——"，声音拉得很长。再喊"起——"，同样声音拉得很长。接着喊"二叩首——起""三叩首——起"。

"三叩九拜"礼毕，开席吃饭。农村过事，来的人多，都一一安排到席上去吃。吃饱吃好后离席，再安排另一拨人坐席、吃席，这叫流水席。一般先让年龄大的重要亲戚吃，再就是村里人，最后是家里人。

哪知这个做席的厨师手艺好，菜品丰盛，吃席的小孩子纷纷抢着吃东西，打翻了碟子碗，有人看不惯，说了小孩子。想不到家长护短，当场打自家孩子，边打边说："吃啥看脸饭，把人臊死了！"

有人喊了句："不吃下眼饭，走！"呼啦一下，一大片人站起来往大门外走。赵万里一看急了，忙起身和儿子赵志福、赵志强等人伸开双手挡住了去路。赵万里披着孝服哭求："求各位乡党高抬贵手，这使不得啊。我家老人还躺在那，等安葬完再走。"赵万里拜了又拜，总算挽留住了大家。总不能把事情做绝吧，人们回到宴席上继续吃起来。

人怕狠的，狠的怕不要命的。赵志龙、赵志飞两兄弟正忙着招呼大家吃席，见此情况气得牙根痒。赵志飞的牛脾气上来了，浓眉倒竖，虎眼圆睁，骂道："让走，跨出门，我把他们的腿子都打断，看他们今后咋在村里待。"一米八五的赵志飞，一副要吃人的样子。村里人面面相觑，埋头吃饭。

赵万里忙拉住二儿子，惊慌地说："天爷，话不能乱说，得罪人呢。"

赵志飞凶狠地说："我就不信他们不怕死！"

赵万里急了，拿起棍子照着二儿子的后背就是一棒子，棍子都断了。赵志飞哼都没哼一声，一棍子好似打在石头上。赵志龙急忙拉走老二，村里人都看呆了，院子里一下安静下来。

第二十二章

陷入泥淖

天灰蒙蒙的,如破旧的房子,让人心生烦躁。阴风撕扯着门口挂起的引魂幡,哀乐中夹杂着低语,像缠在头上的蜘蛛网,清不干净。

赵万里抬埋先人已够苦的了,谁知葬礼上,村里人还逼得全家人低声下气赔情,尊严一次次被随意践踏,真的是活得连驴都不如了。就是吃草的驴,还有农民疼惜,为什么他家就没有人疼惜呢?赵万里回到停灵的房间,跪在死去的父亲跟前,放声痛哭:"大啊,我好后悔!"

农村埋人,都需要阴阳先生给看日子,要按时按点入土。当然,百年后的人入土越早越好,一般三天为佳,也有七天的。一是看吉时,二是看棺木是否齐备,如果棺木没备好,看好的吉日不能下葬,又得推至下一个吉日,很耽误时间。

大热天的,尸体放在家里,时间一长就会腐烂发臭,尽快入土是一件积德的事。木匠师傅加紧打棺木,阴阳先生加紧撰写各类祭文,孝子贤孙守孝、哭丧,同时接待亲朋,答谢友人。

赵作鹏的丧事持续了三天。下午七时,赵作鹏老人下葬。孝子贤孙按关系远近亲疏,穿好五服孝服,排好队,开始往坟地走。根据辈分、亲疏,孝服分作五类,也称作"五服"。赵志龙和他的儿子是长房长孙,戴孝最重。因为赵家是大家族，五服孝服是必遵的丧服礼制。五服孝服一穿，赵氏族人间的不快，一下都放下了，不由得生出亲近来。

孝服，又叫丧服、孝袍，一般有斩衰、齐衰、大功、小功、缌麻五种。这五个等级的孝服布料不同、做工不同、戴孝时间长短有别。丧服是用粗麻布、麻布、白布等制作，汉族人大多都依周礼戴孝。晚辈戴孝，平辈不戴。规模相对小一点的家庭，戴孝更简单了，直系亲属穿孝服、戴孝帽，旁系亲属一般戴花孝，即在孝帽上缝一小块红布，这样就区别开直系和旁系了。还有的人家在腰里扎条白布带即可，亡者是男，带结在左，亡者是女，带结在右，旁系亲属则在布带上系一小块红布条。

因各地风俗不同，孝服有所区别。但五服孝服制度最为隆重，一个家族，过了上下五辈人就算是出了五服，血缘关系淡了，但还是同族。古代的五服制度，以及编撰族谱，就是为了不让有血缘关系的族人结婚，防止婚姻伦理和血缘关系的混乱。立了族谱，分了字辈，就能从名字上辨别全国各地、天南海北的同姓、同族人的辈分、伦理关系。

下葬前，选定抬棺人，有八人、十六人之分，也叫八台或十六台。孝子举着引魂幡走在最前面，抬棺人抬着棺木，棺木上放着一只大红公鸡，作为引魂鸡。抬棺人后面跟着两排孝子，手拄丧棒，弓着腰哭着走。还有穿孝服端祭品的和一些村里人及朋友跟在后面。

孝子们在坟前空地上跪下一片。阴阳先生念会儿经，把引魂公鸡杀了。抬棺人把棺木下到坟坑里，摆正放好，打开棺盖，让孝子赵万里下坟坑看一眼老人，并检查身体摆正没有，其他孝子可再看一眼老人，见最后一面。农村讲究不准哭，也不准掉眼泪，怕眼泪掉到棺木里不干净、不吉利，让老人走得不放心。合上棺盖后，孝子们掬一把黄土撒向棺木，村里人就开始快速地用铁锨填土，砌出坟堆。接着阴阳先生开始安土神，念祭文。祭文内容就是赵作鹏一生的功德介绍。

赵志福长舒了一口气，事情总算结束了，好坏由人说去。赵作鹏的葬礼，还是给村里亲友留下了深刻印象，大家评价很高。虽然过程中发生了一些不愉快的事，但终归圆满结束。通过这件事，村里人看出赵志福的办事能力、处世态度，发现他是一个胸怀宽广、待人诚恳，识大体、顾大局的人，看来赵家大房头是要出人才了。

在农村，老人过世后，花钱的名头很多，有头七纸、二七纸、三七纸……直到七七纸，还要操办一年纸、二年纸、三年纸……至完年纸（九年纸）才算完。每到三年、七年、九年，都要大操大办一下，接待亲友吊唁，还要吃流水席。

常言道：穷根难拔。赵志福真是比谁都苦，拖累大，老鼠拉木锨——大头在后头。刚刚借来的创业款用来办了丧事，全家人的各种花销都需要赵志福往回挣。爷爷作古，张芳芳过门的时间又推迟了。家里一堆花钱的事，赵志福想想就头皮发麻，办完丧事，赵志福连吃饭的心情都没有了，匆匆地去陇坪乡挣钱去了。

活儿又积压下了，赵志福这台大马力发动机需要全速运转了。他匆忙赶到裁缝店，见张芳芳还在帮他看店，屋子收拾得干干净净，不禁眼眶湿润，喉咙哽咽，忙跑过去一把搂住张芳芳痛哭起来。这么多天，他受的所有委屈没处撒，受的好多苦没处说，人前人后小心谨慎，生怕出事。今天在这里，他什么事都不用想、不用怕，尽情释放。面对关心他冷暖的未婚妻，虽然她也柔弱，需要被呵护，但通过这一阵子的相处，她已成为他最大的靠山和精神支柱，是将要陪伴他一生的生活伴侣。

男儿有泪不轻弹，只是未到伤心处。赵志福伏在张芳芳柔弱的肩上尽情地哭了一阵后，精神好多了。张芳芳看到赵志福如一个受伤的大男孩伏在她肩上痛哭时，觉得自己就像是一位母亲、一个姐姐，需要关心、需要鼓励，更需要有人替他抚平心中的伤痛。她也忍不住流下了眼泪。

张芳芳心疼地鼓励赵志福："这一切都会过去的，你还有我。我会帮你干活，尽快挣到钱，实现你的梦想。"赵志福听张芳芳如此说，很受感动，感到一种巨大的精神力量支撑着他。这就是他将一生同甘共苦、生死相托、永远不能亏待的人。真爱不需要华丽的语言和山盟海誓，赵志福深情地吻了吻张芳芳。张芳芳撒娇道："人家都忙成这样子了，你一来就欺负人。"

"谁让你是我的好媳妇呢。"赵志福把家里的事对张芳芳说了一遍，说丧事办得顺利，总体上还过得去。张芳芳忙给他泡了一杯糖茶，又端来一盘油馍馍让填肚子，让养好精神继续干活。

陇坪乡要建一批营业房，街上的生意人都抢着购房。一套营业房售价两万元，先交一半，房子建成再交尾款。或者先交三分之一，建成后再将剩下的交清。真是天不遂人愿，爷爷走了，营业房没了，因为街道扩建，又逼着他搬了一次店面。

张芳芳听说了营业房的事后，忙问赵志福还有多少钱，看能不能再添些钱买套营业房。当了解到钱都花到丧事上了，张芳芳不高兴地说："你不是还有两个哥哥吗？他们为啥不承担一部分，老人是大家的老人，又不是你一个人的老人，为啥要你一个人出钱？这钱可是我们家借给你做生意的。"张芳芳埋怨赵志福不该下血本，创业款没了，如何翻身？说着说着，她有些气急，跺着脚对赵志福吼道："你真是死要面子活受罪。这是咱们的救命钱，怎能花光？"

一说到家里的事，赵志福本就心烦，现下营业房买不了了，还有一大堆要花钱的事，被张芳芳这么一抱怨，不禁粗暴地大喊："你咋不懂我的心？！"

赵志福的暴怒更加刺激了张芳芳，她心头火起，回了句："就你能。你也不想想平时怎么在羊毛堆里耙钱、在针眼里挑钱，你咋不告诉你那两个哥哥，这钱来得多么不容易！你就这样放纵他们，啥事都由着他们，这是一个无底洞，什么时候才能填满？"

啪的一声，赵志福甩手给了张芳芳一个耳光，她顿时眼冒金星，感到天旋地转，她痛苦地捂住脸，声音颤抖地哭诉："赵志福，你敢打我！"然后夺门而出。

赵志福也惊呆了，痛苦、懊悔地蹲下坐了一会儿，才缓过神来，他忙向门外追去，边跑边喊："芳芳，芳芳，是我不好。"他紧追快赶，好不容易追上了张芳芳，可无论他说啥好话，张芳芳一句话不说，只管往前走。赵志福不吭声了，在身后紧跟着，张芳芳见甩不掉，指着迎面而来的一辆车，转身呵斥："赵志福，如果你再跟着我，我就撞车！"说着，做出一副不要命的样子，把赵志福吓出一身冷汗。司机伸出头骂道："妈的，不要命了？"赵志福跟着也不是，不跟也不是，只好呆立在路上望着张芳芳的背影。"完了，这下真要完了。怕是要退婚了。"赵志福懊恼地想，"怎么办？看来今天是留不住芳芳了，但这样走下去，天黑也到不了家。完了，刚才走得急，门也没锁。得先去锁门。"想到这里，赵志福又忙向裁缝店跑去。

"天啊，他竟敢打我，我可是他还没过门的媳妇！"张芳芳在心里痛苦地呐喊，"这是我深爱的人吗？是我心中的如意郎君吗？"张芳芳漫无目的地走着，越想越痛苦。她下意识地摸了一下红肿发烫的脸，眼泪如断线的珠子滚落。她回头看赵志福走到哪儿时，却不见了他的影子，不由得更恨他："这个没良心的家伙，说走真就走了。最好滚得远远的，永远别见！"

赵志福满头大汗地跑回店里，锁好房门，骑上摩托车去追张芳芳。他越想越懊恼，自己往日沉着冷静，打掉牙能和血吞，今天却成了莽夫。他疑惑以前那么贤淑的张芳芳，为什么突然变得这么唠叨、泼辣，与自己心中理想的女性形象有这么大的出入。

赵志福自责为什么控制不了自己。也许是丧事上发生的一系列不愉快，让他的怨气、怒气积压在心里无处发泄，再加上张芳芳的絮叨，导致了这次争吵。他认为，张芳芳应该和他站在一起，理解他的苦处、难处，支持他，谁知善解人意的张芳芳竟然和自己吵了起来。

人真是奇怪的动物，为什么对自己心爱之人的要求会这么严苛，只要意见不合，就会产生冲突？难道观点或意见不一致，就会产生分歧和争吵？赵志福恨恨地抽了自己两个耳光："赵志福啊你真混蛋！"

太阳西斜，要掉到黑云堆里了，去张芳芳家的路有二十五六公里，平时骑自行车也得走几个小时，何况她连自行车都没骑，步行的话得走到天黑。这样走回家，如果路上遇到坏人咋办？岂不是害了自己的媳妇，成为一生的憾事。想到这，赵志福的摩托车骑得飞快。

张芳芳被赵志福的一记耳光扇得晕晕乎乎的，疯跑一阵后，发现自己来到了一道山梁，就是最熟悉的那道回家的山梁。太阳已到了半山腰，远处的村庄渐渐陷入黑暗，只隐约可见房顶上冒出的炊烟，连狗叫声都听不见了，可回家的路才走了一小半，怎么办？她顿时六神无主，心里暗骂："天杀的赵志福，竟然回他的店里去了。他的那个破店有我重要吗？"此时她多么希望赵志福能立马出现在自己眼前。如果有了他的陪伴，就不会这么恐惧。她此时有些后悔自己的冲动："真不该对他说那些话，他那样花钱也是被逼得没办法了。现在怎么办？我一个女子，遇到坏人咋办？"正发愁时，赵志福风风火火地骑车追上来了。看到赵志福慌张的样子，她气消了些，但又一想，决不能这样轻饶了他，要好好地整整他。

赵志福骑着车，又走得匆忙，没有看清张芳芳，从她身边径直骑了过去。张芳芳一看赵志福没有看见自己，急得大喊一声，紧追了几步，赵志福却没听见，一阵风地往前骑。张芳芳急得骂了一句，赵志福才似乎听见，忙又调头骑了回来。

刚才差点错过了，赵志福觉得有点不好意思。见张芳芳没有理他，继续往前走，没有和好的意思，他心里烦躁极了。这事一旦被双方父母知道，那就是天大的事，说不定要分手。他一时不知如何是好，只好乖乖地推着摩托车走在张芳芳后面，这一步的距离，好似不可跨越的鸿沟。

赵志福推着摩托车走了一阵子，热得满头大汗。张芳芳没有回头，但能听到赵志福呼哧呼哧的喘气声，能想象到他痛苦的样子。她不由自主地心疼起赵志福来，自己是不是话说得太重、太绝，伤了他的自尊心？毕竟他爷爷刚去世，又发生了那么多烦心事。眼下街上的商铺正在重建，可他无力购房，心情肯定好不到哪里去。在这种情况下，我应该多安慰、多鼓励才对。可是她也不明白为什么一听说赵志福把钱花在丧事上，没钱买房子，心里就蹿火？赵志福自尊心那么强，这样伤他的心，他怎么受得了。现在他追上来了，说明他在意我。想到这，张芳芳心中的火逐渐消了。这个傻瓜平时胆子大得很，为什么这次却这么胆小，不敢靠上来？难道真让我这样走下去？脚好痛啊。张芳芳心里已经原谅赵志福了，想给他台阶下。

眼见天黑下来了，山路更不好走了，太晚回家，家里人肯定会起疑心，于是赵志福鼓起勇气说："芳芳，我混蛋，请你原谅我，行吗？天要黑了，再不回家，家里人会起疑心的。"

张芳芳听到赵志福絮絮叨叨地求自己，心软了，"赵志福是我深爱的男人，给他个教训就行了，自己确实也有不对之处，没有站在他的角度考虑问题。"她正想着，一不小心踩到了一个土坑，重重地摔倒在地。赵志福忙扔下摩托车,一个箭步冲上去扶起,关切地问:"摔痛了没有?没事吧?"

"我别处不痛,我心痛,放开我!"张芳芳佯装生气地说。"别,芳芳,你知道我是离不开你的。我混蛋,我保证下次不会了。"赵志福举手抽自己的脸。

"还有下次啊?"张芳芳敏感地喝问。"口误,口误,绝不会有下次。"赵志福赔着笑忙否认。"先不说了,送我回家,向我爸我妈说去。"张芳芳扭头说。"我送你回家,你别告诉家里人好吗?"赵志福一脸可怜地求道,张芳芳低头不语。

一颗心忐忑不安,赵志福自我安慰着,忙扶张芳芳到摩托车跟前,扶起倒在地上的摩托车,发现摩托车的反光镜摔坏了。张芳芳惋惜地说:"你不能小心点儿,这样子多丑啊!""我不是怕摔痛你嘛。车坏了可以修,伤了你没法修。"赵志福一脸诚恳地说。张芳芳心软了,疼惜地拍了拍土,坐到摩托车上。

赵志福在陇坪乡街上虽然有了一些声誉,但和别的生意人相比还有差距。为了挣钱,整天在羊皮、羊毛堆里,整个人身上都有股羊膻味儿,一个好好的小伙子累成了狗,这钱挣得太不容易了,可是家里人不但帮不上忙,还得靠他供给。做生意三四年了,还没有自己的营业房,仍租房开店,有些寒酸。

一路上,赵志福的心悬着,张芳芳脸上还有红手印,这罪证一时消不了,如何能瞒过家里人,她家人又不傻。快到岳父家时,赵志福停下车,不敢走了。张芳芳奇怪地问:"咋不走了?再走几分钟就到家门口了。""我不敢去,你的脸还红着。"赵志福胆怯地说。

"那会儿你多牛气,现在咋怂了?到了家门口不敢进去,你是不是想断了关系?"赵志福一听张芳芳这么说,心里更怕了,蹲在地上挠头。张芳芳绷着小脸吓唬道:"今天必须走,当着家人的面说清楚,我不是那么好惹的!"她拿出镜子照了照,搽了点粉,掩饰一下。

赵志福看了一眼张芳芳,硬着头皮说:"走就走,头破不在一斧头。"虽然骑着摩托车,但他没了往日的神气,慢腾腾地到了岳父家门口。张芳芳大摇大摆地走在前面,赵志福跟在后面,感觉今天的门槛特别高,跨也跨不进去,还差点儿摔个跟头。芳芳娘笑着迎出门来说:"噢,我们正吃饭,来得正是时候。"

赵志福忙去厨房里帮着端饭,大舅哥张建国拦住了他,说:"先到上房里坐着,我端。"赵志福像个做错事的孩子,坐也不是,站也不是,总觉得不自在。吃饭时,端着碗,头也不敢抬,大气也不敢出,生怕被看出点什么。赵志福的拘谨,反而让张家人觉察出了问题。细心的芳芳娘突然问女儿:"芳芳,你的脸咋了?"赵志福脑中轰响,觉得天旋地转,心想:"完了,完了!"

"没有啊,咋了?"张芳芳掩饰地摸了摸脸,"我咋没感觉?""你看看,都肿了,还有指印,哎!谁打你了?你们俩打架了?"芳芳娘一脸狐疑地问,大家都转头看赵志福。赵志福恨不得找个地缝钻进去,端碗的手颤抖着,碗里的饭汤都洒出来了。

张芳芳看着赵志福,一字一句地说:"嗯,是被人打了。""谁打的?"全家人都异口同声地问,同时用惊异的眼神看向赵志福。张文明严肃地问:"咋回事?"

赵志福脑中一片空白,两腿发软,咚地跪在地上,内疚地说:"是我不好,是我对不住芳芳。"张文明神情严肃地说:"你起来,一个大男人跪在地上这算咋回事?"赵志福头上渗出汗来,说话磕磕绊绊:"姨父、姨娘,是我、是我打的。""什么,真是你打的?"张建国气得眉毛倒竖,挽起袖子准备要打赵志福。

张芳芳忙笑着打破了尴尬紧张的局面："还是我说吧，看把你吓的。"赵志福惊慌地看着她，有些无措。"我和赵志福打皮板。我用力拉皮板，他用力拍皮板，哪知他拍得重了，我没力气，一下子就被拽过去了，连拍第二下时就扫到我脸上了。"赵志福惊讶地听张芳芳圆谎。"不对，这不像失手打的，说实话！"芳芳娘又问。"是真的，不信就算了。他就那么笨嘛，人傻劲大。"张芳芳生气地噘着嘴。

张文明是聪明人，觉得事情有些蹊跷，但又不好深究，女儿不愿说，其中肯定另有隐情，便转变话题口气和缓地说："你们干活小心点，娃娃家毛手毛脚的像啥嘛！"

"哦，我——"赵志福一时不知如何回答。张芳芳嬉笑着悄声说："吓坏了吧，看把你能的，怎么补偿我？"赵志福恨不得找个地缝钻进去，或者让妻哥揍他一顿，方能赎罪。哪知张芳芳会这样说，完全救了他，不禁为张芳芳的聪明和对他的爱护而感动，他激动地说："我的好妹妹，有什么要求你尽管说，哥照办就是了。""补偿什么？自己不小心还要人家补偿。"张建国悄悄地溜到他们身后说。"哥，你太坏了，偷听人家说话。"张芳芳扭着身子撒娇，全家人都开怀大笑。

赵志福喜悦地想："这个鬼女子，为了救我，能这样圆谎，真是难得的好姑娘。她还是向着我的，不然今天我非被大舅哥揍一顿不可，真不知如何收场。"

赵志福顺着张芳芳的话说："挣钱后，我给你买一辆摩托车。""我等着呢，你可别说话不算数。"张芳芳羞答答地说。张建国插嘴道："等买上摩托车，哥先骑着啊。"张芳芳怼哥哥："美死你！"张建国故作不满地说："大偏心，把钱借给赵志福，不给我买摩托车。"赵志福总算躲过这一劫，吃饭走路都来了精神，说话也畅快了。吃完饭，四人聚在一块儿耍扑克牌。赵志福和张芳芳是对家，张建国和小妹是对家。赵志福小两口心有灵犀一点通，牌玩得很到位，稳坐江山。赢了的抽二条，打得张建国和小妹的胳膊都肿了，气得两人大喊要报复。

第二天，阳光明媚，山川大地一派清爽，岳父家住得高，看得远，一眼尽收全村风光。赵志福的心情格外好，临走时张芳芳跟着送出门来，他厚着脸皮问："我走了，你去不？""不去，我这要怪你一辈子呢！昨天为了你，我还挨了家里人的骂，等你想好如何补偿我，再来找我！"

之后好长时间，张芳芳没有来看他。赵志福就像丢了魂似的，整天无精打采，心里更觉得亏欠张芳芳。这天赵志福在集上买了些东西去看张芳芳，却没见到人，问了岳父才知张芳芳去舅舅家了，顿感失望。

张文明问了一下他生意上的事，说："你活儿忙，确实需要一个人给你帮忙。要记得按时吃饭，别把身体拖垮了。这样吧，你爷爷的七七纸也烧完了。你先回去和你大商量一下，再定个吉时，给个准话，接芳芳过去。咱也不用等一两年那种空讲究了，过日子要紧。"赵志福一听这话，心里涌起一股暖流，多么善解人意的岳父啊！于是他开心地答应："我这就去。"张文明叮嘱："别急，路上小心。"

回到家，赵万里正对着镜子刮胡子，问："正是干活儿的时间，回家里有啥事？"赵志福犹豫了片刻，说："我姨父让我来和你商量一下，说定个时间把婚事办了。"赵万里停下正在刮胡子的刀，看着儿子，赵志福感到全身不自在，说道："家里没了老人，要守孝三年，最少也得一年。你着急什么？"赵志福无话可说，见父亲用刀噌噌把剩下的胡子刮完，用毛巾蘸了水，擦了把脸，吐了口气说："想办也成，孙子也不用守那么长时间的孝。你那边干活缺人手，家里等着花钱的地方也多，早办早了。那你还有钱吗？"

赵志福小声说："大，我没钱了，咋办？"赵万里嘿嘿一笑，说："没钱也得想办法，人家把话说到这份儿上了，你再不能拖了。这事本应我们男方提的，现在女方家都提出来了，我们更不能推脱。"

"我到哪里找钱去呢？"赵志福无奈地说。"你个没出息的，还要老子卖驴吗？你自己不会想想办法？做生意几年了，没有存下点钱？没有存下钱，生意上的朋友总有几个吧？"赵万里理直气壮地批评赵志福。

"大啊，现在向人借钱，我张不开口啊！做生意几年了，没有存上钱，人家笑话呢。"赵志福诉说着委屈。"我知道你啥意思，驴尾巴一抬准要放驴屁。看你出去闯了几年了，还是三棍子打不出一个屁来。"赵万里蛮横地说。

赵志福壮了壮胆气，将了父亲一军："大啊，姜是老的辣，大的办法总比儿子多嘛！我是你养的，我多大能力你知道。"赵万里没想到儿子反将自己，就倚老卖老地说："有钱了，也想不起来给你大多称几斤茶叶，将来娶了媳妇岂不是忘了你大、你妈。现在流行一句话，叫作'丈人亲，舅舅远，自己的老子没人管'。""大，你说啥呢嘛。你这样说，那我结婚还有啥意思？"赵志福没好气地说。"不爱听？以前我懒得说你，现在你要成家了，是个大人了，我这是给你上上课。你看村里儿子娶了媳妇，对老人好的有几个？哪像你大、你妈对老人。我年轻时见了你爷爷连大气都不敢出，现在是世风日下，你可别娶了媳妇把老子忘了。"赵万里一本正经地点拨儿子。

赵志福心想，大光会说亮堂话。有一次要不是大哥拦住，大差点把爷爷劈了，还说"大气不敢出"。他回嘴："大，你说的什么话嘛！现在社会变了，都民主了，再不是封建专制家庭了。"赵万里抬起他刮得亮光光的脸，哈哈笑道："你也觉得脸上挂不住？那我想想办法。"赵志福见父亲心情不错，破天荒地与他开了个玩笑："好，那我静候大的佳音。"

"需要多少钱？"赵万里追问。赵志福说："大啊，我现在手里只有一千多元的布料货款，这还是借的我姨父的创业资金，另欠着别人几千元呢。"

赵万里抬头望天，暗暗盘算着。自赵作鹏的丧事大办之后，村里人都对赵万里高看一眼。平日里看不起他的，见了也会主动打招呼。一些多年不走动的亲戚也有了来往。这两年赵万里也多了一个心眼儿，平时会多向儿子要些零花钱。他卖了个关子："我知道了，你先干活儿去。我明天去阴阳先生那儿算一卦，定个结婚吉日，通知亲家公，给你行大礼去。"赵志福听得一头雾水："到底是有钱，还是没钱？真不知你葫芦里卖的什么药。"赵万里打着哑谜，说："你先忙去，半个月后回来接大。"

第二十三章

重新出发

屋檐下的燕子窝去年塌了，今年新来的燕子又一口一口地衔泥垒窝，不厌其烦，精工细作，赵志福看得出神。

爷爷的离世，无疑打乱了赵志福的计划，原定当年腊月结婚，又不得不推迟。如果按"搁婚"的习俗来说，这有些不吉利，但两家人都绝口不提。患难见真情，双方从内心认定的好婚姻，自然不会在乎这些俗礼。他打心底希望尽早完婚，但家里人心有余而力不足，等来等去，最后把娶亲的日子定在来年三月初八，并把这一消息经由媒人通知芳芳家。都提过话了，由于老人离世，不得不另择吉日。张文明回话，考虑到特殊情况，这些俗礼都免了，只给一个结婚的准日子就行。以前商定的彩礼、穿衣钱等，能减的都减了，没那些繁杂的礼节了。赵万里一家欢天喜地，开始紧张地筹办婚礼。

陇山地区办喜事，都要提前一个月准备。赵万里忙着请姑舅、亲戚、朋友、村里人，还要操心着杀猪、宰羊、杀鸡、宰鸭、磨面、购米；吴秀莲和两个儿媳炸油馃、油饼、虾片、丸子，蒸馒头、花卷，焯萝卜丝；赵志福购置烟酒糖茶……活儿细碎繁杂。

请姑舅的礼行必须厚重，赵万里请了上姑舅及七大姑八大姨所有亲戚。虽然农村人给的人情钱不多，是赔钱的买卖，但姑舅家和重要亲戚是个例外，尤其是上姑舅和重姑舅，更是要出大礼的。赵志福生意上的朋友多，送礼也重，便也请了这些朋友。

赵志福说："婚宴菜品可简单些，礼节到了就行。"赵万里说："儿啊，这事可不能简办。"赵志福明白父亲的用意，两人盘算着请上两百多人，已相当隆重了，起码得花一万多元。每张桌子坐八个人，也得二十多桌。

那个年代，农村的婚礼非常隆重、烦琐，每个家庭付出很大，多少存着攀比心理。张赵两家人定下结婚吉时后，男方家要提前一周请村里人吃饭，商量事情，问谁家有过事的家什，到时借来用；谁家住处宽敞，能接待几位宾客休息；婚礼当天每家能来帮忙的人有谁。推选合适的人管理当天烟酒糖茶的发放，招待宾客、帮厨等。

婚礼前一天再请帮忙的人吃一次席，安排婚礼当天程序。这天，姑表亲、姨表亲都提前来了，商量派谁去娶亲，去多少人，预备多少桌宴席，每个桌子安排谁端茶倒水，敬烟酒茶，招待亲戚、来宾坐席、吃席等。

婚礼当天，新娘进门后，连续摆了三天流水席，婚宴才算正式结束。从早到晚，凡是来客，不在席口上时，就先到火炉子旁聊天、抽烟，就着熬好的糖茶水吃油馍馍或者花卷，先垫补一下，等到了席口上，由大管安排坐席，即使人不全也不能让客人久等，必须及时上大席。烟、酒、糖、茶、宴席，这是一笔大花销，有很多讲究。

在吃热席主食之前先上干果凉菜席，必须先喝一场酒，由主家赵万里先挨个敬酒，答谢客人。赵志福的同辈兄弟也要敬一轮酒，接着就是新郎新娘敬酒，叫人谢客。凉菜席吃得差不多了，开始上热菜，同样要敬烟敬酒。赵志福兄弟中酒量最好、猜拳行令最好的一帮人，轮流陪客人喝酒，直到客人酒足饭饱才离席。

干果凉菜席有三种，一种是四大碟，叫四抢盘，也叫"四季发财"；一种是六小碟，叫"六六顺"；还有一种是八小碟，叫"八大喜"。赵志福家就摆了"八大喜"，有四湿——糖汁杏干、水果拼盘、凉拌扁豆芽、凉拌三丝，四干——蜜汁杏仁、油炸花生米、油炸馃子、凉拌猪耳，其中四道菜是吴秀莲的拿手菜，正好一展她的厨艺。

糖汁杏干，必须用杏子熟果，将洁净汁甜的杏肉放在竹席上自然晒干，吃时用开水泡软，拌上糖汁，吃起来酸甜爽口，味道纯正。

蜜汁杏仁，就是把成熟饱满的杏仁在开水里浸泡一周，脱掉杏仁皮，浸出杏仁里的苦味，使杏仁变甜，把白玉般的杏仁裹上蜜汁，好似琥珀玛瑙。这盘菜是凉菜中的佳品，营养价值高，有极好的药用价值，可润肺、壮阳、提神，食用后口舌生香，甜蜜脆爽，回味无穷。杏仁可长久保存，一年四季可食用。

油炸馃子，就是用杂粮面，经厨师手工制作成各种式样，放进油锅炸出各种特色面食，如油炸兔耳朵、油炸五彩丝、油炸梅花、油炸馃馃等。

干果凉菜席后上主食热菜，菜有四种，第一种是六大碗，或者六大碟，叫"六合菜"，寓意六六大顺，事事顺心；第二种是八大碗，或八大碟，叫"八仙菜"，寓意八八发发，吉祥如意；第三种是十大碗，或十大碟，叫"十攒席"，寓意十全十美，团团圆圆；第四种是十二碗，或十二碟，叫"十二齐"，寓意一年十二个月，月月有菜，月月有财。在"十二齐"的基础上增加一道汤，便是"十三花"大宴。

"十二齐"宴，一般人家供不起，大厨也多不敢接，特别考验厨师技艺和记忆力，要提前配好料，如果安排不好，就会缺料，炒不出菜，上不全席，会闹笑话。还需要主厨、帮厨，以及传席、安席人之间紧密配合，所以"十二齐"宴，谐音又叫"十二起"，即不欢而散的散伙饭，后来干脆都改叫"十三花"了。"十三花"大宴是轰动当地的上佳宴席，人人都想争尝一口，如果中途上不全菜，就丢了主家面子，亲戚贵客都会笑话。或者有人吃上了，有人没吃上，反而生了芥蒂，败了客人的兴致，往往好事变成坏事。所以这道席是主家与厨师筹划多次才商定的大席，食材要备得非常丰厚才可以。"十三花"大宴可以说是西北名席和陇山名宴，每道菜都有讲究，特色鲜明。

村里人家办"十攒席"都已用尽全力了，更好的一般不敢再想，赵志福家也办了"十攒席"。"十攒席"是当地传统名宴，荤素搭配，选料上乘；红烧清蒸，凉拌煮煲；酸辣甜咸，烹法多样；营养丰富，器皿考究。席上有三红烧、三清蒸、三凉拌、一煲汤。

品碗，十六片筒子肉圆子、四片响皮、四片肚片，底子是红白萝卜丝加粉条，或者土豆丝、油汤，寓意一品贵人。

鸡碗，清蒸土鸡，要求是公鸡肉，里面有十六块鸡肉，去鸡头和鸡爪，掺蘑菇、粉条、面筋。或者手撕土鸡，或者用刀切开一只整鸡，要求能看出鸡的样子，用筷子一夹，就是一块独立的鸡肉，寓意双凤朝阳。

米碗，是糯米枣子糕点，寓意三元及第。

鱼碗，有油煎鲫鱼、油煎鲤鱼、酸菜鱼，寓意事事如意。

扣碗，用猪肘子肉，或烧白肉，切成块或片，扣在粉丝上，或者萝卜丝上，寓意平步青云。

丸子，将牛肉或者猪肉剁成馅儿，团成肉丸蒸熟。一个碗里八个丸子，一人一个，丸子下面有粉条萝卜丝，寓意万事大吉。

西红柿炒鸡蛋，寓意喜庆吉祥；海带三丝，寓意八仙过海；韭菜炒猪肠，寓意地久天长；粉汤，寓意十全十美，长长久久。

陇山人的碗菜极有艺术品位。厨师调配好碗菜，放在笼里蒸热，端给客人。装菜的瓷花大碗花色都不一样，有牡丹花、菊花、兰花，颜色有黄色、红色、蓝色，一桌就一种花色的碗，不能打乱，好方便厨师配菜、帮厨归置、传菜人传菜、安席人安席。

碗菜不能装太满，否则汤汁容易洒出来，不卫生、不雅观。但如果碗菜分量不足，给客人的感觉是主家在强撑面子，让人笑话，失了主家面子。"八仙菜""十攒席""十三花"，都必须形、色、味、香俱全，做这席讲的就是气度、胸怀，以及日子的红火。

陇山人随礼，一般就一角五角，一元两元，这一桌饭成本得几百元。不算烟酒，光阴一般的人家是讲不起这排场的，一场事情下来，几年缓不过来。但这体现了陇山人的风俗习惯和饮食文化，过事这样排场，让赵万里夫妇感到一种从来没有过的扬眉吐气的喜悦。

一切吃喝齐备后，还要安排娶亲人，去什么车，去多少人，安排哪些人去；去时拿什么礼品，给小舅子和压轿娃娃多少钱，什么地方用红包，给多少；路远的话要不要住店，当天早上能不能回来；新娘必须在十二点前到，要典礼、拜天地，家里是"签三代"还是"坐家谱"；来人需上香磕头，地上洒扫谁管，香火谁续……这些都需要仔细地安排妥当。

一个月一晃眼就过去了，娶亲的日子来了。赵志福家派出八个人娶亲，爷叔辈四人、同辈四人。以前娶新娘大多是坐花轿、骑驴、骑马，后来就用驴拉架子车娶亲，架子车上用红毛毯搭个车棚，新娘和压轿娃娃都坐在车棚里。赵志福为了赶时髦，借了两辆当时流行的"三蹦子"，那时全乡还没有几辆。他让人用红毯子在车上搭起棚子，再披红挂绿，一辆接亲，一辆专拉年龄大的尊客，其他年轻宾客骑摩托车、自行车，娶亲队伍浩浩荡荡。

女方家派亲戚在门口迎接，远远看到娶亲队伍，便在门前放一挂鞭炮。

女方家先派出一拨接亲人走几百米的路与娶亲队伍走在前的爷爷辈亲戚互相作揖道喜，女方家接亲人从身后端盘人手里拿过喜烟敬娶亲人，娶亲人接过喜烟收起来，不用点火，然后接亲人打手势礼让娶亲人先行，此为第一接。

娶亲人又走一段，到女方家大门附近时，女方家又迎上一拨人，与男方娶亲队伍派出的两个娶亲代表站定作揖、互相道喜，女方接亲人端上两杯喜酒敬给娶亲人，娶亲人把两杯酒作揖祭奠到地上，表示敬天敬地敬祖宗，这酒不能喝，喝了就失礼了，接亲人打手势礼让娶亲人先行，此为第二接。

娶亲车到女方家大门口，门前放着一张盖了红布的桌子，上面放着四个干果盘、两双红筷子、两瓶喜酒、两个红色酒杯、两盒喜烟。迎上来两个年轻人，与娶亲队伍派出的年轻代表站定作揖、互相道喜，并让到桌前，示意吃席、喝喜酒、抽喜烟，娶亲队伍两个代表上前用筷子示意一下，表示吃了，各抿一口酒，表示喝了，各从烟盒抽出一根香烟，表示抽了，接亲人打手势礼让娶亲人先行，此为第三接。

三接礼完成之后，迎亲人与娶亲人相互礼让进新娘家。进了主屋之后，需向桌上供的牌位作揖，行跪拜礼。先点香插到香炉里，然后烧道黄表，祭酒、奠茶、磕三个头，起身作揖，礼毕。女方安席人给娶亲人让座安席，人少的话便在炕桌席位上依辈分坐下。一般来说娶亲人是八人、十人，最多时有十二人，一桌席安不下，就安排两桌。另一桌席安置在地上，一般是年轻人坐一桌。两桌席依辈分长幼坐定后，上前敬喜烟，聊会儿天，说定娶亲出门时间，新娘上马吉时，然后根据时间紧慢安排席面。

女方家会根据新娘上马时间，给娶亲人端来肉臊子长面，娶亲人吃完后就要立马起身，让女方家亲人按吉时把新娘送上车，还要给娶亲人每人发一双印有大红"囍"字的新筷子。

父母给女儿盖上男方送来的红盖头，悄悄给她揣了包朱砂。此时要离开娘亲了，新娘须哭别，不然会遭人笑话的，说新娘急着嫁人。出大门时，新娘拿着一把筷子和包有五谷杂粮的手包朝院里撒去。新娘离床时脚不能沾地，被亲兄弟抱上娶亲车，娶亲人、压轿娃娃和新娘共坐一车。

陇山地区女方父母不随女儿去男方家吃喜宴。嫁出去的女儿泼出的水，成了别人家的人，父母要狠下心来，不去参与女儿家的家事，让女儿孝敬公婆，以夫家为重。现今这一惯例已被打破，新娘的父母可出席婚礼现场，女婿改口叫岳父为爸、岳母为妈，视若亲生父母。

张家送亲宾客有二十二人，年龄大的坐车，年轻人骑摩托，声势浩大地扬尘而去。快到赵志福家时，送亲人看到村口摆着一张方桌、四把椅子，方桌上有六碟干果和两盒烟、四把红筷子，和赵作鹏同辈的老人上前站定，向着女方尊客山羊胡老人作揖，迎亲人放炮的放炮，让座的让座，递烟的递烟，示意吃菜。山羊胡老人坐在方桌前，接过喜烟，用红筷子夹了下菜，礼毕。此为第一接。

送亲人进了村子，走了几百米便见赵万里和他的同辈兄弟上前迎接尊客。路中央放着方桌，配了六把椅子，桌上放六双筷子、八碟菜、四包烟。送亲尊客派出和赵万里同辈的亲戚，双方站定作揖、礼让，示意就餐。一阵炮响，礼毕。此为第二接。

到了赵家门口，现场摆了一张方桌、八张椅子，桌上放十碟凉菜、八包烟、一挂鞭炮、十响礼炮。赵志福和兄弟上来迎接大舅哥及他的兄弟。双方站定作揖，礼让，品菜、尝酒。此为第三接。礼毕后，送亲尊客被让进主屋吃席。

赵万里请来的上姑舅和娘舅已先到了，都以隆重的三接三迎礼请进家门，安排吃喜宴后，被村上亲戚接走休息去了。娶亲人一面安顿送亲尊客入席，一面安排年轻人迎新娘进门。赵志福先给了压轿娃娃红包，安排其入席后，新娘才能下车。

这时，赵志福家的长辈开始耍公婆，给赵万里、吴秀莲画花脸、戴官帽，拿红辣椒当耳环，让他俩出洋相，逗乐子。还让赵万里拉架子车当驴，拉儿媳张芳芳到大门口。这时同辈的亲友开始刁难新人，用碗端着五谷杂粮及各种彩色撒花，抓起来朝新人身上一阵乱撒。

新人进门后，由司仪喊礼。张芳芳头上盖着盖头，在赵志福的牵引下，向着北方站定拜天地。司仪高喊："中华民族源远流长，华夏儿女一脉相承。人人都是天生父母养，要敬天敬地敬父母。一拜天地，一鞠躬。"新人向着北方鞠躬。司仪又高喊："父母情，养育恩。养儿防老，娶媳尽孝。羊有跪乳之恩，乌鸦有反哺之情。二拜高堂，二鞠躬。"新人向坐在主位上的赵万里、吴秀莲一鞠躬。司仪再次高喊："执子之手，白头偕老。两人合一心，黄土变成金。夫妻对拜，送入洞房。"新人互相鞠躬，新郎赵志福牵着新娘张芳芳来到新房门口，张芳芳用脚尖踢破新房炕洞上糊着的红纸，再跨过门口放着的一个火盆，进了新房。在炕沿上坐定后，赵志福用秤杆揭去张芳芳头上的红盖头，两人相视一笑，喝了交杯酒。赵志福在新房里坐了片刻便去招呼新娘家的尊客。

张芳芳忙换上敬酒喜服，和赵志福一道给来宾、亲戚敬酒。这是非常重要的一环，如新娘嘴甜会来事，客人会逗新娘，讨喜烟抽、喜酒喝，并给新娘红包。

等给来客敬完烟酒后，张芳芳回新房休息。哪知村子里的小伙子喝了酒、抽了喜烟后，精神亢奋，纷纷嚷着要闹洞房。

闹洞房是农村婚礼的一个重要节目，有些小伙子会借机揩油，想尽办法亲新娘的嘴和脸。在陇山地区还发生过闹洞房的人因情绪亢奋强奸了新娘的恶性事件。新郎不甘受辱用刀子捅死了施暴者，进了监狱，造成了巨大悲剧。

张芳芳很反感这种恶俗，和其中一个小伙子闹得有些僵。在场的人颇为不满，说："这新娘没意思，这婚礼一点儿喜庆气都没有，不如算了。"张芳芳心想要是和这些人翻了脸，今后在村上低头不见抬头见的，惹人非议，于是说："只可以抽喜烟，其他的不准。"

一听说可以抽喜烟，这些小伙子又来了精神，想方设法吃新娘豆腐，说摸了新娘子吉利。没有找对象的小伙子认为摸摸新娘的手，容易找到对象。

闹洞房持续到晚上十二点，小伙子们还在兴头上，不想走。赵志福的姑姑进来把他们赶跑了，说："赶紧走，再不能闹腾了。想要新娘，赶紧回家找个媳妇去。现在要给新郎和新娘安床了，错过了时间不好，马上要过夜了。"

安床，就是把闹得乱糟糟的炕重新铺好，换上新被褥，被子里放上核桃、枣儿、花生等，并让一个属龙的男童在床上滚一滚，俗称"翻床"，寓意早生贵子。有时也让属龙的男童陪新郎新娘睡觉。床铺好后，新郎和新娘坐定，把新娘的头发搭到新郎头上，边念叨边用梳子梳头："一梳子梳到底，两梳子梳到白发齐眉，三梳子梳到子孙满堂。"此时，新娘终于可以喘口气了，一天没有吃东西了，这时可以吃点清汤面。

赵志福还不能歇缓，婚礼是他自己操办的。家里的烟酒糖茶、食材还够不够，能不能把事情支撑下来，得立马找管事的和厨师商量。管事的说烟酒糖茶都没有问题，食材的事得问厨师。赵志福又和厨师算了算当天的宴席消耗掉了多少食材，商量第二天如何安排。

第二天要送女方尊客、答谢姑舅。吃完席后，还要给尊客做一碗肉臊子长面，等吃完长面，他们给主屋桌上供的牌位上香、烧表、祭酒、奠茶后，安顿新娘要好好过日子、孝敬公婆，便告别回家。

第三天，重点是感谢帮忙的人，请厨师、帮厨、传菜人、安席人和管事、体己朋友等吃席。等人都打发走了，全家人才舒了口气。

事情总算圆满结束了，这次事过得非常顺利，也没有发生扫兴的事。看来村里人能平等对待他家，不胡闹了。这一年多来，赵万里和赵志福父子俩连着花钱，一场接一场，一场比一场隆重。明眼人都明白、服气，觉得赵志福这娃不简单，有正式工作的人都舍不得这样花钱。

令赵志福高兴的是，做生意打过交道的朋友也来了，这使他大为意外，这事同样在陇川村引起轰动。事后，村里一些人提议，推选赵志福参选村支书，希望他能成为村里的致富带头人，带领全村人改变贫穷落后的命运。

别拿村支书不当官，他们可管着上千号人呢。谁家什么情况，需要怎么做才能改善他们的生活，这是一个难题。赵志福只思谋着当了村支书，银行能不能提供担保贷款？如果真能那样，自己岂不很快就能摆脱困境，实现创业梦想。但他转头一想，当了村支书肯定也很忙。自己一家几口人，都焦头烂额的，哪能顾上全村几十户人家上千口人的事情？还是先老老实实地改变自己的家庭困境之后再说吧。村干部也是干部，要想管好这上千人的村子，让群众听你的话，真不是一件容易的事。赵志福忙推脱说考虑考虑后再做决定。

现在一大家子的吃喝拉撒全压在赵志福一个人身上，他要还债，改变家庭困境，供弟弟上学、孝敬老人，还要扩大门面、存钱买商铺，连蜜月都没有度，和妻子张芳芳三天回门后，就匆匆忙忙地回陇坪乡做生意去了。

第二十四章

混沌蒙昧

赵志福的生活有了规律，能按时按点吃上可口的饭菜，隔几天还能改善一下伙食，吃上肉菜，他变胖了，肤色红润，夫妻二人体验着新婚和创业的快乐。

记得临走时赵志福安慰父亲说："大，我现在成家立业了，去陇坪乡好好地闯一闯，你和我妈把家里照顾好就行了，不用几年我们就能过到人前头去。"赵万里高兴地说："儿啊，大信呐，咱们家现在就看你的了。看大能不能享上你的福。还有供你弟弟上学的事，也要上心，咱们家还没有出过大学生呢。"

现在赵志福有了得力的帮手，生意红火起来了，满以为苦尽甘来，哪知赵志强小小年纪就开始早恋了。大嫂、二嫂进门后时常与母亲闹矛盾，母亲经常伤心地抹眼泪，赵志强想着自己要找个听话、懂事、孝顺的女子当媳妇，结果就迷上了班里的一个小姑娘。

他每天上课总呆呆地盯着那个女生看，那圆鼓鼓的小脸、红红的小嘴、如黑豆般晶莹明亮的眼睛，说话轻声细语，可爱极了。赵志强是班长兼学习委员，成绩一直是班里的第一名，自有了这心思后，他的学习成绩直线下滑，初中也是勉强考上的。

上初中后，赵志强不吸取教训，每天仍惦记着那个女生。后来那个女生转到了二班，赵志强上课时才不走神了，学习成绩也上来了，冲到了班里前三名。各科老师经常在课堂上叫赵志强起来回答问题，常夸赞他。

不幸的是，赵志强帮家里干农活时，大拇指被二嫂在铡草时不小心铡掉了半截，血流不止，他吓坏了，只知道用手按住，直到父母回家，才送到村上的卫生院包扎了。结果短时间内手无法写字，只能休学一个月。经此惊吓，加上他已开始发育，身体出现了奇妙的变化，这让他更加恐慌不安，导致了严重的神经衰弱，学习成绩一下子掉到班里二十几名。他的班主任和代课老师也换了，他得不到新老师的重视，感到从没有过的孤单。有一次他写了一首长诗，令语文老师十分吃惊，不问青红皂白地找到他质问是不是抄的别人的。

赵志强委屈地说是自己写的，并从书包里掏出这首诗的手写稿递给老师，结果语文老师只扫了一眼，仍怀疑地说：“以后别抄别人的了，你能写这么好？”赵志强的自尊心受到严重伤害，自此开始讨厌语文老师，再没有写过诗。

更令赵志强痛苦的是，他从小患有一种疾病，排便时总会有部分肠子脱出，导致屁股常湿湿的，他非常自卑，担心身体有异味，所以总躲着人。他身体虚寒，在阴囊上方胀出如核桃大小的疝气，发作起来很疼，让他的头脑更加迷糊了。他的身体素质与几个哥哥没法比，非常差。

母亲曾疼惜地和他说：“怀你时，家里缺吃少穿。我和你大满山遍野地找树皮、陈年的洋芋梗当饭吃。有时候实在没啥吃的了，便喝水充饥，实在寡淡得活不下去了，人都瘦成一把骨头了。我们找到了一些麸皮，就靠这些麸皮熬水充饥。结果麸皮在肠子里阻住了拉不出来，有时用手抠才能缓解痛苦，这样的麸皮水我整整喝了一个月。你出生后只有老鼠大，又没奶吃，瘦成火柴棍子，眼看要饿死了。你大便找铁匠打了一个铁项圈给你戴在脖子上，寓意用铁绳拴着饿不死。"

这个铁项圈一直伴着赵志强升到初中。他长大了，有了主见，觉得这个天天戴在脖子上的铁项圈委实有些丑，怕被同学们看见了笑话。有一天，他瞒着父母，从脖子上拿下铁项圈，一甩手丢到了龙湖里。

赵志强神经衰弱得厉害，整天浑浑噩噩，记忆力严重下降。老师讲过的知识，他转眼就忘，学习成绩很差。时常梦遗，小小年纪就腰酸背痛，严重地影响他的心理健康，让他渴望遇到一位良师益友帮他摆脱心魔，让他的身心恢复健康。

赵志强开始写日记，把心中的不快、身体的不适、思想上的消极统统写进了日记。这让他有了倾诉心事的秘密花园，支撑着他活了下去。

赵志强曾向父亲赵万里倾诉痛苦，父亲带他去看大夫，大夫给开了一些治神经衰弱的药。这药价高，要持续吃，只买了几天的药就花去了二十多元。药吃完后家里再也没有过问，想着农村人哪有常吃药的，生病了扛一扛就过去了。

得了疝气病只能去大城市做手术，就是做了手术，如果身体素质不行，还会复发的。何况去大城市做手术的费用是个天文数字，家里人花不起这个钱，只好找了根白布带子让赵志强贴身系上，如日本相扑力士一样护着，防止病情恶化。实际上这个办法还是不大顶用，赵志强仍时时被病痛折磨着。他不想听天由命，找来书籍自学治疗方法，看如何通过强身健体实现自救。

这一系列打击，让赵志强担心考不上高中，但他不服输，找到和家里有点亲戚关系的张老师，试探性地问："张老师，我想上高中，但以我现在的成绩八成是考不上，你能帮我插个班吗？"张老师瘦得像根棍，说话慢悠悠的:"你先去看看成绩,看考得怎么样,然后我们再想办法。"

赵志强提心吊胆地去看中考榜,令他惊喜的是,他考上了高中,是最后一名。考得最好的是两名女生,被县城重点中学录取,其中就有那个让他一直念念不忘的女生。三年时间,两人的学习成绩,一个名列前茅,一个榜单最末。没有考上高中的同学,大多去外面打工了。赵志强暗自庆幸:"看来老天还是关照我的。"要是没考上,他这样的身体能干什么呢?地里的农活也干不了,一用力疝气就发作,痛苦非常。

赵志强考上高中,家里人都非常开心,觉得他考大学还是有希望的,赵志福满怀希望地说:"好兄弟,不管多难,只要你好好念书,哥一定会供你上大学的。你是我们家这一辈人上大学的唯一希望。"

陇合中学是一所百年老校,一度是陇吉县的明星学校,培养了很多人才。赵志强高中在陇合中学上,离家有十五公里路,所以还得住校。一天,赵志强胃里直泛酸水,肚胀如鼓,忙去厕所蹲坑,可是啥也拉不出来。他回到教室里继续上课,可肚子胀得坐不住,根本无法学习。他想,可能是在来学校的路上吸进了冷空气,肠胃不好落下了病。这一夜,他被折腾个半死。之后,他便落下了肚胀的病根,被病痛折磨得无法学习。

身体上的病越来越多,他没法告诉老师和家人,完全自己忍受着,高中三年愈发自闭孤独。他的舅舅会武术,家里收集了好多有关武术的书。有一次,他在舅舅家的书架上翻出了一本《真气运行法》。他不好意思开口借走,连夜看完,大概记住了书的内容,了解到人体有任督二脉,与经络系统相关,传统中医认为其对身体健康有重要作用,可以调理人体病灶,体弱的人打通任督二脉后就会变强。要打通任督二脉,就需学习吐纳之术,静坐、冥想,靠意念控制呼吸,聚集真气。他还抽空自学《黄帝内经》《本草纲目》,坚信《真气运行法》一书中说的中医学道理,于是坚持默默练习，渴盼能强身健体。

久病成医。赵志强明白，自己先天体虚，现在家里一连串的破事儿都顾不过来，谁还管他的身体呢？他只能抱着死马当活马医的态度自己琢磨，默默练习"真气运行法"，调节身体，期待奇迹出现。特殊的身体，特殊的经历，特殊的家庭，让赵志强成为一个富于幻想、多愁善感的年轻人。

陇合中学既是赵志强文学梦想的起点，也是他求学路上的终点，这里有许多美好的回忆，也有太多伤心的往事，只有校园中的百年古树见证着一切。

赵志福结婚的这一年，适逢赵志强高一。腊月里，天上飘着洁白的雪花，晶莹透亮的雪瓣落在手掌上，还能看清它美丽的图案。雪花如嫦娥仙子，披着洁白的衣裳，轻歌曼舞，飘飘洒洒来到人间，亲吻着广袤的大地。陇山塬静坐在这雪白的世界里，美丽静谧，神秘祥和。这段时间赵志福夫妻在陇坪乡做生意，父亲也转亲戚去了，只有赵志强和母亲吴秀莲在家。临近春节，黑亮的炉子里炭火烧得旺旺的，火舌舔着通红的炉膛，散发着温热的气息。

突然，门外传来一个银铃般的声音："姑舅妈在家吗？"赵志强和母亲应声出去，见是一个秀美的年轻姑娘，一下蒙了，忙问对方是谁。"我是红梅啊，姑舅妈！"吴秀莲一下想了起来："你是红梅？我的天啊，变化这么大，姑舅妈都认不得了。女大十八变，来，让姑舅妈好好看看。"马红梅挺胸抬头，面带微笑，如一朵绽放的花，自带灵秀之气，引人爱惜。

如今三儿子成了家，日子过得称心如意，吴秀莲便不再记恨马红梅，反而感激她，心想如不是马红梅闹，说不定三儿子遇不上好人家，她现在完全能坦然面对。

赵志强站在一旁有些愣怔，自三哥赵志福出事住院那天开始，马红梅再没有来过他们家。许久未见，没想到她出落得如此好看。因为前尘往事，赵志强对马红梅有些反感，自然不觉得她有多好看。而且他以前是个小娃娃，对女子的长相还没有太多感觉。

马红梅的到来让吴秀莲有些惊喜，她打趣道："几年不见，你出落得越发好看，真是个美人坯子，如路上碰见，我都不敢相认。"

"姑舅妈，您说得我都不好意思了，我哪儿有那么好看，听说姑舅妈的儿媳长得漂亮得很，又聪明贤惠、知书达理，是个难得一见的好儿媳。"马红梅被夸得有些不好意思，搓着手说。吴秀莲浅笑着说："比得，比得。"

吴秀莲的热情接待，让马红梅没了来之前的忐忑，她觉得自己的计划更容易实施了。马红梅讨好地对吴秀莲说："姑舅妈，我好久没有来看望您老人家了，您老人家不要见怪。""这是哪里话，都是亲戚。"吴秀莲热络地让座，"快上炕去，雪下这么大，别把脚冻坏了。"马红梅还要客气，吴秀莲已连推带搡地把她推到炕上去了，嘴里还说："你看手都冻冰了，还不快上炕！"

大房里的炕烧得很热，就如一个温暖的怀抱，马红梅一挨到炕上，觉得全身舒坦极了，如泡热水澡一样，不禁心里暖暖的，心想，姑舅妈人这么好。她有些感动，不禁为赵志福的事感到些许愧疚。

吴秀莲似乎早把两家此前的不快丢到爪哇国去了，亲昵地拉着她的手说："穷家里真的飞出一只金凤凰，你长得真是好看啊！"又半开玩笑地说："给我强儿当个媳妇算了。"正在炕上听她俩聊天的赵志强一听这话，羞得跳下炕走了。"姑舅妈，您看您，把表弟说得都不好意思了。"马红梅不禁开心地笑了起来，这种不扭捏的个性，很称吴秀莲的心，她越发喜欢马红梅了，盘算着如果真成了赵志强的媳妇，也是好事。吴秀莲一厢情愿地想着，显然已完全忘了马红梅和她三儿子之间的感情纠葛。

马红梅觉得自己太幸运了，窃喜道："看来我这苦命的人，今年要改运了。"马红梅和吴秀莲两人甚是投缘，嘻嘻哈哈聊个没完没了。

赵志强逃出门来，一个人站在房檐下看院子里的雪花。这雪如鹅毛一样，越下越大，不一会儿地上已铺了厚厚一层。以前下雪时赵志强从来没有这么认真地观赏过，竟不知雪花有三角形、四边形、五边形、六边形的，围着中心，一层层像蛛网一样往外扩展，如美玉一样晶莹剔透，熠熠生辉。他没有想到雪花如此之美，只有仔细观察的人，才能亲身感受到这个世界的精美奇妙。

赏雪时，马红梅的样貌总是在赵志强眼前闪现，他盼着她能早一点离去，这样就不会干扰他的思想了，没有更深的关系，没有更多的接触，就如过客一样，不会有牵挂。但是她俩聊得热烈而欢快，马红梅一点没有要走的意思，他不由得有些怨气："怎么那么多话呀，说个没完没了，真是烦人！这天都快黑了，看来今天是不走了。"

赵志强涉世未深，被母亲的一句玩笑话逗得心慌意乱，不由得想这生物课上讲旁系血亲三代以内是不能结婚的，马红梅如果是旁系血亲，这不是乱了嘛，将来生个傻子出来，那不是害人吗？赵志强又一想，马红梅与自家是隔山亲，是同母异父姑奶奶的孙女，严格来说算不上血亲，心里倒安慰了些。

天快黑了，赵志强冷得有些待不住了，两人仍开心地聊个没完，便不耐烦地喊："妈，我饿了，快做饭！"吴秀莲应了一声，与马红梅开始忙着做饭。赵志强又在外面苦熬了一阵子，天黑下来才悄悄地溜进屋坐到炕上暖着。

冬天厨房冷，吴秀莲和马红梅拿了小案板到架火炉的卧房里做饭。赵志强忍不住偷偷看马红梅，可能是爱美之心在作怪，他止不住地胡思乱想，问自己不是一直单恋着那个女同学吗，怎么见到马红梅就变了呢？他开始责怪自己见异思迁、用情不专。

饭后，吴秀莲发话："天黑了，红梅就和我一起睡。快过年了，村里放电影，不如耍几天再回。反正老三两口子到陇坪乡做生意去了，家里睡的地方都宽展着呢。"马红梅一听特别开心，她这次来本就想多待几天，真是瞌睡遇到枕头了，立即满口答应。晚上，两人把赵志强赶到别的屋子里睡，她俩在大屋的热炕上闲聊了大半夜。

第二天一早，吴秀莲对赵志强说："你带红梅到处转转，晚上再去看场电影。"赵志强应了一声，脸有些发烫。

马红梅看着赵志强的神情，了然地说："表弟，你是不是不敢带姐姐去转啊？昨天不过是姑舅妈开了个玩笑，你就当真了？"赵志强一听，脸更是如火烧一般，忙道："哪有啊，大雪天的，你不怕冻就转走。"

马红梅进入社会几年了，经历了一些事，如城墙上的鸟儿——不怕大炮声，对付赵志强这样的小男生，她是手到擒来。两个人出了门，东转转西逛逛，漫山遍野都是雪，白茫茫的一片。赵志强心想这有什么好逛的，但看到马红梅兴致盎然的样子，他想了一下，决定往高处走。站得高，看得远。

赵志强没话找话地问："姐，你知道《沁园春·雪》不？"马红梅故意说不知道。赵志强卖弄地说："这是毛主席一九三六年二月写的一首著名的词。他以博大的胸怀描写北方的雪景，谈论历史人物，抒发了自己对祖国壮丽山河的无限热爱，表达了他的豪情壮志。"

马红梅乘机夸赞道："表弟真有学识，知道这么多。姐姐自愧不如。"她低头思谋了一会儿，转移了话题："姐问你一件事，听说彩花和婆家闹矛盾了，你知道不？"想不到这一问，就打开了赵志强的话匣子。

马红梅知道赵彩花是赵志强二爸的女儿，家里条件差，媒人牵线给找了个脑筋有点问题的小伙子，赵彩花不想嫁，害怕嫁过去受苦，再生个傻瓜后代，这辈子就完了。

马红梅觉得自家的条件比这个小伙子家好多了，她哥狗蛋也比这个小伙子聪明，就是年龄大了点儿，但这都不是事儿。她想趁赵彩花与对象闹矛盾的机会，让赵彩花嫁给她哥狗蛋，两全其美。马红梅这次厚着脸皮登门，就是为了她哥的终身大事，也是为了自己的将来。

和赵志强一通闲聊后，马红梅更有把握了，她要借赵志强的手完成计划。赵彩花与对象分手的阻碍就是得给人家退彩礼，所以她急需找个情投意合的人家把自己嫁了，方能解燃眉之急。

马红梅循循善诱："我家条件比那家人好。我哥虽然年龄大点儿，但是男人大点儿没关系，会疼女人，也会过日子，人踏实能干，只是不善表达罢了。再者我们是亲戚，家里情况、人品都清楚。你让彩花和我哥处处，如果能成，她家欠别人的彩礼我们家出，还会多给些彩礼钱，这是一举两得的好事。"

马红梅和赵彩花不熟，她说的话对方不一定听。如果哥哥狗蛋主动对彩花说，说不定会被认为有病，而赵志强的话，彩花倒应该能接受。马红梅为了让赵志强死心塌地给她当说客，步步为营，让赵志强先给彩花打好预防针，让彩花认为狗蛋比她现在的这个对象好得多。如果要退婚，狗蛋家能立马解决退婚的彩礼钱。

马红梅为了唤起赵志强的同情心，说道："好弟弟，你知道，姐姐我也是方圆百里有名的，但是为啥这么多年姐一直不嫁人？因为姐曾发过誓，不帮我哥娶上媳妇，我终身不嫁。你知道姐心里有多苦吗？姐多么希望找一个有文化、有本事的人早早地嫁了,可是不行啊。为了我哥有个媳妇,为了我妈有人照顾,我一等就是这么多年,都跟着变老了。你说姐活得可怜、凄惶不?"

赵志强开始同情马红梅,安慰道:"真不容易,这一般人做不到,我会尽力帮助你的。"

马红梅继续说道:"生活把姐快逼成男人了。你表哥今年三十三岁了,这个年龄,在农村都是几个孩子的爸爸了。他人不傻,只是嘴有些笨,你说能不让人着急吗?说一句让你见笑的话,我经常给你表哥讲找对象的经验,男人要勇敢,要大胆,敢说,敢上手。只有你动了手,才会知道人家看没看上你,喜不喜欢你,不然如木头一样,哪个女孩子喜欢呢?你说姐说得对不对?"

第一次听到女子这样大胆地讲述男女关系,赵志强着实有些脸红耳热,他不得不顺着马红梅说:"对,不去找、不去谈,人家女子哪知道喜不喜欢你。只有大胆地去追求,才有机会获得女子的好感。"实际上赵志强到现在还没有摸过女子的手,只是活在单相思中,一见那个自己喜欢的女同学,就正步从旁边走过去了。面对马红梅,他只好厚着脸皮大胆地胡说,越说越觉得口干舌燥、心跳加速、脸皮发烫,惊觉自己以前从来没有这样的感觉。

赵志强知道二爸没钱退彩礼,被男方家闹上门好几次,差点儿都打起来了,受尽了侮辱,于是大包大揽地说:"这事我帮你说,一定能办到,我说话算话!"有了赵志强的承诺,马红梅又多了几分把握,她寻思得给赵志强点甜头,好让他全力说服赵彩花,尽快与她哥喜结连理。

马红梅提出和赵志强一块儿去看电影,赵志强也不再觉得尴尬了,两人高高兴兴地回家吃了饭。马红梅乖巧地叫吴秀莲和他们一起去看电影,吴秀莲笑着说："如果我再年轻三十岁就陪你去。强儿，今天你陪你姐去看！"赵志强应了一声，吴秀莲又叮嘱了几句，马红梅脸色微红，浅浅地笑了。

在去看电影的路上，马红梅走在前面，赵志强傻傻地跟在后面，两个人隔着一段距离，但是马红梅身上散发出的一种淡淡的奇特香味，刺激着赵志强，让他的心咚咚直跳。

马红梅回头对赵志强说："走上来点儿，并着走，说话方便些。你这样走怪别扭的，说话也不方便。"赵志强应了一声，忙往前赶了两步，和马红梅并排走，但还是隔着些距离。马红梅细看赵志强，见他一双黑溜溜的大眼睛，如一汪清泉，明净清透，又如暗夜中的明星，泛着神奇的光亮，似一块磁石，有着强烈吸引力，让人情不自禁地想亲近。青春期的男女，对异性天生就心存好奇。

赵志强自小体弱多病，但长得讨人喜欢，村里的长辈，人人疼他，夸他是个聪明、懂事、可爱的好娃娃。有些婶子疼爱地叫赵志强"圆蛋蛋""牛娃子"，还逗他说："你是我生的，你回去问你妈去。你跟我们家那个谁是一对，是我送给你妈养着的，快叫我妈。"赵志强知道长辈们是在逗他玩，从不生气，一直保持着好娃娃的形象。

赵志强自小心灵手巧，一直是在人们的夸赞声中长大的。上小学时，赵志强学习很好，总被评为"三好学生""优秀少先队员"。平时，他的衣服总是干干净净、整整齐齐。村里人常夸："你看这娃娃，多像个学生，文文静静、白白净净。你看我们家的娃娃怎么就成脏猪了，同样是娃娃，咋差别那么大？"

实际上，赵志强也是一个爱玩的娃娃，只不过同学关系处得好，打完架不过几分钟就和好了，所以从来没有同学在他的父母跟前告过状。不过他们打架，更多的是学武打电影里的打架样子玩，所以都打得很卖力，也很投入，即使打哭了、受伤了，仍忍着疼痛继续玩。一块儿玩，防不住会弄疼弄伤，所以在玩之前就讲好了，即使双方翻了脸，吵了架，打得鼻青脸肿也不能告诉家里人。男人要坚强，等武功练好了再来接着打。他们多数时候是假打，如拍电影一样，非常开心。所以赵志强自小就很讲诚信，说话算话，说话不算话的人，赵志强不愿跟他们一起玩，同学们都知道。

马红梅也为青春俊朗的赵志强所吸引，再加上她很早便步入社会，敢大胆表白。赵志强却从来不敢，即便有好感，也只是悄悄地藏在心里。

马红梅为了拉近与赵志强之间的距离，两次假装快要滑倒，赵志强担心她滑倒摔着，只好扶着她走。她反手用力地抓住他的手。赵志强是第一次拉女子的手，真的是左右为难，放手吧，怕她滑倒，拉着吧，又觉得别扭。马红梅的手温暖如小火炉，绵软细腻，那种感觉，就如喝了一杯美酒，余香绵长。为了打破这尴尬的气氛，赵志强只好天南地北地一通乱侃，转移注意力，冲淡烦心事。

马红梅又抓住时机说："表弟，你和彩花关系好，你就直接跟彩花说，让她和我哥好吧！让她抓住这几天看电影的机会，和我哥好好处处，早些确定关系。"她又撒娇道："好兄弟，你帮帮姐姐。咱俩这么好的关系，你不帮我谁帮我呀！我哥能吃苦，能居家过日子，是个难得的好男人，一定不会亏待彩花的。"

赵志强认真地答应："好好好，我明天就去说。能不能成就看你哥的本事了，当然我会劝彩花对你哥热情一点。当然你哥也得主动点，毕竟他是男人嘛。"马红梅一听赵志强这样说，忘乎所以地在赵志强的脸上亲了一下。赵志强被这意外之举弄得非常惶恐，一下觉得电影没意思了，还不如和马红梅聊天快乐得多。不知什么时候，两个人就如同情侣一样依偎在了一起。

赵志强懵懂地以为这就是恋爱，他是个单纯又有些奇怪的孩子，面对漂亮的异性，有自我表现的欲望，想展示自己的才华。他的言谈，一会儿像个大人，学识渊博；一会儿又像个幼稚的孩子，似乎啥事都懂，其实他啥事都不懂，完全是从书本上看来的。赵志强的这种自我卖弄，对经的事多的马红梅来说，反而觉得可爱、好玩，对他产生一种说不清、道不明的感觉，觉得他一会儿像个大哥哥，一会儿又像个小弟弟；一会儿像老师，一会儿又像学生；一会儿像哲学家，一会儿又像是诗人……

马红梅觉得赵志强就如一个毛茸茸的玩具熊，让人情不自禁地想拥抱、亲吻，用脸挨着他的脸，感受毛毛熊的可爱。赵志强温热的鼻息，轻轻地缠绕在自己的脸上、脖子上和酥软的胸怀里。暗夜里，那黑宝石般的眼中有着莹润光泽。开心爽朗的笑声和那纯真笑靥，似电波，似春水，似唇吻。马红梅从来没有对一双眼睛这样感兴趣过，从来没有对一个人的笑这么着迷过。

幼稚的赵志强一下就掉进了马红梅温柔的陷阱里，他根本想不了那么多，只是觉得好玩、有意思。于是敞开想象空间，信马由缰、海阔天空地乱侃，谈论自己对世界、对人生、对人和人之间的各种问题的看法。马红梅听着赵志强的奇思妙想和滔滔不绝，任由他发挥。她不由得感叹赵志强真的是当作家的料，怪不得小小年纪便有散文、小说、诗歌在国家级文学期刊上发表，还获得过全国性的奖项。

赵志强分享了他的创作经历。上高中之后，为了提高写作水平，他开始研究优秀作品，他把语文书从头至尾认真读了几遍，突然悟出一个道理：不管是鲁迅、李健吾，还是老舍、茅盾，他们的文章写的多是自己熟悉的生活环境、自己熟悉的人和事，所以每一篇文章都写得有思想、有文采、有情调。看来要想当一名作家，必须写自己有深刻生活感悟的事。在语言上注重修辞，用词得当、构思完美、文意深刻，就是好文章。赵志强回想了一下自己亲历的、记忆深刻的那些让他牵肠挂肚、伤心落泪的事，根据自己的语言表达习惯和说话风格，适当地运用一些文学修辞手法，达到用词准确、生动、传神，这样就写出来一篇精美的文章。自此，如有神助，赵志强写出的篇篇都是佳作。但凡投稿，被选用的概率很高。

"表弟，这是我第一次听到有关写作的论述，你把深奥的道理说得如此浅显易懂。"得到马红梅的鼓励，赵志强更自信了。他们聊人生、聊理想、聊追求，聊一切想聊的话题。得意客来情不厌，知心人到话投机。两个年轻人对人生充满了幻想，充满了希望，两颗年轻的心渐渐靠近。

赵志强还是第一次和女孩子这样亲密接触，他分不清这是一种什么样的情感，也分不清帮助马红梅成全狗蛋与彩花是对还是错。但这次亲密接触却改变了他对异性的看法，不再稚嫩，从这方面来说，马红梅算是赵志强的贵人。赵志强从小学开始暗恋那个女同学，这几乎占据了他所有的课余生活和精力。可他从来没有大胆表白过，只是一直默默地耗费着他的青春年华和情感。

一开始，赵志强对马红梅的那种直白言谈特别排斥。这也是因为这个女人和三哥赵志福恋爱过，三哥还因为她出了车祸，他打心底里是恨马红梅的，觉得这个对待爱情三心二意的女人，不配得到喜欢和尊重。三哥现在有了自己珍爱的妻子，多少抵消了他的恨意，他想马红梅应该有重新选择自己情感的权利。

赵志强矛盾的是，他和马红梅之间的这种交往算什么？可他无法抗拒她的诱惑，但两兄弟爱上同一个女人，算不算违背伦理？这让人听起来有些难以接受，虽然从先后关系来说，兄在前，弟在后，也无可厚非，但在交往时他不免还是有些心理障碍。

赵志强想起爷爷常跟他说的话，中华民族几千年来，受儒释道文化的影响，尤其是陇山人，始终坚信人与人相处，就需尊崇人伦"五常"——仁义礼智信；考察一个人素质高低，要看他是否具备"五德"——温良恭俭让；观察一个人品质好坏，就看他是否在实际生活中践行"五品"——忠孝廉耻勇。一个具备"五常""五德""五品"的人，是人中君子，是能信得过、能与之打交道、一诺千金的，这种人可以帮助、信任；否则就是小人，必须远离、防范。君子易处，小人难防。对待小人的方法，就是远离他，不与之交往，直至他奉行君子之道，才能得到朋友和世人的谅解。

如果说儒家思想是人与人相处的行为准则，那么道家思想则体现了一个人的学识素养和理论修养："尊道贵德，天人合一，贵生济世。"简单地说，遵循自然规律办事，是一个人必须具备的学识品德和出发点，顺应规律，倚势而为，就如水流，从高到低自然流淌。根据水流的规律，改变水流的周边环境，就可改变水流的方向，达到所追求的目的，可谓"有所为有所不为"。

贵生济世，就是要胸怀天地间的万事万物，敬之爱之；还要心怀天下，救度世间万物。简单地说，"贵生"，就是敬天敬地敬父母。"敬天"，天给我们人类生存的空间；"敬地"，大地给我们休养生息的水土；"敬父母"，父母给我们一个健康的身体，到人世间潇洒走一回。"济世"，就是心怀天下，利用世间规律，为人类谋幸福。

总的来说，需懂得自然发展规律和社会法律规范，以孔孟儒学思想中的"五常""五德""五品"的标准教化人，使一个人更加优秀。一般来说，具备这样品德的人是具有大智慧的，是人中龙凤，实属凤毛麟角。农村学习哲学思想的人很少，具备道学素养的人就更少了，他们只能简单地将之理解为"举头三尺有神明""恶有恶报，善有善报"。儒释道学起来，书能拉一车，真正的学问就几句话，大道至简，与人为善。

释，就是佛教文化，教育人们"胸怀世间苍生，救苦救难，普度众生，与人为善，积善修德"，就是说人和人之间要和谐相处、博爱众生、平等待之，遇到有人遇难，该帮的一定要鼎力相助。正所谓：救人一命，胜造七级浮屠。但是社会贫富差距的拉大，尤其是有钱人、有权人，能平等对待普通平凡之人，得有博爱思想才行。当然，从另一个方面来说，不平等待人者，终会得到报应。

这些都是爷爷平常总絮叨的，给了赵志强很多的启发。儒释道三教合一的目的就是救度世人，是中国的传统文化，对全世界都有着强大的影响力。我们在传统文化的基础上，增加了马克思主义政治思想，打破了君权神授、愚忠、愚孝等封建思想，使中国传统文化变得鲜活起来，形成强大的新时代中国文化，给世人留下了宝贵的精神文化财富，这也正合现在的"为人民服务"根本宗旨。当然也难免还残留着封建社会遗留下来的等级思想，官僚思想，特权思想，讲排场、爱显摆的世俗思想，同时还掺杂着许多愚昧、低俗的思想。如果在中国特色社会主义文化建设中放弃儒释道思想精髓，就会出现以经济利益、个人利益为主的自私自利的享乐主义、功利主义思想，走向"为人民服务"的反面。只有结合新时代的哲学思想，清理掉那些糟粕，汲取优秀文化，形成新时代的优秀传统文化，才能使中国文化更加强大，走向世界，形成新的民族凝聚力。

赵志强洋洋洒洒地对中国传统文化和思想道德标准好一番评价，马红梅被这超凡脱俗的言论吸引住了，感到这个十几岁的娃娃的不同凡响，作为一名中学生能对中国文化发展现状有这样的认识，让马红梅非常震惊，正是这闪光的思想，让她把控不住自己，对赵志强产生了说不清道不明的情感牵绊。

第二天，赵志强找到赵彩花，单刀直入地说："妹子，那个傻子家我们肯定是不能去了，但是彩礼钱还得退给人家，不然人家闹事呢！但看我们的家底儿，真的是有困难，不知你是怎么想的。"

"哥，你说咋办？我也着急得很，想尽快摆脱那个傻子，不想再和他们家纠缠下去了。如果退不了彩礼，我就得嫁给那个傻子，现在两家人又闹成这样，我要是嫁过去，一辈子有得受了。你说咋办啊，哥？"赵彩花着急地说。

说心里话，赵志强不愿彩花嫁给狗蛋，因为狗蛋年龄大，但是家里又没有更好的办法，只能说："妹子，目前一下子找不上合适的人，这事又着急，我想来想去，有一个人比那个傻子强得多。"

赵彩花听后眼睛一亮，忙问："谁啊？哥。"

赵志强支吾着说："这个人年龄有点大，不过男人大一点儿也没啥。听老人说……"

赵彩花笑说："哥，你咋这么啰唆。你有话直说。"

"就是表哥狗蛋，你见过的。人老实，会过日子，他肯定不会欺负你的，在家里肯定是你说了算。你嫁他，日子肯定能过得去。听说他也能拿出彩礼钱，而且还能多给一些，你说怎么样？"赵志强转述了马红梅的意思。

赵彩花反而很爽快，笑说："哥，绕这么大的弯子，你直说就行了。我见过他，人老实，个子挺高，长得还可以，家里情况我们也知道，确实比那个傻子家强。"

赵志强放下心来，又试探着问道："这么说妹子是愿意的，嫁过去不觉得委屈？"

赵彩花是直性子，说话办事如竹筒倒豆子，干脆利落："哥，好坏我分得清。这两天我借看电影的机会和他处着看看。但我一个女娃娃不好主动啊！"

赵志强忙说："妹子，这事你不用担心，他肯定会主动找你的。他听说你要退婚，心急火燎地想找你说话，又怕你不愿意，所以才着急托人了解你的意思，看你愿不愿意。"

赵彩花莞尔一笑，说："哥啊，如果在交往中，我觉得他和那个傻子一样，我肯定不会找的。我不能从一个火坑跳进另一个火坑啊。"

赵志强也笑道："你的事，你自己做主。"

赵志强忙回家告诉马红梅这个消息，高兴地说："彩花答应了，说愿意和你哥相处。剩下的事就看你哥了，这两天正好可以在电影场见面。"

马红梅开心地说："表弟一出马，大事准成，姐真是没有看走眼。这么多年，我的一肚子闷气总算是吐出来了。这是我二十年来最快乐的日子，以后我就是自由人了，我可以追求我的梦想了。表弟，姐真的好开心，好开心。你就好好陪姐姐耍两天。"

亲情、友情、爱慕，还有怜悯之情，在赵志强心里交织，说不清他们两人之间的这种微妙关系是什么。又快到村里放电影的时间了，赵志强和马红梅一起出了家门，夜色渐浓，两人情不自禁地牵着手，肩并着肩，在去电影场的路上海阔天空地聊着。

夜很美，如黑色的绸缎。风很柔，如轻纱般抚摸脸庞。繁星点点，如闪耀的宝石。情意如酒，令人陶醉。

"等哥哥的事成了，姐要去大城市看看。外面的世界太美了。虽然我没有去过，但是我一直觉得，我就是那个世界的人，趁年轻，我要走遍世界。"

"是啊，我们不能永远窝在这个小山村里，这里除了飞短流长，再没有啥新鲜可言。我看不惯这里人的做派、这里的思维方式。他们因为鸡毛蒜皮的小事，吵得昏天暗地，互相攻讦，子孙不贤，婆媳关系糟糕，简直愚昧！"

两人愤世嫉俗，指摘村里的污糟事，滔滔不绝，喋喋不休。两人聊得投入，连电影什么时候结束的都不知道。

夜深了，整个山乡都静了下来，四周寂静得能听到虫子在窝里翻动的声音。两人谈兴仍浓，哪管夜深人静，索性席地而坐。他们肩并肩，头碰头，手挽手，脸贴脸，相拥在一起。在这个只属于他们的天地里，依偎着数天上的星星，幻想着天地间迷人的仙境，谈论着美丽神奇的传说。

陇山年轻人的爱，就如两颗顽强的种子，在这片贫瘠的土地上长出嫩芽，尽力展示着自己的美丽。他们有独特的表达方式，把平凡单调的生活变得神奇而又丰富多彩。

赵志强认为，爱情不会因为物质的丰富或匮乏而显得不同，只要两情相悦，两人合一心，黄土都能变成金。艰难困苦都是考验爱情的"拦路虎"，只有敢于闯虎口的人，才能拥有美好的爱情，山盟海誓，共同跨越千山万水，才算得上"执子之手，与子偕老"。

青春期的男女，最敏感单纯，冲动且富于幻想。对他们来说，爱情就如一片洁净的天空，又似一片花香草绿的田野，只有共同经历过，才能留下那动人的一幕。

鸡叫头遍了，两人才从梦中惊醒，意犹未尽地起身往家走。

赵志强挽着马红梅说："我一定要考上大学，成为一个出色的诗人、作家。"

"表弟，你一定会实现你的理想，我相信你的能力。"马红梅夸赞着。

赵志强受到鼓励，更加自信，说："我对写作极有灵感，很多获奖作品都是一口气写成的，都不用修改。"

"是的，你会成为伟大的诗人、文学家。"马红梅激动地看着赵志强，大声说，"而我一定会闯出去！走出山沟，去到大城市，实现我的梦想。你看我堂姐，她的经历多么悲惨，结果逃出去后去了北京，现在日子过得多好。"

赵志强惊问："'仙女'有消息了？"

"是啊，有消息了。"马红梅慨叹道。

"仙女"本名叫马雪莲，是陇山最美的女人，人人都这样叫她，几乎忘了她的名字。没有比"仙女"更合适的语言来形容和描写她的美，凡是见过她的男人都为她着迷，凡是见过她的女人，都妒忌地骂她狐狸精。马雪莲父亲死得早，弟弟不务正业，家里的重担就落在她一个弱女子的肩上，母亲常逼迫她出去挣钱。

美是一种资本，马雪莲的母亲充分利用女儿的美貌，谋划了几起骗婚事件。真是瓦罐不离井口破，这样折腾了几次后，许多人家都不敢找马雪莲了，导致她二十七八岁了还在家里待着。

马雪莲的母亲不死心，想故伎重施，但是村里人"一朝被蛇咬，十年怕井绳"，才不会上她们母女的当。可世上的怪事多的是，偏偏有这样一家人，明知山有虎，偏向虎山行，给马雪莲的母亲捎话说要娶马雪莲做儿媳。她病急乱求医，也不管男方的名声好坏、年龄大小，觉得只要娶了她女儿，她家就烧高香了。马雪莲的母亲乐滋滋地想，真是瞌睡遇上枕头了，想什么就来什么。

要娶马雪莲的这人是赵家川的光棍赵志义，算是赵志强的远房堂哥。打了四十年光棍，终于有人愿意把女儿嫁给他了，而且还是方圆百里出了名的"仙女"，不禁喜出望外。赵志义不怕被马雪莲骗婚，也不怕她跑路，如何管住马雪莲，他早就想好了，什么人就用什么办法。这件事成为陇堡乡最大的新闻，全村人都很好奇这一段奇特的婚姻会是什么结果。

赵志义之所以四十岁了还是老光棍，且不怕被骗婚，这还得从农业合作社时说起。赵志义和他父亲赵万刚一样是个狠角色，是神鬼见了都躲着走的人。赵万刚当了二十年的陇川村大队长，管人、整人有一套，这是方圆百里出了名的。

农业合作社刚开始，赵万刚就是大队长，组织人员批斗地主、富农就是他主抓、主干的，虽然当时政策如此，但他敢把人往死里整，就是整不死也得在家躺个十天半月。地主、富农好管理，但他对待贫下中农也从不手软，没有一点阶级感情。

社员在地里干农活，相互说笑一下，赵万刚如看不顺眼，想扣谁的工分就扣谁的工分。在食堂打饭时，他看谁不顺眼，说不给谁打饭就不给谁打饭吃。为了树立个人权威，赵万刚还想出了一个不违背政策的坏点子，平白无故地对地主、富农的子女进行批斗，好给不听话的贫下中农做样子，并根据不同的批斗手段，形象地起了很多怪名字，如坐土飞机、挤牛牛、坐板凳等。总之赵万刚有很多折磨人的方法，无所不用其极，人人都怕他、恨他，不敢顶撞他。后来政策转变，赵万刚仍想着方法整治人，队长位置上一干就是二十年。这二十年来，谁都不敢多言，村里就是赵万刚的一言堂，他的权力之大、权威之高，无人能敌。

再后来，改革开放了，村干部要选任，赵万刚就成了落架的凤凰。人人都记着他的稳、准、狠，给他起了个绰号"黑眼"，意思是这人心黑、手黑、思想黑，就如一眼往外冒黑水、坏水的泉眼。他的老婆没上过一天工，却享受壮劳力的待遇，还打这个骂那个的，村里人如躲瘟神一样躲她。

赵万刚两口子臭名远扬，因而几个儿子都找不上媳妇，村里人都不愿意把自己的女儿嫁到他们家,害怕跟着坏了自家名声,这也算是因果报应。赵万刚的大儿子赵志义也是一个蛮不讲理、心狠手辣的狠角色,村里人私下都叫他"赵无义"。就是他看上了马雪莲,要娶她为妻。

赵万刚家不缺钱粮,多年来在村里横行霸道、多吃多占,条件比任何一家都好。包产到户后,他家分得了最好的田地,还多得十亩队长供养田。牲畜也分得最好、最多,但谁也不敢吭声。赵万刚便雇人放养着自家牛羊,一年能卖好多钱。

马雪莲的母亲答应把女儿嫁给赵志义,得了一大笔彩礼,还窃喜这次又得手了。哪知赵万刚家为此专门开了一个家庭会议,中心思想是把马雪莲娶进门后,怎么管住。最后,马雪莲真的嫁给了赵志义,成为轰动当地的一件大事。村里人都说老牛吃了嫩草,鲜花插到了牛粪上,都眼巴巴地观望着。

马雪莲第一次嫁的男人叫李立三,是个勤俭持家的好小伙。马雪莲嫁进门当天,就乘村里的年轻人来闹洞房,和他们耍扑克赌博。说如果他们赢了就任意闹腾,万一输了他们就掏红包。这些青年被马雪莲的美貌吸引住了,赌了一夜,导致无法安床。第二天,新媳妇本应为公婆做早饭,料理家事,可是马雪莲迟迟不起。好不容易醒来了,村上的小伙子们又来找她赌博。娶媳妇是为了好好过日子的,这个女人一点都不安分,三天回门时,李立三宁愿不要彩礼,也不和马雪莲过了。

马雪莲刚离婚,就有人上门提亲,她顺利地嫁给第二个男人。她依葫芦画瓢,哪知男人家境殷实,赌徒扛不住,不敢来了。男人想行那事,她不愿意配合,男人气急了,打了她一巴掌,她就找绳子上吊,差点吊死了。婆婆吓得跟儿子说:"这女人要是吊死在我们家,会祸害一家人,你把她送回娘家去吧!"马雪莲又一次顺利地获得自由,还得了一笔丰厚的彩礼。

连着结了两次婚，之后有大半年的时间没人上门提亲，但架不住仙桃的美味，总有人想尝。马雪莲又一次隆重地出嫁了，哪知这次闹得更绝，拜天地后闹洞房的人就蜂拥而至。客人们正喝喜酒呢，马雪莲披头散发地跑出门，边跑边喊："我没脸活了，被人强奸了。"还直接跳了湖，幸亏被村里会水的人救了起来，不然就出人命了。其实马雪莲在龙湖边长大，水性很好，在水里待个十几分钟都没事。这家人眼看喜事快办成了丧事，理亏在前，婚事也就一拍两散了。

马雪莲第四次嫁的人家不是省油的灯，她耍赖不嫁，但这家人是又要人，彩礼也得退，还要加利息。如马雪莲不嫁，就给男方家退双倍彩礼。他们三天两头派一些精壮小伙子上门闹事，打也打不过，骂又骂不赢。这一闹腾就是两年，双方的坏名声全乡皆知。马雪莲说男方家的坏话，男方家也四处散播她的坏名声，说她是个不守妇道的骗婚女：嫁第一个男人把赌徒招进家鬼混，嫁第二个男人和村里人不清不楚，嫁第三个男人和小伙子乱搞，被人发现还跳水自杀……这事婆说婆有理，公说公有理，难辨真假。马雪莲一时声名狼藉，再不是高高在上的仙女，而是一朵污泥中的毒莲花。

马雪莲在家里苦熬了几年，也被男方家派人欺辱了几年，家都快被折腾散了，这场婚事好歹是退了。马雪莲算是自酿苦酒，经过这件事，她有了重新做人的想法，想过平凡、安稳的日子。

马雪莲的父亲走得早，家里生活困难，她十二三岁时，母亲就逼她为家里挣钱，一个小女娃娃如何给家里挣钱呢？她便跟着一帮社会闲散人员学赌博、抽烟、喝酒，样样都沾，并且一学就会，给家里的钱就是她赌博赢来的。人的名树的影，这三乡四邻的老少爷们，总算是闹清楚了，马雪莲是一棵毒草，沾不得、碰不得，她不是过"老婆孩子热炕头"这种平常生活的人。吃喝玩赌已成她的生活习惯，她很难回心转意，浪子回头。

真是一报还一报。这次马雪莲真正遇上了她的大克星，赵志义看上了她，说只要她愿意嫁，彩礼好说，要多少都答应。马雪莲的母亲一听有这等好事，立马就同意了，管它是火炕还是悬崖都得往里跳。

马雪莲再一次隆重地嫁了出去，一脚跨进了地狱门，能否脱胎换骨，就看她的造化了。俗话说：狠人怕恶人，恶人怕不要命的。赵志义在娶马雪莲前，就知道她的手段。她嫁进来后，赵志义一家人制订了一套对付马雪莲的策略，软禁、跟踪、监视、饿饭、捆绑、柳条抽……手段多得能比上渣滓洞里的反动派。

打出来的媳妇，揉出来的面，这俗语放在马雪莲身上再合适不过了。赵志义认为，要想让她服服帖帖地做自己的老婆，只有先生出个一男半女来，她才有资格谈条件，才能放松对她的管制，否则免谈。

赵志义的父亲赵万刚有着多年当队长管人的经验，他管人的手段样样都灵，样样都行。马雪莲爱抽烟、赌博，那么就教儿子赵志义给她来一个禁烟、禁赌行动，把婚房变牢房，先拿掉婚房里所有趁手家什，关上窗子锁上门，饭一天送一顿或两顿，吃完立马拿走碗筷。

晚上等赵志义回来，两人一块儿睡下后，门从外面锁上，马雪莲如果老老实实还行，如果不听话，就捆上胳膊用强，直到她求饶并同意。随你在屋子里哭闹，都没人管。只要你精神好，尽管闹。有时候马雪莲闹得让人心烦，就用布子堵上她的嘴，不让她吃饭、喝水，没有了精神看你咋哭闹。

这样的日子，马雪莲整整挨了三个月。后来她改变了策略，晚上主动和赵志义同床，趁赵志义高兴，哀求他给她活动自由，让她出去放放风，或者给一顿饱饭也行。

马雪莲取得了赵志义的同意，有了放风时间，但饭还是不让她吃饱。

刚开始她上厕所有专人跟着，如果家里没人手，就让她拉在屋子里，等有人时再让她打扫干净。如果她说了一句假话，之后就算她尿到炕上或拉到屋子里，也没人管她，她必须做到说话算话，否则就要接受相应的惩罚。马雪莲为了争取一个较好的生活空间，再也不敢说假话，只好向赵志义哀求："我真想过平淡的好日子，我是甘心给你当老婆的，饶了我吧，给我自由。"

马雪莲表现好了，赵志义便放她出来到院子里走动走动，算是一种补偿。马雪莲的活动范围扩大到了院子里，心情也畅快多了。有一天她耍了个小聪明，想出去转转，却被监视的人识破，把她拉回去关在黑屋子里好几天。马雪莲求了赵志义几天，才被放出来。从此她再也不敢自作主张，每天过得度日如年。

又过了一段时间，马雪莲一再求赵志义带她出来放风，赵志义见她还算规矩，一有空就带她到村子外面转。村里人看到马雪莲明显瘦了，没了以前的光鲜，如一朵枯萎了的玫瑰。

赵志福和赵志强在龙湖边散步时，也碰到过赵志义和马雪莲，她还走过来和赵志福聊了几句。

赵志义见状立马梗着脖子走过来，生气地说："走，回家！臊啥人着呢！"马雪莲忙撒娇说："哥哥，让我聊聊嘛，你又不跟我说话，我心里闷得慌。"赵志义怒道："让你走就走，咋那么多废话？再不走，小心我抽你。"马雪莲羞得满脸通红，只好乖乖地跟着赵志义回家了。

马雪莲不愿待在黑屋子里，求赵志义带她到田里干活。有一天马雪莲跟着赵志义往田里走，她大半年没吃饱饭了，饿得走路都没精神。她用撒娇的语气说："哥哥，你晚上折腾得我没精神，今天又没吃饱饭，你背背我好吗？"

赵志义才不吃她这一套，二劲上来了，从路边的柳树上折下指头粗的柳枝，照着她的身子就抽了起来。柳树条柔韧性好，不易打断，并且打人很痛却不伤骨。马雪莲痛得撕心裂肺："哥哥，别打了！哥哥，我受不了了。哥哥，再打就痛死了……"田里干活儿的人都听不下去、看不下去了，但村里人都知道赵志义是啥人，谁拦就打谁，谁也不愿得罪他，就是当面能得罪得起，也防不住赵志义背后报复，他会给你们家的看门狗下毒药、吃扎针的馒头，往水井里放死物、毒药，往你们家祖坟上泼狗血，总之手段很多，一般人都怕。

听马雪莲的哀求声渐小，赵志义的一个叔叔怕出了人命，就鼓起勇气劝开了赵志义，看到马雪莲身上肿起指头粗的血印子，如一条条红斑蟒蛇。她有气无力地躺在路上几个小时，最后强撑着爬了回去。此后，村里人又半个多月没有见到马雪莲的影子。

马雪莲真的是度日如年。以前因为长相美，她被人捧在手心，任由她折腾，她反而变本加厉，认为男人都是傻瓜，只要她手指头一勾，就拜倒在她的石榴裙下，可二杆子赵志义是软硬不吃，她使出浑身解数，也迷惑不了他。她从来没有这么怕过一个人，一见到赵志义，她灵魂都不在身体里了，全身发软。她真的好想做一个平平凡凡的女人，平平凡凡地活着，但这一切对她来说就是一种奢求。

这样天天挨打受饿，想活都活不好，马雪莲想到了一些极端的办法，打破玻璃割腕、拿剪刀扎自己，可赵志义就坐下来看她表演。马雪莲被震慑住了，他就用打碎的玻璃在她的胳膊上割出一道又一道口子，等血流一阵再包扎上，像对待牲畜一样，丝毫不把她当人看，还问："还想寻死吗？想寻死，我陪你玩。"

马雪莲哭求道："哥哥，我不想死，我再不敢了。我想好好和哥哥过日子,以后再不寻死了,我想活着,我想吃一顿饱饭。"赵志义拿起剪刀,阴森森地问:"这样好受不?真的想杀死自己,要比这痛十倍,你能受得了吗?"

马雪莲脸色煞白地哀求道:"哥哥,我只是想拿剪刀剪窗花,还想给你做鞋垫,没有想着自杀。"赵志义阴着脸冷冷一笑,说:"最好别那样想,你要么一次性把自己弄死,不然我立马救活你,你想受这罪你就受,我不痛,是你痛。"

赵志义又拿出老鼠药说:"这药毒不死人,但是喝了难受得要死,如猫抓心一样。你想喝随便喝,喝了之后,我送你去医院,把你救活,你若再喝,我就再救。我陪你折腾,反正我不难受。"马雪莲吓得全身颤抖,跪求道:"哥哥,我永远不了,我想活着,求你了,是真的。"

说心里话,这苦日子马雪莲是受够了,真的是死不成,活不成,犹如人间地狱,想逃跑,跑不了三步就被人抓回来了。她试过好多次都没有成功,不敢再试了。每试一次,就会受到赵志义加倍的折磨。

撒娇、撒泼都不行,那就耍贱吧!马雪莲瞄上了罪魁祸首——赵万刚。有一天,赵志义和父亲赵万刚联合打她,马雪莲的哭喊声全村人都听到了,如杀猪一样,非常凄惨,住得近的听到喊声去拉架。赵志强也去了。来到赵万刚家院子里时,只见马雪莲坐在地上,满身是土。见人多了,她终于把压在心中的苦闷发泄出来了,哭喊着:"这赵万刚父子不是人,儿子每天晚上折磨我,白天打我、骂我。这老子也想占我便宜,也想欺负我。"当着村里人的面,赵万刚气得抓起一块砖头想砸马雪莲,被人拉开了。

马雪莲一改常态,不再叫哥哥叫大地求他们父子,而是豁出去一般喊着:"赵万刚,你和你儿子一样。你儿子打我、折磨我,是我男人。你一个当公公的也想打我、欺负我,那你来啊!"

赵万刚当着村里人的面不好打儿媳妇，于是骂二愣子儿子赵志义："你还不抽她？她这样糟践人。你看她那个四仰八叉的样子，哪像个正经女人？"

马雪莲听赵万刚如此说，便躺在地上，岔开两腿，用手指着下身说："赵万刚，你来打啊，打这儿。"说着，脱掉上衣让众人看，胸部裸露在外面，人们见她全身青一块、紫一块，没有一块好肉，不忍直视。

赵万刚被马雪莲这样羞辱一番，气得暴跳如雷，一口气没上来，晕倒了。村里人把赵万刚忙抬到炕上，劝开架后走了。他们都知道赵万刚父子心狠，却没想到这么狠；马雪莲泼辣，却不知这么泼辣，今天真是见识到了。真的是不是一家人，不进一家门，针尖对麦芒——对上了。

此后很长一段时间，再没见马雪莲出门放风。有一天，村里人终于看到她了，她怀孕了，挺着大肚子在家门口转着放风。身后跟着赵志义的妹妹，说是关心嫂子，实则还是跟踪监督。马雪莲怀孕后，相对自由些，见了村上的女人顺便聊两句，也没有人管了。但马雪莲一有机会，就悄悄地拉起衣袖让人看，肉还是青一块，紫一块。她嘴里不住地说："我是想好好过日子，可是这日子过不下去了，等娃娃生下来再看。"就如鲁迅笔下的祥林嫂一样絮叨。

十个多月后，见马雪莲抱着小孩子喂奶，身后还是有人跟着，不是赵志义的妹妹，就是赵志义的母亲。自从有了女儿，马雪莲也有了贤妻良母样，月子里似乎吃得好，比以前胖了，脸上有了笑容和红晕。这样的安稳日子过了一年，孩子都一岁了，马雪莲成功地甩掉了尾巴，相对自由了，日子再不像以前那样清苦。人人都说马雪莲有娃娃了，回心转意了，成为一个居家过日子的好女人了。村里人再没有听说她抽烟、赌博、喝酒的事，也没有听到她与赵志义家人吵架，一切都回归平静，一片祥和，她似乎真的成为相夫教子的好女人了。

有一天夜里，赵志义敲门打狗的喊叫声惊动了全村人，纷纷打探出了啥事。赵志义焦急地说："马雪莲跑了，把娃娃扔在家里，出门已经有半个小时了，到处找不到人。"

村里人开始帮赵志义找马雪莲，三五成群，四散去找。黑灯瞎火的，有去娘家找的，有去各个路口找的，有去县城的路上找的……可村里人找到大天亮，也没有见到马雪莲的人影。

赵志义还逼迫庙里的泥神帮助他，他往神龛上洒狗血，让神附体到"法龙"上，"法龙"就是四条腿的小木凳，又叫"降桌"。据说降桌能在人的手里跳动，在地上或香案上显出字来，说马雪莲往哪跑了，赵志义就派人往那儿追。神不显灵，赵志义就往神龛上洒狗血，逼神出马，让人抬上神像去找马雪莲。神像被人抬上东奔西走，一直跑到一百里外的会宁县城，就是没有见到马雪莲的影子。一周过去了，一村人没有找到马雪莲，抬着神像也没有找到。赵志义实在没办法，把神仙和村里人折腾够了，这事才慢慢地消停了。

话说马雪莲逃出赵志义家门的那天，也是吓得跪在地上向陇川村那个庙所在的方向泣声祷告："金龙爷、金龙神啊，求你助我逃离苦海，我知错了。这三年中，我受尽了非人的折磨，活得人不人鬼不鬼。神啊，大慈大悲的神啊，求你救救我。赵志义要把我折磨死，我实在是活不下去了，我给他生了个娃娃，我不亏欠他的了，求你助我脱离苦海吧，我从此好好做人，再不做坑蒙拐骗的事了，我发誓一辈子学做好人。"

全村人都在找马雪莲，大路她不敢走，怕被人认出来，娘家又回不去，怎么办？她东躲西藏，夜里天黑，找个阴暗处藏身，一般人还是不容易发现的。有好多次她听到找她的人从她藏身的地方走过。她怕极了，全身冒汗,手脚冰凉,大气都不敢喘。她虔诚地忏悔,祈求神灵保佑她,放她逃离苦海。

马雪莲逃出门时还穿着拖鞋,衣衫单薄,什么东西都没有拿,赵志义坚信她是逃不远的,一定能找到。但马雪莲还真就逃脱了,消失得无影无踪,要不是看到她生的那个娃娃一天天长大,村里人都不信有过这么一段往事。

马红梅说马雪莲在北京。赵志强好奇地问:"她过得还好吗?变化大不?"马红梅顿了顿,说:"我姐成家了,嫁了个北京人,他们已有了两个孩子,日子过得美满幸福,只是我姐老想留在这儿的孩子,不知她过得怎么样。"

马雪莲到了北京后,在老家耍过的那些手段,反而成为大城市的人喜欢的酒桌游戏,很讨人喜欢,找到一份不错的工作。现在是京华宾馆公关部经理,给宾馆拉了不少业务,成为京华宾馆不可多得的人才,靠自身能力挣钱养家。

"真是一报还一报,为人总要做善事,坏事做多了,总会有报应的。"赵志强说道。马红梅有自己的想法,她说:"农村女人最难,所以一般不愿嫁给农村人,我姐这样做为的是不再过穷日子。为了改变命运,我姐做事没有道德尊严和底线可言,全靠坑蒙拐骗。当然,她也为此付出了惨痛的代价。"

赵志强觉得马红梅说得对也不对,难道人穷就可以没有气节,没有尊严,没有道德底线可言?人一定要有道德底线,才会被人尊重,有了底线,才会知耻近乎勇,不断上进,难道不是这样吗?

人只有经历过生活的酸甜苦辣咸,才会知道活着的艰辛,感恩幸福生活的来之不易。人只有尝过不被珍惜、被人遗弃的苦痛,才会珍惜眼前的幸福，才会懂得尊重和自重的重要。马雪莲以前仗着自己的美貌，把男人玩弄于股掌之间，当她真正经历过赵志义给她的炼狱般的生活，她才懂得安分守己，踏踏实实地做人、做好女人，相夫教子。

经过这一夜的畅谈，赵志强领悟到爱情的诸多奥秘，原来谈恋爱和单相思差别太大了，之前要死要活的单相思，真是一种病，为此还神经衰弱了，真的太不值了。男女关系是奇妙的，只有一起生活才能明白，否则永远看不懂。

夜深人静，小山村在月夜下清晰可见，如同沉睡中的婴儿。两人悄悄地溜回家，赵志强回自己屋睡了，马红梅去吴秀莲的房间摸黑睡下，心在咚咚地跳，迷迷糊糊中，吴秀莲问："红梅回来了？""嗯，回来了。"她轻应一声，感到脸有些发烫，好似被人抽了一巴掌。

在炕上躺了一阵，调整好心态之后，马红梅也困意来袭，沉沉地进入梦乡，她梦见赵志强骑着一匹高头大马，飞快地向她跑来，然后两人骑在马上，在草原上奔驰，山花烂漫，她把脸贴在赵志强的胸前，耳畔飘着醉人的旋律。

在马背上，上下颠簸的节奏让马红梅感到无比快活，此时，她感到全身发热发胀，血液在体内乱窜……突然，她惊醒了，原来做了个春梦。马红梅记得在第一次做这种梦时，心里特别恐慌，甚至还有种罪恶感，认为自己下流，看书后才明白，原来青春期的男女都这样，只是因性别不同而有所差异，这是正常的生理现象，是健康的，只要调整好心态就好，想不到今晚她又做了这样的梦。

想想以前，马红梅不由得失笑。以前真是太天真、太纯情了，想什么事都是完美的、绝对的，一就是一，二就是二。随着年龄的增长，才明白真实的生活并非如此。如果是以前，因为赵志福，她绝不会和赵志强这样，真搞不明白，现在自己为什么会这样。

马红梅正为刚才梦里发生的事害羞时，吴秀莲听到她这儿有响声，就伸手来摸，把她惊出一身汗，忙问："姑舅妈，怎么了？"吴秀莲迷迷糊糊地说："咋了孩子，你好像在说梦话。"马红梅慌张地说："没、没什么，姑舅妈，我魇住了。""梦是假的，不要怕，好好睡。"吴秀莲说着，又睡了过去。

马红梅心里慌慌的，怀疑姑舅妈是不是听到了什么奇怪的声音，她忙打了一个哈欠说："我困了。"其实吴秀莲也是聪明人，知道青年男女的事，即使听见了，也不会说出来。

实际上，陇山人教育孩子的方式还是命令式的，强调"这事不能做，那事不能做"，却从来不说原因。如果儿子不听话，最好的管束就是家法棍棒伺候，然后就是一大堆的孔孟之道，对青春期的问题，总是避而不谈。好多孩子都不知如何应对青春期的生理和心理问题，甚至产生罪恶感。

赵志强也没有睡意，真不知自己这是在干什么，连他都想不明白，自己为什么会是这个样子。他担心这，担心那，一下难以入睡。躺着躺着，突然漫天飞雪，难辨东西，天异常寒冷，他心里非常恐慌，不知到了哪里，叫天天不灵。迷路了吗？估计是要死在这儿了，他一下惊醒了，一身冷汗，原来是做了一个噩梦。

"为什么会做这样的梦？这预示着什么呢？会不会预示着我和红梅的关系？"赵志强有些迷糊，不知和马红梅处对象会是个啥结果。三哥会怎么看，大又怎么看？赵志强痛苦地叹了一口气。

赵志强猜测着马红梅此刻是睡着了，还是和他一样也睡不着觉。古人也是这样吗？他从课本中零星知道，古人也会得相思病。那现代的陇山人和古人相比，是思想落后了，还是优于他们呢？

《关雎》是《诗经》里面的诗，为周代民歌，民歌中就有广为传唱的情歌。这说明在几千年前，人们是把这首爱情诗挂在嘴上的，随处可听到相互传唱。说明古人对待男女之情是非常大胆、明朗的，认为它是高尚、美丽的，其中"关关雎鸠，在河之洲。窈窕淑女，君子好逑"更是千古名句，可见当时的人们追求爱情非常大胆执着。

而春秋时期的《蒹葭》一诗写道："蒹葭苍苍，白露为霜。所谓伊人，在水一方。"老师讲课时说，这首诗是基于追求心中思慕之人而不可得所创作的。可见古人也害相思病。

及至后期，《孔雀东南飞》《上邪》《凤求凰》《相思》《蝶恋花·凤栖梧》，还有明朝的《长相思·折花枝》等词作，无不描写了爱情。爱情是自古就有的话题，如何处理两性关系，是千百年来人们一直关注的问题。

清朝，民间爱情诗歌就很少了，古代流传下来的各类图书，被封禁的就有上百本，其中最著名的有《红楼梦》《金瓶梅》等。可见清朝加强了文化管控，社会氛围趋于保守，男女之间美好的爱情变得非常隐晦了，年轻人遇到青春期问题，不再被昭示出来。

五四运动至新中国成立后，文坛又涌现一大批著名诗人，有徐志摩、臧克家、北岛、戴望舒、顾城等，他们创作的优美的爱情诗感染、鼓舞并影响了许多人。

但陇山塬上的人思想仍比较陈旧，青少年的情感教育、生理健康教育和思想文化教育仍很落后，新时代的春风何时能吹醒这片沉睡的大地？以现代教育为例，生理卫生课的老师来了之后，把书往桌子上一放，说："这种课还是大家好好看书。"同学只是随意地翻翻，有看不懂的也不敢问老师，就这么稀里糊涂地过去了。

学校里也一样，对这门课也是藏着掖着不敢讲，要不是教育局强下命令，学校估计不会开这门课的。赵志强想不明白，老师为什么不给大家讲，是不是生理问题是可耻的，这种遮遮掩掩的态度容易让学生产生不健康的认知。实际上在大城市，生理卫生课的老师讲得非常通俗易懂，健康向上。

　　赵志强又迷迷糊糊地睡了过去，一觉醒来时天已大亮，他快速地穿好衣服，感到内裤上有一小块硬撅撅的，很不舒服，忙出门透透新鲜空气。天灰蒙蒙的，树上挂满了霜花，沉甸甸地压弯了枝头，宛如童话世界。赵志强一转身，和马红梅撞了个正着，两人对视了一眼，又如火烧一样立马躲开，她低下头去，面若桃花，他则瞬间涨红了脸。

第二十五章

难分难舍

晨起，漫山遍野的花草树木染上霜花，好一个迷人的世界，如古诗云："忽如一夜春风来，千树万树梨花开。"赵志强顿感心情明快，脸儿红扑扑地望着山川大地。

自从那个白雪明月夜后，赵志强和马红梅的关系发生了微妙的变化，通过眼神和一个细微动作就能相互沟通，似心有灵犀。赵志强比画了一个走的手势，马红梅点头同意，两人溜出门，长舒一口气，开怀大笑。"咱去高处转转去，今天的雪景应该很美。"

"好啊！你去哪儿我就去哪儿。"马红梅笑着随上来。

赵志强深情地看着她，打了个手势，脚下的雪地发出咯吱咯吱的笑声。

"哎，强儿，你们去哪儿？还没吃早饭呢。"吴秀莲裹着黑棉袄，包着青头巾在门口朝他俩喊，"唉，现在的娃娃真搞不懂。大冬天，外面冷飕飕的，有啥好转的啊。"两人装作没听见，头也不回地往山背后走。

村子周边全是树，远观霜林如轻烟笼罩，枝头沉甸甸地如水晶般剔透。"好美啊！"马红梅惊叹着。晨风微动，霜花压塌枝头如雪般飘落。两人信马由缰地走着，在霜林里时隐时现。两人童心未泯，展开想象的空间，张开双臂，如有了飞翔的翅膀，迎着风飞过去，美啊！

山峦间的薄雾如烟似梦,罩在霜林之上,缠绕着山腰。旭阳初临,金光、远山、近林、霜花,更显层次分明。

雪地被踩出欢快的笑声,如同音乐的鼓点,两人继续向山顶霜林飞去。晨阳温润地斜洒在山头,一面乳白,一面如金,踩在阳光的分界线上,如踩在太极的阴阳两仪上,人的影子被拉长,如巨人。赵志强向着山顶冲去,马红梅抬头看时,见他收起翅膀站在高台上,身上洒满金色阳光,如天神一样向她招手,马红梅情不自禁地向他飞去。

在高台的中央,有一处平地,地上有个大树桩。赵志强牵着马红梅的手,顺势坐在树桩上。他揽她入怀,她温顺如小羊。他急切地想吻她,她羞涩地说:"大白天的,你干吗?"

"这儿哪有人,你放一百二十个心。"赵志强贴着马红梅耳语,"要看就看吧,我才不怕被人看见。""赵志强你疯了,怎么能这样?我可不敢。"马红梅脸上一片潮红。

"羞啥?将来让你多生几个娃,看你还羞?"马红梅打了赵志强一下,扭捏地说:"没正行,越说越离谱!你不是好人。""那我再坏一个。"赵志强把灼热的脸颊贴在马红梅温润的脸上,情不自禁地吻去……

在赵志强的怀抱里,马红梅感受到了心醉的美丽。恋人间的情感是热烈的,灵敏的,冲动的。马红梅觉得赵志强的气息能融化了她,全身的每一个毛孔都有种说不出的舒坦。

对于青春期男女来说,恋爱是一种无法抗拒的诱惑。在这种强大的诱惑下,有多少青年能控制住自己的情感冲动?如何快速变得成熟,能正确地看待人生,把控自己,对一个高中生来说,需要老师和家长的正确引导,能明心见性,让心里的波澜风平浪静。那时,他们不会想到没有事业、没有工作、没有经济基础,即便相爱成家,又靠什么支撑生活?虽然恋爱是可以的，但不能为了爱迷失了自己。马红梅已走上社会，赵志强还是学生，正在学习阶段，他未来将何去何从都是问题。当时没有人点拨他，他面对情感糊里糊涂。赵志强后来回忆说："那个年龄段，都既单纯又冲动，虽然红梅步入社会早，但对情感的事未必成熟。"

工作之后，赵志强查阅了大量资料：在古代，十五岁就算是成年人了。二十世纪七八十年代，农村一些未上学的孩子，或者落榜的孩子，基本上十五六岁就定亲，十七八岁、二十岁就结婚。国家法定的结婚年龄是男二十二岁，女二十岁，但是一部分人早于法定年龄结婚，到能办结婚证时，有的都有一两个孩子了。只有上学和外出工作的人，才会过了法定年龄恋爱结婚。

穷人家的孩子到了成家年龄，靠媒人介绍一个，先娶进门过日子，不管好坏一辈子就过下去了，很少离婚，都是从一而终。"嫁鸡随鸡，嫁狗随狗，嫁个乞丐满街走"。一个女人绑定在一个家庭，绑定给一个男人，无论这个男人品性、能力如何，女人都要想办法鼓励、引导、改变男人，让男人成功，然后才能过上好日子，这就是所谓的"相夫教子"。她们要一面培养自己的男人，一面教育自己的孩子，还要有一手好针线、好厨艺等。这就是女人的伟大。

所以，我们很多家庭中，孩子都爱母亲，母亲的吃苦耐劳精神、母亲的奉献精神、母亲待人接物的处世态度、母亲的生存哲学，都是对孩子的"言传身教"。当然，如果女人嫁给一个品行不端、一事无成、暴力变态、不思进取的男人，她一生就遭罪了，很难做到"相夫"，让男人变好，变得有出息。这样就会把女人拴死在这个家庭里，痛苦一生，也牵连了女人的父母，跟着女儿提心吊胆。

新社会提倡男女平等、婚姻自由，男人不好、不求上进、不务正业，女人就可以根据自己的意愿离婚，再嫁一个自己认为好的男人。女人再不需要从一而终，通过改嫁，可以改变生活，没必要在一棵树上吊死。所以有一段时间，人人向钱看，年轻女人说离婚就离婚，说婚外情就婚外情，好多年轻夫妇，男女双方不负责任，不顾及孩子的未来，说离就离，将孩子扔给爷爷奶奶，孩子的教育跟不上，长大了又危害社会。社会教育成本加大，又驱使某些男人急功近利，梦想一夜暴富，为了发财泯灭良心；女人少了吃苦耐劳精神，推卸相夫教子责任，为了追求享受，社会上就出现了"拜金""宁愿坐在宝马车上哭，也不愿坐在自行车上笑"等社会丑陋现象和不安定因素。

中国古代社会总体分士农工商四大类。士是当官的和通过科举考上功名为官的，有一定的成绩就著书立说，如曾国藩等。农指农民阶层，包括地主等群体。佃农和农奴属于依附于地主的农民群体。工是手工业者，指木匠、大夫等靠技术吃饭的手艺人。商是靠倒腾货物，赚差价取利的人，他们大多投机取巧，追名逐利，常被称为"奸商"，虽然是社会必需的阶层，但因与"君子爱财，取之有道"有冲突而常被人看不起。现代社会有些商人制造假货，害人害己，这是见利忘义的表现。

改革开放后，国家提出让一部分人先富起来，先富起来的带领大家共同富裕，即先富带后富。可是随着社会发展，先富者并不一定带动后富者。放眼全国，部分富人道德沦丧，见利忘义，相互攀比，为所欲为，危害社会，影响恶劣，国家要发展，必须要整治这些人，打击这些不良现象。他们可能是忘记了清末中国落后被殖民的苦痛经历，当时有良知的商人提出"实业救国"，做有担当、有社会责任感的企业家，如果商人见利忘义，将成为社会发展的绊脚石，不利于实现中华民族伟大复兴的中国梦。

古代的士人，基本上是从地主家庭和官宦家庭产生的。一个家族要想世代鼎盛，必须坚守道德底线、价值规律和民族精神。在古代，地主阶层比工商阶层高贵，工商业者赚了钱，首先是购地，扩大土地规模，并编撰家谱，立族规家训，让子弟读书取士。凡是能读书者，不管年龄大小，都要去读书，做到知书明理，学而优则仕，因而有"十年寒窗无人问，一举成名天下知"的说法。

解放后，社会好了，人人平等，农民家家有地，有饭吃、有衣穿。改革开放后，农村人能出门务工了，生活条件进一步得到改善。当然，最好还是"鲤鱼跃龙门"，考上大学吃上公家饭。现代社会男女平等，就是让女人能顶半边天，平等做人。年轻人要正确地看待恋爱、婚姻、两性等问题，这是全社会的必修课，只有社会风气正才能教育好自己的孩子，让他们顺利地度过青春期，健康成长。

赵志强神游回来，和马红梅的亲密接触，激起他本能的冲动，他能感受到身体私密部位的变化。正在经历情感碰撞的赵志强，不知为什么会有一种自卑和羞耻感，他认为这是新旧文化冲突导致他内心的矛盾。美好的情感为什么要夹杂一些动物性的冲动呢？为什么总在这里碍手碍脚，破坏这美好的感觉？赵志强想不明白为什么自己会有这种难以启齿的情感矛盾。不知为什么，有好长一段时间，他一见漂亮女孩子，下身那个不要脸的东西，就不听话地挺起来。为此，他很痛苦，也很羞愧。他想不明白为什么，也不知道该怎么办。后来他学会了一种方法，就是看到女孩子，要想到这是正常的事情，便再没有出现生理上的尴尬。他才明白，青春期心理上和生理上发生反应，没必要自卑，没必要羞愧，应该往健康、美好的方向想，正确对待。

马红梅在赵志强的眼睛里看到高山幽泉的美，那黑色瞳孔里清晰地映着自己的影子，美妙神奇。那鼻子坚挺，脸型线条明快，执着而又充满热情。

赵志强看到马红梅的眼睛晶莹透亮，妩媚多情，如一汪春水，鼻梁温润光滑，唇若桃花。他笨拙地迎上去，两唇相触，马红梅伸出光滑柔软的舌头，撩着赵志强的舌尖。他如被电击一般，也试探性地照做，体内蕴藏的狂澜顿时被引发……

晨光下，两人披着金色的光芒，如爱神雕像。过了好久，才如梦初醒，露出灿烂的笑，如飞起一道霞光。起身后，他们挽着手，迎着太阳，张开臂膀，大喊一声："太美了，太阳！""是啊，太美了！世间万物都披上了金装。正如伟人笔下的景色：'山舞银蛇，原驰蜡象'。"

山乡很美，但两人不约而同地说："我们要走出大山，看看外面的世界，观赏人间更美的风景，感受大千世界的冷暖，让生活更丰富、更美好。"

"对，我们要走出去。"两人异口同声地对着山川大喊，"走出大山——"生活因追求而美好，思想因追求而升华。人生是个不断追求上进的过程，随遇而安、平平淡淡、四平八稳，不是年轻人想要的生活。人生就是一个不断成长与历练的过程，只有奋斗的汗水，才能让人生变得更加丰富多彩，才是美妙的。

赵志强和马红梅各有自己的人生计划。马红梅要想离开大山，要么远嫁外地，要么借助政府劳务输出移民政策出去，要么自己出门找工作。社会的变化，打破了农村女子一生只能待在农村、不知外面世界为何物的观念。社会越来越好了，外界的信息、新观点、新思想，开始渗透到农村，但女子要闯世界，阻力很大，马红梅就是个敢闯敢干的。

以前农村小伙子要走出农村，有一条半路可走，一条路是十年寒窗苦读，一举成名；那半条路就是出门讨饭去。但除非真的无路可走，才会有人为了活命去讨饭。现在，社会发生了巨变，人人都可自由出门打工。最初，只有政府组织他们才敢去，自从第一批合同工回乡后，陇山地区的青年才看到了出门打工的希望。渐渐有人大胆地自己闯出去，不再靠政府组织。所以赵志强也有了两条路可走，一是上学，二是自己出去闯。

赵志强还为自己的这个决定，信心百倍、豪情满怀地写诗言志：

旅途日记

谁说生命短暂？

谁说生命漫长？

也许看时没有四季之景

听时没有旋律之声

歌时没有谱曲

洁白的纸上没有它的影子

一首无言的诗

喜怒哀乐

酸甜苦辣咸

蹉跎慨叹

荆棘浪涛

大声呐喊"珍惜生命"

可自古难全

从没有像这样冲刺着、斗争着的强者们

激发了

血如岩浆涌动

成诗后，赵志强感觉良好，马红梅兴奋异常，给了他一个热烈的吻，他备受鼓舞，更加雄心勃发："红梅，我要好好读书，我是我家唯一的读书人，所有的希望都寄托在我身上。我的成绩并不算好，要实现这个目标就必须作出努力，但我相信我能实现大学梦和文学梦。我有一颗伟大的心，相信将来一定会成功的。不过人生就像唐僧取经一样，要经历九九八十一难，才能修成正果。"

马红梅大受鼓舞，仰望着赵志强："赵志强，你有不同一般人的思想、胸怀、情感、表达能力、才华气质。你天生傲骨，正气凛然，是金子总会发光的，要抓住一切机会走向成功。你比我条件好，有人供你上学，我什么都没有，只能靠自己了。"她羡慕又伤感地说："我只求能嫁一个好人家。可是这大山里，都是面朝黄土背朝天的农民，哪有什么大出息！这样的男人我都看不上，他们祖祖辈辈都这个样子。在没有和你交往之前，我觉得农村的小伙子都是封建思想的卫道士、传宗接代的工具。和他们在一起，一辈子一眼就能看到头，人生基本上没有希望。"

赵志强如兄长般鼓励她说："不用悲观，你不是还有我嘛！就是没我，你也会有一个好的归宿。因为你的思想已超越了当前大多数同龄人的思想，所以你会想尽办法走出去的。"马红梅一展愁容，说："对。我想拥有一个好的将来，必须改变我自己。说心里话，我是不会在老家找对象成家的。我要好好地想想如何走出去。抓住机会，实现梦想。"赵志强听后默然不语，心中涌起一阵哀伤。

傍晚，赵志福夫妇带着一阵风回来了。见马红梅在家，赵志福的脸色立马变了，只因张芳芳在场，他不好发作。赵志福一言不发，视马红梅如空气，暗想："两家早已断了来往，她为啥会在这儿？她想捣什么鬼？"

马红梅一见赵志福，神色慌张地向吴秀莲打声招呼便走。赵志强不好挽留，忙出门送行。张芳芳看着赵志福，没有吭声。

大雪覆盖着山川，别具风格。白雪如毯，天空似海。夕阳在五彩云霞中，变幻着美丽的光泽。山边云朵，有的像羊群，有的像奔驰的马，有的像海边的礁石，都披着霞光，散发着金色光芒。云里似有翩翩起舞的仙人，用她华丽的衣裳，装扮着美丽的天宫。

临别之时，龙湖之畔，远眺天际，伫立良久，两人心潮澎湃。这几天与马红梅的相处，让赵志强懂得了很多，对这一段美好的情感充满依恋和不舍。马红梅顺利地实现了原定计划，摆脱了"换头亲"的悲惨命运，解救了自己。赵彩花和狗蛋已成为相好，并征得双方父母的同意。但马红梅因为有点喜欢赵志强而内心矛盾重重。今天的分别是永别吗？她心中有种说不清道不明的隐痛。她预感自己会失去这个可爱的，让她心动、着迷的人。因为她无法面对赵志福。马红梅扭身踉跄着跑了。赵志强呆立在龙湖畔，望着余晖中远去的背影，如心头肉被拉长，扯得生痛。薄暮下，马红梅已无影无踪了，他失魂落魄地回到家。赵志福已等得不耐烦了，喊道："老四，你干啥去了？不好好看书！我警告你，少跟那个女人鬼混！"

"什么鬼混？你少管我的事！"赵志强按捺着伤感，冷硬地说。

"你说啥？你再说一遍，看我不打断你的腿！几天不见，还反了天了。你还想不想上学？"赵志福大声喝问。

此时，赵万里转亲戚回来了，听到两兄弟吵架，呵斥道："你两个咋了？让人笑话！"

赵志福把事情一说，赵万里气得脸色铁青，抓起一根棍子就要教训赵志强。吴秀莲急忙踮着小脚从厨房里冲出来护住小儿子，喊道："别打我的老儿子。"赵万里照着吴秀莲的腿就是一棍子，骂道："我不在这几天，你把你儿子惯成啥了？和那样的狐狸精、丧门星厮混，看我不打死你！"

两人打成了一团，吴秀莲哭天喊地，赵万里边打边气得口吐白沫。赵志福冲过来拉架："够了，够了。不管教老四，你俩添什么乱？这日子还过不过了？"张芳芳这才反应过来，原来这个女子就是赵志福以前的对象马红梅，便顺嘴骂道："赵志强，你个没出息的，这样的女人你也往家里招！"

"你懂啥？我的事不用你们管！"赵志强气急大喊。赵志福一听赵志强连嫂子都敢顶撞，冲上去就给了他两记耳光。

赵志强顿感眼冒金星，一阵眩晕。赵万里一看赵志福打了赵志强，又转头来打赵志福："你日能了，你弟弟身体弱，你往死里打？"张芳芳跑上来护赵志福，赵万里没防住一棍子打在张芳芳身上，张芳芳啊的一声疼晕过去。赵志福护妻情急，抓住棍子把父亲推倒了。

这家没法待了，赵志福转身骑着摩托车带上张芳芳连夜回陇坪乡去了。谁知没过几天，赵志强匆匆跑来说："三哥，大生病了，吃了几天药都不见好，看样子很严重。"一听这话，赵志福吓得手直哆嗦。两个人匆忙回家，见父亲已躺在炕上起不来了，脸色异常惨白。赵志福忙从医院请来大夫检查。

大夫一检查说是肺气肿，是生气等原因引起的。赵志福忙叫来大哥、二哥商量，几人送父亲去大医院看。在县医院检查完后，大夫建议送市医院或省医院检查。兄弟几人连夜将父亲转到陇山市人民医院检查，到市医院时已是大半夜，几人在车上凑合着休息了一晚上，第二天一大早排队去检查，经过一上午的检查，确诊是肺气肿、肾炎等病，大夫让住院治疗。

这几万元的住院费几天就没了，赵志福忙回家借钱。十多天过去后，赵万里病情恶化，医院下达了病危通知书，让出院回家，说想吃点啥就吃点啥吧！几人一听都慌了神，赵志福受了刺激，也晕倒了，这是天要塌了。

赵志龙、赵志飞、赵志强忙把赵万里和赵志福抬到车上往家赶，三兄弟哭得眼泪像掉线的珠子，想着父亲才五十五岁，正值壮年，好端端地就要走了。赵志福忙前忙后，一家子的重担全压在他肩上，一时缓不过劲来咋办？

回到家后，他们忙通知亲戚朋友，说愿见赵万里最后一眼的，快来看望，和赵万里有债务往来者快来盯账。果然，赵万里还是没有扛过去，回来没几天，便蹬腿走了。

缓过神来后，赵志福得了个手颤病，只要一急、一紧张，手就不住颤抖。没几天，二十多岁的人头发都变白了。赵志福是家里的顶梁柱，赵志龙、赵志飞、赵志强都没有办法，钱的事还得他来想办法。赵志福欲哭无泪，觉得人生真是悲惨到了极点，兄弟这么多，花钱的事只有他担着。

晚上，张芳芳在哥哥张建国的陪伴下从陇坪乡赶了回来，看到丈夫后哭着说："志福，你的命咋这么苦啊！家里老人一个接一个，花钱干啥都靠你。现在咋办？"赵志福强撑着站起来，喊了声："嚎啥？我又没有死。"张建国也骂妹妹："妹夫都这样了，你别添乱，快帮家里干活去。"张芳芳急得手打颤，东抓西挖地不知干啥好。她从这个房间跑到那个房间，从那个房间又跑到这个房间，脸上痴呆呆的。张建国看到妹妹这个样子，抱头大哭："我妹的命咋这么苦啊！"

赵志福的这个病是因惊吓、着急而得。赵万里是家里的重劳力，一大家人的吃喝全靠着他。父亲如果走了，他有三头六臂也顾不了这个家啊。眼见生意有些好转，中途又出了这么大的乱子，这可咋办？父亲在，赵志福能放心地去陇坪乡挣钱；父亲一走，家里一头，店里一头，他实在不知咋安排。借了几万元债，满想着能救父亲的命，哪知钱花了，命也没了，安排丧事又是一笔钱，这钱都去哪儿找啊？

赵志福强打精神，在心中默默地祈求："老天爷，求求你救救我吧，放过我吧！我都快坚持不住了，我真的快受不了了。列祖列宗，我们赵家人一向待人真诚，为人友善，没有做过恶事，更没有干过亏心事。为什么我的命这么苦，一次又一次。列祖列宗保佑保佑我吧！让我尽早脱离苦海。"他又向神灵许愿："金龙爷，金龙爷啊，求您救救您受苦受难的烧香弟子吧！保佑保佑您的烧香弟子吧！等弟子过了艰难困苦，给您老人家披红挂花、重塑金身。"赵志福祈求天地众神一番，强打精神，安排丧事。爷爷的丧事和自己的婚事，都是他一手操办的，有了经验，父亲的丧事自然相对轻松一些，唯一难的就是钱的事。俗话说：一分钱难倒英雄汉。这钱从哪儿来？赵志福就是砸锅卖铁、敲骨吸髓，这一百多斤的身子骨，连骨头算上，也早就被榨干了。

赵志福找来大哥、二哥商议，想让他们共同分担，或者从别处借些，哪怕之后由他还钱也行。这老人是大家的老人，共同分担是应尽的责任。大哥、二哥身强力壮，就是从别处倒腾，也可以倒腾来一点，好帮他渡过眼前的困难。大哥、二哥刚要说话，却被大嫂堵了回去："爷爷把手艺传给你了，你能挣钱，比你大哥、二哥强，你又念的书多，你能靠手艺吃饭，这份苦你要受，这份责任你要担。大病逝了，我们是有尽孝的责任，有分担费用的义务，但事情是你推了大一把引起的。这钱还得你花，就是让我们分担，我们既没有钱，也借不上钱。大走之前，我们就分家了，所以这一切都是你的。"

赵志福被大嫂说得欲哭无泪，有苦无处诉，真是茶壶里煮饺子——有嘴倒不出，他双手无助地颤抖着。张芳芳觉得自己鼻腔里满是血腥味儿，但为了自己的男人，她忍住了。赵志福是有责任、敢担当的男人，她不想让他因为钱的事失了兄弟情分，让人笑话。他们这一房头在族人中受尽排挤打压，说"三代不出人才，后代就变驴了"。如果因抬埋老人分摊钱，而兄弟吵闹，他们这一家就更被人看低了。

俗话说：人有鬼鬼心，天有盘盘路。赵志福多么希望两个哥哥能分担些，可是为什么全家人都不体谅他？他下的苦多、出的钱多、受的罪多，却还是得不到家人的理解和支持。这是什么逻辑、什么道理？连一句好话都没有，就是出不了钱，给他宽宽心也好啊！赵志福真有一种孤掌难鸣之感，所有的辛酸、所有的困难、所有的苦恼、所有的无奈、所有的委屈，都只有他一个人承受。别人家兄弟有困难，都是大家互帮互助，可是为什么他们家就他赵志福一个人受呢？

每一个家族的贫穷和落后，都是有原因的，并不是一个人能轻易改变的。互帮互助能使好的家族更好，如果互相拆台，不管多厉害的人，拖累太大，也难以成大事。这种亲属关系，让赵志福的伤口更痛，心里更悲凉。赵志福不明白，为什么越帮越乱，越出力越受苦，他心里恨两个哥哥，又可怜两个哥哥。

家庭的变故，使赵志福的理想一次次破灭。他偷偷哭过，但叫天天不应，叫地地不灵。张芳芳也和赵志福吵过、闹过，可是又有什么办法？穷根就在家里人的思想上。陇坪乡的朋友、生意伙伴都告诉他，做生意要心硬，家里事多了，没法管就尽快放手。一边是家庭，一边是事业，到最后一样都干不成。好不容易存点钱，都贴补了家用，更不要说他举债支撑着一大家子。十人抬一人轻松抬，一人抬十人要了命。赵志福就连买一辆新摩托车、购置一套营业房都很困难，更别说追求他的事业梦、品牌梦、集团梦。

赵万里的离世，又打乱了赵志福的创业节奏，两口子不得不分开操劳，婆婆要有人管，弟弟赵志强要上学，家里的吃穿用度得要一个人去管，十多亩地要有人种，家禽家畜要吃要喝，真是屋漏偏逢连夜雨，船破又遇打头风。

第二十六章

兄弟反目

陇山塬上的成片林子不见了，不知什么时候变成了荒山，只零星存活着几棵树，孤零零地守着这片曾经生龙活虎的山川，遭受着风吹雨打。人多地少的问题更加突出，拴在土地上生存的人，常常因为一条地埂子，几家人打起群架。二十世纪六七十年代，兄弟都小，家里的光阴还好，幸福快乐。大哥成家后，一家四口人守着三亩旱地过活，二哥一家也如此。那些超生的人家，人地矛盾加大，生活穷苦。

父亲走了，赵志福花了钱，担了全部责任，心里仍觉得愧疚。本来想好好教训四弟一顿，可是父母为了四弟大打出手，自己赌气推了父亲，哪知父亲就此生病过世了，所以他心里觉得对不起这个家。如何教育四弟，成为赵志福的心病。

贫穷就像一场瘟疫，在这片土地上蔓延。父亲走后，赵志福一直想和弟弟谈谈，可是赵志强完全不理他这个哥哥，还怨恨着他。赵志福和四弟年龄相仿，从小一块儿玩到大，感情深厚。四弟又是家里最小的，干家务活、田里活，都是父母罩着他，大哥、二哥也都疼着他，家里所有的气，都让赵志福一个人受了，四弟不干的活，他干，四弟犯的错，他都担了。老实说，四弟是家里最懒的一个，好吃懒做还意见多。父亲活着时还笑着说："你要是让强儿干点活，他只有答应的劲。"四弟就是温室中的花，现在父亲走了，家务活全落在张芳芳这个弱女子的肩上，担水、挑粪、扛麻包等重活、苦活、脏活、累活全都是她干。赵志强星期天回家，就四仰八叉地躺在炕上，要么看书，要么去玩，家务活从来不干。还要吃好的，秋田面一口不吃，说胃酸吃不了。白面馍馍供着，学习好也就罢了，可他的成绩忽高忽低。张芳芳自己吃秋田面，白面就紧着赵志强和婆婆吴秀莲吃。苦了、累了、伤了、痛了，没有人关心，自己的男人离得远，所有的苦只有张芳芳一个人默默地受着，心生怨气，越聚越多。

四弟懒惰，赵志福还能忍得了，但他和马红梅这种不清不楚的关系，赵志福受不了。马红梅是啥人，你赵志强能和她玩得起？这个女人不是一般男人能驾驭得了的。这样的女人，如何玩弄别人，赵志福不管，但是绝不能欺负他的弟弟。马红梅的心野着呢，一般男人征服不了，两人结合注定是悲剧。

四弟是要考大学的人，谈恋爱对学习影响太大了，如果四弟真的找了这样的女人，他这一辈子就完了。四弟先天体弱，农活干不了，外出打工卖苦力，那个身子骨也坚持不了，将来成家立业都是个事儿。唯有学习是他最好的出路。唉，这娃娃还是不开窍，父亲走了，家里啥情况，他不清楚？真是让人操碎了心。

真是恨铁不成钢，赵志福宁愿四弟学业有成，恨他这个哥哥，也绝不能让他早恋毁了前途。自己以前思想不成熟，早早放弃了学业，现在后悔地抠腔子。当时他是班里的第一名，前几名的同学都考上了中专，吃上了公家饭，唯独他名落孙山，靠着双手刨食，这就是差距，所以他不愿让四弟再走他的老路。

上中学时，赵志福为了纯洁的爱情，与马红梅许下了山盟海誓，可是到了现实生活中，他们却经不住时间的考验。为此，他心生懊悔，不该只想着恋爱，丢了学业。总之，中学生谈恋爱就是无源之水、无果之花，纯属浪费美好的青春年华。

书山有路勤为径，学海无涯苦作舟。学习是一个渐进的过程，如果他当时把心思用到学习上，考个中专肯定不成问题。可是他让热恋冲昏了头脑，否则他的人生会是另一个样子。

赵志福深知马红梅和四弟思想不属于一个层次，哪能生活在一起，同甘共苦？这就是赵志福忧心的原因。那天，通过赵志强看马红梅的眼神，他就明白了。再说，说是送一下，却送了几个小时，要不是天黑了还不回来。

做生意多年，赵志福看清楚了官场和商场的不同。新社会当官是为人民服务，做人民公仆，为老百姓办实事、解决困难，这样的官是好官，是值得人民尊重的清官。但是官场中也混进去了一些贪官，他们有严重的官本位思想，滥用权力，永远高高在上，把百姓不当人，遇上这样的官员，赵志福只好忍辱当孙子。

曾在爷爷赵作鹏的丧礼上闹事的堂叔赵万杰一点不顾及一脉之后，给当县长秘书的儿子打了电话。后来，陇坪乡工商、税务、城管部门的人员，快把他的门槛踏断了。三天两头找他办事，每次办完事都不走，非得到街上的饭馆里吃一顿才罢休。菜尽拣贵的点，酒尽挑好的上，每次吃得他心里滴血。饭桌上不开心就张口连吼带骂，一顿便饭能吃光他两三个月的收入。还有一些莫名其妙的罚款。爷爷过世他本已花光积蓄，还欠下外债。这下更撑不住了，他不明白，为什么这些人老来折腾他。后来有一个正直的干部实在看不过眼了，悄悄地对他说："我们的那个头儿接到县委秘书的电话，说要把你整垮，吃穷你，直到把你从陇坪乡赶出去才肯罢手。要么你找人认个错、道个歉，看能不能平息，不然你在这是混不下去了。"

明白原因后，赵志福就知道摊上麻烦事了。这花钱都不一定能管用，他家的锅大碗小，人家是一清二楚，就想压在他头上，让他永远没有翻身的机会。

与其这样，还不如找一个可靠的人，让权力互相制衡，帮自己主持一下公道。张芳芳的舅舅就在市委工作，还是市长的秘书。虽然都是秘书，但级别不一样，权力也不一样。

这个市委秘书找县长协调了一下，拿出一沓检举信，县委书记一看不妙，为了撇清干系，忙找机会把这个"大权在握"的县委秘书调到了一个偏僻的小乡镇，当了个一般干部，还暗地告诫他："小赵啊，人外有人，天外有天，做事不要做绝。"

随着县委秘书被调走，陇坪乡那些平日里对赵志福指手画脚的人，立马变得客气起来。可见做人还是不能太狂妄，不然哪一天死都不知道是怎么死的。

赵志福在二十三四岁时，终于活明白了。他多么渴望自己的兄弟中能有个吃公家饭的，关键时刻拉他一把，给他指点迷津。自古一理，朝里有人好办事。有个当官的弟弟，别人就不会这么明目张胆地欺辱他。

赵志福想趁早骂醒赵志强，亲兄弟打断骨头还连着筋。就算四弟将来没多大能耐，帮不了自己也没关系，决不能明知前方是悬崖，他还任由四弟往下跳。四弟要是考上大学，就是堂堂正正的国家干部了。他文笔好，字写得好，是搞行政的料，干上几年，准会平步青云的。他认为四弟肯定会成为一个堂堂正正的好干部，光宗耀祖。

赵志福几次找四弟谈话，都没有谈成。他一张口就被堵了回来，或直接甩门而去。眼看四弟是铁了心想和马红梅好。他不禁骂道："这个害人精，到底给四弟吃了什么迷魂药，怎么就着了魔呢？"

赵志强的性格和赵志福上中学时一样，认死理，九头牛都拉不回来，是不撞南墙不回头，不到黄河不死心。他多想对四弟说，这么多年，他被伤得遍体鳞伤，还不是自己犟、不懂事、不懂生活造成的，生活绝不是想象中的那么简单。一开始满以为只要学好手艺，创业就会一帆风顺，哪知家庭、事业一波三折，真是操碎了心、哭干了眼泪，还有飞来横祸和无妄之灾。为了这个家，他十六岁中学毕业，十七岁学手艺，十八岁开店，十九岁担起家庭重担，二十岁抬埋爷爷，二十一岁娶妻，二十二岁抬埋父亲，二十三岁独担家庭重任。这每一次都是大把花钱，劳心费力，从来没有帮手，也没人理解，家里还不断地向自己伸手要钱。这些钱怎么来的？都是他没日没夜用针尖挑出来的，他也想舒舒服服地活着、风风光光地享受生活，为了这个家，自己到现在仍身无分文，还欠了一屁股的债。赵志福多想把这些话讲给四弟听。

响鼓还需重锤敲。赵志福狠下心，必须和这个每天儿女情长，脑子一根筋的四弟干一仗。想到这，他的手又止不住地发抖。他叹道："真不知怎么了，但凡一想到家里，一听到家里有事，这手便不由自主地颤抖。家对别人来说是一个温馨的港湾，对自己来说就是一道鬼门关。真不知是老天爷故意刁难他，还是上辈子自己就欠这一家人的债，怎么还也还不清。赵志强啊赵志强，我的亲弟弟，你把哥的一片苦心当作驴肝肺了。"

赵志福对赵志强说："老四，咱哥俩签个承诺。""签啥？"赵志强反问道，"大走了，除了妈，家里你最大，你最有本事。你不是我哥吗，这家里都得靠着你。"赵志福沉着脸说："正是这事，你一点儿都不傻，看得很明白，说得也透彻。那咱俩就打开天窗说亮话，你如果考上大学，大学学费我供，老妈我管，我给她养老送终。你如果考不上大学，我两兄弟就分家，老妈你管，媳妇你自己找，你在家务农，我做我的生意去。再者，我已经抬埋了两个老人，你也老大不小了，照顾老妈总行吧！"谁知赵志强不假思索地说："行啊哥。既然你都这样说了，那就这么办吧！我身体不好，上学要吃好的，要吃白面馍。学费你不能短缺，家务活我也没时间干，让我嫂子干。老妈的事再说。"说完就甩门走了。

赵志福感到嘴里一阵腥甜，四弟的思想不开化，就如驴一样犟，九头牛都拉不回来。他吐了一口唾沫，发现满口是血。张芳芳看到后，哭着说："志福你怎么了，最近老这样。去医院看看吧！落下病根怎么办？你不能把自己的身体不当回事啊。这样会伤了元气的。"赵志福倔强地说："不用担心，死不了。如果老天爷要我死，我早死了。"张芳芳哽咽着说："难道说他们比你的娃娃、女人都重要？那你靠他们活去，看他们管你不，听你的话不。你老了靠娃娃活，还是靠你的兄弟活？你的兄弟肯定先管自己的娃娃、女人，不一定会管你。"赵志福生气地说："你个女人家懂个啥？这不是我个人的事，是几辈人的事。再苦再累，我也要坚持到最后一刻，宁叫牛挣死，也不叫车翻过。"他又恨恨地吐了口血唾沫，端水漱了一下口，平静了一会儿，有些悲怆地说："四弟能否考上大学，对我们家来说是头等大事，是一种精神上的期盼。赵家大房头里，能把高中读完，四弟是第一个。要是能考上大学，就是破天荒，打破了僵局。四弟要是进了大学，就等于打破了禁咒，进了龙门。前头扯开渠，后面就不拉泥了。给下一代做好了榜样，后代考大学就再不难了。这就是黄河后浪推前浪，一浪要比一浪高。跳出农门，进了龙门，就等于开了个好头，一门开等于百门开。也算是完成祖宗遗愿，祖坟冒了青烟，我赵家大房头出了人才，可以在人前挺直了腰杆，扬眉吐气了。"

张芳芳听了赵志福的话，不再言语，只是默默垂泪，心想："这样的男人是不是背负太重？现在社会以利益为主，谁还这样重情重义？"

形势逼人，赵氏家族中其他房头都出了好多人才，唯独赵家大房头这几代人口单薄。今年赵家三房头又出了一个大学生，考了族里最好成绩，成功考入重点大学，在村里宴请宾客，还敲锣打鼓，村里人破天荒送出百元大礼。在考学方面，大房头真是门前冷落鞍马稀。亲房间都如此，更别说旁人了。

还有件事，说起来更是让赵志福伤心。上初中时对他有好感的李淑芳，平时学习比他差些，结果他落榜了，她后来却考上了重点中专。他们失去联系好多年，结果有一次他去信用社咨询贷款，巧遇了李淑芳。

多年不见，李淑芳气质大变，那如黑绸缎的头发闪烁着光泽，皮肤白里透红，如杏花初绽，一身草绿色毛呢套裙，笔挺大气。而赵志福虽然收拾得干净利索，身上却散发着淡淡的羊膻味儿。不知为啥，赵志福见了李淑芳就觉得自己好像个"叫花子"，在精神上矮人家几分。他手里没有存款，还欠着债，为了两万元的贷款，他往信用社跑了不下十回，还要给办贷款的主任送礼，就这样人家还没给一句痛快话。李淑芳一打开提包，新崭崭的十万元躺在那里等着存。

信贷主任脑门油光发亮，一脸冷傲，对待赵志福就像打发讨饭的，一见李淑芳就笑成弥勒佛。赵志福受到的刺激真不小，匆忙躲开李淑芳要走。李淑芳偏偏喊住了赵志福："老同学急着走干什么？好像我们不认识似的。"赵志福只好强撑着站住，不好意思地说："来这儿转转，想不到碰到你了。惊喜，惊喜！"李淑芳走上前去问他现在干什么呢？赵志福脸微红，低声说："没干啥，就是瞎捣鼓，做皮衣加工呢。"李淑芳惊呼道："噢，成大老板了。现在应该不错吧？哪天去你那儿转转，弄几个小钱花花。"赵志福尴尬地说："客气了，哪里话，刚够混口饭吃，不能和你相比。""哈哈哈，开玩笑呢，我又不是真的借钱。"李淑芳娇笑道。赵志福摸了一下头，尴尬地笑了笑："见笑了，见笑了。你现在哪儿高就？"李淑芳风轻云淡地说："没啥，就是乡上的一般工作人员。啥事都弄不成，一没权，二没钱的。只好抽空倒腾点别的，几年光景倒腾了点零花钱，年年来这儿存些，赚个小利息，不值一提。"

赵志福一听这话，真是无地自容，年年存个十几万元都是零花钱，那他那点儿生意算什么？全卖了都比不上李淑芳存款的零头，真是人比人气死人！赵志福觉得自己和这样的人已没有共同话题了，境遇差距太大了。他打了个招呼就要走。

李淑芳紧追了两步，说："哟，别急着走嘛，好多年不见了，咱们好好聊聊。"赵志福心里五味杂陈，走也不是，不走也不是，只好硬着头皮又聊了几句。李淑芳笑着说："我又不是老虎，见一面不容易，躲什么？自从考上学后，一直没有你的音讯。现在干得还好吧？"赵志福不是见人就诉苦的主儿，只好勉强说："一般，一般，没啥出息。"

李淑芳也是念着旧情，加上以前的恩怨，心里隐痛，她更希望自己过得比赵志福好。女人的感情很微妙，恨上一个人，或者爱上一个人，都不会轻易放下。她半开玩笑地说："你可是赵老板呀，今天怎么着得请我吃一顿。"赵志福有些难为情，这么左一个老板，右一个老板地叫着，他觉得很别扭，忙说："李淑芳，你别这样叫好吗？那都是外人给的一个称呼，我们俩就不必这样了吧，你叫我名字就好了。"

要说今天请着吃饭，这真是难为赵志福了，他身上的钱，都送信贷主任了，他急得直挠头，又不想在老同学面前失了面子，突然想到有一家认识的馆子可以赊账，只好假装大方地说："走，喜欢吃什么？我们选个好一点儿的地方去。"李淑芳挑剔地说："这街上的饭馆都一般般，哪有什么好吃的，也只能将就一下了。"赵志福说："我认识一家，还可以，我们去看看。"快到那家餐馆了，李淑芳扫了一眼便说："这馆子土不拉叽地倒人胃口，难道你常来这儿吃？换一家吧！""好吧，那你选。"赵志福强撑着跟着李淑芳到了街上最好的"大红楼"餐厅，两人选了个位置坐下来。赵志福怕自己点的菜李淑芳不喜欢，就说："这点菜是女人的强项，你点两个吧！"李淑芳张口就来："一盘清蒸大虾、酸菜鲤鱼、红烧肘子、羊肉小炒，再来一瓶好酒、两碗米饭。"赵志福张口结舌，暗道："这哪是小菜啊？自己一年吃不上一次，只有招待重要客人时，才会忍痛点这些菜，自己平时也就是一碗面解决了。"看李淑芳娴熟点菜的样子，就知道是这里的常客，这四碟菜，再加上一瓶好酒，足有几百元，这人和人的差距也太大了。赵志福也请工商、税务、银行、城管上的人来这儿吃过饭，每次都如噩梦一般。这里从来不赊账的，听说餐厅经理是乡上某领导的亲戚，从不怕得罪人，生意一直很好。

赵志福一边吃，一边为饭钱发愁，不由得额上冒出豆大的汗珠，他自嘲道："这饭吃得人热的。"心想这次怕真的是在李淑芳面前丢大脸了。李淑芳有说有笑的，赵志福心里有事，笑得很牵强。回想过往，他百感交集，真的不能因感情好恶，为一个人而伤害另一个人。他的傲骨不见了，说不出的懊悔和无助。没有殷实的家底和充裕的资金，除非你头脑过人，否则这命运由不得自己掌控。曾经，李淑芳被赵志福拒绝后便转学去了陇合中学读初中，想不到她考上了中专，毕业后被分到供电系统工作。那几年正赶上农电改造，电力系统的工资、奖金、补助连年地涨，一年收入是一般公务员的三四倍。在农电改造中，李淑芳认识了一些人，她从中介绍活儿给别人，收取些介绍费，一年下来"灰色收入"也不少。如果这放在以前，肯定要被处理的。当时正赶上改革开放，一些大城市提倡"下海"经商，但对于陇山人来说，思想还没有那么开放。虽然供电系统工资高，但李淑芳喜欢从政。后来，她动用各种社会关系才调到乡政府工作，但电力上的关系仍在，她还能从中倒腾些钱。

真是穷丑遮不了人。饭后，赵志福去找餐厅经理让赊一下账，回头就给送过来，说都是一条街上做生意的，自己不会赖账。经理冷冷地看了他一眼，傲气地说："赵志福，你知道我不会因一个人破了规矩，你叫我以后咋在街上做生意？"赵志福一脸尴尬，口袋空空如也。李淑芳看够了赵志福的窘态，朝吧台扔了三百元结了账，轻声说："我先走了。"望着她远去的背影，赵志福脸上红一阵白一阵，恨不得找个地缝钻进去。

二十多年来，这是赵志福吃的最难忘、最尴尬、最无奈的一顿饭，也吃出了人与人身份、地位的差距。这件事对赵志福的心灵冲击太大了，他决心改变自己的窘境，绝不能再这样可怜地活在世上，堂堂七尺汉子，不能连一个弱女子都比不了。他一定要拔掉穷根，走到人前头，不然就对不起自己的父辈。

赵志福给自己默默加压，一定要供四弟考上大学，因为四弟的基础并不差。他最担心的是四弟与马红梅的那段孽缘毁了他。可四弟是个油盐不进的愣头青，他希望四弟能迷途知返，奋发图强。

一想到马红梅，赵志福心头火起："一家两兄弟，难道说上辈子欠这个女人的不成，让她颠来倒去地耍弄。老四啊老四，三哥我尽最大努力了，你也要争气啊。"

为了斩断两个人的孽缘，赵志福决定不遗余力，让他们知难而退。马红梅虽曾是他深爱的女人，但不能同甘苦共富贵。赵志强考上大学后，并不一定能养得起这样的女人，野心太大的人，平淡生活根本无法满足。大多城里人，成家立业都找双职工。像马红梅这样的女人，一无技能，二无吃苦精神，三无定性，如果当花瓶一样供着，时间长了反而后院起火，坏了家规门风，影响后代。

　　第二天，赵志福喊赵志强一块儿去晨练。兄弟俩到了没人处，赵志福一本正经地说："四弟，你不能找马红梅，她不适合你。你现在年龄还小，有些事你不明白，你这样不管不顾地走下去，终会吃亏的。"

　　"我没有。"赵志强一脸羞红地否认，青春期的孩子，有极强的自尊心，最怕人说他不愿承认的事，又无知地认为三哥这是在揭他的短。赵志福觉得古人的话不假，"棍棒底下出孝子"，不必浪费太多唾沫。

　　赵志福也拿这个弟弟没办法，为什么两兄弟不能敞开心扉好好聊聊呢？看来这几年在外忙碌，两兄弟很少聊天、沟通，反而变得陌生了。赵志福强压怒火说："没有就好！我要的就是你这一句话。男子汉要说话算话！"赵志强没有吭声。赵志福就接着往下说："你现在好好念书，将来考上大学，好女人多的是，绝不能因为谈恋爱影响了学业。一时的美好快乐，会带给你一生的痛苦和悔恨。她不但比你大，还用情不专……"

　　良药苦口利于病，忠言逆耳利于行。赵志福单刀直入式的谈话，让赵志强有一种被揭开伤疤的痛楚，由于爱着马红梅，他听不得三哥说她"水性杨花"，顿时火冒三丈，大喊："住口！不想听，我不想听！"

　　赵志强的反应，让赵志福产生一种强烈的挫败感，他急火攻心，口腔里一阵腥涩，血又涌了上来，他强压下心中愤怒的火焰，换一种口气说："求你了兄弟，你不能不顾我们这个家啊！大走了，妈身体不好，哥有了自己的孩子，你嫂子一个女人家，为了这个家吃苦受累，哥绝没有害你的意思，作为一家之主，我和你嫂子这么吃苦受累供你上学，还不是为了你，希望你将来的日子好过，不再像哥这样年纪轻轻便受这种苦。哥现在成家立业了，锅碗全了，也可以不用管你了。为了让你安心读书，我让你吃好的、穿好的、有钱花。你嫂子说我对你比对她好十倍百倍，事事都依着你，撇开祖宗的遗言和梦想不说，说句心里话，你念成书，念不成书与我有什么关系？生你的是父母，我们是兄弟，还不是血浓于水，哥不忍心看你受苦。当然一个人有一个人的命，你选择什么样的路，就选择了什么样的命，哥也没办法了。"

谁知赵志强这时好坏话都听不进去，脸红脖子粗地喊："不用你管，说了不用你管！大死时，留的一点家产里，也有我的。你不想给我钱花，难道你想独吞？"赵志福气得一口血喷出来，举手就狠狠抽了赵志强一个耳光，骂道："我让你嘴犟，反了天了！"

"你打，你打，你要么打死我。我现在打不过你，我认。君子报仇十年不晚，你有打不过我的时候！"赵志强捂着脸顶嘴。赵志福一听气得笑出声来，嘴里喷着血沫子说："我的傻弟弟，我等着你来。只要你有本事，哥看你想咋报就咋报。"

赵志强一副死狗不怕狼啃的样子，一次又一次地如用刀子刺向他哥的心口。赵志福还真有些怕这个弟弟，耍起无赖来却理直气壮，堵得他哑口无言。眼看自己大棒加肉饼的教育策略失败，他不由得叹道："老天爷啊，看来我家命该如此。祖坟里冒不出青烟了，支持他也是白费力气！"

兄弟争吵后，赵志福心里还是过不去，毕竟四弟年纪小，怕他在感情上想不通，自己得多留心、多观察、多帮助。正月初三，村里要唱大戏。赵志福知道，农村的戏场就是年轻人谈情说爱的好地方。在这个节骨眼上，他想乘机观察赵志强，看上次的谈心有没有起到一点作用。

陇山人喜欢唱戏、看戏和说戏，每年过年都会组织人唱戏取乐，唱的是乱弹、秦腔。

每年这个时候，全村人以及邻村大人小孩，都会来看戏。赵志福记得以前省市县乡镇村都有戏台和演员，每年县里还组织戏剧大赛，如果谁表现优秀，还会被推荐到省剧团当专业演员。谁家能有人当上演员，那是非常光彩的事。最盛时一个村里会搭几台戏，一个大队一台戏。这几年，唱戏没有以前火了，但是有人组织演戏，陇川村的赵家川组还能独立组织戏班唱戏。

女人们不爱看打打杀杀的武戏，喜欢看文戏，入戏了哭得稀里哗啦地，回到家里一遍又一遍地教育娃娃，要学做好人，你看戏上演的。母亲吴秀莲就是这样的人。

每天清晨，就能听到村里河湾传来"哦——啊——"的吊嗓声。陇川村的成砖磨老人，早年被国民政府抓了壮丁，后来投奔了红军，复员回家后，就落户陇川村了。老人特别迷戏，演戏也是出了名的。他最拿手的是演《二进宫》中的徐延昭和《三对面》中的包拯，一身正气特别能感染人。

他八十岁时病得很重，常躺在炕上，去看望他的亲友知道他爱戏，见面就说他年轻时戏演得多么多么好。有一次他听乐了，从炕上摸将下来就演起来。他穿着背心、光着脚在地上演了半天，上炕躺下后就再也没起来，一命归天了。

同村还有一位叫张嘉绩的老人，也是方圆百里有名的花脸和花旦。他扮的旦角让台下的女人都眼红，把男人们都能迷住。七十七岁时还穿着五厘米高的木头戏靴子上台唱花脸，耳朵不灵了，有些听不清调门，在回马门子上不小心摔了个跟头，把颧骨摔骨折了，从此才退出戏台。

平时，村里人也是一边耕地一边满山满洼地吼几嗓子乱弹，他们闲下来最爱看的是《杀庙》《周仁回府》《下河东》《三请樊梨花》《三娘教子》《花子仁义》等戏，有时会因为戏里的唱念做打争个面红耳赤。

耍戏说戏，自然就爱上了戏里的人物。好年景，村里耍社火时，会从正月初三一直唱到正月十五。戏开台前，先唱一段"神戏"，即给神唱戏，让各方神仙跟着村民乐一乐。唱"神戏"有讲究，要懂历史、懂传统文化，比如《伍员逃国》绝不能唱给显圣爷。因为显圣爷未成神之前，就是春秋时的吴国大夫伍子胥，因进谏未成，被吴王赐死。后人感其功德，建祠奉祀，视其为水神，历朝历代都有册封，陇山百姓称其为显神圣大王、显圣爷。还有赵家川本村本社的方神金龙爷和七佛爷。七佛爷就是齐天大圣孙悟空，绝不能唱《三滴血》或者《真假美猴王》，因为这两位神都见不得穷人受苦，爱伸张正义，唱这苦情戏，神会不高兴；而《真假美猴王》这出戏讲的又是孙悟空最痛苦的记忆。所以唱"神戏"的目的就是让神仙高兴，与民同乐，来年才会有一个风调雨顺的好年景。

古时陇山地区山高皇帝远，读圣贤书的人少之又少，但民风淳朴，百姓善恶分明，仁义道德传承和践行得不错，主要原因是这里的人喜欢看戏、学戏、唱戏、听戏，还喜欢讲神话传说以及民间故事。当地人继承传统文化，一是通过神话传说教育人，神话人物因正气凛然、不卑不亢、善恶分明、敢于伸张正义等特征，成为人们崇拜和学习的榜样。二是老人通过给孩子讲古今故事、伦理道德故事等，让孩子一面听故事，一面接受正统教育，也算是启蒙了。三就是通过戏曲中的爱恨情仇、因果报应等，感染和教育着陇山塬上的大人小孩。虽然老一辈人没有上过学、很少接触外面的世界，但他们对善恶的定义，及持家过日子的标准，都来源于戏曲中所体现的传统文化。

耍社火是陇山人一年中最为开心快乐的活动。农民常年辛苦耕作，把东山的日头背到西山，秋收一结束，大冬天躺在热烘烘的炕上，不吼几句乱弹，心里就不舒服、不踏实。一到冬天，爱热闹的人就跑东家串西家，招呼着大家组戏班子，耍社火唱戏。唱戏人，不但收获了村里人的羡慕，还得到了尊重，喊出了一年的痛快。

耍社火还有一个好处，就是唱戏人能吃上地地道道的农村暖锅子。社火在哪个村耍，这个村的人就得准备好暖锅子给唱戏的人吃，俗称"奠台"或"烧暖锅"。同时还要安排唱戏人的吃住。唱戏人天天被人夸着、恭维着，真个美如戏里的英雄。

"奠台"时，先在戏台所在的院子里摆几张桌子，把每家送来的暖锅子一溜摆开，由几位长者和管事的陪同唱戏人吃暖锅子，满院子肉味飘香，馋得人口水都流下来了。"奠台"时，有的地方还放炮、给唱戏人挂红，把尊师敬邻、孝老爱幼一并体现了。当然，这也是村里女人的厨艺大赛，吃完暖锅子后乡里村里就会传出谁家的婆婆调教出的媳妇子手艺巧、厨艺好，做的"奠台"味道好；谁家的人踏实，暖锅里的菜实诚；谁家的暖锅子荤素搭配得好……从中判断谁家光阴好，哪个村懂人情世故、重视文化。

喷香的暖锅菜进了肚子，唱戏人吃美了，戏唱得更加精彩，大家心里有一种说不清的幸福感。赵志强就是在这种环境下长大的，哪能不喜欢看戏呢？一旦对戏上了瘾，看戏人和演戏人都愿意去这种场合聚会。因为在这里方便闲聊，也自由轻松。同时也是青年男女谈对象的好地方，谁家的小伙子长得精神，哪家大姑娘长相漂亮，一眼就能看得到。在这里，穿衣打扮、言谈举止，大家都看得清清楚楚。

赵志福就知道赵志强和马红梅会同来看戏，他想从马红梅身上想办法，快刀斩乱麻，让她主动退出。

赵志福抱着最后一线希望，想实现爷爷的遗愿，早日解除家庭精神禁锢。家里要是能出来个大学生，那是天大的好事，是要记到族谱上去的，能鼓舞几代人，这比挣到万贯家产都重要。

赵志福暗想，如果这次成功解决四弟的感情纠葛，也算是对父母有个交代。但他担心四弟生性敏感固执、多愁善感、好高骛远，胸中虽有远大抱负，却又自卑懦弱，经不起刺激，万一想不开如何是好。但他想再试一下，终归是自己的亲弟弟，不能坐视不管。

果不其然，他在戏场里找到了赵志强和马红梅。夜戏开场，两人走出戏场，在僻静处卿卿我我。他悄悄地跟着，扔出一个土疙瘩，啪的一下砸在两个人不远处，又发出几声呜哇呜哇的叫声。吓得马红梅全身颤抖，死死地抓着赵志强的胳膊，出了一身冷汗。

"不用怕，有我在。肯定是有人捣鬼。"赵志强佯装镇定地说。马红梅惊慌地说："我们先离开这儿！"两个人不敢再黑灯瞎火地待在这里了，匆忙回到戏场里继续看戏，心仍咚咚地跳。

赵志福偷乐，这一招还真管用，起码他们不敢做出格的事，实际上他有些太乐观了。第二天晚上，他发现四弟又出去了，便跟在两个人身后继续学鬼叫，可是这次赵志强学乖了，向着传出声音的地方寻去，还顺手拿了一根棍子，一副要拼命的样子。他一下子慌得手足无措，忙壮着胆子大喊一声："老四。"赵志强怔住了，旋即气恼地说："咋是你？你想干啥？"

赵志福反问："我还要问你想干啥呢？我不是跟你说过了吗，你咋还是这样子？"想不到赵志强一下被激怒了："你管得着吗？我的事不用你管！"赵志福也吼道："什么管不着，我是你哥！"马红梅一看是赵志福，顿觉无地自容，转身跑了。赵志强怒火中烧，直呼三哥名字："赵志福，你能得很，你再有本事，我也不听你的话。"赵志福也不示弱："这由不得你，你就是不能和马红梅好。"

赵志强发疯般反击道："赵志福，是你无能，人家看不上你，你反倒来干涉我，凭啥？"为了一个女人，两兄弟互戳伤口。赵志福强压着心中的怒火："我都是为了你，为了这个家。你要是有本事考上大学，我由着你，你干啥我不干涉。""我上不上大学，你管得着吗？我不想活了！"赵志强撂下这句话转身跑了。赵志福一听，吓出了一身冷汗，追了两步又停下，心想糊涂的四弟正伤心，这样追上去，真要逼出事来可咋办。他沮丧极了，他只好先去陇坪乡做生意，静观其变。

赵志福三番四次地阻拦，不但没有缓和兄弟关系，反而激发了赵志强的心理逆反，他做事更为极端了。高二期中考试，他的成绩从班上的前三名掉到了二十多名。班主任找他谈话，问他为什么学习成绩下滑得这么厉害。他没有正面回答老师，只是牵强地找理由说："我神经衰弱得厉害，头晕头痛，记忆力下降，整天没有精神学习。"班主任只好安慰几句，摇摇头走了。

其实学习是自己的事，前途如何，也是自己的事，赵志强反而愚蠢地仇视起学习来，心想："你赵志福让我学习，我就学习？你赵志福让我考大学，我就考大学？我偏不遂你的愿。有本事你自己考啊！把希望寄到我身上干什么？我为什么要听你的？"

真是偏染的花儿不上色，人各有命。如果一个人不从思想上改变自己，就是上天送他万两黄金，他也会坐吃山空。赵志强现在为了那点儿可怜的爱，一时昏了头，透支着亲情、透支着前途、透支着幸福、透支着机遇，也透支着命运。

为了生活，为了家庭，赵志福没有更多的时间管这个冥顽不灵的弟弟了，他为了这个家一次又一次地放弃自己的理想和追求，错失了很多赚钱的机会。张芳芳心疼赵志福，劝道："老四老大不小了，他该懂事了，这个家他也该担些责任了。你不能惯着他、由着他、纵着他，这样他永远长不大。你不甩开这个家，就永远存不下钱，永远过不上好日子。老四衣来伸手饭来张口，一点不知道疼惜你。你这样供着他，不说吃喝、上学要花钱，头痛脑热要花钱，他将来成家娶媳妇，也要你花钱，难道以后生了娃娃也要你来供？妈也老了，身体不好，三天两头要看病，老四从来不管这事，还对你我不满意，挑三拣四。你大哥、二哥还抱怨你不管弟弟、不管妈。你哪有这么多精力、这么多钱干这些事？我们还有自己的娃要养活，你能受得了，我受不了，他不是我的亲弟弟，我没必要养着他。我们分家吧，各过各的。分了家，老四有困难求到你，你帮他一下，他还会记你情，不然他是不会感激你的。"

赵志福耐心地听妻子说完，心想的确是这样的。父亲说：树大有分枝。大哥、二哥成家后，不到一年，就被父亲安排着分了家，各过各的了。现在他们有困难，赵志福帮衬是念及兄弟情分，不帮衬也是本分，各过各的光阴，各活各的人，好坏由着自己。但四弟不一样，父亲走了，他还在上学。如果现在分家，他会被村里人骂死的，人前也抬不起头；所以他一次又一次地拒绝了妻子的建议。为此，妻子还吵嚷着要离婚。赵志福一再坚持，甚至哭求妻子再等等，等四弟高中毕业，如果考上大学，就供他上大学，毕业后他肯定不会回农村，家自然就分了。如果他考不上，就各过各的，痛痛快快地分家。"

张芳芳勉强被劝住了，但一遇到不顺心的事，就心火上来了。有几次，因为赵志强上学多拿白面馍馍的事，婆媳之间吵架，赵志福还出手打了她，气得她连夜回了娘家。而赵志强一点儿看不清形势，仍我行我素，在家里和学校任性胡为。

每次去学校，母亲给他准备吃的，把家里舍不得吃的白面烙成大饼，全让他背走，张芳芳一口也吃不上，觉得婆婆处事不公："婆婆疼小儿子，太偏心了。小儿子这么好，那就跟小儿子过去，何必依靠着我们生活？做老人的一点儿也不公平，你将来就跟着你小儿子过吧！"

多年来，吴秀莲从不问儿子学习好坏，还糊里糊涂地总对人夸小儿子聪明懂事，将来她要靠着小儿子享福了。有时候还在外人跟前诉说三儿媳的不是。世上哪有不透风的墙？吴秀莲的话伤透了三儿媳的心，弄得婆媳关系紧张。

期末考试，赵志强考了班里的倒数第一名，班主任找家长谈话，赵志福远在陇坪乡，大哥赵志龙只好去了学校。班主任对赵志龙说："赵志强这一学期来精神不振，两眼发青，上课注意力不集中，老发呆，是不是得了什么病？快领上去医院检查一下。"

出了校门，赵志龙走在前面，高大得像棵树，赵志强跟在后面，赵志龙思忖良久，按捺着怒气说："老四啊，如果不想念书就算了，回家跟大哥学种地去。我们两代人没有一个能念成书的，我们家怕是出不了大学生了。你三哥累死累活地供给你干啥啊！"

听说要去医院检查，赵志强心虚不敢去，怕医生检查出自己过度手淫，但赵志龙老鹰抓小鸡一样，一胳膊夹着他到了医院，检查结果是肾虚、神经衰弱，最好是吃点药补一补，回家静养。这上着学呢怎么静养？都班级垫底了，再静养就该退学了。赵志龙阴沉着脸说："老四啊，你这么大一点的娃娃，怎么就得了这病？你要注意保护身体，这样下去咋念书？"赵志强愣怔着，歪着头想心事。

在回家的路上，赵志龙开导他："老四啊，看来老祖坟里没有这个脉气，我们家是出不了大学生了。现在重要的是要把身体养好，你要克制自己，不然亏了身体，将来成家都不行，就是娶个媳妇也会跟着人跑了。你愿意看着花钱娶来的媳妇跟着别人跑了吗？"

天公不作美，这时偏偏下起了瓢泼大雨，到了大岔河就过不去了，水漫过了河滩。赵志龙怕冷水激坏了四弟的身体，挽起裤腿背他过河。赵志强想起上初中时父亲背他的情景，也是在这个河湾，山洪暴发，整个河床都被大水淹没了，他和几个同学正在河边发呆时，看到各自的父亲来背自己的孩子过河。

他清楚地记得，父亲在河对面喊："强儿，你先别动，大来背你。"其他同学的父亲都穿着长筒雨鞋，唯独父亲没有，为了降低雨水及河床石子对脚的伤害，父亲找了两片塑料纸，用细绳把塑料纸裹在脚上，蹚过河来背他。

赵志强不同意，父亲慈祥地说："强儿，听话，你身子弱，这么冷的雨水会激坏身子骨的。"十五岁的赵志强有一百来斤重，父亲背着他在一尺多深的冷水中跌跌撞撞地前行，不一会儿便气喘如牛。他想从父亲的背上溜下来自己蹚水走，父亲死活不同意，说："强儿，大老了，没啥的，你还年轻，要注意身子骨，不能年纪轻轻地搞成一个病秧子。书念不成没关系，大不了做个农民，若是身子骨坏了，那可是一辈子的大事。大就生了你们弟兄四个，你们要团结，健健康康地成长，这就是我最大的快乐。学习是啥？大大字不识一个，不懂。但我想应该就像种庄稼一样，只要你认真对待，把地按时翻熟，把肥料壅好，把苗按时种上，把草锄净，只要雨水合适，一定就会有一个好收成。如果你对地不好，不按时翻耙，不按时种植，不按时锄草，不按时收割，肯定没有好收成。"当时，他还对父亲许诺："大，我知道，今后我好好学习，我会保护好身体，我一定会考上大学的。工作后我一定会孝顺你和我妈。"父亲高兴地说："我娃一定行的。你说什么大都相信，大支持你。"

此情此景，让赵志强想起了已经病逝的父亲。他默默地伏在大哥背上，偷偷流泪，听大哥喘着粗气唠叨："老四，回家吃药休息几天，就好好念书去。如果实在念不成书，就回家跟我务农，让你三哥安心去做生意，别因为家事耽误了他的生意。你大哥、二哥没本事，帮不上你三哥，不能再拖累他。咱们家的事，你三哥担得最多了。你要是考上大学，上大学的钱，我们三个掏，成家也一样。"

赵志强心里很后悔，但是身体不济，让他非常痛苦。在家休息的几天，正好赶上农忙时节。俗话说："六月忙，不算忙；七月忙，绣花姑娘请下床。"母亲下地干活，也叫上赵志强帮忙，多一个人多一把手，田间没有轻松的活，母亲说："娃，你也老大不小了，该学学农活了，不然将来兄弟分了家，你啥活儿不会干，以后的日子就没法过了。"

架不住母亲唠叨，赵志强就在山里干了一天活，累得他全身痛得爬不起来，两只手打了四个水泡，手指头都磨破了，一拿东西就钻心地痛。赵志强不明白家人为什么都劝他务农，心想："就是考不上大学，也要出门去闯。一家子守着这点儿土地咋活？"一连几天，赵志强吃不了这个苦，在家里待了一周，借口学业紧张，要回学校上学去。母亲同意了，三嫂却不大高兴。

第二十七章

芳芳变了

中午的日头晒得地上的土都快冒烟了，赵志福挽起裤腿，挑着一担水，满身尘土地进屋往缸里倒水。张芳芳挺着大肚子，背着从山里拾回来的一背篓柴火，步履蹒跚，嘴唇干裂。她进屋看到婆婆躺在炕上没有做饭，便拍了拍土，默默地去厨房里做饭。

温柔贤惠的张芳芳变了。那个深爱着赵志福的羞涩少女，变成了爱唠叨的女人。山里的农活干不完，累得受不了时，她就像怨妇一样，不住地骂赵志福："家里有吃闲饭的，活儿却没人干，我地里的活、家里的活样样不得轻省。你们家的破事太多了，我烦透了。"

前两天在地里干活，吴秀莲就和三儿媳对上了，说："这点苦算啥，我年轻时比你下的苦多，我的婆婆说打就打，说骂就骂，我还能咋样？我对你够好了。"都在气头上，脏话、丑话就都出来了。赵志福急眼了，就和张芳芳对打起来，之后吴秀莲就不去地里干农活了。

赵志强自然向着母亲，开始讨厌起三嫂，心道："这个女人平时文文静静的，现在怎么变成了泼妇？"他总结，女人们在恋爱时，都是小仙女，成家后，就成了母老虎。马红梅估计也一样，都好不到哪里去。面对生活中的柴米油盐、家庭琐事，不管多好的女人都会变的。如果考不上学，待在农村种田，就得找身强力壮的女人，能扛能担能驮，这样男人才能轻省些。如果找个好看的花瓶，是中看不中用，日子就过得难肠了。要是种田，一辈子也就这个样子了。祖辈几代人，一直都这样，一眼就能看到头。常为了鸡毛蒜皮的小事吵翻天，或者大打出手，这基本就是农村夫妻的日常。当然，也有丰收后的喜悦，有节假日的欢声笑语，有光阴过到人前头的开心快乐，但赵志强身子骨弱，待在农村，这辈子估计就完了。

他其实明白，马红梅和他不合适。父亲是这个家的顶梁柱、重劳力，他走了，张芳芳就接替父亲成了顶梁柱，苦活、累活都是她的，离了她，这一切都好似没法运转了，她想偷个懒休息一下，都没有机会，就是累死、苦死，都没人心疼，也没人关心。张芳芳想到这些，悲从中来，心烦意乱。人活在世上，就是受苦来的，一辈子受不完的罪，干不完的苦力活。一年四季，时时如此，真是贫贱夫妻百事哀。

身子单薄的张芳芳常常为了这个家累得半死，但比她身强体壮的赵志强却找借口躲在学校，啥活儿都不干，还要吃好的、穿好的。婆婆并不老，但脾气古怪，一不高兴就撂挑子不干了。让她做到孝顺老人、体恤兄弟，还真是一件比较困难的事。

赵万里一走，吴秀莲就失去了生活的依托，精神、体力都大不如从前了。而赵志福刚刚有些起色的服装加工生意，又因抬埋父亲陷入资金困难，得力帮手张芳芳也被生生从他身边挖走。

人常说，一个人眼前的路是黑的，真不知明天怎么走，也不知道有什么事发生，往往充满许多变数，无法预料。

在生活的重压下，张芳芳脾气变得暴躁，温柔贤惠不复存在。公公过世，让张芳芳更生赵志福的气，家里大事小事被他揽下，没本事还要撑起天。该两个哥哥承担的，他自己拼了命担下，跟着这样的男人，真是一辈子吃苦受累，哪有出头之日！赵志福在张芳芳心中的美好形象坍塌，她记恨起赵志福来，甚至动了离婚的念头，她想放弃这个多灾多难的家，在这个家里生活太苦了。但自己的孩子可怜，刚刚来到人世，需要父母教育、关爱，好将来考上大学，成为对社会有用的人。她为了孩子，扛下了所有。

和赵志福朝夕相处，张芳芳知道做衣服虽然能挣钱，但是很辛苦。起鸡叫睡半夜，赵志福靠针眼儿挑钱。他没人疼没人怜，也没人帮衬。身边做生意的，一个个都有车有房了，唯独他们，日子越过越穷。房价年年上涨，一年一个价钱。家里却把赵志福当作摇钱树，想摇一摇就掉钱。真是人善被人欺，马善被人骑。

张芳芳看在眼里，急在心上。这一急就来气，这一急就上火，火气大了就想爆发，找借口发泄。扪心自问，她和赵志福对得起这个家，再不能软弱地让他们欺负，要做一个六亲不认的主儿，帮助赵志福下决心甩掉包袱，他们才能过上好日子。

做人要自立自强，自尊自爱，为什么一娘生的兄弟，却老想吃他的、占他的、花他的、用他的？这个家是无底洞，永远也填不满。她要让他们明白，好日子是苦出来的，要自食其力，有尊严地活着。可赵志福就是不听她劝，一看到兄弟有难处就忍不住出手帮忙，但越帮越忙，连自己都搭进去了。

穷难施舍，富难修行。有一次大哥赵志龙向赵志福借钱，还哭鼻子。张芳芳反感极了，一个大男人，就这么没出息。可赵志福能理解哥哥的苦，当着张芳芳的面不好借，便取了些钱装在口袋里，送大哥出门时，偷偷把钱塞到大哥口袋里。大哥拿走了钱，一直没有提还钱的事。张芳芳抱怨："赵志福，你年年挣钱，怎么年年存不下钱呢？"夫妻二人还因此动了手。

赵志龙的日子过得难，自从父亲作古，家里的地没人帮着种了，他没法出门打工，一家四口人就靠三亩旱田过生活，日子越过越穷。二哥赵志飞家也一样，一家几口人靠三亩田讨生活，好年景还勉强维持，遇上旱年就是捏着鼻子就气，用钱的地方多时也想让老三帮忙。

有一次，因为鸡毛蒜皮的事，张芳芳和赵志福吵起来了。婆婆出于私心，没有阻拦儿子、庇护儿媳，反而趁机批评儿媳，这更伤了儿媳的心。张芳芳觉得，这个家里就她一个是外人，人家一家子是一条心，从此张芳芳更加讨厌婆婆了。

世界上最难处的关系就是婆媳关系。时代变了，吴秀莲的思想却仍停留在旧社会，不会圆滑处理婆媳关系，还拿封建社会婆婆管儿媳的那一套压制人，嘴里常说："我年轻时，你奶奶说打就打，现在我只是说你两句你就受不了了。我这婆婆也太难当了，真不知道要怎么办才能让你满意。难道让我供着你不成？"吴秀莲总这样说，导致她和三儿媳的关系越发难以调和了。一旦婆媳关系出现裂痕，双方就难再顾及面子了。吵急了的张芳芳提出分家，各过各的，赵志福为了做孝顺儿子死扛着，于是张芳芳更加记恨赵志福了。为了缓和妻子的情绪，赵志福一再强调："等赵志强高中毕业后，就按你说的来，再忍忍好吗？"

涉世不深的赵志强不能理解三哥三嫂吵架的原因，打心底讨厌这个嫂嫂，觉得她蛮横、无知、霸道。"真是个母老虎，以前看走了眼。三哥的命苦啊，摊上这样一个女人，这辈子有他的罪受了。我绝不会找这种没本事的女人。"赵志强压根想不到，三哥为了他被架在火上烤，为了这个家，为了他的学习，心里满是伤痕。有时候，赵志强还埋怨三哥："三哥，你太软弱了，管不住老婆。"赵志福只是默默地听着，不知如何给弟弟解释，也不知如何让弟弟变得成熟。他暗自伤神，怪自己没本事，不能变得更强大，也没法管住自己的女人，处理好家庭关系，心里不免觉得凄凉。

人的名，树的影。赵志福是一个要强的人，他想有尊严地活着，让人尊重他、高看他，可现实生活中，他不断地碰壁。尤其是在这个家中，他真的想处理好家庭关系，不想让自己的规划半途而废。不管多重的担子，他都愿意担着。他以前也看不惯大嫂和二嫂，嫁过来一年不到，就和母亲常常吵架，后来分了家。母亲说得没错，当小的听老人说两句也没啥，他觉得母亲说的也没有错，是当儿媳的不听话、不孝顺。赵志福自小就知道母亲经常手麻，冬天做饭时，一碰到凉水，两只手就抽筋，全身发抖，痛苦极了，这是母亲年轻时月子里得的病，几十年了，好不了。母亲盼着能娶一个好儿媳，帮她分担家务。赵志福一直希望能找个好媳妇孝顺母亲。说到做饭，张芳芳痛苦得发疯。一到冬天，厨房门一开，冷空气就往里涌。水缸里的水结了冰，好不容易把冰敲碎，把水舀到锅里，柴火却发潮烧不着火，灶火门里直往出冒黑烟，呛死人了。她烧火时，还要和面，用烧热的水和面，不一会儿面就冻硬了，只能靠热手把面暖软，每次和面，手就冻得钻心地疼，两只手像针扎一样。每次做饭如上刑一般，婆婆的这种痛苦，她张芳芳不愿意受。家里为啥盖了一间冲门子厨房，冬天冷得要死。赵志福、赵志强不做饭，体会不到这种痛苦。

平时村里人捣是非，说谁家儿媳不孝敬老人，赵志福极为反感，如今这烦恼却落到他头上。父亲走后，赵志福当家，村里人议论的焦点全集中到他身上。有个风吹草动，村里人的唾沫能淹死人。妻子和母亲吵架的事村里人传开了。大嫂、二嫂说："你们看，不是我们对婆婆不好，老三媳妇也一样。"

赵志强还同以往一样，从不帮着干家务活。总觉得父亲走了，自己短了势，没有人惯着疼他了，有时帮三嫂干点儿活，他就想不开，不情不愿的。张芳芳看赵志强干活的敷衍样就来气，心想还不如不干，便生气地说：

"赵志强，你去看书去，别在这儿乱搅和了。"赵志强一听，如蒙大赦，转身就跑掉了。他是拿看书当借口，心压根没放在书上，倒害着相思病。

农村家庭主妇的活儿特别多，得管一家人的三顿饭，牛、驴、羊的三顿草料，猪、鸡、狗的三顿食，还要清理茅厕里的屎尿，牛圈、驴圈、羊圈、猪圈的粪土，给牲畜铡草料、拌草料、添草料，打扫卫生、洗洗涮涮……从早到晚，闲不住手，闲不住脚。张芳芳每天被这些活儿折腾得胳膊腿痛得起不来，手上起了厚厚的老茧，裂着大口子直流血，还要带孩子，她能不心烦吗？可赵志福不理解，他觉得父母都是这样苦过来的，为啥自己的妻子做不到？

张芳芳念过书，也是娇生惯养长大的，出嫁前没有干过多少农活，嫁给赵志福后满心想着丈夫有出息了，自己跟着过几天舒心日子，哪承想日子这么苦，所以对当时再正常不过的穷日子，她成倍地痛苦起来，她天天心里窝着火，一点就着。

这苦日子啥时是个头啊？当时，有歌谣在疯传，说未来社会"点灯不用油，耕地不用牛，上楼不用走，看戏不出户……"当然，受思想和文化教育局限，他们压根不会想到几十年后，陇山塬上的这些苦活能机械化的都实现了机械化，农村形成了新的社会劳动关系，家家脱离贫困，致富奔小康。女人们不再那样辛苦，而是如城里女人一样，穿着花裙子在树荫下跳广场舞。农民再不会过得这么辛苦，村容村貌发生了巨大变化，成为城里人向往的新农村。农民通过劳务输出、考学就业、移民搬迁，离开了农村。不再为一垄田埂打架，也不再一家几口守着三亩薄田，如今家家种上了经济作物，温棚种植亩产收入几千元，家庭人均收入过万元，和二十年前相比，翻了几倍。

赵志福开店本就忙，但张芳芳忙不过来时，就把他叫回家帮忙。这东一头，西一头的，他的生意也大不如前，他看在眼里急在心上，真不知怎么办好。做生意，还是回家务农？他的事业遇到了极大挑战，到了举步维艰的地步。顾家还是顾生意？顾大家还是顾小家？兄弟分家单过还是搭伙过？他陷入两难。他想咬牙再坚持一阵子，这临门一脚就看赵志强的了。

赵志强为了排解心中的苦闷，开始写日记和发表作品了。有一天，他把心中的烦恼和所思所想写成文章发表在报纸上，被赵志福看到了，文章题目是《愿我们成为朋友》。

我是高二学生，是生活在大西北的一个小人物。现在我真想交天南海北的朋友，愿"天涯若比邻"，患难心连心。

以前我是保守派，在班上不算好学生，也没有朋友，我感到寂寞而又痛苦。

每当周末归家，看到瘦弱的母亲忙忙碌碌，我不由得心酸。她年近花甲，白发早生，满脸皱纹。慢慢地我变得少言寡语，经常失神地望着母亲的身影，竟然有了轻生的念头。

哦，母亲又对我说起那句话："强儿，我只等着你考上大学做了官，我就放心了。"

天哪！我哪能静下心学习。母亲盼着儿子找个媳妇伺候她老人家，可是娶进门的嫂子却总惹她生气。母亲越来越老，但当这句话一次又一次被母亲提起，我就锥心地痛苦。我不能这样消沉啊！救救我，上帝！

但无济于事，我的脑袋闷得难受，耳朵整天嗡嗡响个不停，时常翻来覆去睡不了觉，眼前黑云滚动，金星乱冒。这样还有必要活着吗？我真的疑惑了，真的。

之后我通过看书学习，寻找治病方法，不断加强锻炼，身体日渐好转。想活的欲望打败了我的坏情绪，耳朵不响了，头痛的次数少了，这具躯体燃烧起生命之光。

对，我以前也曾被评为三好学生、优秀少先队员，当过班长、学习委员。但过去不等于现在，只有把握现在有利的条件，才有可能成功。母亲的那句话又在我耳边响起，给我增添了一种力量，我要争取改变这苦难的日子。想到这，我仿佛看到了美好的前程。

事已至此，我不再抱怨、悲观，我想要改变这一切，但自己的力量微小，愿与有志的朋友为伍，共同改变，共同进步。

今天，我不再消沉，真想交天下朋友，结伴为我们的祖国绘制美好的蓝图。

赵志福读完这篇感情强烈的文章，心里悲喜交加。喜的是弟弟写的文章能刊登在全国性报纸上，说明他的文笔很好，有积极进取之心。而且这篇文章还获得全国中学生写作大赛二等奖，所有获奖作文结集成书作为奖品颁发，这是值得骄傲的事，在几百万中学生中可以说是凤毛麟角，陇合中学就他一人。悲的是一纸伤心泪，家庭矛盾、贫困现状、身体疾病……这些让赵志福伤心欲绝。

这篇获奖文章对赵志福和赵志强两兄弟来说，可谓一根救命稻草。赵志强确认自己有写作天分，这无疑是暗夜中的一盏灯，给他指明了前进的方向：学文科，将来当作家。如同《平凡的世界》里的孙少平，靠写作走出一条新路。

赵志福也好像看到了一线希望。写作，或许可成为赵志强的一项生存技能，毕竟社会需要这样的人。如果他能考上大学，以后肯定是当官的料。做行政工作首先要文笔好，有话能讲出来。赵志强的文章不止一篇获奖，也并不是偶尔发表，这给了赵志福极大的信心，觉得一切皆有可能。

第二十八章

校园趣事

陇合中学有百年历史，曾培养出许多人才，但近三年高考却推了"光头"。晨起，校园里书声琅琅，大部分同学在校园的不同地方晨读，只有一些调皮捣蛋鬼在那里玩耍。

人怕出名猪怕壮。赵志强在全国作文大赛上获奖，引起了班主任的高度重视，给予口头表扬一次，一向不出众的赵志强，一下子成了同学眼中的红人。

刊有赵志强作品的报纸和书籍，在同学之间传来传去，更有一些同学私下索要赵志强的日记看，看后给出评价："文人写东西就是不一般，读你的文字，总有一种说不出的很特别的感觉，很感人。"总之，不管是赵志强的作文，还是日记，都成为同学们私下传阅的热门读物。

赵志强获奖后，奇怪的是竟然有同学求他帮自己代写情书，这种事赵志强不屑于干，但经不住有同学死缠烂打、苦苦相求，还不惜请客吃饭。有一个关系很好的同学名叫罗铭，他纠缠赵志强整整一周，天天买零食伺候着，还说了句打动赵志强的话："我真的很喜欢她，离了她都不想活了。我暗恋她整整两年了，心中很想，但就是写不出来。真的，我不是骗她感情，是想和她真心实意地交往。"还有一帮同学在一旁煽风点火："写吧，写吧！你再不写就不够朋友了，你看罗铭送来的零食我们都帮你消化了，现在没法还人家了。"

架不住同学的忽悠，赵志强只好勉为其难："可是我没有和她交往过，哪能写出对她的感情？"罗铭激动地说："感情我有，只要你愿意代写，我就把心中所想全说给你听，你自由发挥就可以了，写完我看行就行。"说罢，罗铭一把拉起赵志强就往出走，到街上的商店里买来零食，两人找了间空宿舍，边吃边聊。

"哥啊，我特别喜欢小芳。每天满脑子想着的都是她，现在没心思看书、学习了，我特别痛苦。如果我不把心里话告诉她，我都没法活下去了。哥，你文笔好，真的求求你了。"罗铭眼里噙着泪花，圆脸涨得通红，一副痴情样，赵志强被感动了，答应帮他写。

一听这话，罗铭激动得手舞足蹈。赵志强被罗铭的情绪感染着，乘兴洋洋洒洒地写了两千字的情书，字里行间感情充沛、情真意切，看得罗铭都为之流泪。"兄弟，你写得真好，写出了我的真情实感，写出了我的心里话，真如我所想说的话一样，但一直装在我的心里写不出来。"说着罗铭激动地抱了抱赵志强，然后狂奔而去。

一封情书，让小芳热泪盈眶，罗铭终于追到了心中的白雪公主。从此，赵志强帮同学写情书的事，就在学校里传播开来，求他帮写情书的男生都排成了队。为了求得一封情书，这些男生想尽了办法，搞得赵志强既感动，又觉伤心无奈，仿若当官的手里有点权力，被人围猎一样。赵志强还没给自己喜欢的女生写过情书，反而是帮别人写，想想真是好笑。被人恭维，赵志强渐渐迷失在这种感觉里不能自拔，便一一答应了。这些情书几乎都达到了令他们满意的效果，促成了多对有情人。这事在学生中越传越火，从高中部一直传到初中部，最后连女生都知道了。

女生知道这事后，再有男生送来情书，她们都怀疑是赵志强代笔。有个男生给自己喜欢的女生送情书过去，这个女生误解了，当着这个男生的面说："自己没本事写，找赵志强代写的吧？能不能有点儿出息？"说着一把撕了情书，这个男生很受打击，转而恨上赵志强。

高一（2）班的班花，有好几个男生都在追，结果让求赵志强代写情书的那个男生追走了，其他人就不乐意了，找人给他传话："赵志强，再帮人代写情书，就废了你。"这还真是惹上麻烦了，威胁赵志强的这个学生，是学校后勤部主任的儿子，长得五大三粗，比赵志强高大壮实，还有一个奇怪的绰号——马尔子。代写情书这事开始反噬他。

赵志强帮同学促成了美事，但自己的恋爱之路，并不是春风得意，而是一波三折。由于三哥的干涉，再加上大哥的劝说，他思考再三，终于明白自己和马红梅是没有未来的，她是一个追梦者，心不在他身上。于是他主动放弃了这段感情。马红梅是优秀的女人，追求者很多，在相处时他就知道，只是不愿意承认罢了。

到了高三，赵志强也有了新的暗恋对象。这个女生有个绰号叫"小不点"，聪明活泼，小巧可爱。有一次，他去办借书证，"小不点"让他帮她代办一个，并给了他两张一寸照片。办完借书证后，赵志强没有把剩余的一张照片还给"小不点"，她也没要回，赵志强就装在身上得空时拿出来看看。有一天，一个好朋友翻赵志强的衣兜时看到了那张照片，还发现他的照片和"小不点"的照片面对面地合在一起，便给他起了一个绰号"酸人"。同学们都觉得贴切解气，发泄了他们对赵志强代写情书的不满，所以人人乐而叫之。

"小不点"知道此事后，跑来抱怨赵志强坏了她的名声："赵志强，你喜欢我就直说，或者写情书也行，你不是写情书的高手吗？偏偏干这种酸溜溜的丑事。你这种人不值得交往！"说罢哭着转身跑了。

代写情书惹了一身臊，喜欢的人也误解了他，赵志强如钻进风箱的老鼠——两头受气，顿觉无趣，开始专心学习，为前途奔波！

从人生的低谷走出来，赵志强重拾自信，慢慢有了自己的想法，不再浑浑噩噩，他的样貌本就不错，由于身体素质好转，更显气质沉稳、卓尔不凡。

班里有个会武术的女同学，名叫白春花，都传说她是女侠，很厉害。说是有一天，几个女同学上学路上遇到流氓，对她们心怀不轨，白春花挺身而出，三下五除二打跑了他们。这事在学校里传开了，白春花的形象瞬间高大起来了。有一个胆大的男同学不信白春花会武术，在下晚自习的路上，想趁黑试探一下白春花。哪知白春花一记后摆腿踢倒了这个身强体壮的男同学，吓得他爬起来就跑。从此，男同学对白春花只有暗暗欣赏的份儿，从不敢大胆表白，怕惹她不高兴挨一顿揍。

白春花长得白白净净，五官明朗，颇有女侠气质。她力大身强、体型矫健，在家务农是一把好手，能扛能担，任劳任怨。这样的姑娘竟不可救药地喜欢上了赵志强。还在几个好姐妹的帮助下，向他发起猛攻。

俗话说：男追女隔座山，女追男隔层纱。自习课上，赵志强的邻桌陈霞，叫赵志强去讨论如何写作文。赵志强去后，发现白春花也在，他们三人一通闲聊，彼此都熟悉了。

这天晚自习，赵志强又被叫去了，陈霞借口离开，就只剩白春花和赵志强两个人。白春花定定地看着赵志强，那双大而有神的眼睛黑亮如暗夜的星星，但赵志强压根没有想到白春花会喜欢他，只是觉得她的这双大眼睛，从来没有这认真和专注过。

之后无论白春花如何暗示，他死活产生不了爱的感觉，找了个借口就离开了，把她晾在那儿。白春花何等聪明，已明白了赵志强的心思，尤其是有着豪侠气质的女子，绝不会像小女人一样死缠烂打。

一个人受的家庭教育和思想情感中的那种固有观念，会很大程度上影响一个人的判断、认知，以及对某件事、某个人的看法，并根深蒂固地刻在这个人的思想里。社会上这样的情形非常的多，不是赵志强独有。

赵志强对一些人和事的喜好及认知在不断变化。今天喜好这样，有可能明天喜好那样，唯独学习、上进之心没有变，一直向着更高目标在前行，而身边发生的这些事，如投石入湖，在赵志强的心中激起一点点水花，随后就烟消云散了。他自认为中学阶段的恋爱，就如镜花水月，随着时间流逝，慢慢就变淡了，正如他与马红梅的关系。现实生活告诉每一个中学生，初恋虽美，但很少能走到最后，它只是人生中一次美好的回忆、一个情感寄托和一段感情历练。

赵志强还是有自知之明的。身体上的隐痛不断折磨着他，他内心是自卑的，一直没有走出患病的阴影。要想改变这一切，唯有把学习搞上去，把身体调理好，才有可能赢得未来，他努力地与命运抗争着。他是个爱思考的人，他看到了农村的落后、村里人的狭隘，以及亲人之间的钩心斗角，他深感忧伤，想寻找一条光明的出路，让一切变得美好起来。

第二十九章

校园风波

临近期中考试，学生们都进入紧张的复习阶段，此时学校发生了一件大事。教英语的马老师却因为评职称的事在课堂上大骂校领导腐败无能、行事不公、误人子弟。还说学生不管多努力学，都考学无望，不如早早回家种地去，免得让父母白花钱，浪费时间。

下课铃响之后，他把书往讲桌上一扔，来回踱着步，赌气道："今后的英语课我不上了，谁想上就上去！就说评职称这点事儿，轮也该轮到我了，更何况我的英语教学水平在全校也是数一数二的。"学生们暗道："全校就两个英语教师。"

马老师头发蓬乱，点了支烟，如怨妇一样絮絮叨叨："学校领导如此可恨，原定给我的中级职称，就因为别人的两瓶瓶猫尿改变了主意。你们去问问学校里的老师，是不是轮到我评这个职称了。之所以中途变卦，就因为我们的校领导眼里只有那两瓶猫尿，搞得学校乌烟瘴气，高考连年推'光头'，让千百个面朝黄土背朝天的家长的希望都化为泡沫，让这些十年寒窗苦读的学生娃娃的考学希望也化为泡影。我们学校不再是培养人才的摇篮了，反而成了扼杀学生未来的屠宰场。"

末了，马老师又极具煽动性地大喊："临近高考了，这英语课我也不给你们上了,你们要想上课就找校领导谈去,反正他欣赏的人多着呢,有本事得很,让他给你们想办法去!"

英语课不上了,这等于是给这些学生的高考判了死刑。学生们群情激愤,班里炸了锅,一向温柔的女生也难掩激动。李锐走过来说:"赵志强,如果我们这一届考不成大学,我就再也没有机会上学了,连复读的机会都没有了。你写一篇文章给县教育局,让上面了解一下情况,改组校领导班子,给下一届学生谋个好前程,别把他们的前途也葬送了。"

赵志强砸了一拳桌子,克制着心头怒火挥笔写就一首短诗,不管韵律,完全是率性而为,主旨就是说明事情原委,并表达强烈的愤恨之情:

悲 叹

三年稳坐"光头"军,师生含屈昼夜战。

无奈职称风波起,千辛万苦化成灰。

众生悲鸣心如雨,十年寒窗付东流。

校园大计牵众生,缘怨毁了百年基。

今朝罢课为了谁?莫叫后来覆旧辙。

赵志强一气呵成,大声地朗读出来,同学们一致认为写得好,说得明白、透彻,人人如打了鸡血一样,情绪高涨。一些同学主动提出抄诗散发,并把诗抄到教室外面的黑板上,让其他班级的同学也知道情况。还有几个同学锁上教室门,不准其他老师来上课,想让校领导重视此事,从根本上解决问题。这么一闹腾,同学们的情绪都被调动起来了,个个满面怒色,甚至还有一个同学大喊:"同学们,我们罢课,去游行!"

这事首先惊动了陇合中学的副校长,他来到高三(1)班的教室外墙前,将赵志强写的那首诗抄在小本子上。紧接着教导主任气势汹汹地跑来，呵斥高三（1）班的学生："你们这是胡闹，快回教室去，简直无组织无纪律！"学生们无动于衷，这要是在平时，教导主任这样呵斥一声，学生们早就吓得抱头鼠窜了，但今天没有一个人搭理他。教导主任权威扫地，非常尴尬，便又向围观的学生大喊一声："看什么看？快回教室上课去！"其他年级的学生忙作鸟兽散。

学生们迅速排好队列，用行动表达自己的决心和对校领导的抗拒。教导主任急得团团转，就是没有一个学生正眼看他。这时，班主任章老师满头大汗地匆匆跑来，看到队列，大喊："站住！都给我站住！别胡闹了，快回教室去！"学生们充耳不闻，绕开班主任老师，继续前行。班主任气得吹胡子瞪眼，全身打战，呆呆地看着学生们，无奈地说："带了多少届学生，没见过这样的学生，这是要把天捅破！"

队列边走边喊着口号："高三（1）班罢课了！一二三四，一二三四。高三（1）班罢课了！"他们最先来到校长办公室门口，喊完口号，又绕着全校教室转了一圈，从高中部一直到初中部，每经过一间教室就喊一次口号。正在上课的学生全部望向窗外，看着这支队列，授课老师也好奇地看着他们。

第二天，高三（2）班的学生也加入了队列，马老师罢课的事同样引起他们的愤怒。两个班的学生一起商议、一起行动，看校领导无动于衷，决定不仅要在学校里游行，还要走出校门。当天陇合镇逢集，一条街的人都驻足观看，并议论纷纷。陇合中学的校长自事发后，一直未出面解决，学校工作暂时由副校长和教导主任负责。当天，陇合中学高三学生的游行事件被迅速上报到县教育局，引起上级的高度重视，这是陇合中学建校以来发生的最大事件，简直是全县教育系统的一桩奇闻。

教导主任改变了策略，与学生们进行了一次长达三个小时的谈话，口气仍然强硬："同学们，你们这是干什么？你们这是违反校规校纪、无视师长、无视你们父母的期盼，纯属无理取闹，这是严重的违法违纪行为，扰乱了学校的正常教学秩序。你们到底想要达到什么目的才会复课？你们写的诗我们也看了，你们对学校不满，可以派代表到教务处和校领导面谈，为什么要采取这种极端行为？你们要高考了，这样能考上大学吗？这样怎么对得起你们含辛茹苦的父母？十年寒窗，就盼着一朝金榜题名，你们这样胡闹下去，不是自毁前程吗？赶快散了，别再游行了。"

学生们窃窃私语，却没有解散的意思。

教导主任刻意打扮过，头发整齐地梳成大背头，穿一身新西装，气势逼人。面对学生的无视，他急得头上冒汗，围着队伍转了两圈，再一次喊话："请学生代表出来说话好吗？"

学生们大喊："你要谈话，就当着我们的面谈，如果学校给解决问题，我们就解散。"

教导主任感到一种前所未有的强大压力，心生恐惧，便以退为进，喊道："我们答应你们提的条件：立马安排老师上课，不处理你们任何一人，向县教育局申请增加职称评定名额。你们给学校两天时间，好不好？"

学生们异口同声地喊："好。但不解决复课的事，我们决不会解散队伍。校长干什么去了，为什么不出来答话？"

教导主任一怔，思索一阵说："校长身体不适，生病住院了。同学们不要激动，我就是校长委派的，能代表校长、代表学校。"

一个学生说："老师你讲话很在理，可为什么要让学校管理问题影响我们的学业？我们正处于高考冲刺阶段，没有了英语老师，我们的前途谁负责？"

教导主任不敢与学生过多纠缠，怕学生做出过激行为，自己吃了哑巴亏，忙说道："我代表学校答应你们，三天内解决你们提出的问题。今天就先解散吧！"说完，便脸色苍白地匆匆走了。

学生们回到教室后，商量下一步的应对策略，并为达到预期目标而庆幸："现在高三教学处于瘫痪状态，学校比我们急。学校也给出明确答复，三天内解决英语老师的复课问题。"

当天下午，班主任来上课，一进教室，发现只有几个人，刚要开口说话，仅剩的几个学生也不见了。他在教室里愣愣地站了五分钟，叹了一口气，自言自语："完了，这届学生完了，考大学是没希望了！"

夜幕降临，李锐来找赵志强，说："英语教研组组长高老师找我们几人聊天。"他俩走进高老师的宿舍，看到苟军、王华、李志早到了，但他们一脸严肃。高老师客气地让他俩坐下。

赵志强不明白这位高老师葫芦里卖的什么药，想暂且听听他说些啥，有什么目的。赵志强落座后，高老师先点上一支烟，猛吸一口，等一根纸烟燃烧过半，才吐出浓烟，紧锁眉头咳嗽了一声，突然激动地说："你们几个是我们陇合中学的精英，是建校三十年来最优秀的学生。陇合中学的希望就寄托在你们几个人的身上了。这件事如果做得好，就能搞出气势、产生影响。"赵志强满腹狐疑，奇怪他为什么会赞成学生罢课，便想继续听听他到底想干什么，有什么意图。

高老师连吸了几口烟，说道："这事县教育局已经知道了，要学校给出一个满意的答复，不然就撤校长的职。刚才学校召开紧急会议，商议如何处理这次事件，但讨论没有结果。我们知道校长在某些方面确实做得不到位，全校师生都有怨言。如果继续这样下去，陇合中学就真成了一个误人子弟的地方。"赵志强听出了点眉目，这高老师作为英语教研组组长，刚开完学校的会，就来鼓动学生罢课，会不会和马老师一样个人利益没有得到满足，拿学生的前途作赌注？

高老师若有所思，又吐出一口浓烟，屋内形成一阵烟雾。他眉头一皱，眼睛一闭，给几人透露："校长和教务处建议，由我代替马老师给你们两个班上英语课，但我没有答应。一是这样做对不住马老师；二是我真为我们学校的发展担忧，不能这样不痛不痒地结束。我真为你们这一届学生可惜，说句心里话，你们这一届已经毁了，高考希望不大。这不是我打击你们，是实事求是地说。你们两个班的总体成绩和上一届学生的差不多，这样的成绩是不可能取得高考好成绩的，估计没有人能考上大学，学校又要推'光头'了。今年考不上，只能等明年到县城重点中学去复读了，那样的话还有希望考上大学。"作为一位教书育人的老师，这样说无疑是在打击学生的信心，往学生的伤口上撒盐，把学生仅存的一线希望抹杀，这老师真够残忍的。

高老师吐了口浓烟，又一本正经地说："我建议你们都回家，不要参加这次高考了。如果高考没人报名，我想校长肯定会急得挨家挨户亲自登门请你们回来。你们想想，这么多的学生不参加高考，县教育局会不会和陇合中学的校长一样着急呢？你们考虑一下我的建议。"赵志强心想，如果全部回家了，不学习肯定考不出好成绩。没有高考成绩，学生拿啥去县一中复读？这次高考成绩决定着能不能进县一中重点复读班，进了复读班，就意味着能考上大学。进不了复读班，这一届学生岂不是彻底被耽误了？这高老师到底安的什么心？他是不是这次职称评定的受益者，因不满马老师鼓动学生闹事，坏了他的好事，在这儿假仁假义？

看没有一人表态支持他的观点，高老师猛吸一口烟，鼻孔里冒出两股烟雾，他继续鼓动："这是我的建议，也是帮助你们整治这个无道校长的最好办法。你们回去后好好地想一想,你们几个是这次行动的组织者,要团结。人心齐,泰山移。"赵志强从心里开始反感高老师,他确实是学校英语最好的代课老师,教学水平很高,但是他拒绝给这一届学生上英语课,还鼓动学生回家,不参加高考,不配当老师。

几人从高老师那烟雾缭绕的宿舍回到教室。李锐头发蓬松凌乱,面颊瘦削,他痛苦地说:"赵志强,说句心里话,我不想罢课,不想把事情闹大。但是学校真是误人子弟,我实在受不了这气。我家的情况只允许我读完这一年,如果能考上大学家里人就支持,考不上就只能回家务农。这样闹下去肯定是考不上了,我实在不甘心,这学校毁了我的前途,也毁了我一生。"

几人听了李锐的话,都默不作声,时间似停滞了,教室里出奇地静,油灯豆大的黄光在风中东摇西摆,夜太黑,只能照亮一点点空间,正如前途无尽的黑暗。

赵志强没有血色的脸上,滑下一行泪痕,心想:谁家不是这样的呢?这学校不用心教书育人,学生又能怎么样呢?老师良莠不齐,学生成绩不好,也不想办法往上抓,还在那里争权夺利,真的是害人不浅。怪不得连着几届没一个学生考上大学。几人又沉默了一会儿,爱笑的苟军说:"我们不回家去,要促使学校尽快派老师给我们上课。"几人表示赞同,他们都不认可高老师的话。

王华低声哭泣:"看来我们一点考学的希望都没有了。"赵志强痛苦地提笔写下内心的悲伤无助:

还我青春

还我青春,还我前途,还我一个良好的学习环境。

念千万父老，头顶烈日，望子成龙，望女成凤，可怜，期盼希冀，都成灰土。

　　恨学校腐败失格，损师德师表，蚀校之根基，毁学子之运。高举"罢课"之旗，伐腐败之风，立校之纲常，树校之典范。可叹，可悲，可恨，可怜，呜呼悲哉！

　　同学们又把这篇短文抄到教室外墙的黑板上，再次在全校引起轰动，一时成为全校师生热议的焦点，人心惶惶，校长责令高三年级班主任找出组织者，学校的气氛又紧张起来。学生们空前团结，连先前思想有些动摇的女生都变得更加坚定。

　　县教育局又打来电话，要求学校在三天内解决问题，否则就撤黎校长的职。黎校长一听，看来是不能坐视不理了。但又怕处理不好激化矛盾，有损自己的威严，失去人心。虽然这位校长做事没原则，管理能力也差，但学生们都知道他是一位好语文老师，课讲得非常好，学生们都爱听，也培养出了很多届优秀学生。学生听完他的语文课，都对语文产生浓厚兴趣。只要是他带的班级，语文考试成绩遥遥领先，这是从全县排名对比上得出的。按理说，课上得这么好的老师，当校长应该差不到哪儿去，把他的教学经验推广到全校，不就把成绩抓上来了吗？可不知为什么，他当了校长后，学校管理和教学一团糟。

　　学校紧急召开会议，黎校长板着面孔说："解铃还需系铃人。这事县上非常重视，如果再不解决，对我们都有影响。如果我被处理了，那在解除我的职务之前，我会先解除某些人的职务，这是我能办得到的。马老师，这件事因你而起，也要由你来解决。关于你的职称一事，县教育局特批了一个名额，这几天就给你办。你明天必须去上课，平息局势。如果这事你解决不了，我就先拿你开刀。虽然我们学校缺英语老师，但我也顾不了那么多了。"马老师一听他的职称问题能立马解决，个人目的算是达到了，如果再不去上课，就要被停薪留职了，便拍着胸脯表态："我明天就去上课。"

早上，几天不见的马老师拿着教案，一只手插在西装兜里歪着脖子进了高三（1）班的教室。放下教案后，他厚着脸皮说："那个同学们，从今天开始，那个我正式给大家上课了。哦，那个这几天对不住各位同学了，耽误了大家的学习，影响了高考复习，哦，那个本人深表歉意。"听他这么一说，同学们如泄了气的皮球，顿时没了斗志。他们才彻底明白，自己被马老师利用了。不管是假意关心他们的高老师，还是马老师，都没有认真对待教学，只是做一天和尚撞一天钟，不管学生的学习成绩如何，只关心他们工资收入。如果对学校不满意，就煽动学生闹事，以达到个人目的，事后倒像没事人一样，两句道歉就了事，和校长简直是一丘之貉。这样的校长，这样的教导主任，这样的教研组组长，这样的任课老师，哪能教出好学生？怪不得学校年年推"光头"。他们误人子弟，是真正的罪人。在这样的学校，学生只能靠自学了，指望不上这些自私自利的任课老师，这样的学校已不可救药。

课后，苟军来找赵志强，让他再写一首诗激励同学们继续罢课。赵志强觉得罢课已没有意义，既改变不了学校的管理制度，也提高不了老师的品德，更遑论高三学生的学习成绩了。他不想再白白浪费这大好时光，便拒绝了苟军。不愿上课的同学，仍然每天浑浑噩噩、无所事事。想抓紧时间学习的同学，见老师来上课了，就主动去教室里听课。

学校慢慢归于平静，但校风更乱了，学生心里有火，无处发泄，常寻衅滋事，还形成一些团伙，开始疯狂地制造混乱、报复学校。赵志强也成了其中一员。经此一事，赵志强的性情变得粗暴野蛮、争强好斗，他恨这个学校，天天想着搞破坏，出手狠辣，同学们都开始怕他了。还有人故意刺激他说："你有本事就去单挑学校里的'瘟神'"。"瘟神"名叫孙虎，是学校里一个恶霸式人物，被他霸凌过的学生占到了学生总数的十分之一。全校师生都拿他没办法。有一位老师听说了这个学生的恶名，找机会批评了他，晚上宿舍的玻璃窗就被人用砖砸了，自行车胎也被扎破了，门锁孔里被插了截木头，怎么都打不开。这位老师知道是孙虎干的，苦于没有证据，只能躲着他，学校风气更差了。

如果哪个学生不小心惹上这家伙，准会被欺负死。挨打不用说，吃喝的钱都得给孙虎，为此有两三个学生被迫退学。被霸凌了的学生怕孙虎报复，不敢声张。更过分的是，孙虎还经常撬别人的女朋友，如果谁不愿意，孙虎就打到对方跪地求饶，求他和自己的女朋友好。如果女朋友不配合，孙虎还会当着她的面打她的男朋友，直到她愿意和孙虎交往。如此侮辱一番后，孙虎才肯罢手。这等荒唐事就发生在陇合中学。

孙虎是陇合镇上的人，他的恶行，赵志强早有耳闻，摩拳擦掌地要找个机会教训教训这个家伙，让他输个心服口服，有苦没处诉。李锐和苟军怕赵志强出事，形影不离地跟着他，想方设法地保护他。赵志强知道他俩担心他，这更助长了他的好胜心。这几年为了强身健体，他一直自学武术，上高中后，他的体质有很大的改善，信心猛增。

这天，男生宿舍里同学都在午休，孙虎来了，旁若无人地大声喧哗，吵得大家心烦意乱。赵志强跳起来喊道："吵啥吵？滚出去。"

孙虎转头扫了一眼，见赵志强矮他半头，心里就来气："你妈的是哪根葱，老子吵了你，你想把老子怎么样啊？"说着就朝赵志强冲过来。李锐和苟军都为赵志强捏了把汗，手足无措。赵志强立马照着冲上来的孙虎就是一脚，接着一个箭步冲上去，又挥出一记重拳，打得孙虎头歪了歪，紧接着又是当胸一肘，将孙虎打倒在地。孙虎忍痛从地上爬起来，抓起一条板凳照着赵志强头上砸来，他快速闪到孙虎身后推了一把，把孙虎摔了个狗吃屎，一时爬不起来了。

孙虎身经百战，却被赵志强打得起不来了。他从来没有遇到这样的硬茬，知道自己不是对手，不顾在同学面前失了威风，艰难地爬起来，跟跄着扶墙走了。

李锐和苟军连忙拉着赵志强往外走，到了人少处，担心地说："孙虎被你打惨了，他会不会找人来报复你，还是躲躲好。"赵志强心里也有点发怵，但仍逞能地说："不用怕。我敢肯定，在陇合中学他是不敢的。"

第二天他们见到了孙虎，发现他脸肿了一个大包，眼窝青紫，脖子上还贴着膏药，非常狼狈。过了一周多，孙虎的伤才慢慢痊愈。赵志强一直防范着孙虎的报复，却迟迟不见动静。当然事情并没有就此结束，孙虎这样的人，能就这样罢手？

实际上，这是一次严重的学校霸凌事件。如果往后推二十年，这样的事严重触犯了学校纪律，霸凌者会被开除学籍，并赔付一大笔医药费。赵志强从一名听话的好学生，变成了"流氓青年"，这的确与学校的管理有关。凡是校风优良的学校，每个学生都忙于学习，哪有闲时间去霸凌同学？只有管理出现问题的学校，霸凌才易于发生。

话说，赵志强杀"神"成功，一下子声名大噪，于是一些好事的同学编造出新的故事，说赵志强是陇川村人，陇川村有一位非常著名的武术大师，叫"刘把式"。刘把式是清朝末年的镖师，走过镖，在陇山地区有好多徒弟，虽然赵志强不是他的亲传弟子，但间接地学会了刘家拳。之后学校里便流传着一句话："陇川村的学生个个是拳棒手。"

第三十章

智斗流氓

　　山外有山，人外有人。"瘟神"孙虎在陇合中学丢了脸面，得到教训，从此失了威风，变成了病猫，夹起尾巴做人。孙虎知道在学校是打不过赵志强的，他想找校外的人帮他报仇。他一直在等一个机会，想一击即中。

　　终于等到了一个好机会。高考临近，全县的考生都要到陇吉县人民医院体检，于是孙虎花钱请了县城中学的几个混混，要在体检当天对赵志强下手。

　　赵志强正在排队体检，一个瘦高个小伙子挤到他身边，用挑衅的眼神盯着他看。赵志强奇怪这人无缘无故看我干啥？也狠狠地回瞪了这人一眼。

　　谁知这个瘦高个突然跳起，照着赵志强的面门飞来一脚。赵志强的反应快，躲过了这一脚，讥讽道："好厉害的脚，把空气给踢痛了。呵呵！"瘦高个欺凌赵志强不成反受辱，红着脸走掉了。

　　不一会儿，这瘦高个又带来了几个人，个子都高出赵志强一头，其中有一个是他们的老大，穿一身扎眼的黄夹克衫，满身横肉。这胖子长着一双奇怪的眼睛，白眼仁红红的，如两个燃烧的火球，怪吓人的。瘦高个指着赵志强说："就这个。"胖子像熊一样走上来，伸手就抓赵志强的衣领，说：“走，跟我出去说话。”赵志强一把打开胖子的手，后退几步，看来者不善，于是大声说：“有啥话就在这儿说！出去干什么，我认识你吗？”

这群人中的一个小伙子冲上来拉赵志强，被他一把甩开。这时，李锐和苟军赶过来了，和班上的几个同学围成一道人墙护住赵志强。这几个家伙一看人多，不敢惹，转身走掉了。

过了一会儿，一个从陇合中学转到县一中上复读班的学生来找赵志强，说：“你闯祸了，那几个人是县一中的混混，一般人是惹不起的。我和他们熟，给你协调一下就没事了。”这人名叫张鹏，人长得清瘦，五官端正，但透着一丝精明。

赵志强淡然说道："协调什么？我又没招惹他们，是他们来找我麻烦。我们陇合中学这么多人，还怕他？不用你操闲心。"

张鹏厚着脸皮拉他，说："在这里肯定不敢，我们还是出去说话吧！"赵志强甩开张鹏不理他，其他同学也说："不能去，他们不是好人。你一个人去会吃亏的。"

张鹏一看没有得逞，就悻悻走掉了。赵志强心想，无事献殷勤，非奸即盗。

李锐和苟军也说："不用理他。他能协调个啥？我们人多，县上的流氓有什么好怕的？"

李锐和苟军先到前面体检去了，赵志强还没有轮到，那个张鹏又像牛皮糖一样粘上来了，非要拉着他出去协调此事，还拍着胸脯信誓旦旦地说："你和我是一个学校里出来的，我不会害你的。他们是我的好哥儿们，答应过我，不会对你怎么样的，我拿我的人格向你保证，很安全的。你一定要跟我走一趟。"说着便要拉起赵志强的胳膊往外走。

赵志强推辞道："我还没有体检呢，等体检完了吧。"支开张鹏便排队体检去了。体检结束，赵志强在门口又碰到了张鹏，他紧跑几步，亲热地拉着赵志强的手赔笑说："好兄弟，快跟我走吧！你不去他们闹得我无法读书。我和他们的关系很好，不会有事的，真的，我以人格担保。你就让我来协调你们的关系吧，坐下来和他们谈谈。"

赵志强反问："为什么要和他们谈判协调？他们五六个人要打我一个，我不去，你还要三番五次来协调。他们人多，我人少，应该是我请你去协调才对。我又没有请你协调，你急什么？这不是很奇怪嘛，我被打却还要请人协调？我不去，这里有这么多同学，他们能把我怎么样？"

张鹏双手挽着赵志强，用乞求的口吻说："好兄弟，你不要问么多，就和我走一趟吧！我和他们的关系很好，全校同学都知道的，在学校里没有人敢欺负我。再说你我都在陇合中学读过书，我是你师兄，你要相信我，我肯定会帮你的！你不去就扫了我的面子，我以后咋在县一中念书？你就当帮帮我，给我长长脸好不？我保证他们不会打你的，有我在，很安全的，我真的和他们很好。"

在张鹏的软磨硬泡下，赵志强被一步步拽向黑暗的深渊。自负又轻信别人的赵志强动摇了，无视好友的忠告，答应随张鹏去一趟，他还以"侠者之心"安慰自己："不入虎穴，焉得虎子。就算是去了，他们又能把我怎么样？就当给张鹏长脸，让他在县城念书不被骚扰。再者，张鹏是人是鬼，去一趟就知道了。"

赵志强一旦认定的事，真是九头牛也拉不回来。他跟着张鹏来到一个小巷子里，见到了那五个混混。张鹏先介绍了那个两眼冒火的胖子："这是我大哥马老大，人称'马哈哈'，独占陇吉县城一条街。这是我二哥刘辉、三哥白狗、四哥朱红、五哥吴冷。"

赵志强一见这几人的架势，心知不妙，但已走不了了。他后悔轻信了张鹏。好汉不吃眼前亏，但他又不是奴颜媚骨的人，便开始与这些流氓斗智斗勇。

这几个人上来就拉赵志强，赵志强问："张鹏，你咋说的？"

张鹏壮着胆问："你们拉他干啥去？"

马哈哈甩手就给了张鹏一记响亮的耳光："走你的，给老子乖乖站着。"

这几人开始拳脚相加，往赵志强身上招呼。赵志强深吸一口气，心想：有本事打死老子，老子不会向流氓求饶的。几人看赵志强站得定定的，哼都不哼一声，非常不服气，骂了一句："妈的，我看你多硬气。"照着赵志强的裆部就是狠狠一脚，钻心的疼痛让他难以忍受，但他仍不吭一声。

马哈哈佩服地说："看你小子能扛打，是个硬汉子，值得交。你掏钱买件啤酒请哥儿们喝一顿，这事就了了，以后都是朋友，有啥事报我名号。"

张鹏一听这话，就如哈巴狗一样，凑上前要翻赵志强的衣服口袋，说："赵志强，也就几十块钱的事，买酒请大哥喝一杯，这事就了了。还结识了这帮大哥，你仗着大哥的势力，在县城可横着走，只有你欺负别人，没有人敢欺负你了。"

赵志强看清楚了张鹏的墙头草嘴脸，心里痛骂："你个混球，把爷约出来挨揍，还要爷请他们喝酒吃肉，做梦去吧！老子没钱喂狗。"

赵志强决定和这帮混蛋开战，打不过也要打，人决不能向黑恶势力低头，失了做人的尊严，便说："好，走，走大街上！"这帮混混说："不行，先掏钱，我们自己喝去，不用你去。"赵志强怒道："你不是说喝了酒就是兄弟吗？不让去算什么兄弟？"

这帮混混上当了，来到大街上找喝酒的地方。赵志强心想："三十六计，走为上。走不掉再打。"于是趁机往县医院方向跑，他对县城路不熟，又没人家步子大，还是被这帮恶人追上了。

马哈哈最先冲上来，向赵志强的面门一拳打来。赵志强闪身躲过，照着马哈哈的大腿就是一脚，马哈哈被踢退两步。由于思谋着如何跑路，赵志强错失了战机，也是实战经验少，应对能力欠缺，不能快速决断。赵志强没有趁机快速打倒马哈哈，擒贼先擒王。刘辉和白狗从身后快速围上来，拿起砖头砸向赵志强。双拳难敌四手，赵志强败下阵来。

受到重击的一刻，赵志强感到头上一热，身子不由自主地往后倒去。他忙用胳膊护住头和脸，把身子蜷缩起来，只听见几个混混的脚踢在身上发出嘭嘭的响声。赵志强忍耐着，真想与这帮狗日的拼了！他快速一个翻滚从地上爬起来，几个混混一看不对，吓得四散而逃，赵志强朝着其中一个混混追去。此时，陇合中学的体检带队老师和同学都赶了过来。

李锐和苟军一把抱住赵志强骂道："你疯了吗？追啥？"此时，他们才发现赵志强的衣服已被撕破，满身鞋印和尘土，头上流着血，一些胆小的女生吓得哭了起来。带队老师让李锐和苟军护送赵志强去医院检查，他则急忙和几个学生去县教育局反映情况。

在县医院里，赵志强怕花钱，说："不用检查，一些皮外伤而已。"大夫凶巴巴地说："什么皮外伤？这个样子八成脑震荡了。"赵志强照了照医院墙上的镜子，见自己脸肿得变形，头顶有一道三四厘米长、一厘米高的肿块，肿块伤口外翻，血淋淋的，惨不忍睹。

大夫说："做个脑CT看看。打啥架嘛，不要命了？"

赵志强硬撑着说："好着呢，没什么大碍，也感觉不到有剧烈疼痛，问题不大。"

李锐和苟军知道赵志强没带多少钱，便说："你快点儿按大夫说的做，没钱我们先帮你垫上，回去后再说。"

赵志强拗不过两人，按大夫说的做了检查，花了五十多元，心想："舍不得钱请那几个混混喝酒，结果挨了打受了伤，还是要花钱，倒不如花钱请他们喝酒，还免受皮肉之苦。"但又转念一想："不对，虽然受伤花了钱，可没有向恶势力低头，保住了做人的尊严和骨气，没有奴颜婢膝地活着。这些恶人之所以能在县城横行，是因为没有人敢与他们为敌，放纵了他们。我就是要治治这帮恶人，宁愿把钱花到医院里，也不给他们花。"

检查完后，大夫看了片子，笑着说："你小子命硬，都是皮外伤。没啥大事，开些消炎药，啥事都没有了。"

带队老师先后两次派学生来询问伤势。大夫说："没啥大事，消消炎就好了，可以走了。"但带队老师传过话来让先在医院待着等消息，说他正在县教育局反映情况，誓要严惩这帮打人者。

马哈哈几人是陇吉县一中的学生。县一中是县里升学率最高的学校，是全县中学学习的榜样，也是县教育局树立的品牌、典范，每年受到省、市、县教育经费重点支持，处处压制其他学校。

陇合中学这两年升学率低，还有一个原因是陇合中学的优秀教师被县一中挖走了。以前陇合中学也是全县的明星学校，而这两年陇合中学升学率低，甚至推了"光头"，也与优秀教师的流失有关。陇合中学高三学生闹罢课，校领导不是没有触动，主要是学校里没有好老师，校长和学生被牵着鼻子走。当听说上县医院体检的学生被县一中的学生打了，黎校长就指示带队老师一定要给陇合中学被打的学生讨一个说法，给陇合中学出口恶气。

赵志强被打事件，在全县产生轰动效应，闻者纷纷要求县教育局严惩校园霸凌，以防恶性事件再次发生。众怒难犯，县教育局召开紧急会议，只好拿县一中开刀，责令校长整治校风，找出问题原因，并严惩打人者头目，马哈哈、刘辉当年的高考资格取消，其他三人留校察看。

天空飘起了雨点，使闷热的县城一下凉爽了。雨过天晴，头顶出现一片明净的天空，学生们的脸上露出灿烂的笑容，全县学校对霸凌现象进行了整顿。

七月份，即将高考，赵志强隐隐感到不安，心想：高考这几天如果与马哈哈他们相遇，只能见机行事了。高考是大事，全社会集中全力保障高考顺利进行，不管多嚣张的流氓，也不敢轻易下手。赵志强安慰着自己，想着尽力考好点，之后到县一中复读就不收费用了。如果分数低于县一中定的复读生的录取分数线，差一分就要交五百元。能在县一中复读，考个一本还是很容易的。如果学习成绩好，考重点大学都不成问题，每年考上名牌大学受表彰的学生都是县一中的复读生。跳出农村，进入名牌大学，人生就改变了。

每年高考，真是千军万马过独木桥。赵志强看着脚步匆忙的考生往考点涌去，他们神情严肃，有的在校门口的指示牌上查看自己的考场位置，有的交头接耳地讨论着什么，有的则静静地呆立，一脸迷茫，有的还在翻书查看，嘴里念念有词。

赵志强知道，来自陇合中学的他们，今年都会被挤下这独木桥，但他们仍死命地挂吊在桥上，想挣扎着上去，可是他们失去了这次机会。赵志强心里充满悔恨，要不是马老师因私欲玩忽职守，他们就不会罢课闹事，如把握好冲刺阶段，说不定有机会提高成绩考上大学。以前，陇合中学的高考升学率高，听说几任校长都抓得紧，处事公平，让每一位老师都能尽所能踏实教学。校风好，学生的学习积极性高，也没有打架斗殴的事，就连班里倒数的学生，复读上一两年都能考上普通大学。这多么让人艳羡啊！

入考场的铃声响了，学生们呼啦啦地向考场涌去，有一种千军万马上战场的感觉。进了考场，坐到自己的位置上，赵志强心跳加速，久久无法平静，只好情急乱求救，临时抱佛脚："神啊，神啊，请保佑我，让我的思路清晰敏捷，让我考上大学吧！"没学好，求神也无用，赵志强脑中一片空白，急得流出眼泪来，眼睛模糊不清。

他迷迷糊糊地听着监考老师念完考场规则，他脑中胡思乱想，愈加烦躁，本来语文是他的强项，却没有答好。出了考场后，语文考了什么，他竟然啥都记不起来，尤其是作文，他都想不起写的什么。

下午考的是数学，他的头脑才清醒过来："不必在意已考了的，好坏就由它了，集中精力考好现在的就行了。"这样一想，赵志强心里坦然了，进了考场心静如水。数学考卷发下来后，他快速扫了一眼，信心倍增，一百二十分的卷子考一百分不成问题。他如有神助，快速做完交卷了。

第二天考英语，由于数学的超常发挥，赵志强心想："数学考得这么好，其他几门课再加把劲，把语文落下的分补上去，说不定还能有戏。"这一想，他心神大乱，患得患失，又像考语文时一样，神志不清，反应迟钝。心情如坐过山车一样，忽上忽下，糟糕透了。心静不下来，便无法集中精力做题，急则乱，乱则易出错。赵志强一通乱想，一通乱做，交卷的铃声响了，英语作文还没写完。他灰心丧气，只能期待考个差不多的成绩，方便复读。

刚考完往出租屋走时，便碰到了马哈哈几人。仇人相见，分外眼红。赵志强问同行的李锐和苟军敢不敢打架。

苟军说："打什么架？还要接着考试呢！"赵志强心想："这次完了，真是屋漏偏逢连夜雨，船破又遇打头风。怎么办？孤掌难鸣，还让人活不活？"

赵志强四下看了看，发现路对面有一位巡警，他急中生智喊了一声：

"哥，哥啊，你等我一下。"巡警看了看，没应声，他忙跑过去小声说："有人要打我，帮帮我。"巡警立马会意，边大声问："怎么了弟弟？"边一把拉住他的手，向四周扫了一眼。

马哈哈几人见赵志强叫警察哥，还跑过去拉着警察的手聊得开心，聊的啥，他们也没听清。马哈哈疑惑地问："赵志强还有当警察的哥哥？"

刘辉说："我们这不是在摸老虎屁股嘛！怪不得上次我们被处罚得那么惨，会不会与他哥有关？"

赵志强向他们指了指，巡警怒目瞪视，几人一溜烟不见了。

回到出租屋后，赵志强觉得总躲着也不是办法，必须得给他们一个教训。这种流氓，如果不把他们打服、打怕，他们是绝不会罢休的。于是他约了几个好友商量："考大学我们是没有希望了，但在走上社会之前，绝不能放纵坏人，让他们猖獗下去。"

"对，也该出出胸中的闷气了。"几人一致同意，找到张鹏让传话过去："等考完试，我们见面聊聊，不见不散。"

赵志强几人在约好的地方等着，他让其他人先躲了起来。

马哈哈见只有赵志强一人，就嚣张地说："妈的，就是因为你，把老子的考试资格取消了，老子能轻饶了你？你再别想着到县一中复读了。今天装多少钱都请不起大爷我，爷的身价涨了。"

赵志强讥讽道："大爷有个屁，你吃不？"说着还做了个抓屁的动作。

"好啊，爷就知道，你这个王八蛋没诚心。"马哈哈转身给了张鹏两个耳光，"你个混蛋，吃里爬外！"

赵志强笑说："马哈哈你不是有种吗？天天哭着喊着要报复爷，今天就来个痛快的。"

马哈哈几人仰天大笑："就凭你一头蒜？打挨得少了，今天多给你开几个口子，你就活明白了。哥儿们，上！"

这时，赵志强突然后退几步，喊了声："兄弟们，给我上！"一下冲出四人，各选一个单挑，赵志强则专心对付马哈哈。

趁对方慌乱，赵志强一拳打在马哈哈的肚子上，马哈哈向后倒去。不等他从地上爬起来，赵志强又一脚踢到他的腿窝上，疼得他在地上打滚，爬不起来了。

擒贼先擒王，这话一点儿不假。马哈哈倒地后，其他人就没了斗志，忙跑过去搀扶老大。赵志强大喊一声："还想和爷斗不？你再敢耍流氓，爷就废了你！"流氓也有害怕的时候，只是没遇到对手，没吃过亏。

他们怂了，求饶道："赵爷、赵爷，你是我爷爷，我们再也不敢了。我们有眼不识泰山，求你饶了我们。"

赵志强呵斥："还不快滚，老子看着恶心！"马哈哈等人如蒙大赦，慌忙跑掉了。这样的流氓之所以能为所欲为，就因为中国人普遍以忍让为上。可流氓是小人，不是君子，你忍让一次，他们就会得寸进尺，一步步骑到你的头上。流氓只有被打服，他才能认输、学乖，学做好人。只有有良知、有做人底线的，才会幡然悔悟，重新做人。

中国人的包容心强，一些人面对流氓、恶人，能躲就躲，能藏就藏，想通过忍让、躲避的方法换取安宁，让坏人良心发现、浪子回头。这种思想有好的一面，但多时候反而纵容了坏人。如人人都想着"好人有好报，恶人有恶报"，没有人出头去制止坏人，坏人肯定是得不到报应的。赵志强就想以这种做法唤醒更多人的良知，做有骨气、有气节的人，嫉恶如仇，还社会一片浩然正气，这才是英雄和侠者所为。

赵志强几人惩治流氓后，心情舒畅，却也不免伤感。人生到了十字路口，就要各奔东西了，几人相拥洒泪而别，相约十年后兄弟再会。

赵志强回到出租屋，和李锐、苟军商量假期怎么办。

苟军甩了甩头发说："我们村有个人在灵州包工程，去年假期我在那里干过活。我们就去那儿打工挣学费。"

三人说走就走，家也不回了，凑齐车费，就坐车去了几百公里外的灵州黎家新庄，这里是一片砂地，下面有煤矿，说是要把这儿建成一个工业新区。新开采的矿井工地上正在招工，苟军先去打听阎武学老板的工地在哪儿，有人说在二号井。

他们打问着找到了阎老板，说了来龙去脉，阎老板爽快地答应了，说干完一个月，不管活忙不忙，他都不会扣留三人的工钱，要让他们回家好好念书去。阎老板长得结实，五官并没有特别之处，看上去是个憨厚的人，人很随和。

赵志强三人虽然是农村孩子，但一直上学，家里的重活、苦活很少干，都是父母一手操办，就是想让他们一门心思地好好学习。这次出门打工，对他们来说真是一次深入社会锻炼的好机会。赵志强个子小，显得单薄，看不出来大他俩一岁，再加上没有劳动过，压根不知如何干活，全凭感觉蛮干，不懂干活还有窍门。

阎老板给他们派的第一桩活，就是跟车去采石场装车，要求一上午装三东风车石子。他们想都没想就爽快地答应了。三人上了东风车，站在车斗里吹着风，看着茫茫旷野，心里很是开阔。到了采石场，他们才知这活儿不好干。

东风车停到像土岗子一样高的石子堆旁，三人往车里装核桃大小的石子，司机师傅黑瘦，满嘴黑牙，跑一旁抽烟去了，说："装满车叫我啊。"铁锨如簸箕，三人站到石子堆上往下挖，用脚踩半天才挖出一点儿石子，再用力抛进车斗里。一个小时过去了，他们的脚都踩肿了，手心也起了水泡，痛得要命。好在年轻，他们最终靠蛮力装满了一车石子，司机师傅拉走了，三人就躺在石子堆上休息等待。

三人抹了把汗，喘着粗气说："原来装石子这么辛苦，以前还真是没有想到。这么苦咱们能坚持下去吗？"

这时，他们看到不远处有个中年妇女，身子单薄，独自扛着一把大铁锨，站在石子堆下，嚓的一声，她顺着地皮将大铁锨插入石子堆里，用力一翻，顺手将满满一锨石子轻松抛进车斗里。她干活看似缓慢，其实很有节奏，不慌不忙，不见流汗，也不怎么休息，不一会儿就装满了一车石子。和这个女人一比较，他们三人满头大汗的一上午才装了三车石子，而这个女人一个人气定神闲地装了六车，整整比他们多了一倍。

三人很是吃惊："我们三个年轻力壮的小伙子竟干不过一个瘦弱的中年妇女，真让人难以置信！难道她有啥诀窍。"

下午继续装石子，三个人抽空观察这个女人，仔细研究她到底有啥好办法，比他们三人合起来还厉害。只见她装满一车石子后，手拄着锨把吐了一口气，脸上只沁出些微汗珠，并没有像他们三人一样汗湿衣衫，都能拧出水来，脚心如被开水烫过一样疼痛，手上的几个血泡被磨破后握不住锨把，全身酸软无力。

第三十一章

初悟人生

刀在石上磨,人在世上闯。走遍天下,才能见多识广。

虽说穷人家的孩子早当家,但二十世纪七八十年代的孩子帮家里干农活的已明显少了。学生娃,父母的宝,一心只把书念好,所以体能、技能、力气都变弱了。

三个人还没有研究出所以然来,先叹上气了。李锐说:"这活儿苦死人了,以后一定要好好念书,争取考上大学,再不能这样下苦了,根本受不了。"苟军突然想起了上学时的趣事,开玩笑说:"'高八级'的上学精神真令人佩服,如果换作别人早就不念了。""他们学校有个学生高中复读了八年,文化课实在考不过去,最后改考体育专业,才考上大学,一时传为佳话。同学们都戏称他为高中研究生,八年也该有个成果了。全校师生都认识'高八级',每年考试,大家都为他着急,希望他能考上。结果'高八级'高中念到三十多岁了,头上都长了白发,比老师都显老。

李锐和苟军都下定决心去县一中复读,但赵志强心里没底,真不知道这个假期回家,等待他的会是什么。如果有机会复读,再学上一年能考上大学吗?再考不上怎么办,难道真和"高八级"一样?但家庭条件显然不允许他这么干。

上不了学，又不愿意务农，那就只能出门打工，就如今天一样。要想得到老板的认可，拿到高工资，必须得干一手好活。生活处处有竞争，下苦力也如此。赵志强一直觉得自己是高中生，受的教育多，要比没念过书，或念书不多的下苦人强。在这个工地上，他们三个学历最高，懂的科学原理和规律比这些农民工多。现在他们才知道，真是三人行，必有我师。生活就是老师，修行要靠自己。赵志强边干边琢磨那个女人干活的方法，并反复练习，终于明白他们之间的差距。

原来站在石子堆上挖石子与站在石子堆旁铲石子有很大的不同，前者阻力大，费时费力，后者阻力小，省时省力。同时力要使得巧，借力使力，才能节省体力。掌握好节奏，保持好体力，才能做到事半功倍。赵志强三人有样学样，工作效率明显提高，却没有早上吃力。

第一天，他们终于熬到下班，三人全身酸痛，咬牙强忍着。这时才明白父母是多么疼惜他们，从来没有让他们受过这样的苦，真的是太娇惯他们了。他们从来不知干活儿这么苦、这么累，把父母的宠爱、疼惜当作任性的资本，无情挥霍。真是身在福中不知福。

他们看着手上磨出的大血泡，觉得就如在火上烤一样痛，胳膊和腿如面条一样酸软无力，腰背也如针扎一样，全身疲惫不堪。吃晚饭时，他们手抖得连饭碗都端不住，实在饿得不行，强忍着痛，含着泪狼吞虎咽地吃了饭，他们就想找个地儿睡觉。三人高考结束就跑了出来，家里人都不知道，他们什么东西也没带，要想睡一个舒服觉，肯定是不行了。没有铺盖，三人只好和衣而卧在光板床上，不一会儿便鼾声四起。

一个胖工友见状，不忍心地说："你们三个娃娃出门也不记着带铺盖。这是夏天，要是冬天，肯定会把身子糟践坏的。"另一个年龄大些的工友说："买些便宜铺盖也行，这样穿着衣裳睡，时间一长会长虱子的，不要为省几个钱。睡不好觉，体力就赶不上。"面对陌生人的关心，他们心里涌上一阵暖意。

　　一觉睡到天亮，三人忙凑了三十五元钱，让阎老板去城里时顺便帮他们买两床棉絮。一床棉絮当褥子，一床棉絮当被子，晚上三人挤在一起睡。工友们说："你们三个学生娃真会省钱，这哪能休息好？"其实他们不是省，是真没钱了，他们也不想乱花钱，就干一个月，走时还不就丢了。在学校时，三人就睡的是大通铺，有时候挤得连身都翻不过来，就这还睡了三年呢，现在还不能凑合了？

　　年轻就是好，睡一觉，疲劳就消除了，但手和四肢还是很痛。唉！干活哪能不受苦？三人强忍着，想着适应了可能就好了。

　　东方微明，红霞满天，天地广阔无垠。这里和家乡完全是两个世界，三人顾不上观赏日出，开始在工地上忙碌起来。接下来的日子，就是建二号井的机房及办公楼。三人被分开，各跟着一个大工干活，给大工抱砖、递灰、拿工具。

　　赵志强跟的是王师傅。他穿件草绿色夹克，中等个，眼角已爬满鱼尾纹，不怎么说话。两人第一天合作，赵志强什么都不懂。这协助人的事，赵志强没干过，何况他在家时不怎么干活。赵志强被王师傅呼来喊去的，别提心里多憋屈了。三人干完活回来，都灰头土脸的，丧气地说："真他妈的憋屈，谁以前受过这样的气啊！要不是为了挣学费，真想甩手不干了。"几个师傅也聚在一起议论着："到底是学生娃，吃闲饭惯了，什么活儿都不会干。一拨一转，不拨不转。如果是我的娃娃，我早就抽他一顿了，这活干得真他妈的累，能不能让老板换个人？"

　　话传到赵志强三人的耳朵里，他们表示不服："我们年轻力壮的，有的是力气。这几个糟老头子，有什么日能的，这样小看人。""我们是学生娃娃怎么了？我们受过教育，这就是优势。"三人发完牢骚，心烦地思索着为什么自己到了工地上反而不行了。

不服气，要上进，是年轻人的普遍心态，赵志强心想："不就伺候个人吗？如果今天大工干活还是那三样，我肯定行。挨骂长记性，第一天受气，第二天决不会再受气。一定要让王师傅刮目相看。"

赵志强想起父亲的话来："将小将小，天下走了。"对师傅要尊重，即使师傅不如你，他能到那个位置上，必有过人之处，要看别人的长处，绝不能拿别人的短处比自己的长处，那样会产生自满心态，无法上进。干农活也一样，作为农民要懂得倒茬，还要知道二十四节气的意义，懂得什么时间翻地、什么时间施肥，什么时间点籽播种，就是农业专家到了田间地头，还得不耻下问。

想到父亲的话，赵志强心里那团无名之火慢慢被浇熄，他开始思考问题出在哪儿。好出门不如穷家里坐，既然出了门，首先要勤快，给人留下一个好印象。不懂不是错，不学习才是错。学会了，明白了，才能拿得起活，自然人家就不会说你了。

学无止境，先学会配合别人搞好工作，才有机会担任主导人，或者接受更大的挑战。调整了心态，和王师傅配合起来，赵志强的心情就舒畅多了，也长了心眼。比如配合大工砌一道墙，不能让砖缺下，沙灰要到位，砖要放到顺手处。第一堆砖抱多少，第二堆砖放哪儿，沙灰装多少，拌成什么样子才符合师傅的标准。这砖和沙灰配齐了，得空休息，师傅也不会说你的。另外，墙砌高了，师傅要不要踩架子；砖是不是抱多了，挡住了架子……这些都得考虑进去，不然白下苦，还不讨师傅喜欢。

悟出了这个道理，赵志强就依想法去做了，从而时间多了，不会手忙脚乱，也再没挨王师傅的训斥，干得顺心舒畅了，得空还能和王师傅聊聊天，开开玩笑，双方关系融洽，王师傅对他不再总黑着脸了。

两人配合默契，砌墙的速度加快，工作提前完成，王师傅也有空休息了。赵志强和王师傅配合默契，王师傅一伸手，他这个小工就能把所需要的东西准确递到王师傅手里。如此一天下来，王师傅对赵志强刮目相看：短短一天时间，这个学生娃有如此大的进步，这娃太灵了，真是难得。让这样的娃娃受这种苦，太可惜了。王师傅心中对赵志强多了一丝温情。

赵志强、李锐、苟军分享着劳动经验，互相鼓励，相互支持，短短几天内，他们在各位师傅心中的地位变了、评价变了。以前是三个不懂事的学生娃，现在是三个人才。

几天下来，三个人捞了名声，得了面子，赢得了尊重。但没人时他们也互相诉苦："太累了。这建筑活儿真不是人干的，太苦了。"转念一想又互相打气："累归累，还得坚持，眼下也没有合适的活儿可干。"

才干了几天，身体还没有适应这种高强度的劳动，赵志强晚上痛醒了几次。三人挤在一起没了睡意，便悄悄溜出工棚，来到工棚不远处的沙地上，舒服地躺下来，漫无目的地看着天上的月亮和疏朗的星星，幻想着未来。三人互相安慰："就坚持一个月，为了挣学费，拼了！""一定要干在人前头，决不能让工友看扁了，说我们是三个学生娃。""在他们眼中，学生娃就是干不动活的代名词。人活脸，树活皮，墙皮活着一锹泥。我们一定要加倍努力。"聊一会儿后他们心里舒服多了，又回来睡觉，好养足精神明天继续干活。

三人干活不惜力，就是为了赢得工友的好感，以及老板的赏识，能多发些工资。俗话说：苦没白下的，功没枉费的。这天，阎老板高兴，当着众人真给他们三个涨了工资："这三个娃娃干活很厉害，每人日工资涨五毛钱。"那天他们觉得阎老板很帅气，很和善，那圆脸盘就如一朵花。赵志强和李锐的日工资涨到了十八元，苟军的工资比他俩还多五毛。李锐和赵志强为了能拿到和苟军一样多的工资，暗暗较劲，希望老板能给他俩和苟军一样的工资。重体力劳动，让他们的手上长满老茧，磨出了一双粗糙的"干活人的手"。

从学生娃到农民工，他们的思想发生了很大变化。当学生时，衣着干净整洁是基本的要求，成了农民工后，他们累得连衣服都懒得洗，满身汗臭。他们平时就穿着旧衣服，灰头土脸的，已看不出他们是学生娃了。吃饭时也顾不上洗手，抓个馒头就往嘴里塞，就着菜狼吞虎咽。干了一天活，已不知间接吃了多少土，手上的这点土算不了什么。

吃饱后，三人就躺在棉絮上睡觉。没过几天，两床棉絮就变成了黑片儿，已看不出本色。他们抽空把棉絮搭到工棚外面的铁丝上晾晒，还能感觉到棉花的温暖。

咬牙苦熬了十多天，三人终于适应了这种高强度的体力劳动，全身的肌肉也鼓起来了，有了男人样。干起活来，不再像刚来时那样流那么多的汗了。一天干下来，只要吃饱饭，精神立马就恢复了。

三人开始寻思着怎样在十多天时间内再多挣些钱。他们与工地上一些有经验的师傅商量，师傅们也有同感，说找老板干包工的活儿能多挣钱。于是他们商量着寻机会干些包工活儿。

这天，阎老板说工地上要垫一个沙坑，需要四十车沙土，一东风车沙土二十元，配四辆东风车，装车人员自己组合。连夜加班干，干完活就结账。

赵志强三人和一些体力好的工友踊跃参加，四人一组，装一车沙子每人可得五元，干到半夜预计能装四车沙土，一天的工资就挣回来了。竞争激烈，能不能被选上装车，就要看平时留给大家的印象了。幸运的是，赵志强三人全被工友选上了。

十六个人坐着大车进到沙窝子里，借着月光，四人一组，光着膀子，吹着夜风，开干了，只听见大铁锹插入沙土的喳喳声和沙土装进车斗的唰唰声以及呼哧呼哧的喘气声。不一会儿，每个人的身上就流下汗水。一辆东风车装三十吨的沙土，不到十五分钟就装满了。他们你追我赶，谁跟的车装得快，谁就挣得多。

车开走后，装车人才会躺在沙堆上休息，等待下一轮的奋战。此时，夜风吹在汗湿的身上，凉爽极了。十六个人的队伍，四辆大车，奋战三个小时就完成了任务，都是壮小伙，谁也没有落下，可见谁也不想当"软蛋"。回到工棚，顾不上洗漱，三人倒头就睡，直到天亮。

包工活让阎老板尝到了甜头，于是他打破按点上班、按点休息的惯例，将工作拆解成包工活。他们参加了几次，赵志强因为有疝气病不敢太累，就和家境还不错的李锐歇缓了下来。苟军身体强壮，想再多挣些钱，总加班加点地包工。

孩子不远离父母长不大，不离开家门不知生活艰辛。成长路上的酸甜苦辣咸，只有在远离家乡时，才能有最深刻、最真实的感受。人世间的冷暖，住在象牙塔里的学子，是较难感受到的。读万卷书，还需行万里路。从学习知识的大学和社会大学都毕业，才算得上真正的毕业，有一天才能担当重任，走向成功。

赵志强三人刚来时，阎老板就许诺，只要好好干活，一定不会亏待他们的。普工能拿多少，他们就能拿多少，就算干得不太理想，也不会扣工资，学生挣学费本就不易。当然，他们为了感谢阎老板的收留，多挣些工资，也拼了命地干活。结果不仅让工友另眼相看，阎老板也赞赏有加："这三个学生娃真厉害，要不是看你们要上学，真不舍得让你们走，太会干活了。"

工地上的大活都干得差不多了，基本到了收尾阶段，赵志强、李锐、苟军的打工生活要结束了。三人粗算了一下，苟军能挣五百八十元，赵志强和李锐能挣五百二十元，真是一笔不少的收入。进县一中复读的费用应该是够了，他们悬着的心也放了下来。苟军长吁一口气说："要回家了，真开心，晚上喝酒去。"

这天收工比较早，三人洗漱完毕，快速吃了晚饭，换了一身干净衣裳来到工地旁边的沙滩上。

夕阳西下，余晖把天地装扮得分外迷人，如金沙一般闪闪发光。他们躺在向阳处，像躺在一块大毯子上，舒坦极了。他们情不自禁地抓把细沙，看金沙从指缝间滑下，如瀑布一般。晚风吹来，沙丘上起了一层薄烟。

三人收拾干净，又像个学生娃了，只是皮肤变成了古铜色，身上有了硬邦邦的肌肉。他们举起啤酒瓶碰到一起，豪气万分地说："干！"一仰头猛喝一大口。谁知李锐一下跳了起来，大喊："哎呀妈，这啤酒太难喝了，如驴尿一般。"然后呸呸地吐在地上。赵志强和苟军哈哈大笑，也难受地吐了几口，附和道："还真是那个味儿。"

赵志强疑惑地说："看大人平时喝得那么爽快、美气，没想到这么难喝。"李锐挠挠头说："是啊，不会是假的吧！"苟军忙拿起瓶子看了又看。"哎，对着呢，是真的，看不出来哪儿假。"赵志强思忖着："是不是第一次喝就这个味儿，喝多了就变香了。"苟军想了想，说："有可能，我小时候第一次吃西红柿，咬了一口，感觉和生洋芋一样，一口吐掉了，后来吃着吃着，就吃出滋味了。"李锐瞥了他俩一眼，说："那我们三个再喝几口，看咋样。"

他们异口同声地说："再干。"然后仰头猛喝几口，强忍着没有吐出来，难受得都要跳起来了，脸也憋得通红。

太阳落进云朵里，月亮升起来了，将月光洒在地上，把一切都变成了月白色，背月的一面则变成黑黝黝的影子。大地安静下来，能听到风的声音。远处的城市亮起了灯，如满天繁星，隐隐传来车流声，让他们对喧嚣的城市充满无限向往。

三人放空自己，美美地体验着当下的月色。几口酒下肚后，脑袋迷迷糊糊，肚子里火辣辣的，整个人有飘起来的感觉。他们以前从没喝过酒，所以只喝了几口就醉意上涌。李锐跳起来，在月下的沙坡上写下："本大人李锐到此一游。"

赵志强咧着嘴直笑："我的好兄弟，这沙滩上是留不住名字的，一起风就找不见了。"李锐说："管它呢，本大人高兴。就写，就写。"

苟军突然一脸兴奋地说："为了纪念这个特殊的日子，本人决定跳一段热舞。咚喳喳咚。"说跳就跳。三人在酒精的作用下，如跳大神一样，在沙滩上蹦跶起来了。"在我心中，曾经有一个梦，要用歌声让你忘了所有的痛。灿烂星空，谁是真的英雄，平凡的人们给我最多感动。再没有恨，也没有了痛，但愿人间处处都有爱的影踪……"三人扯开嗓子，不是唱，而是满山满洼地吼，估计听到的人，会觉得特别刺耳，但三人乐在其中，自我陶醉着。

他们挥着酒瓶子，边吼边喝，脱掉上衣，光着膀子跳奇奇怪怪的舞蹈。跳了一阵，他们觉得还不过瘾，又找来柴火点起火来，围着火跳。跳得越奇怪越开心，越开心越想着花样跳，三人笑得前仰后合，红光满面，如原始人一样快乐。

折腾了大半夜，三人已筋疲力尽，却不愿回到工棚，他们慵懒地躺在夏夜的沙滩上，感受着绵软的细沙，好似投入母亲温暖的怀抱。遥望满天繁星，三人展开遐想，天马行空。

"我们干的活，既是下苦活也是技术活，不但要有好体力，还要头脑灵光。光埋头苦干，是吃力不讨好。"赵志强苦涩地说，也许这就是他今后要走的路。

"是啊。我们三个要好好补习，争取都考上大学，走出大山，改变面朝黄土背朝天的命运。"苟军语气坚定地说。李锐也愤愤地说："妈妈的，老子再不下这样的苦了。"

他们哪能想到，二十多年后，在城里建筑工地上打工的农村人，已从农民工变成了产业工人。大部分体力劳动实现了机械化，并且这些人的工资要比在城市企业坐办公室的普通工作人员的工资高出两三倍。就这样，农村的年轻人仍不愿意去建筑工地上干活。

赵志强幽幽地说："我想当作家，把这段经历写到小说里去。我也永远忘不了和你俩同甘共苦，一个被窝里挤着睡觉的日子。"

"好啊，老酸，你写小说时一定要写上我啊！至于苟军嘛，他看起来正儿八经地，其实可花了，整天想着谈恋爱、找女朋友。哈哈哈。"李锐故意挤兑苟军。

苟军恼怒地抓了一把沙子，照着李锐的脸扬去。李锐正在傻笑，嘴巴里就灌进了好多沙子，连忙翻身呸呸呸地吐，抓起沙子回击苟军，嘴里含糊不清地骂道："你个老驴，君子动口不动手，你怎么往大爷的嘴里灌沙子？"

两人在沙地上一阵子打闹，最后苟军败下阵来，被李锐压在地上吃沙子。赵志强笑着看他俩闹腾，突然担心地说："对了。如果去县一中复读，再遇上那五个混混来找茬咋办，你们两个打不打？"李锐和苟军干脆地说："打什么架啊！我们要好好学习考大学。这次打工后我对上学是铁了心的，再不能像以前一样三心二意了。""确实，上学是正途，放以前我也不懂。"赵志强故作深沉地说。

三人沉默了一会儿，赵志强打破了宁静："我们过十年再来这个地方看看，看看我们当时干活的地方还在不在，看看我们曾经流过汗水的这片土地变成了啥样。"

"到时能不能找见都不一定呢！我们干活的地方，是新开的井口子，来这儿挖煤的人多，以后定会有好多人定居，周围会建起楼房，说不定会成为一个小城镇。"赵志强猜想着。李锐挥了一下手说："对，一定要来看。"苟军说："肯定少不了我。"

不知什么时候三个人迷迷糊糊地在沙滩上睡着了。明月如一只美丽的眼睛，静静地盯着他们，月光如水，轻抚他们的身体。赵志强最先醒来，转身摇醒李锐。他似刚做了个美梦，一脸幸福地说："哎，赵志强，我梦见我们三个都考上名牌大学了，拿着那红彤彤的入学通知书真美气。"

苟军笑道："走吧,回房睡,你肯定是被山风吹了屁股眼了,尽想好事。"

"你不讲口德。这么美的事,被你说得没意思了。"李锐气哼哼地骂道。"我这是跟你学的。"苟军反唇相讥。"好了。你们两个别像老叫驴一样咬仗了，都是一丘之貉！"赵志强笑骂道，又好似给自己鼓劲，"梦一定会实现的。"

要回家了，三人找阎老板算工钱。阎老板对他们赞不绝口："你们三个小鬼干活真不赖，工友们都夸你们呢，我真有些舍不得放你们走，但是想想你们是要上大学的，我打心底高兴啊。"

李锐忍不住问阎老板："你说我们三个都不错，为什么给苟军的工资比给我们两个的高？"实际上，这也是赵志强想问的话。

阎老板笑了笑，说："这有啥想不明白的。你们三个干得都不错，不分上下。但因为苟军以前跟我干过,这次他还带来了你们两个,差别在这。"

李锐和赵志强没再吭声，明白了以前的较劲是改变不了结果的，这就是现实。

拿着自己挣来的一沓血汗钱,他们激动得浑身颤抖,鼻尖出汗。一出阎老板的办公室,便狂奔到工棚,把新崭崭的票子在手上用力地拍了几下,摸了又摸,然后再仔细地点了一遍。

这时李锐从他的内衣口袋里掏出一张折了两折的百元钞票,放到自己挣的工钱里面,神情庄重地卷起来装进口袋。

苟军是个细心人,看到李锐身上还藏有一张大票子,特别惊讶。刚来工地时,李锐说只有一点零花钱,再没有钱了,这张大票子又是怎么回事?难道为的是关键时刻救急用,所以悄悄藏了些钱。想到这,他对李锐佩服得五体投地,这是他怎么都想不到的。李锐和苟军后来都考上了大学,多年后,李锐成为一家银行的高管,苟军则成为一家科技公司的总工程师,是国家二级建造师。

赵志强是个直肠子,他只顾着自己开心,这两个人的小举动,他一点没有注意到,完全沉醉于自己的快乐中。

"要回家了,要回家了!"赵志强开心地把自己的破鞋子提起来,丢了老远。开了口的鞋子,如破了的皮球,砸得地上起了一阵灰土,懒洋洋地躺在工棚门口。

要走了,工友们都有些舍不得他们,实际上除了几个年龄大一点的师傅,基本上都与他们年龄相仿。这些年轻人没有别的技能,只能在建筑工地上下苦了,但他们从来不叫苦,可能已经认命了。就如在家里干了一辈子农活的父母,农活再苦,他们都不说苦,只是默默地干,即使手上起了厚厚的老茧,裂开大口子流血,他们仍继续干活,吃多大苦都不说,只一句话:"娃娃,好好念书。家里的苦不用你下。"

工地离城区远,没有公交车,只好步行。阎老板说:"不要急,工地上有去城里的顺路车,把你们带到城里的车站。"三人坐上车,向阎老板挥手道别,阎老板也开心地挥着手说:"多好的小伙子啊,一定会成为国家栋梁的。"

三人回县城后查看了高考成绩,都能到县一中复读,不用交补习费,还能进重点班。县一中的升学率每年能达到百分之六七十,再念上一两年,他们考上大学不成问题。

第三十二章

人生岔路

八月，正是农忙时节，山乡一下成为五彩的世界。赵志强兴冲冲地回到家中，他痴痴地梦想着去复读，备战高考，但命运之神却早就给他安排了另一条路。这条路上满是荆棘，让他一度陷入彷徨，不知何去何从。不知这是上帝对他的考验，还是对他的偏爱。或许一帆风顺的生活没有更多值得回味的东西，平平淡淡的成功，也没有太大的价值，安逸的生活带来的只有享受的乐趣，却让人体验不到人生真味。

赵志强的人生注定百转千回，体会了生活的酸甜苦辣咸，才参透其中真谛。所以，他的成长之路更值得回味、学习，是年轻人在逆境中自强不息奋斗的榜样。

成年后，赵志强才明白：生活就如一个旋涡，推动你离开设定的目标，将你卷向不同的轨道。一个人要想成功，需要付出百倍的努力，离不开机遇，离不开经济基础，也离不开一个人的才学品德。所以一个人的成功，是多重因素加持的结果。

从穷人到富人，需要不断积累财富；从弱者到强者，从强者到智者、贤者，需要不断提升身体素质、智慧与境界。正如道家学说里的老子、佛经里的佛陀、儒家的孔孟，都经历了从凡人到圣人，不断渡劫成长的历程。达到一定的智慧，就会开启新的境界，面对困难豁然开悟，不再痛苦。不管是凡人，还是仙侠传中的神仙、魔怪，都要经历苦修，才能参悟大道，证得佛果，拥有大境界、大智慧。这是特别喜爱中国传统文化的赵志强总结出来的观点。

现实生活中，面对困难，用乐观的心态去对待，把吃苦当乐事，去奉献自己，去不断地改变自己，人的精神富有，就如神仙一样，即便牺牲了，也不觉痛苦，像黄继光、董存瑞、刘胡兰等革命先烈就是如此。如果面对困难，人走了歪门邪道，为了自己的利益，去偷去抢，甚至要了别人的性命，即使最终解决了困难，获得了成功，但这种人就如嗜血的魔鬼，永远活在阴暗里。所以面对困难时的个人信念，决定着人的精神会上天堂，还是下地狱，或是仍在人间，这完全由自己的人生选择来决定。

世间事是公平的，一个人不可能事事占尽先机，事事都顺着自己，世间万物都依了一个人，别人哪有活路？所以要懂得知足常乐。人无完人，不求有功，但求无过。

以前为了给赵志强创造良好的学习环境，全家人都依着他、顺着他。反而让他养成好吃懒做的习惯。虽然是个穷家，但受尽父母的宠爱，没下过重苦，有困难父母哥哥们顶着。高中毕业，走向社会，吃了苦头后，他才恍然明白一切并非自己想象的那样。他人生中的一个又一个考验真正地来了。

赵志强风尘仆仆地回到家中，见母亲躺在炕上痛苦地呻吟。她不停地用手按着胀气的肚子，嘴里还打着嗝，一副生了大病的样子。赵志强忙问母亲咋了，她哭诉，为了家里的农活，和三儿媳闹了很大的矛盾。看母亲这么痛苦，赵志强恨不得冲出去教训一下三嫂，帮母亲出气，他觉得自己占理，哥哥也不会把他怎么样的。

赵志强一直固执地认为母亲做的一切都是对的。母亲就是自己的一切，她哪儿都好，不好的是嫂嫂。但是三个嫂子现在这样，他一时也没有办法，只能等自己成家立业后再孝敬老人。父亲走了，只有母亲，如果她活得不顺心，那就是儿子的罪过。

张芳芳嫁给三哥之前，赵志强觉得她是个重情重义、知书达理的好女人，为什么进了门就成了这样？不是说进了谁家门，就活成谁家人吗？为什么婆媳关系闹得这么僵呢？三嫂咋就变成了母老虎，把一个好端端的家搞得乌烟瘴气、鸡犬不宁，中国人尊老爱幼的优良传统去哪了？三哥在结婚之前，对母亲的话唯命是从，可是结婚之后，就如变了一个人。婆媳吵架时，三哥像个闷葫芦，一言不发，成了典型的"妻管严"。赵志强想："张芳芳如此张狂，换作我不抽她两个耳光才怪。打倒的婆娘揉倒的面。不打不骂，难道任由她胡作非为？

母亲哭着哭着，才慢慢吐露了实情，原来事情并没有这么简单。两人吵架不是因为家务活，而是为了赵志强上学的事。母亲委屈地说："你三嫂说你没有考上大学，却不帮家里人干活，还跑到外面玩去了，农活她一个女人家干不动，太辛苦了。她还说你是没出息的货，在学校里不好好念书，领着全班同学罢课，还谈恋爱。人穷得屁都夹不住了，还干一些不正经的事，哪像一个念书的人？肯定是考不上大学的。与其年年供给上学花钱，还不如回家务农、操持家务，她也好去帮你三哥干活挣钱。为了供你上学，全家人跟着吃了不少苦，家务活她一个人干，重活没让你干过一把。他们平时都舍不得吃的清油白面，全被你拿去交到学校灶上了。白面馍紧着你背，家里的钱紧着你花，供来供去到头一场空。补习几年都是考不上的，是枉费心机。"

吴秀莲护子心切，不从儿媳张芳芳的角度考虑问题，一听她骂自己儿子，就满肚子火，于是两人经常为此事大吵。母亲哭着责怪赵志强："你咋整的啊，让你嫂子这样说你！你是不知道，为了供你上学，妈受了你三嫂多少窝囊气。她一说你，或者埋怨你，我就不爱听，所以我把她得罪了。为了供你上学，家里人也是省吃俭用。为了给你拿吃的，我同你三嫂私下不知吵了多少次嘴。如果你在学校里吃得不好，同学可能会笑话你，看不起你，更为重要的是怕影响身体，所以全家人是尽所能供给你。全家人都盼着你能考上大学，将来有了出息，也跟着脸上有光彩。你现在没有考上大学，家里再没经济实力供你复读了。你要去县城学习，那里的花费更多，一年下来至少也得两三千元。可是我们家现在没这个实力，妈不挣钱，你三嫂又铁了心不供给你了。娃你说咋办？"

赵志强生气地说："她咋就判定我念不成书了，尽胡说。"

"你三嫂说你念不成书，就是回家务农的主。他们两口子辛辛苦苦挣下的家业，到时还得分你一大半，所以她不甘心。你将来成家立业，娶妻生子，还得靠他们两口子苦死苦活地挣彩礼钱。你毕业后不在家里守着种地，到处乱转，哪像过日子的人？你三嫂当着我的面不好骂你，总背地里对着你哥这样说你。妈就不爱听了，却吵不过她。你哥又不帮妈，妈想管教管教那个女人，哪知你三嫂三下五除二就把妈推倒了。干农活的人都看到了，你妈是丢不起这个脸，所以气得心里结了一个疙瘩，全身痛得起不来了。娃，你要给妈争气啊。"

赵志强一听这话，心里顿时如压上千斤重担，沉重得喘不上气来，恨恨地说："这么一点点苦就受不了了，弄得家里鸡飞狗跳的，打娘骂老子的成什么体统？我真如她说的那样不济，要靠她养活吗？我十八岁了，什么事干不了？我自己养活自己，不用她养活。"

其实张芳芳有自己的难处，毕竟是新时代的女性，不能用封建社会那一套要求她。怎么可能任由婆婆打骂，不敢吱声。而且也不能要求她为了大家庭，牺牲个人幸福。再者张芳芳家里条件优越，她没有下过重苦。嫁给赵志福，本想着过幸福轻松的日子。哪知嫁过来后，赵志福家接二连三地发生家庭变故，一家子的重担都压在她这个弱女人的肩上。由不得她不下苦，粪担子去，水担子来，左手抱着娃，右手拿着柴火。人的、家禽家畜的嘴巴都张着要饭吃，她都快被这个家的重担压疯了。难道她张芳芳要无私地将自己奉献给这一家子与自己没有血缘关系的人？这一般女人能受得了？

再者赵志强确实好吃懒做，以读书的名义不干家务活，还要吃好喝好穿好。又不是张芳芳的娃，她心里不平衡，又累又烦，硬是看在赵志福的面子上死扛着。但赵志福是一头老黄牛，宁愿自己吃苦，也不让兄弟受罪。张芳芳就抱怨了几句，出出闷气，让婆婆听到了，就非要和她吵，真是吃苦受累，落得里外不是人。赵志福为了这个家，至今还欠着一屁股债，连自己的营业房都买不起，整天提心吊胆地过日子，生怕房东赶他们走。赵志福一直下不了决心甩掉这个包袱，所以这坏人让她张芳芳来当，这包袱她帮赵志福甩，不然一辈子都被拖累着翻不了身。爱恨交加，多种情感纠缠在一起，导致张芳芳的性格发生很大变化。看在赵志福的份上，她已经做得够好了。可是婆婆就是个判官，看她做得不对，或者撒气不开心时，立刻用道德的标准审判她、批评她，她也是受够了。既然撕破了脸面，这个家不欢迎她，不关心她，把她当外人，那她就没必要为这个家受苦了。

赵志强后悔自己以前没有给三嫂一个好印象，导致家庭矛盾升级。

张芳芳要想甩掉这个包袱，最简单的方法就是分家。分了家，赵志强再没了指望，自己的穷日子自己过。她也就不用管婆婆了，婆婆爱管小儿子，就与小儿子过吧！反正农村分家，老人分到谁家，谁就要管一辈子。她再也没必要操这份心，还闹得不开心了。所以赵志强出门打工的这段时间，张芳芳就一直对赵志福说分家的事，和婆婆吵架后，她让赵志福践行以前许下的承诺。赵志福从无声地反对，最终慢慢动摇，同意了这件事。

他也觉得实在过不下去了，再勉强住在一起说不定会出大乱子。但赵志福没法对兄弟张口，不知怎么办好。他甚至做了最坏的打算，把全部家产都留给四弟，自己去陇坪乡做生意，只要四弟愿意分家。张芳芳也委曲求全地说："只要赵志强愿意，我们吃点亏也行，不然村里人骂呢。"

赵志福打心底愿意和母亲过。赵志强一个人，分了家，出门打工也能过得去，可母亲跟着怎么办？但张芳芳死活不同意，分家就是要把婆婆和赵志强分出去，甩掉这两个大包袱。这让赵志福陷入两难。

这次出门打工，对赵志强触动很大，他成熟了不少，明白书是念不成了，兄弟分家已成必然。是自己主动提，还是等三哥说？分家后的日子怎么过，是在家务农，还是出外打工？母亲又怎么办，这都需要考虑。

本来，赵志强还想回家干些家务活，好好表现一下，和哥嫂和好，现在看来已于事无补，自己的路自己走，得分家了。一旦分了家，赵志福就算是想帮这个家，想帮四弟，也不能像以前一样说给就给了，分了家就得有借有还。其实现在分家，在情理上说不过去，四弟还没有成家，村里人会拿他家当笑话看。赵志福也担心两兄弟为分家产而争吵。这在农村非常常见，还得请村里的长辈主事。

赵志福看到妻子为这个家操劳，也实在是不忍心。这手心手背都是肉，让他如何对四弟张口说啊。结婚多年，赵志福从心底里心疼这个女人，所以她怨他、骂他，他都忍了，他这么苦熬为的就是能让四弟考上大学。

"三代不出人才，后代就变驴了"，这句蔑视人的话，如刺般深深地扎在赵志福心里，痛得他喘不过气来。可是妻子理解不了他的痛苦。"考不上就考不上，与你有什么关系？与这个家族有什么关系？"

受传统文化影响，陇山人奉行兄弟团结、家大业大、四世同堂、妻贤子孝、其乐融融的家庭观念，让他们即使走到天涯海角，也被这浓浓的乡音、乡愁深深牵绊。就如他们喜欢秦腔，传唱了千年仍深深地喜爱着《铡美案》《下河东》《薛刚反唐》《三请樊梨花》《大登殿》，戏曲人物那高尚的情怀、宽广的胸怀，一直影响着他们，就是没有文化，也能听得懂、悟得透。每一出戏，都是一部活生生的经典教材。历史人物的精神和家族文化，穿透厚重的历史，深深地植根于陇山厚土中，渗透在土生土长的陇山人的血脉里，所以赵志福痛苦着、煎熬着，不忍卸掉家族这副重担。

赵志福、赵志强都是孝顺的孩子，不愿让母亲受罪，也不忍心让母亲受气。但赵志福非常清楚母亲身上有好多缺点，婆媳关系难以调和，他夹在两个女人中间左右为难。赵志强没有成家，他天真地认为作为男儿，不管多苦多累，都要赡养父母，将来就是带着母亲打光棍也行。如果一个喜欢他的女人不喜欢他的母亲，即使对方倒贴，他也不会娶的。一个不要老人的女人，不值得他喜欢和珍惜。抛弃了生你养你的人，天理难容，不管是何种理由。如果父母老了，无依无靠，你把他们推出去，那就等于杀了他们，这有悖人伦道德，简直禽兽不如。

赵志强叹息着：自己的任性透支了亲情，再不能拖累三哥一家了，是自己该挑起家庭重担的时候了。

第三十三章

兄弟分家

北山顶上卷起一朵黑云，被风推着向村子碾压过来，空气有些凝滞。突然，眼前闪出一道白光，劈开天幕，接着传来一记撕裂天际的炸雷，惊人心魄。

大学梦破灭了，赵志强的心里格外灰暗，不由仰天悲叹："老天爷啊，我的命咋这么苦！怎么连一件称心的事都没有？"他现在已没了退路，只能顺其自然。

八十老人门前站，不吃一日闲饭。任何家里都不养闲人，尤其是成年男子，他们是家里的顶梁柱，吃苦受累是本分。赵志强一个大小伙子在家里闲着，三哥有私心还好说，三嫂却受不了。赵志强也明白，家里因为他闹成了这样，自己必须有所表示。他想好了，就是分了家，他也不打算在家里种地。兄弟四人，已有三人种地了，也不缺他一个。再者家里就那么几亩旱地，兄弟们挤在一起种地，吃饭都成问题，更不要说生儿育女。这样下去，一家人哪有活路？赵志强想出门去闯，把土地留给哥嫂。

张芳芳怕赵志福心软变卦，就趁热打铁，天天催赵志福分家。赵志福为此还狠狠打了张芳芳一次。张芳芳哭着转身往娘家跑，见三哥赌气不管，赵志强为哥嫂担心，起身去追张芳芳。

可是张芳芳在气头上，赵志强越追，她跑得越快。赵志强追得气喘吁吁，累得要死。见天快黑了，赵志强转念一想，即使追上，她也不一定听劝跟着自己回家。他装作跑得急绊倒了，大声哭道："妈呀，我的腿摔断了。"边喊边在地上打滚。张芳芳胆小，一看出事了，吓得立马停下，跑过来紧张地问赵志强："老四，你咋了？哪儿痛？"赵志强为了把戏演像，指了指腿肚子，脸憋得通红，头上直冒汗。张芳芳吓哭了："老四，你说哪儿疼？哎呀，咋绊得这么严重啊？"张芳芳跪下扶着他坐起来，焦急地问："哪儿疼啊？这咋办啊？"

赵志强心想：三嫂还是那个善良的女人，是我辜负了这个家。这样想着还真的流下了眼泪。

赵志强缓了一会儿，装作好点儿了，张芳芳慌忙扶起他往家走，吓得脸色铁青。这一折腾，天已经完全黑下来了。赵志强心想，回家后，还是主动和三哥提分家的事吧。再这样下去，就把三哥毁了。这样耗着也不是事，不是君子所为。自大病逝后，是三哥供自己读完了高中。他是兄弟几人中学历最高的，要担起这个家庭的重担，绝不能因为自己，把兄弟情分断了，还是要为哥哥着想。自己是一个大小伙子了，活人总不能让尿憋死。堂堂男儿，早该做一件顶天立地的大事，别再让哥嫂为了他坏了夫妻感情。与其这样苦熬着，还不如分家后责任明确，还能活得清静些。即便穷点，能活得畅快开心也好。他开始盘算这个家该如何分，这牵扯到今后的生活，必须想好，不然会寸步难行。

听说要分家，吴秀莲病殃殃地说："娃，你什么都没有，没有成家，没有工作，你靠什么活？"赵志强安慰母亲："妈，你不要想那么多，路是人走出来的，只要活着，我总会有办法的。"

母亲在家躺着，赵志强陪着她，哥嫂在田里干活。中午，他俩回来了，三哥问他:"没出去转去?"赵志强应了一声。三嫂看了他一眼,忙着去做饭,两兄弟就坐下聊天。赵志强试探着问:"哥,我想去县一中复读,学费我挣够了。"

赵志福用满是泥的手摸了摸头,嘴巴动了几动,看着他的眼睛说:"家里现在的情况你清楚。自大去世,我一面顾着家里的农活,一面想着生意咋做,顾了家顾不了生意,顾了生意顾不了家。守着家是好,有吃有喝,但是没钱花,日子也不好过。如果去做生意,土地我也舍不下。我现在想的是,地要有人种,生意也要做。"

赵志福顿了顿,又说:"老四啊,你复读或许能考上,但思前想后,我觉得你还是回家务农,把家里的几亩地种好,把日子过好,也好成家立业。你顾着这个家,我同你嫂子去陇坪乡开店。这样两头子都不耽误,过几年就好了。如果你不愿务农,那就跟我去开店,家里的活就留给你嫂子,等你把手艺学好,再到马建乡开一家店,这样也就有了事业,有了来钱的门路。再找个能给你做帮手的女人成家,就不愁吃穿用度了。只有这样,把母亲交给你照顾我才放心。现在街面上做生意的人越来越多,只要肯动脑筋,几年下来,手里存个万儿八千的,日子完全能过得去,比干部的工资收入还高。"

赵志福看他不吭声,就接着说:"你现在也老大不小了,得为哥想一想。哥现在也有孩子了,没几年就要上学了,将来孩子在哪儿上学这都是个事,在家念书得有人照顾,在陇坪乡念书也得有人去做饭。哥也是左右为难,我们不能把孩子给耽误了。我们这一辈人念书也就这样了,可是得给下一代人创造个好条件,让孩子上个好学校。"

赵志福低声叹息着:"老四,你考虑过没,你要成家的话彩礼钱从哪儿来?谁家的女娃娃愿意跟着你受苦呢?你将来有了孩子怎么办?家里一直这么穷下去，你受得了吗？就算我打破头供你上学，读上几年没有结果，这个家的日子就更难了。做生意要看机缘，如果错过挣钱的好时机，将来想翻身就难了，你没做过生意，不懂这个，哥着急得很。"

赵志强继续低头听着，他想听三哥到底想说啥，是否和自己的想法一样，看自己能不能接受三哥的观点，照三哥的规划去生活。

赵志福又说："你嫂子一个女人家，一面干农活，一面忙家务，也辛苦得很。妈身体不好，脾气大，不体谅你嫂子，两人之间矛盾大，我夹在中间很难调和。本想着你今年考上大学，妈的事就交给我了，你嫂子也没话说，可是你没考上，哥也算是尽力了，没有中途让你退学，也算对先人有个交代。"

赵志强没说话，赵志福以为他听进去了，就继续说："实际上跟哥到陇坪乡做生意这条路也不错。不是说黑猫白猫，抓住老鼠就是好猫吗？我们又不争天夺地，过好日子就不错了。你学会手艺，开家服装加工店，虽然没有上大学那样光彩，但也活得人模人样，至少不用整天守着家里的这几亩土地，吃不饱穿不暖的。如果我们两兄弟团结一条心，没几年我们就能活到人前头去，这我相信，老四你聪明得很。现在国家政策也在变。听说以后大学生就不包分配了，再没有铁饭碗端了，所以考大学并不意味着职业稳定。我做生意时间长了，发现乡上当官的，手里的钱也不多，都有自己的难处，还不如我们有手艺的人活得自在、舒心。"

赵志福的话说得再明白不过了，将现状分析得清清楚楚的，但赵志强却没有完全听进去，他只记住了两件事：一是不让他复读了；二是要么回家种田，要么跟上三哥做生意。赵志福说得入情入理，但赵志强魔怔了，他要上大学、当作家，出人头地。他坚持自己的想法，九头牛都拉不回。他不想让母亲和三嫂的矛盾进一步激化，坏了门风，伤了感情。就大胆地做出自己的选择：供自己上大学。他想先出门打工，用三年时间去实现自己的梦想，走出一条自己的道儿来。

赵志强的这一想法，在别人看来难以实现，甚至是荒唐的，但他坚信自己能成，于是他狠下心说："这样吧，哥，我们分家吧！我也不想难为你了。再这样过下去，不但我们兄弟之间的情分耗尽，妈和嫂子还不知会闹出什么事来。"

赵志强这样说，完全出乎赵志福的预料，他满以为四弟不会轻易分家的。从内心来说，他确实不放心四弟，一没技能，二没积蓄，三没阅历，四又不懂务农，靠什么活下去？

赵志福惊讶地反问："分家后你咋过？还是听哥的话，你先把家守住，帮妈干干农活，空闲时间到陇坪学学手艺，等手艺学好了，再开一家服装加工店，零花钱随便就挣来了，你不是干过皮衣活吗？手工那么好，爷爷活着时还夸你是我们兄弟几个中最适合做衣服的人。开店后，成家不成问题，好人家的女娃娃多的是。常言说：兄弟一条心，黄土变成金。你还是要听哥的话。"

但赵志强铁了心，孤傲地说："没啥。我老大不小了，能独立担起重担了，我想走自己的路。我现在十九了，靠自己的劳动，能吃上饭。养活妈不成啥问题。你不用担心我，你先把你的事处理好。我们分家吧，这样也好过些！"

张芳芳端来饭，听到赵志强说要分家，如释重负地说："分家是你们两兄弟的事，我不参与，也不干涉，怎么分你们定。"

话说到这份儿上了，再没有回旋的余地了。赵志福看着弟弟不知天高地厚、人情冷暖的样子，心里就来气："让你犯傻吧，我的瓜兄弟，狗咬吕洞宾不识好人心，今后有你吃苦受累的。看你有多大的本事，你就混吧！

这样也好，省得我操心。一娘生的做到这份上，我还能说什么？"

赵志福沉默了一阵，终于下定了决心，说："好兄弟，你不听哥劝，将来走不下去了，也别抱怨哥。成家的钱你自己挣吧！"

赵志强回道："这个我知道。既然分了，那就按分了来。帮着是情分，不帮也是本分，我不怨你。"

赵志福再次沉默，挠了挠头，万般无奈地说："怎么分？你住哪儿？要不要让二爸主持一下公道？以免村里人说嘴，坏了兄弟情分。"

赵志强淡然地说："不用劳驾二爸，也不用叫大哥、二哥做证，就你我两个商量，你觉得行我们就分。"

赵志福看着四弟一本正经的样子，不像在开玩笑，心里直犯嘀咕，这不像平时的他，不无担心地抠了抠手上的老茧，难肠地说："好吧！"

第三十四章

勇担责任

天气燥热难耐，连空气都是黏稠的，希望来一场雨，洗刷一下这浑浊，让这个院子清爽起来，不再压抑。

在农村，兄弟分家是头等大事，让人主持公道再正常不过，就这样还因为锅碗瓢盆分配不均闹得不愉快呢。赵志强知道，家里除了父亲留下的一些东西，再都是三哥赵志福收拾的，他这么多年一直吃家里的、花家里的，什么都没有挣来。就算父亲活着时挣下家产，刨去爷爷生病过世的花销、父亲生病过世的花销、赵志福娶媳妇的花销，早都透支光了。

赵志强要分家，无非是借着父亲过世时遗留下家产的名义强占些，实际上什么也没有，光杆司令一个。说得过分一点儿，让他净身出户也不是没有道理。分家，实际上就是把三哥苦下的家产再瓜分一次，相当于从三哥身上割肉。

赵志强清楚自己的优势是用土地拿捏着三哥，在情感上占些便宜。农村土地少，三哥只有一个人的土地，最多可以占去爷爷的土地，而赵志强则占着母亲、父亲、自己三个人的土地。对靠天吃饭的农村人来说，土地就是根本。

树大有分枝，家大要分家。他们不是家大，而是两棵小树苗长在了一个坑里，如果不分开，可能两棵树苗都长不好，也成不了材。

山野里，村民在田间劳作，草帽遮住毒辣的日头，蒸出一脸的汗水，他们忙着用锄头除去杂草，给庄稼拓开一片生存空间。

赵志福坐在炕沿上，衣服裤子上还沾着田里的土，此时他全身酸软，身子沉甸甸的，他抬头再次征询弟弟的意见："我们请二爸主持一下吧！"

赵志强坚决地说："没必要，如果我们连这等小事都办不好，那还能成什么大事？"实际上他早已盘算好了，他的条件三哥肯定能接受，三哥本就心疼他，且又遂了三嫂的愿，再者三哥不贪心，重感情。明眼人都懂，兄弟分家不是算谁挣的钱多，谁多占多拿，算的是情分账，这情分账可多可少，就算是割三哥的肉，他也得受着。

古人言：有父尊父，无父尊兄。这话反过来说，父亲在时，赵志强有父亲罩着，父亲不在时，就得当哥的担待着。没有成家的男人就算是包袱，在情感上也没法主动甩掉。自古一理，这是千百年传下来的习俗。

分家后，赵志强要吃要喝要花钱，还要有处住。而赵志福已成家立业，吃喝住行都能自理。这算不清、道不明的情分账无价，由不得赵志福，就是他少拿，赵志强多拿，如果赵志强不满意，村里人也会骂他没良心，不让兄弟活。人都是向着弱者的。陇山地区家喻户晓的民间故事《豆皮豆瓢》就讲的是父母过世，哥嫂占了家产，赶走了弟弟，人们都痛恨哥嫂没良心。赵志福就是吃了亏，也只能打掉牙往肚里咽，没人同情。如何才算公平呢？情感的事只能凭感觉，感觉公平了就行。

赵志福忐忑地搓着手，嘴唇干裂，欲言又止，心里做了最坏的打算。只要四弟不让他俩净身出户，他都能接受。不过他也担心这个好吃懒做、娇生惯养的弟弟会不念兄弟情分，提出一些过分的要求，如果妻子张芳芳接受不了，两兄弟会不会因分家而闹得不可开交？赵志福希望让二爸出面主持公道，也是为了给村里人一个交代。可是四弟不让别人插手，他也不好说啥。

赵志福想理一理乱糟糟的思绪，便说："老四，今天话就说到这里，明天我们再谈。你再好好想一想，我们兄弟商量着来。"

天突然暗了下来，一声惊雷过后，雨唰啦啦地下了起来。雨点儿铺天盖地，打在屋顶的瓦片上，似有千军万马。

晚上，赵志福和妻子商量该怎么办好。张芳芳担心地给赵志福出谋划策，说："我们人多，粮食多拿点，应该是可以的。老房子留给我们最好。一对驴，是家里最值钱的家产，就给了老四，他去种田，我们就能脱开身去做生意。其他的只要不太过分，一切由你做主。"

赵志福试探着问妻子："如果老四有过分要求咋办，家产全留给他吗？"张芳芳有些生气地说："你是当哥的，能由着他？这个家还是我们两个苦下的，你要硬气些。"赵志福叹道："我怕村里人说嘴。再者老四现在确实没啥本事，不留些家底，过不下去。"张芳芳安慰他说："长痛不如短痛，迟早要分的。"

赵志强也没闲着，他去问母亲："妈，我和三哥分家，你有啥想法？"吴秀莲看着儿子，哀伤地说："强儿，你大了你做主。妈和你三嫂过不下去了，跟着你就行，我给你守着这个穷家，不然妈没处去了。"听了母亲的话，赵志强心里一阵酸涩。

第二天早上吃完早饭，赵志福、赵志强两兄弟正式坐下来商量分家的事。

赵志强说："分就分吧，拖拖拉拉的没啥意思。"

赵志福也下了决心，说："分吧！"

赵志强想通过分家，和哥嫂有个了断，不希望因为他，而让三哥夹在妻子、母亲、弟弟之间左右为难。

分家是赵志强提出的，由他主持，他想证明自己成人了，说话算话，不会赖着哥嫂不放手。

分了家，婆媳各过各了，母亲再不能干涉儿媳的事，儿媳也不抱怨婆婆不给她带娃，或者干田里的活。这样完全给了母亲自由，要想让母亲帮衬她，她就要对婆婆好，哄她老人家开心，她老人家才会去，才能得到应有的尊重。分开后，两辈人不住在一个院子里，儿子儿媳两口子吵架，母亲听不到，就不会袒护儿子，与儿媳发生矛盾，这样渐渐地就调和了婆媳矛盾，缓和了两人的关系，孙子常去奶奶家玩，反而会增进三辈人之间的感情。再者，母亲才五十多岁，没啥大病，完全能照顾自己，就是偶尔有个头疼脑热、吃喝困难啥的，赵志福作为儿子，就住在家门口，不会不管的。

赵志强盘算，等自己见识多了，想法成熟了，有机会通过自己的努力上了大学，或许他就有了新的出路，不再在土地上刨生活，自己是高中生，有写作能力，不至于一事无成。在农村待着，就是学会了缝纫手艺，社会发展这么快，如果跟不上潮流，干不下去咋办，两兄弟守着那几亩薄田，又回到了贫穷的原点，自己必须趁年轻出去闯一闯。

在城里有了出路，家里的事就好解决了，到了那时再说话可能几位哥哥都能听得进去。现在正如《周易》言：潜龙勿用。其实赵志强帮三哥算过账：如果守着土地，以土地为主，把做生意当副业，肯定做不大。就家里的这不足二十亩的旱田，每亩产粮五百斤，二十亩产一万斤，一斤麦子市场价五毛，总价值五千元，这还是在好年景，如果年景不好还达不到这标准。还不说投入大量人力、物力、时间，这都是成本。再者三嫂的身体没法和父亲相比，父亲多少年都没把粮食苦下，三嫂一个女人家更不行。三哥自开店以来，经济收入明显高于种地，两人还不如一门心思去做生意，把仅有的土地让给大哥、二哥种，反而几家人都能过得好些。赵志强和三哥提分家时就想到了这些，可三哥讲了一堆他自以为最合理的规划。唉，现在说这话时机还不成熟，就看三哥的悟性了。

赵志福想不明白四弟葫芦里到底卖的什么药。难道说打工比他规划的路更好走？村里出门打工者大有人在，但没见有几个发家致富的，一年打工的钱，还比不上他两三个月的收入。

赵志强看三哥心情有些低落，忙说："哥，你放心。该是你的就是你的，该是我的就是我的。我知道你这么多年为家里付出了很多。"

赵志福有些动容，赵志强看了他一眼，换了口气说："如果是我一个人，有处住、有吃的就行了，但是现在有妈，我不得不多要些。我要出外打工，家里没人下苦，这粮食我要和你对半分。家里有多少存粮你清楚，你拿走一半就行了，另一半留给我。白面多留些给妈吃，秋田面你多拿些，你就多吃些苦。妈在我这儿，自然老房子也得给我留下，先让妈住着。锅碗瓢盆啥的随便分，我够用就行了。但是地我要离家近的好地，离得远，妈去田里不方便。其他也就没有啥了。"

赵志福一听，有些心疼，这好川地全被老四占走了，这不是断我种地的后路吗？于是试探性地说："那好地你占了，一对驴就给你吧，没有牲畜怎么种粮食。"

驴是家里最有用的牲畜，但养驴是个辛苦活，赵志强缓缓说："如果这些你都认可，我的地你照种，到时粮食成了，够妈吃的就行了。驴我不要，我又不种地。妈住老房子，现在分的这些粮食，够妈吃三年了。没面吃了，你得空帮妈磨一下。妈的生活费，我会定时寄回来的，这你不用担心。顶多三年，我就接走妈，绝不会拖累你的。"

赵志福本想将最值钱的两头驴给赵志强，拴住他种地，可他不上套，甩开腿跑城里去了，看来家里下苦的事指望不上他，赵志福最后一线希望也落空了。

家就这样分了，赵志强和母亲吴秀莲成了自由人。田里的、家里的活，还是赵志福两口子的。母亲只要守好家，照顾好自己就行了。村里人很快就知道这兄弟俩分家了。

村里人好奇地问："赵志强，你俩真分家了？"

赵志强坦然地说："真分了。"

"你们兄弟分家没吵架吧，分得公平不公平？"

赵志强仍坦然地说："公平着呢。有什么可吵的？我也老大不小了，能做自己的主。"

有长辈问："志强，那你不要驴，庄稼咋种？"

赵志强说："再想办法吧，人是活的。"

还有人问："你会种庄稼不？不会的话到时问我，我教你。"

赵志强说："好的好的。不会种，我会来请教的。"

这位长辈给赵志强传授经验说："人亏地一年，地亏人三年。务农可是一件上心活，不是说把种子撒到地里就能有好收成。必须下功夫伺候好它，按时施肥，按时除草，按时收割，按时收到口袋里，它才会给你个好收成。"

赵志强听长辈这么说，倒有些感动。可他早就想好了，自己不是种地的料，身体素质不行，下不了这种苦。

庄户不要驴，还种什么庄稼？村里人想不明白，摇头叹息着走了。

赵志强在村里转悠了几天，村里人都知道了他们兄弟分家的事，再没有人好奇了，只觉得奇怪，这哪是他们赵家大房头的性格啊！就大眼瞪小眼，看这娃娃咋踢破天。

天晴了，阳光洒满院子，照在身上暖洋洋的，天格外蓝。赵志强认为该是走自己路的时候了。初生牛犊不怕虎。面对个人前途，他将无所畏惧，勇往直前。

第三十五章
投石问路

　　山里的雨,来得快,走得也快。黄土地吸饱了雨水,滋润着疯长的庄稼。太阳出来后,山川一下子绿得耀眼,空气清新了,有股淡淡的泥土香。

　　分家明确了各自责任,相互得到了解脱。母亲仍托付给三哥照顾,张芳芳虽十二分的不情愿,但碍于伦理世俗不得不管。

　　分家时,赵志强和母亲拿走了两成好地,而赵志福只有一成薄田,这是赵志福两口子的短板,租别人家的地种还不如租赵志强的。并且赵志强已把地交给他们种了,他们还指望着这些地打粮食呢。张芳芳明白,万不能得罪了婆婆,免得不让他们种这两成好地。

　　赵志强求得自由身,又妥善地安排了家事。满怀希望地想用三年时间来实现大学梦、作家梦,光宗耀祖、衣锦还乡。这时候,人往往需要一种心灵寄托,给自己鼓劲加油。想得太多反而瞻前顾后,啥事都干不成。再者人眼前的路黑着呢,谁能知道前面能遇到啥。

　　靠山没了,赵志强就如失群的雁,哀鸣也没用,只能向着前方努力飞翔。这次要出远门了,把命运完全交给这个未知的世界,就如一位勇士,把命运交给战场。

　　为了求得精神上的安慰,赵志强把村里的长辈想了个遍,看谁能帮他解答心里的困惑，但都让他失望了。赵志强同大多迷茫困惑的农民一样，想到了庙里的泥菩萨，希望这虚无缥缈的神，能给他一点正向的启示。

赵志强去剪子河社的寺庙卜卦。剪子河社地处龙湖旁凸立的山冈上，俯瞰如一把剪刀。这是他们几个村的方神庙，是一方清静处。赵志强求了三卦，第一卦是下下中平，普通卦；第二卦是五男二女，中吉卦；第三卦是上上大吉，大吉卦。这三卦三个意思，不知预示着什么。

如人消极肯定就心乱如麻了，赵志强比较乐观，尽量往好处想。从卦辞上看，内容一次比一次好，应该会越来越好。干一件事，在没有坚定信心之前，往往容易反复。赵志强觉得前程未卜，于是想另找一座寺庙求神。

赶个吉时，他又来到鱼龙山求神指点迷津。他受过高中教育，一直认为这样做算是迷信，但人在六神无主时，多么希望得到智者、贤人的帮助，或者有救苦救难的菩萨能在关键时刻指点迷津，改变命运，让他走向成功，或求得太平。此时，赵志强的思想、眼界、见识和父辈一般无二，没有摆脱千百年来烧香敬神的传统习俗。如遇困难，当依靠社会力量和人的能力无法解决时，往往寻求精神上的安慰。希望冥冥之中，自己的所思、所想、所行，能符合天道、人道，顺应自然，求得好的结果，也算是一种人的精神与自然规律的交流。

鱼龙山在龙湖东南岸上，山体如刀削斧劈过一般，弯成半月形，在这块半月形大山环抱的平地上，有几十户人家居住。鱼龙山先前是一座高耸的大山，一九二〇年大地震把山头震垮塌下来，堵住了东流的河水，形成巨大的龙湖。山不在高，有仙则名。水不在深，有龙则灵。村民便在这山水之间建起了宏大的庙宇，依山而上，有送子观音殿、三圣殿、显圣爷庙、三清殿等建筑，雕梁画栋，香烟缭绕。既是一处旅游景点，又是村里人寻求安慰的圣地。

来鱼龙山问神的人很多，提出的问题五花八门，千奇百怪，都似乎能被一一解答。轮到赵志强问时，事前想好的话他竟一句都问不出来，只觉得眼泪淹了心，忍不住嚎啕大哭。

赵志强刚十八岁，面对父亲早逝、高考落榜、兄弟分家、没有存款，还要赡养体弱母亲的现实，他务农却没有强健的身体，出门挣钱又缺乏技能，前途迷茫，命运如雨打浮萍。生活的多重压力，如理不清的乱麻，压得他只有流不完的眼泪。在这儿，赵志强敞开了心扉，释放着情感。

鱼龙山的开口神（神汉）忙扶起赵志强，让他站到庙里的神案旁，神汉一身青衣马甲，一手拿令旗，一手指天，双眼紧闭，开口说："不要哭了，小小年纪，有什么艰难困苦过不去的呢？不要把一本皇历看到老，要往长远看，将来一定上上大吉。"

神汉身旁还站着两个村民，他们扶着绑缠大红布牡丹花的"法龙"一摇一摆地动，让八棱卦在神案上滚来滚去，然后拿起卦辞给赵志强看："上上大吉。"

赵志强正在发泄情感的劲头上，看了卦辞一下止住了哭声，但仍抽泣着。神汉又把八棱卦滚了滚，最后用力地压到"上上大吉"上，拿给赵志强看，指指天指指地，又指指赵志强的心，说："一定要相信自己，坚持走自己的路，你会成功的。"

庙里四壁挂着用红丝布装饰着的"有求必应"祈福软匾，在香烟缭绕中如梦似幻。赵志强止住了眼泪，向神汉点了点头，说自己身体有病。神汉仍闭着双眼说："吾神知晓。这儿的中医部有位太极大夫，他的针灸技术不错，让他给你看看。"

赵志强合掌一拜，走出庙门，一束耀眼的阳光洒下刺了他一个激灵，他定了定神，感觉神清气爽。来到鱼龙山的中医部，只见一个穿白大褂的人正拄着一根拐杖给人施针。细看他只有一条腿正常，另一条腿如婴儿腿般靠在拐杖上，每走一下那条畸形的腿便抖动一下。他行走时身子一摇三晃，坐立行非常困难。同样，健全的胳膊也只有一只，另一只如婴儿小臂。正是这样的一位中医大夫，用那残缺的身体，努力地为前来求医的病人减轻身心的痛苦。人多需要排号，排号期间赵志强和一些病人聊天，才知这个名叫太极的大夫，针灸治疗费用非常低，中草药价格也很低，近乎于免费诊治。当然，各种费用收入除去成本，利润也就能维持他们一家三口的基本生活。

陇吉县贫穷落后，这在全国都是有名的。农村人日子过得更加清苦，家里人得了病，在村里的赤脚医生那里治不好，顶多就去一下乡卫生院，治不好也不会再去更大地方的医院治病，他们承担不起大笔的医药费。最常做的是去鱼龙山求神问医，寻求精神上的安慰。

人争一口气，佛争一炷香。鱼龙山的香火之所以比其他庙宇香火旺盛，在于多了一位"开口神"和一个中医大夫。太极大夫三十多岁，是附近村民，由于从小受尽病痛折磨，再加上家庭贫困，于是自学针灸术，久病成医，治好了很多村民的病，名声也就传了出去。村里人看他会医术，人品也好，根据他的身体情况，给他介绍了一个合适的对象，之后成家立业，结婚生子，过得也算幸福。

成家后，太极大夫的苦恼也来了。村里人口少，诊疗费收入也是有限的，有了孩子后生活负担加重，家里入不敷出。鱼龙山主持了解到这个情况后，为了救助更多困难家庭，积德行善，广施恩泽，就派人把太极大夫请到鱼龙山开了间中医部。这样一举两得，既救助了更多病人，又缓解了太极大夫一家人的生活困难。

对于太极大夫的名字，大家众说纷纭，有人说，"太极"这个名字太大了，没有巨大的福报和超凡能力，普通人绝对是受不起如此尊贵名号的，所以他自小就得了小儿麻痹症。有人说，父母给他起名"太极"，就是想让他从小学习中医，传承中华民族的优秀文化。有人说，天降奇才，人一亏天一补，身体的不健全，恰恰让他放弃在家务农，不断钻研中医针灸术，因而学有所成，救助一方受苦人。总之，太极大夫是这方圆百里的名人，穷人眼中的活菩萨，名气一度超越乡卫生院的大夫。赵志强对这位身残志坚的太极大夫充满敬意。

太极大夫了解了赵志强的身体情况后，让他平躺在中医部的土炕上，然后艰难地坐到他身旁，打开银针包，将针一根一根地扎进他的腹部穴位。

下针之后，扎针处有一种胀痛感。太极大夫说这是正常情况，随后告诫他："疝气会引发腹部坠胀、疼痛，不积极治疗会影响身体发育，还会诱发其他病。疝气的出现主要是因为身体虚寒，不能过度劳累，用力过猛就会复发。在农村是大病，在城里不算啥，大医院就能治，做个手术就好了。或者好好保养，把身体补起来，自然就好了。你生在农村，就这医疗条件，只好自己注意保养了。"赵志强一听，对城市生活更加向往了，觉得在城市里才有可能治好身体。

太极大夫随和又博学，赵志强觉得找到了知己。两人相识于鱼龙山，又受到此地恩泽，对家乡风物充满好感，由此聊到中医、神话传说中人物的历史演变，以及生活哲学、人生奥妙、自然规律……赵志强正是对生活充满好奇的年龄，爱观察、爱思考，见到聊得来的人，便想与其交流自己的观点。

中医部墙上的穴位图引起赵志强的兴趣，和他看过的《真气运行法》一书中的经脉图一个样。赵志强用此法调理好了长期腹胀的毛病，太极大夫也是自学成才，两人聊到通过中医针灸治疗疝气病，让赵志强如被大石头压着的心放松了不少。

聊中医,自然少不了聊《黄帝内经》和《难经》,他俩不是聊深奥的医理,而是聊此书之所以诞生定是祖先自身经历了病痛,又眼见诸多不幸,就自发地琢磨医学经验,治病救人,再经众人口口相传,不断归纳总结,并得到黄帝的重视,参与到医学的讨论总结中来,最终成为传世圣典。

与太极大夫的一番交流激发了赵志强探寻中国传统文化的动力:活到老学到老,惩前毖后,治病救人。他暗想农村还是有智者、贤者的,只是融入了这泥土芳香中,变得朴实无华。

赵志强连着几天都去太极大夫那儿针灸,边治疗边聊天,他明显感觉身体和心灵上的痛苦减轻了不少,人根没有了明显的胀痛感,疝气肿块也变软了,他的病有了治愈的希望,可以没有顾虑地进城寻梦了。

第三十六章

为梦而去

    暑热散去，陇山地区的天气趋于凉爽。绿色仍主宰着山川大地，也零星地染上秋的色泽，这是一个充满秋收希望的季节。龙湖如镜，白云在湖面上漂过。一阵风起，湖面泛起阵阵微波。赵志强向着龙湖挥了挥手，与之告别。田野里蝉儿鸣叫，能听到风的叹息，又似先祖冥冥之中发出的一声召唤。赵志强在这里生活了整整十八年，往事如烟、心潮难平。

    一九九七年八月，赵志强无声无息地走了，似家乡西北风中卷起的一粒微尘。梦想就背在沉重的行囊中，一大包高中课本和一卷简单的铺盖，压着他稚嫩的肩背。他行走在满是浮土的路上，深一脚浅一脚，一阵风吹过，留下的脚印很快被浮土覆盖，什么痕迹都没有，一团混沌。出村口，过山头，他远远看着自己的家，跪下来朝着家的方向拜了三拜。风带走了他滴落的眼泪，大地托起他前行的脚步，时间磨不平他不甘平凡的精神，生活压不垮他的骨气。

    时间如水，群山如潮，日复一日，一百多天过去了。山外刮来一阵风，村里人说，赵志强在本村人包的工地上干得不好，不到一个月就被辞退了。他又去了别的工地，得到老板的赏识，成了技工，干水暖安装。

    让吴秀莲开心的是小儿子寄来一封信和三百元生活费，信上说他现在干得不错，让母亲放心。半年很快过去了，要过年了。吴秀莲左等右等不见小儿子回来，却又收到了一封信和生活费。信上说他过年不回家了，他在一家三星级酒店的动力车间烧锅炉。吴秀莲失望地说："强儿有啥重要的事，过年都不回来。妈想我娃了，这一个人的年咋过啊？"村里人听说赵志强不在工地上干了，在星级酒店找了份稳定工作，能给家里寄钱了，都很是惊叹。在他们看来，只要不去建筑工地上抱砖拌灰，就还不错。

村委会了解到赵志强家的情况，特意给吴秀莲送了一袋面以示慰问。来年春暖花开，吴秀莲又收到了儿子的信和生活费，信中的内容让家人特别高兴。

赵志强被酒店公派去省城的技术学校学习职业技能，顺利考取了三级锅炉司炉工证书，成为这家三星级酒店的正式职工。他还能带徒弟了，介绍了村里一个小辈到锅炉房上班。由于他人缘好，帮村里好几个小伙子在酒店里找到了工作。

一天，村干部还从省报上看到了赵志强写的通讯和一首题为《赤子心》的诗。

> 我用握笔的手去耕耘
>
> 用耕耘的手来握笔
>
> 庆共和国华诞
>
> 迎香港、澳门回归
>
> 海外游子又一次热血沸腾
>
> 国内志士仁人又一次欢呼雀跃
>
> 就连这农夫也谈论起国事

饱经沧桑的脸上

嘴巴也常常拉着胡子在田边的风中

欢快地颤抖

粗犷而又豪爽的笑声在空中飘荡

听，耳畔城乡那固有的旋律

正在自然的风琴上鸣奏得酣畅淋漓

试问每个赤子

谁说人心不似那澎湃的海

  吴秀莲不懂诗，但听到村干部兴奋地给她朗诵这首诗时，却觉得动听，眉开眼笑地说："我娃写得好吧！"村干部说："都上报纸了，你说好不好？"她抹着眼泪自言自语："我娃真能行，会写诗了。"

  赵志强离开的第三年，村里出门打工的人风传赵志强上大学了。他的哥哥、嫂子们都不相信："大学能那么好上？又不是我们家开的。"但回乡的人都肯定地说："是真的，赵志强真的上了大学，过年准能回来。"

  村里人都把这事当作奇迹，给自家上学的娃娃讲："你看咱们村的赵志强多能行，出门打工还能上个大学，学费都是自己挣的。"

  听说赵志强寒假能回来，全家人焦急地等待，希望快点儿见到他，问是不是真的，大学咋考上的？赵志龙、赵志飞、赵志福三兄弟时不时便来看望母亲，聊聊体己话。几个孙子每天来奶奶这儿吃饭，她也乘机教育孙子要好好学习，"四爸都考上大学了，你们也一定能考上。"

几个孙子嘻嘻哈哈地说:"奶奶,我们能考上呢,真真的。"吴秀莲一听,高兴地笑起来:"能考上就好,要当真呢。"

传言不可全信,但众口一词,更增加了人们对赵志强一家的好奇。吴秀莲能明显感觉到村里人对她客气、尊重了,还当她面夸赞赵志强:"这娃娃神奇得很,在这种情况下还能上大学,了不起,是村里的奇娃娃。"

总之,上大学对赵家人来说是几代人的梦想和破天荒的大事。赵志强一旦跨进大学的门,就等于破了村里人侮辱他家"三代不出人才,后代就变驴了"的魔咒,就如孙猴子取经成功,头上没了紧箍咒,成了斗战胜佛。

学校放寒假了,赵志强在城里找了一份临时工作,一直干到腊月二十八才回家。

家里人三年都没有见到赵志强了,眼前的他皮肤白皙,头发微卷,上身穿一件西装,下身穿时髦板裤,脚蹬一双锃亮的皮靴,和三年前出门时灰头土脸的样子截然不同,精神饱满、神采奕奕。吴秀莲怔住了,轻声问:"强儿,是我的强儿吗?"

赵志强甩了甩头发,摆了一个小时候的姿势,笑着一言不发。

吴秀莲看到这个熟悉的动作,一下子来了精神:"哎呀,真是我的强儿回来了呀!"

吴秀莲踮着脚直往前扑,赵志强忙迎上去扶住母亲,激动地说:"妈,我回来了。"吴秀莲眼里噙满了泪花:"我娃出息了,真的大出息了,妈差点认不出我娃了!你大走得早,照顾不上你,我娃自己活成人了。天老爷啊,你终于睁眼了,我娃真出息了!"吴秀莲呜咽着,抚摸着小儿子的头,一种久违的温暖撞击着心房。一帮子侄儿侄女都笑着扑过来,抱住赵志强的腿如两串冰糖葫芦。

赵志强如一束阳光,侄儿侄女们脚下带着土雾,跟前围后,如追捧明星一般。赵志强也不恼，任由他们玩闹。哥嫂们都聚到母亲的老房子里，年轰地一下红火起来了，带给全家人从来没有过的喜庆感觉。这是赵氏大房头过得最快乐的一个年，就连这个老房子都感觉到了热情，室内亮亮堂堂的，一扫往日的破败。

以前，赵志强家务活一把都不干。这次他完全变了个人，每天主动打扫院子、屋子，给母亲洗衣服，帮哥嫂干农活，还把自己收拾得精精神神的，言谈举止也得体了。腊月二十九，一大家子聚到了一起，赵志强给每个人送了一份小礼物。哥嫂笑逐颜开，夸道："他四爸长大了，知冷暖了。"

大年三十晨起，山乡披上一层浓霜，犹如千树万树梨花开。树上霜花如洁白的棉花糖，山川大地，晶莹剔透。哥嫂们赶早送来肉和菜，三个嫂子在厨房给全家人准备过年几天吃的饭菜，一院子盛不下的笑声。四兄弟在父亲坟头敬香、祭酒、奠茶后，又烧了纸。赵志强觉得父亲坟头的草似在风中笑，呜呜有声。主屋供桌上，爷爷、父亲的三代上签了神牌，四兄弟给老先人敬香祭酒奠茶作揖后，再贴上大红对联和威风凛凛的门神，然后上了炕，一家人其乐融融地围在一起聊天。

吴秀莲从来没有这么开心过，儿媳们都在那里忙，她舒舒服服地坐在热炕上，看着四个儿子开心地聊天，又看孙儿孙女满院子打闹。祖孙三代人，真正地感受到了大家庭的幸福温暖，终生难忘。

夜晚，院子里挂上了大红灯笼，一团喜庆。厨房里传来女人们的欢声笑语，丰盛的年夜饭端上了主屋炕桌，一家人喜笑颜开。母亲坐在上首，兄弟几人依年龄大小而坐，三个嫂子坐在下首给大家看席，侄儿侄女不管大小，都在地上放的餐桌上坐下吃饭，他们打打闹闹，你争我抢，好不热闹。以前，兄弟在各自的小家里过年，今年终于聚到了一起，吃起了丰盛的"十攒席"。吴秀莲仿佛回到了从前，又不似从前，看着家里人丁昌盛，儿孙满堂，充分体验到生儿育女、延续生命的快乐，笑得合不拢嘴。

赵志福拿来一瓶珍藏好酒，给每人的酒杯倒满。大家先向祖先奠酒后，共同敬母亲。从来不喝酒的吴秀莲，美美地喝了三杯烈酒，就像喝蜜水一样，脸像朵牡丹花。兄弟四人共同举杯，碰了三杯酒，三生万物表喜庆，个个脸红成喜关公。然后赵志强举杯给三个嫂子依次敬了酒，三杯酒下肚后，三个嫂嫂也成了醉仙子。侄儿侄女们在一旁起哄，年味飘满院子，天地一片喜色，全家人共同感受和体验着人间的喜庆，放开肚子吃起丰盛的年夜饭。赵志强乘兴把大学录取通知书和学生证拿出来给家人看，大家传阅着，看了又看、摸了又摸，小心翼翼地交给母亲过目。

吴秀莲含泪说："感谢老先人的庇佑，你爷爷、你大没有做过亏心事，行得端走得正，才会有这样的福报！快去给你爷爷、你大和老先人上炷香。"

四兄弟忙下炕，再次给先人敬香、祭酒、奠茶、作揖、磕头。

礼毕上炕后，大哥忙让他把证件小心收起来。这录取通知书和学生证就如一道光，照亮了几兄弟的脸，在酒精的作用下显得红光满面。大哥喝了一盅酒，就放开了，他嘿嘿一笑说："老四能行得很，把我们几兄弟的腰杆子给顶直了。大和爷爷如果活着，肯定高兴得很，我们几兄弟再不会走不到人前面了，我们家也出了大学生。地下坐着的娃娃们，你们都要向你四爸学习，争取考上大学，给我们家光宗耀祖！"

二哥、三哥也说："对对的，娃娃们要努力，你四爸成功了，你们也一定会成功的，你大爸的话对着呢，都记住了吗？"

娃娃们七嘴八舌地说："记住了。""晓得了。"

二哥高声说："大点声，都说记住了。"

娃娃们又高声喊："记住了。"

三哥一脸严肃地说："要记在心里，行动起来，不能当作耳旁风。"

赵志强挥了挥手，说："好好学，谁考上大学，四爸就给谁奖钱。"

大嫂笑说："哎呀，娃娃们都记住了，看把你们高兴的！"

二嫂应和："嗯，对得很。谁考上谁向你四爸要奖励。"

三嫂说："好好学呀，要学你四爸自立自强。"

常言道：前面扯开渠，后面不沾泥。趁着团圆，赵志强现身说法，让下一代接受正向家庭教育。昏黄的煤油灯似发出十倍的亮光，照得满屋辉煌。

一家人酒足饭饱后，就聊起了赵志强今后的打算。当然，家人最关心的是上大学的费用，这可是一笔数目不小的钱，光靠赵志强自己挣肯定是不够的。三个哥哥想出些力，表达一下他们支持赵志强上大学的意愿。

赵志强抬头看了看家人，说："当着哥哥、嫂子们的面，我实话实说。学费我已挣够了三分之一，明年的生活费我也有了，就是大三、大四的学费和生活费还没有着落。"

大哥拍了拍手说："这是全家人的大事，我们一定尽全力帮助，那后两年的费用是多少？"

赵志强低头算了一下，说："约摸一万两千元。"

二哥沉吟着："真不少呐！"

大哥一听数目，一下没了刚才的爽快，嗫嚅着："这么多钱呢？家里有困难，一下子拿不出来。"

三哥想了想，说道："我条件比大哥、二哥好些，我多担些，你们两个少担些。"

大哥、二哥没有回话，也不知赵志福说的少担些，是力所能及还是随意掏，到底掏多少钱比较合适。

赵志强盘算，大哥、二哥的条件不好，本就是农民，也没啥挣钱的门路，平时生活节俭，一分钱当两分钱的花。这也真是难为他俩了。

三哥有家传手艺，算是靠技能吃饭，来钱的路子比大哥和二哥宽，但掏这么多钱，压力也很大。这么多年，为了家里的事，还欠着别人的债，到现在仍租着铺面做生意。和其他生意人比，他也困难，但在兄弟里面，他条件又是最好的。三哥现在是这个家里最大的树，硬撑着为大家遮风挡雨。

一分钱逼死英雄汉。这事要是大哥能做主，主动提出解决办法该多好。但大哥还得看屋里人的眼色行事，大嫂的眼神已告诉了他，枪打出头鸟，这事他不能发话做主。虽然传统习惯是老大当家作主，但要想当家作主，就要会分配任务、协调关系，做到一言九鼎。

这事如果让三哥做，大哥、二哥心里也会不舒服，家里最能挣钱的就是三哥，三哥多掏些也无可厚非。但即使三哥多承担了，大哥、二哥也并不会夸赞他。

赵志强心想不能这样僵持下去，不如趁热打铁，把事挑明了。他平时做事总由着性子，想说啥就说啥，哥哥嫂子们也习惯了，不会生气计较的。再加上他上了大学，正在风头上，家里人对他佩服得很，他来做决定他们应该不会反对。

赵志强看了看哥嫂，斟酌着说："哥哥、嫂子，兄弟最小，我提个建议，你们看行不。这一万两千元的学费，三哥家担一半，大哥、二哥两家合起来担一半，可以不？"

大哥说："行，就按老四说的办。"

二哥、三哥说："好，就这么定。"

赵志强放下心来，这事解决了，其他的都不重要了。

大哥赵志龙偷偷看了一眼妻子黄淑贞，见她没有生气，便说："还有一件事，不得不说。老四啊，大不在了，你娶媳妇的钱本来应该我们当哥的掏呢，现在你考上大学了，学费我们三个尽自己能力给你掏了，这娶媳妇的钱就得自己想办法了！"

赵志强摆摆手说："这没问题。哥哥嫂子能把我供着大学毕业，我已感激不尽，找媳妇的事我自己有办法。另外工作之后，我会把妈接走，到城里生活。儿子娃娃，说话算话。"最后一句话，把全家人都惹笑了。

大哥表态："老四啊，学费的事，你不用担心了，绝不会耽误你的学业。我没啥本事，把家里那头种地的驴卖了，答应给你的学费一分不会少。"

二哥也说："我没念书，没啥本事，就有一把子力气。过完年我下煤窑给你挣学费去，不会耽误你念书的。"

三哥大包大揽地说："老四，上大学不容易，你给下一代做了榜样，带了好头。你好好念，家里的事你放心。学校里花钱的地方多，多难，你学费的事我给你兜底。"

吴秀莲见儿子们安排得井井有条，非常欣慰，又听小儿子说工作后就接她进城。她觉得一辈子也值了，再也不用给小儿子霸家了，对三儿媳和气多了。张芳芳感受到了婆婆慈祥的一面，对她有了女儿般的依恋。

那时农民出门打工，一个月最多收入四百元，还要天天有活干，否则就不一定能拿到那么多工钱，都是按一个月上多少个工核算劳务费的。一千两百元，二哥出门打工顺利的话，除去生活费至少需要大半年，如果不顺利，一整年才能挣到这么多钱。一九九九年，和城市正式职工一千五百元左右的月工资相比，农民工的收入还不到其三分之一。可见当时打工人的收入非常低，生活条件很差。

大哥、二哥能答应掏钱，让赵志强感动又高兴。二哥在家里能做主，一句话落地能砸出一个坑来。大哥家则相反，大嫂黄淑贞这次没有跳出来反对这事，反而同意了大哥的决定，这让他很意外。赵志强记得，爷爷和父亲生病走时，大哥、二哥都因生活困难没有拿出钱分担父亲的丧葬费和各种花销，大嫂还找了个荒唐的理由拒绝："爷爷把手艺传给了老三，老三能挣钱，所以这费用就得老三一个人承担。再者，大把两头驴卖了给老三开裁缝店，我们跟着种地受苦。大让我们分家了，只照顾老三一家人，所有的事都得老三一人操办。"

赵志福心里苦，老人是大家的老人，又不是他一个人的。他们两人长大成人、娶妻生子，哪一次不是父母花钱操办的，把那点儿薄薄的家底花了个精光。轮到他赵志福娶妻，都是自己挣彩礼钱。如今老人走了，两个当哥的应该尽点力，这么多的委屈他赵志福一肩膀扛了，真是孤掌难鸣。街面上做生意的人，哪一个不比他过得好，唯有他赵志福一茬又一茬地受苦，得付出多少精力。富有传承穷有根，欲挖穷根先开智。

回想过去的这几年，赵志强百感交集。当初分家，大哥、二哥都没干涉。出门打工，他俩也没给啥意见。他心里咋想的，他们也没过问。离家时，他背了一大包书，即使沉重也没人关心护送。他进城后，小工地上的人钩心斗角，他说了句不服的话就被辞退。后来他去了一家大公司打工，此时全国房地产行业迎来发展的黄金时期，人才紧缺，他聪明好学，能识别工程图纸，很快得到老板的重用。但他的疝气病复发了，不能过于劳累，他只能另谋出路，总之吃了很多苦，但三个哥哥并不知情。

赵志强这次回家过年，看到全家人能坐在一起，感到由衷的高兴，觉得自己的选择是对的，改变了家族的命运，他更加满怀希望。一个家族是如此，一个民族也是如此，一个国家更是如此，总要有人敢于冒险，勇于创新，打破常规，力挽狂澜，走出一条新路。中华民族能源远流长，必定是这种精神在支撑着这个伟大的民族。

在没有进入大学校门之前，赵志强也没有这么高的境界，至多算是个有点小聪明的青年。爱读书、爱学习，只让他拥有了一些写作特长，离人才还差那么一大截，形象地说只是一块璞玉。

大学几年的系统学习，得到良师益友的指点，让他这块璞玉褪掉了满身的泥土和渣滓，变成温润的玉器，有了吸引人的光泽。所以赵志强感谢社会给自己机会，也真心感激兄长的鼎力帮助。他们为了让他出人头地，完成学业，吃苦受累、省吃俭用，用这些来之不易的钱，供他上了大学。他一辈子不会忘记这份兄弟情。

大学里，赵志强成绩优秀，获得奖学金，在学生会也表现良好，他还总在报刊上发表文章，引起反响，被学校评为优秀毕业生，有学校的推荐，他顺利地进入当地报社工作。他采写了一系列社会热点文章，多篇新闻报道获得中国新闻奖，一些稿件还得到中央和省市领导的批示，解决了民生问题，改进了政府工作作风和服务水平。他从一般记者成长为主任记者，再到中央报社驻当地新闻机构的副站长、站长，最后调任总社国际部新闻中心主任，主抓涉外工作。

二十一世纪初，媒体行业出现大变革，一度主宰宣传阵地的各级广播电台的影响力被削弱，以党报党刊、电视台为主的媒体社会影响力飙升，尤其是一些省份，政府每年依据在国家级媒体刊发新闻稿件的数量，考核各级单位部门和本省宣传工作成效。

这十多年，记者这一职业是香饽饽，好多喜欢写作的人，以成为记者为荣，这一职业一度被称为"无冕之王"。

一件事，如果能得到媒体的关注和报道，不管困难多大，当地政府都会快速解决，或者中央予以批示。资深媒体人还有一项特别的权力，就是写内参，也被形象地称为"告御状"。赵志强正是借着主流媒体的力量，为百姓办些实事，受到他们的尊重。

从业的这十多年，赵志强是幸运的，作为从农村走出来的孩子，考上了大学，还进入媒体人梦寐以求的中央报社工作，可以称得上"土窝窝里飞出来的金凤凰"。所以，他一参加工作，就找到了理想的伴侣，女方父母没提什么条件，还在经济上支持他。他们很快便结了婚，带着母亲，一家人在大城市生活。

当记者的这几年，赵志强采访报道的对象从普通老百姓到省级干部，从小个体户到身价千亿的大企业家，从小饭馆到金碧辉煌的星级酒店，从小村庄到社会名流聚集的休闲度假区，从普通百姓到科研专家……他见到了形形色色的人，接触了三百六十行，了解了社会的错综复杂，渐渐明白媒体人存在的价值就是为人民服务，造福社会，发挥舆论监督作用，促进社会文明进步。

在赵志强春风得意的这几年，三个哥哥将刊有他采写报道的新闻稿件的报纸收藏起来，视若珍宝。

二〇一二年，赵志强的工作又要调动了，需要远离家乡跨省工作。在调走之前，赵志强决定和母亲回老家一趟，看看哥哥们日子都过得怎么样，有困难没。工作这么多年，三个哥哥从来没有向他张过口。想起年轻时做的那些蠢事，他深感愧疚，多想和哥哥们敞开心扉聊聊。

女儿赵桐上了小学，学业紧张，妻子李洪霞留在家里陪孩子。母亲听说要回老家，开心极了，商量着拿什么礼物好。

赵志强装了一些自认为哥哥们比较稀罕的纪念品，就是他报道一些企业时，企业负责人送他的纪念品。如刻着企业商标的银质水杯，印着企业名字的镀金生肖摆件、收藏纪念币、工艺品及玉器等。当时就是这种风气，只要是媒体记者，都能得到被采访单位给的车马费，或者是纪念品，甚至连公检法、税务等部门搞活动时也给记者发红包。有的记者一天能接到几个采访任务，一个月下来，尤其是经济口的记者，收到的红包金额能超过一个月的工资。

如果是国家级媒体记者，收到的红包金额一般比地方媒体的红包金额大。有些企事业单位和旅游行业，年终私下给一些经常为他们单位发稿的知名新闻记者送红包，小记者只能心中羡慕。每年过年前，一些大单位还邀请各媒体对口宣传报道的记者出席他们的团拜会，发过年礼包。当然，每年省市政府部门领导也要搞一次大规模的团拜会答谢时政口的新老记者。团拜会上，那些能写出重要稿件的新闻记者，往往由大领导陪同就坐。所以这些记者是报社的大拿，他们的收入是非常可观的。

当然，记者行业有一部分是追名逐利、善于锦上添花的文字匠人，也有一些却被骂作不食人间烟火的怪胎，他们是心存大爱、充满正能量、针砭时弊的舆论监督记者，对社会上的一些不道德、不法行为，对劳民伤财、铺张浪费、弄虚作假、好大喜功等现象进行客观公正的批评报道，监督政府及有关企事业单位改进工作作风和办事效率，这样的记者，对一些既得利益集团，或者黑恶势力来说，是眼中钉、肉中刺，遭到恐吓威胁、打击报复，有的记者还为此丢了饭碗。总的来说，这样的记者是在刀尖上用灵魂和良知起舞的人。

吴秀莲往老家拿的东西也装了大半车，赵志强一看尽是些装红酒瓶子的木箱子、装月饼的精美包装盒、各种收纳盒子，以及一些旧衣服，觉得好笑："妈啊，你装这些旧东西有啥用？这些东西城里人都当成垃圾丢掉了。"

吴秀莲生气地说："丢啥丢！我说有用就有用。你不稀罕，有人稀罕。"

赵志强只好由着母亲的性子。

车到陇吉县，见到县城仍是老样子，整条大街没有一栋六层以上的大楼。街道上，垃圾污水随处可见，还乱搭乱建，显得脏乱差。县城到乡镇的黄土路铺了一层沙石，乡里到村子里的路还是以往的土路，只是多了一趟去县城的旧班车。赵志强工作有七八年了，故乡发展缓慢，十年九旱，日子没有多大变化。陇吉县没有工业也没有像样的服务业，最大的产业就是劳务输出，把剩余的劳动力输送到浙江、福建及周边省市打工。

进入山乡，沿途山荒草稀，难见树木，土路崎岖，颠簸前行，带起滚滚尘土。

赵志强和母亲终于见到了日思夜想的家人。赵志强拿出那些纪念品，给三个哥哥每家两件，其余就是一些烟酒糖茶。赵志强看得出哥哥们很喜欢，但总觉得一点儿不实惠，在生活中没啥大用。倒是母亲拿的那些空盒子、空瓶子、旧衣服，嫂子、娃娃们都很喜欢，赵志强有种说不出的心酸。

一帮子年龄还小的侄儿侄女，脸晒得黑黑的，有陇山地区特有的被西北风吹出来的红脸蛋。衣服虽旧却还算干净，但是头发里和衣服上落满了灰尘，袖口上还有鼻涕混合尘土后形成的污垢，脸上洋溢着天真烂漫的笑，见人便露出羞涩。

赵志强与三个哥哥聊天，看家里有啥困难，自己能不能帮上忙。

大哥赵志龙为了改变穷日子，正跟着他的妻哥学开推土机，已跟学了三年了，但他妻哥没有给过他一分钱。大哥特别伤心，不想坚持了。赵志强问他学会这个能不能挣到钱？

赵志龙说："如果学会了，有人叫着干活，工资还是很高的。一年干四五个月，能挣来相当于打工人一整年的工资。"

赵志强说："如果是这样，再苦再难一定要坚持学会。已经学了三年，如果现在放弃，这三年就等于白白浪费了。再坚持一两年，等这个技术完全拿下了，你妻哥如还不给你工钱，你就离开他给别人干。这样既能独立挣到钱，情面上也能说得过去了。这个技术一旦学会，至少能干到六七十岁，也是个比较长久的吃饭手艺。如果将来手头有钱，你还可以买辆推土机独立接活儿，说不定就成小老板了。"

赵志龙的衣服袖口和肘关节磨得发白，却浆洗得干净，他哈哈一笑，露出一排洁白的牙齿，眉毛都飞了起来："老四说得对，我再坚持两年。我现在已经完全掌握了推土技术，但修车技术还不行。开推土机还要懂得修理，车出了问题能及时修理，这个也很重要。如果会开会修，老板抢着要呢。"

大哥的穷日子眼看熬出头了，赵志强心想一定要给他鼓劲，不能泄气，说："社会发展很快，既然农村需要推土机手，将来肯定会有大用场的。国家对农村发展很重视，这样的活儿会越来越多，你学会这门手艺日子会越来越好的。今后在家门口就能挣到钱。"赵志强经见的事多，赵志龙深信他的眼光。

两兄弟聊得投机，解开了心里的穷疙瘩，赵志龙对生活充满了信心。

赵志强又与二哥赵志飞聊了聊。赵志飞惆怅地说："老四，我念书少，学技术困难，就只有下苦的命。老人常说，不孝有三，无后为大。你嫂子前两胎生的都是女娃，但我顶着压力一定要生个儿子出来，没儿子就绝后了。"

赵志飞思想守旧，一定要生儿子这一观念很难改变。为了让赵志飞的日子能好过些，赵志强开导他："二哥，我想把我和妈名下的土地从三哥那儿要过来让你耕种，或者你再承包一些出门打工人家荒着的土地。你有把力气，多种些地收成好的年景能多打些粮食，卖了粮换些钱来，这样日子会好过些。你家人口多土地少,一年下来肯定是不够吃,不多种地日子会越过越紧的。"

赵志飞日子过得苦,一套衣服能穿好几年,他眉头紧锁,担心地说:"老四啊,你念过书,想得全面。二哥出门打工好多年了,东奔西走,钱没挣上,日子也没过好。如果能多种几亩地,我肯定会好过些的。你问问老三,看他同意不,我也去打问,看能从别人手里再包些土地过来种不。"

赵志强给他宽心:"我想我三哥一定会同意的,我正要去找他说这事情。亲兄弟有啥不好说的呢?"

随后,赵志强找到三哥赵志福,说:"三哥,我俩年龄相近,我知道你最心疼我了。年轻时我不懂事,那样折腾你,你都受下来了。当弟弟的心里一直觉得对不住哥哥。"

赵志福身着黑色皮夹克,皮肤白净,沉稳寡言,他笑了一下,说:"你啊,那时不单单是我疼,全家人都疼你、偏向你,谁都不愿惹你生气。我是咱们家最受气、最受苦、最不受待见的!"

赵志强真诚地说:"三哥,你是我们家最能干、最能担责的。家里多难的事,都是你扛过来的。要不是你,不知我们兄弟都活成啥样子了。我念书的学费,大头是你出的,要不然真的念不出来。"

赵志福听弟弟如此说,眉毛舒展开来,很开心的样子:"好兄弟,这是我这么多年辛苦付出后,第一次听到亲兄弟对我的肯定。花钱我不在乎,我就是怕吃力不讨好,心上不畅快。我现在还没有买上商铺,一面顾家一面顾生意,都没弄好,没少被你三嫂埋怨。"

赵志强问:"三哥,你一年种地能收多少粮食,卖了能挣多少?"

赵志福搓了搓手,拧着眉头说:"没多少。也就三四千斤粮食,全卖掉的话,也就几千元。"

赵志强追问："如果你一年光做生意，全年下来收入是多少？"

赵志福眉毛一扬，说："细算有大几千元吧，如果年景好能过万呢。"

赵志强说："这样一算，你还不快快放下土地专门去做生意。家里的地有啥守头？你我两家的土地全留给大哥、二哥，至少还能改善他们的生活。两头驴卖掉，这又是一笔创业资金，何乐而不为呢？"

赵志福舒展眉头，笑说："老四你说得对。这个账我早就算过，但就是有点舍不得土地，我们老先人是地主，从土地上发的家，土地是个念想。"

赵志强忙给三哥打气："三哥，时代变了。你早该一门心思地去做生意了。你算算这几年你浪费了多少挣钱的机会，否则早干大发了。地留给两个哥哥种，他收成好给你些粮食吃，不好就算了。他两家的地不够吃喝，我俩的地分给他俩，立马解决了他们的吃喝问题，还有了余粮。你心守一处，集中精力，挣钱就快得多了。"

赵志福叹道："看到大哥、二哥那样子，我心里也难受得很。老四你帮我把决心下了，地就给大哥、二哥两家种去，他俩的日子好过了，我们就不用操心了，这样我们几兄弟都有了活路，人挪活树挪死。"

赵志强又跟三哥说起了发展形势："三哥，你不知道社会发展得有多快。有实力的裁缝店都开办了服装厂，注册自己的商标，形成一个服装产业，手下有上百个员工。就我们省城最大的那个服装厂，便是裁缝店起家。"

赵志福半信半疑地说："好弟弟，我还没有想那么长远。现在买个门面房做生意都很困难，还办什么服装加工厂，这得花多少钱，哥听了头都大了。"

赵志强知道三哥经见得少，思路没有拓展开，需要游学、考察，拓宽眼界。

赵志福看赵志强没有反应，怕驳了弟弟的面子，忙说："不过，我相信你的见识，哥边干边学，我记着你的话了。"

赵志强察觉到三哥缺乏信心，不好多劝，只好转变话题："三哥你又见过红梅吗？我出差路上碰见过，人家现在是福建一家企业的总工程师，变化很大。她找的男人是湖南人，两人日子过得不错。"

赵志福低头思谋了片刻，嘴唇微动，眼里闪过一丝难以琢磨的变化，说："看来她成功了，走对了路。"

赵志强觉得不虚此行，给三个哥哥一些指引，让他们坚定信心，有了奔头、盼头和前进方向，何愁没有美好的明天。他希望国家能结合农村的实际出台好政策，扶持农村发展起来。大善为民。要改变农村贫穷落后的现状，需要国家出台好政策，需要科技下乡、人才和文化下乡，让农民看到社会的发展，看到创新的力量。赵志强明白，三个哥哥眼前的困难，就是缺机遇、缺思想、缺钱。他心潮难平，许诺如果家里急需用钱，或者学什么技能、购买重要农具，可以给他打电话。

风是热的，土是干的，山是秃的，已一个多月没有下雨了，河湾里的水流也干了，庄稼因干渴而枯萎。赵志强来到乡政府和县政府与一些干部交流，发现他们的思想还很落后，只想着借贫困县的名头向国家要钱，"等靠要"思想严重，创新能力弱。用他们的话说："这个穷地方有啥可发展的？没水嘛，土都干得叫唤了。到处是黄土，要土多得是，可土没人要，咋发展？"这些干部都是本地人，缺少活力，没有干事创业的激情和勇气。

赵志强搜集了近几年国家对陇吉县的扶助资料，发现各类救助扶贫款项累计达到人均二十余万元，但是农民的生活实质上没有多大变化，这么多钱，却没起多大作用，真的是大水漫灌，收效甚微。

临近中午，天边卷起一朵红云，不一会儿变成翻滚的黑云，风刮得树叶哗哗地叫着。黑云快速地布满天空，一声惊雷响彻天地，豆大的雨点儿银亮亮地落下来，人们欢呼着："老天爷啊！下大雨了。"

这次回家，赵志强对农村的发展还是非常担忧。他思索着如何真正地改变农村的贫穷落后，不由得叹气，这么大的事，关乎中国几亿农民，他一个记者是没有能力改变的，只希望通过写内参反映农村的真实情况，为各级政府决策提供参考。

喝足雨水的庄稼，又活过来了，田野里有了生机。

赵志强和母亲回到日新月异的城市。吴秀莲感慨道："强儿，这么多年了农村也没啥变化。上个厕所都很困难，吃水更困难，让人心里不是滋味！你几个哥哥的日子枯焦得没法说，你有能力就帮帮他们。"

赵志强苦笑了一下，答应了母亲，但内心非常痛苦，真是老虎吃天，无从下口。回城后不久，赵志强就调到总社国际部了，他的工作是搜集、整理、分析外来信息，了解国际社会更深层的发展动向，编辑内参信息，他肩头的责任越来越重。

国际形势日趋紧张，为了实现中华民族伟大复兴梦想，缓解国际压力，扩大内需，在抓好城市经济建设的同时，国家把工作重心向农村转移，全国推进乡村振兴工作，农村真正地迎来发展的大好机遇。

在全国来说，陇山地区贫困已久，新中国成立之初国家就相当重视当地经济发展。一九八二年十二月，国家启动实施"三西"农业建设扶贫工程，开启中国区域性整体有计划、有组织、大规模开发式扶贫先河。植树，渐渐地锁住风沙。一九九六年，党中央做出推进东西部对口协作的战略部署。在陇山地区实施大面积吊庄移民、梯田建设、防沙治沙、扬黄灌溉、井窖工程、劳务输出、菌草种植、滩羊银行等等，为陇山整体脱贫打下了良好基础。为了转变基层干部思想，国家从省会发达城市抽调干部到基层挂职锻炼，担任驻村第一书记，带去先进思想、鲜活血液，以及资金、项目、资源、人脉等。同时，让应届毕业生担任村支书等，转变农村干部思想。县一级干部，尤其是县委书记都是从大城市调过去的。一方主政官员思想跟上了时代发展，激活了当地发展潜力。

二〇一八年，国家出台的针对全国农村的精准扶贫政策提到要在三年内全面脱贫。国家的各类扶持资金，如一场及时雨落到干渴的土地上，荒山秃岭有了树木，由一点变成片，最终形成森林。二〇二一年，陇山地区跟上全国大趋势，顺利摘帽，摆脱了绝对贫穷。农村有了发展机遇，一部分青年回村了，跑运输、包工程、搞养殖、办公司，各种服务"三农"的专业化创业团队增多，年收入六位数以上，高于城市普通打工者的收入。二〇二二年，国家全面推进乡村振兴工作，十年九旱的日子过去了，部分地区还实现滴灌，旱涝保收，陇山草木茂盛，生态恢复，雨水增多，空气湿润，成为城里人向往的避暑胜地，空心村的现象得以缓解。国家计划于二〇三五年全面实现农业农村现代化，陇山地区真正地脱胎换骨，迎来了快速发展的好时代、好机遇。

第三十七章

山乡巨变

伟大梦想启航,党中央的乡村振兴战略如春风化雨,播撒在中华大地,山乡处处焕发生机。

自二〇二二年开始,在乡村振兴的大旗下,全国展开轰轰烈烈的产业振兴、人才振兴、文化振兴、生态振兴、组织振兴工作。同时,大力推行硬化、亮化、绿化、净化、美化"五化"工作。赵志强亲见了一些乡村的巨大变化,突然特别想念自己的家乡陇吉县,不知那里变成啥样子了。

幸运的是,二〇二三年赵志强受邀回家乡参加县里的文化活动,他把这一好消息告诉母亲、妻子、孩子,一家人快速地收拾好行囊,驾车回乡探亲。

车进入山区,风景越来越好,全家人一阵惊叫,这还是昔日贫穷的陇山塬吗?山绿得醉人,树爬满山坡,草木茂盛,河湾里流出清水,柏油路宽展平坦,一切如换了人间。

赵志强一家如约来到陇吉县,参加完活动后给三哥赵志福打去电话,不一会儿他开车来了,吴秀莲非常激动,双手颤抖着直抹眼泪。赵志福上前抓住母亲的手,一面安慰老人,一面招呼弟媳李洪霞、侄女赵桐。

当着外人的面,不好说体己话,赵志福忙扶着母亲上车说:"妈,我们先回家。"又转头对赵志强说："老四你别开车，都坐我的车，我们好说话。"

和以前相比，现在的赵志福有了明显的变化，五官端正，英气逼人，近一米八的个头，穿着考究，气宇轩昂，沉稳大气，不失儒雅之风，行事干净利落，待人接物张弛有度。赵志福的红旗H9型轿车气派十足，充满了中国气质和情怀，内饰考究，科技感强，宽敞大气，性价比高。

轿车穿行于陇吉县城区，街道干净整洁，现代化的高楼随处可见，和十多年前相比，如两个世界。经过一个街区，赵志福说："老四，我带你们去我的厂里转转。"

李洪霞化着淡妆，放下城市女性的矜持，笑着抢先说："好呀，她三爸，正想去呢。"她不再厌烦这个地方，对亲戚的态度好多了。

一转眼到了陇吉县工业园区，它在林木茂密的北山脚下，气势恢宏地矗立着。这个现代化工业园区里有规模大小不等的企业两百多家，陇吉县从一穷二白的贫困县到经济快速崛起，离不开它的功劳。这里已成为陇山市经济快速发展的领头羊，涌现出几个先进人物，受到国家表彰。

红旗轿车开进福耀皮衣加工商贸有限公司装饰气派的大门，停在办公楼门前。赵志强几人下车看去，面前是一栋五层高的饰有玻璃幕墙的办公楼，在阳光下闪烁着琥珀色的光。

赵志福谦和地介绍说："这一栋是办公楼，那边三栋是生产加工车间，南面那一栋是服装展区。在乡下还分散建了十多个扶贫车间。"一听服装展区，李洪霞来了精神，脸上露出欢快的笑，说："还有服装展区？正好去看看赵总的产品。"

吴秀莲八十五岁了，耳聪目明，身体健康，走路都不用人扶，跟着儿媳就往展厅走。几人来到皮衣展示大厅，门厅墙上挂有一幅大型油画，画着苍翠高远的陇山，山下是一片花香草绿的草甸，草甸上有群神态各异的羊。地上放置两件工艺品，左边是汉白玉雕塑的三羊开泰，三只羊的脖子上系着红色丝绒围巾；右边是身着将军服的人物蜡像，头戴虎皮棉军帽，呢子大衣内衬雪白如瀑布的二毛皮里，领子是貂皮绒毛领，内配羊皮绸缎面马甲，贴身穿一件墨绿色长袖羊绒衫，蜡像五官棱角分明，戴一副墨镜，下身着呢子长裤，脚蹬锃亮的马靴，一只手挂着文明棍，一只手做欢迎姿势。

穿过文化气息浓厚、装修考究典雅的长廊，眼前豁然一亮，室内灯火辉煌，各类皮衣、二毛皮配饰、羊绒制品琳琅满目。两个身材修长、气质高雅的迎宾小姐款款走来，向赵志福问好。她们穿花色不同的绸裙，搭配羊皮马甲，脖子上围着二毛皮巾饰，内穿墨绿色羊绒薄衫，下着将军呢长裤，脚蹬高跟皮靴。赵志福举手示意不用招呼。来到这儿，李洪霞、赵桐、吴秀莲眼花缭乱，爱不释手，选定了自己喜欢的皮衣，赵志福示意工作人员打包带走。

来到办公楼内，有一面挂满奖牌的荣誉墙。赵志强看到摆放着一个人大代表证，打开一看，高兴地问："三哥，你被选为陇山市人大代表有两年多了？咋没听你说过？"

赵志福淡淡笑了一下，平静地说："人大代表嘛，又没有什么职务。"

赵志强说："人大代表是政治荣誉，也是一种政治待遇。企业家有了参政议政权，可以办成一些普通人办不了的大事。人大代表是在某一行业作出了贡献，具有良好的社会影响的人才会当选。看来这几年三哥的事业真的干大了。"

吴秀莲一脸惊讶地问："我娃当官了？做生意也能当官吗？看来咱们家祖坟上冒青烟了。"

赵志福看母亲如此高兴，又没法解释清楚其中的关系，就顺着母亲的话说："妈，算是吧，只要您老人家高兴。"

吴秀莲高兴地笑出声来："我娃有出息。书没有白念，生意没有白做。"

李洪霞也语带敬意地说："三哥是大能人，恭喜恭喜！"

赵桐恭敬地说："三爸是咱们家的优秀企业家，向三爸学习。"

赵志福听到家人的夸赞，也开心地笑了，说："我啊，是赶上了国家的好政策。以前是靠家传手艺吃苦挣钱，苦是没少下，钱却没有挣上。前些年，政府组织个体户和创业者外出参观学习，我见了世面，转变了思想，回来后就创建了服装加工厂，注册了'福耀牌'商标，经营羊绒类服饰和皮衣加工，销路好，生产规模慢慢由小到大，算是赚了些钱。这几年，羊绒产业有些低迷，我就转投别的项目了，总体上还不错。"

赵志强问："三哥你还投资了哪几个项目？"

赵志福顿了顿，说："也就是和几个志趣相投的朋友，依托乡村振兴政策，流转土地搞了万亩西芹种植基地、百栋日光温棚产业基地，就近解决了农民打工的问题。还和几个朋友参股，投资了马铃薯加工企业，重点生产'陇吉牌'粉丝，出口国外，又和朋友搞了亚麻籽油加工企业，主营'福强牌'亚麻籽油等。算算这几个厂子的综合产值能达几亿元了。"

赵志强兴奋地说："三哥，这次回来我找到了绝佳的新闻题材，回去多发几篇专题报道，好好宣传一下陇吉县的巨大变化，还有三哥的事业。我们陇吉县，从一个每年伸手向国家要钱的穷县，变成能自给自足的富裕县，真的是个大新闻。"

赵志福点头说："老四，你几年没有回来了，老家变化更大，肯定有值得你写的新闻题材。"赵志强点头，连声说好。

一家人出厂后向陇川村进发，说笑间就到了陇川村村口，向窗外看去，道路宽敞干净。赵志强记得七八年前的乡村道路,晴天,路面上有一两厘米厚的浮土,车一过尘土满天飞;雨天,路面就变成一步三打滑的泥泞地。现在,从县城到农村的路,全都是平展展的柏油公路,一直通到村里并与家家户户相连。不管晴天、雨天,路面都干净整洁,见不到随意丢弃的垃圾。

从村口的牌楼入村后,只见村道两旁都种上了景观树,并安装了路灯。家家掩映在林木中,成为一个园林旅游村庄。从村道柏油路到每家的入户门都铺了水泥路,路两边裸露的黄土坡,都被乡政府砌上装饰砖,显得干净整洁、美观大方。入眼是"耕读传家,文武双全"村史墙和"新旧二十四孝"文化长廊。

陇川村村民大部分姓赵,是一个家族式村落。村史墙主要展示了赵氏族人于明朝从山西大槐树迁移到陇川村的故事,以及赵氏族人六百余年的人口变迁史。"新旧二十四孝"文化长廊,是用图文形式展现一孝一景,演绎了新旧二十四孝的故事。同时,阐释了因时代不同孝文化的内涵也有所不同。这里既是游客进村参观的人文通道,又是传统文化宣传长廊。

随后他们来到陇塬广场。这里有一棵百年古树,树上系满红色丝带,意在祈福吉祥。古树前有个石台子,上有一本书一样的石雕,书页上刻有名人草书:"陇塬古地",另有一行小字:"福禄寿长,赵氏先贤传。"

陇塬广场周边有三条路,一条路是上山的,一条路是继续进村的,一条路是通往龙湖畔娱乐休闲区的。广场周围是休闲农庄,可供游客租住、休闲度假。村子里有烧烤区,有戏曲娱乐区,有儿童水上乐园,有成人游泳区,有游船快艇区,有赛马游玩区,有赛车越野区,有龙湖博物馆、民俗博物馆,有古堡体验区,有温棚采摘区。

吴秀莲啧啧出声:"啊呀呀,我的天老爷,这还是我以前住的村子吗?咋这么好?"

随后赵志福把车开到自家的三层别墅院内，平稳停下，赵志强一家下车后，顿觉眼前一亮。这是一栋仿古建筑，古典高雅，靠山面湖，采光非常好。

大哥、二哥两家人听说母亲回来了，都来赵志福家聊天。赵志福家里聚了一屋子人，非常热闹。吴秀莲高兴得合不拢嘴，念叨着："这比你太爷和爷爷当地主时强多了，这房子建得青堂瓦舍的。唉，以前的富哪能和现在比呢。以前的富就是苦下的粮食多，伺候的人手多，吃顿好饭还得看日子吃。能吃些肉食、白面馍馍和油饼子，就了不得了。"

张芳芳提前购买了好多在农村还是比较稀罕的水果、酒水、烟茶，招待大伙。这让李洪霞越发觉得赵志福家非比寻常，这些东西他们在城里平时也很少消费。吴秀莲说："强儿，这比城里好，城里的楼房就像鸟笼子。这吃得比城里还好。"

赵志强笑着对母亲说："妈，确实是没法比了。"

吴秀莲忙用安慰的口气说："我娃也好着呢，能和你哥比得。你能写书，老人常说，千年的字纸会说话。"

赵志福也说："妈说得对。你是我们家的文化人。哥就好似过去没文化的土财主。以前我们家是大地主，还不照样过去了，啥都没有留下，但写书难，能流芳百世。你看我们县被评为中国的首个'文学之乡'，这是多了不起的荣誉，各级领导都尊重文化人。"

赵志强被说得不好意思了，忙说："三哥，我们两兄弟就不用互捧了，那都是场面上的客套话。家里你贡献最大，从物质上改变了我们这个穷家，带出了一帮人跟着你创业，咱们家再不像老一辈那样穷了。我至多给娃娃一种启示，我们家人不笨，是可以考上大学的。但到底有多大影响还是个未知数。"

赵志福说:"国家大力倡导社会主义核心价值观,结合传统文化,树立民族自信心,文化人的春天来了。"赵志强听了这话大受震动,三哥有了大智慧、大境界,怪不得事业大不一样了。

大哥赵志龙有些烦躁地接过话头:"你两个再不要臊人了哟。来,坐下抽烟闲侃来,说那些窝心话干啥?我一上推土机从来不想这些事。"

二哥赵志飞脸色微沉,说:"二哥念书少,这些道理还是懂的,来,陪大哥说话。"

李洪霞也收起城里人的优越感和傲气,入乡随俗,陪几位嫂嫂聊天、做家务。几位嫂嫂不再是之前的破衣烂衫子,穿得光鲜亮丽,皮肤白了,气质也变了,说话有了底气。

吴秀莲就和儿媳妇们在厨房里聊天,看她们忙着做饭,不住地感叹:"你看看,自来水也有了。"

"你看看,做饭不烧柴了,用上电磁炉了。"

"你看看,不用擀面了,用上压面机了。"

"你看看,这扫地都用上了扫地机了。"

"这网络联上了,看抖音、快手很方便。"

"你看看,农村生活方便得很,好得没法说了,比城里宽展多了。城里楼房高得黑压压的,憋得人喘不上气,我都不想去城里了。"

赵桐早被几个哥哥、姐姐叫去游山玩水了,她对乡村的山山水水充满好奇,开心地跑来跑去。

赵志强兄弟四个难得相聚,到了一起格外开心,但一妈生的兄弟生活有了落差,心里少了儿时的坦荡,多了微妙难言的比对。

张芳芳和几个妯娌炒了几个家常菜,让兄弟四个边吃边聊。他们说起小时候的趣事,引得大家一阵哄笑。赵志福又拿出几条中华烟,给大哥、二哥、四弟每人一条。赵志龙笑着说:"老三的好烟多着呢。我就不客气了。"说着打开自己的那条烟,拆开一盒,发烟给弟兄们抽。

赵志福推辞着:"大哥,我这里有,抽这个,那个你留着抽。"

赵志龙哈哈一笑,大门牙亮得晃眼,说:"送给大哥就是大哥的了,抽大哥的一根。烟这是消耗品,就是抽的,存啥呢!抽完了,就继续抽我的老牌子,老牌子抽起来顺口。"

有父尊父,无父尊兄。按理说,家里大小的事应该是老大做主,但赵志龙大多时候做不了主,一般都是当弟弟的主持发话,抢了他的风头。他有时候也不开心,抱怨几个兄弟不听他这个当老大的话。但是弟弟们把问题提出来,他又不表态,弟弟们对他也有意见,兄弟之间很不愉快。

赵志龙觉得自己的日子在四兄弟里面过得最不如意。本来两个儿子都已长成大小伙子,正是干事业、挣钱的好时候,日子理应过得比别人好。但不知为啥,他的两个儿子有些好高骛远,总想干大事,可是每次一开始势头都不错,但是干上一段时间,就入不敷出,干不下去了,反而欠了一屁股债,做事大多是虎头蛇尾。黄淑贞看到其他兄弟的日子越过越好,对赵志龙更是横挑鼻子竖挑眼,他心里憋屈得很,认为三兄弟不帮他忙,有时候连旁人都不如,心里有了怨气。

赵志飞、赵志福都劝过这两个侄儿,让脚踏实地做生意,但他俩就是听不进去,大侄儿回怼赵志飞:"二爸的思想太陈旧了,新社会的人都不是这种玩法。踏踏实实地干,那是七八十年代的事了。现在人都是以钱赚钱,谁还老土地下大苦啊!派头、气势、资金,没钱谁认你啊!你看那些富豪,哪个是靠下苦发家的,人家都是耍脑子的。"

赵志飞听侄儿如此说,气得直摇头,说:"这娃娃没救了,我就是扎扎实实苦下的,你说踏实没用,我咋不信呢!"

大侄儿不服气地对赵志福说:"三爸还不是靠家传手艺赚了钱,沾了我太爷的光。有了钱就能拿钱轻松赚钱,现在没钱咋赚钱,真是站着说话不腰疼。你没钱,还不是和我一样的。"

赵志福气得肉颤,说:"别人家的娃娃看到我能赚钱,都是跟前跟后跟着干,都成事了,就我这侄儿越来越不像话了。我的产业又不是大风刮来的,也是一步一个脚印走出来的。"

赵志强觉得两个侄儿被现在社会上的一些假象迷惑了,遇到了坑蒙拐骗的混子,被灌输了一种与传统文化格格不入的思想。

赵志飞私下跟赵志强抱怨:"这两个侄儿好像学坏了,尤其是大侄儿,手头有钱了,先买车,经常换车开,换一次就折腾一笔钱进去。还高消费,大吃大喝,进的是歌舞厅,走的是KTV,一夜能花个大几千元,好像钱是大风刮来的。不计划着存钱,欠着别人的账也不还,总听到有人骂他。我当二爸的听到都觉得丢人,给说过好多次,人家根本听不进去。爷爷活着时常说:'死水就怕勺子舀。'唉,由着他娃娃闹去,现在窟窿越来越大了,欠那么多外债咋给人家还上呢?我是再不说他们了。"

赵志福也对赵志强说过:"两个娃娃聪明是聪明得很,但用不到正点子上。为了帮他俩,我和你嫂子没少置气,后来只能偷着帮了。我是最帮他俩的一个人,但从来落不上一句感谢的话。从我这儿分几次拿走了几十万元,就这也没有帮起来。现在都不认我了,还伙同别人骗我,我是管不了他们了。看着大哥活得可怜,我也是没办法了。"

赵志强给三哥分析说:"风气把娃娃教坏了,大嫂是妯娌几个中最聪明的,但她把聪明用在了耍手段上,总想着占别人的便宜,但任谁也别想占了她的。就如一些企业家,曾经风光无限,用尽手段薅老百姓的羊毛,最终锒铛入狱。通过现象看本质,就是他冠冕堂皇地把老实人当了羊,而没有当人看，最终身败名裂，弄得天怒人怨。"

赵志福也说："远的不说，就说我们身边的事。你看二哥，年轻时脾气不好，没念书，但是凭着能吃苦、讲诚信，踏实做事，严格管教娃娃，虽然穷，却一步步把日子过好了，娃娃个个有出息。反而是大哥家，越过越难了。不是大哥家挣不上钱，大哥几个月就能挣来二哥一年的收入，两个儿子也挣得多。综合起来，大哥家的年收入，估计比二哥家能高出两三倍，甚至更多。但为啥大哥过得苦，这就得问大嫂和他的两个儿子平时怎么生活，我们又怎样生活。"

赵志强感叹道："好女人旺三代，坏女人毁三代，这话不假。大哥家的事还麻烦着呢。看娃娃能不能明白做人的道理，但这样就苦了大哥了，看着让人心酸，我们不帮吧，也会落下大哥的埋怨。只盼着两个儿子能浪子回头。我稍后试着劝导一下，看能不能听进去。在一个以金钱为衡量标准的社会，我的话就不一定有威信了。"

赵志福叹气说："我比他们能挣钱，说的话他们也不听。这真是让人头痛。不管他们吧，是亲侄儿，觉得心里过意不去。你不知道，有一次大侄儿着急地给我打电话，三爸长三爸短地叫得我心软。我去后，看到几个人堵在屋里要钱，说欠钱不还要用铁棍打断一条腿，就当医药费了。我看情形不对，只好帮着还了钱，可大侄儿不记我的情,后来还联合别人骗我。"

赵志强总结道："一个不讲道德、不尊文化、不敬祖宗，一切都以钱为主的人和家庭，不管他多聪明，家境多好，都是不长久的，国家也如此。"

大哥赵志龙已六十岁了，还得去开推土机挣钱帮儿子还债。大哥对赵志强抱怨："兄弟多也没人帮我，想买一辆小车开，也没个兄弟帮忙。儿子有钱也不给我买，我就是个下苦的命。"

赵志强问："大哥，你为啥这样说，你需要啥帮助？"

大哥说:"我们一块儿开铲车的人,人人屁股下都压着高档轿车,来去方便得很,我很羡慕。十年了,我虽然挣了不少,可还是一分钱没剩下,连辆车都买不起,娃娃的车也不给我开。"

赵志强问:"大哥,你有驾照吗?"

大哥说:"没驾照,农村不要驾照就能开,我会开车。"

赵志强耐心开导:"大哥,没驾照可不行,这是要人命的事!没驾照,即使你没撞别人,别人撞一下你,你也得赔钱,还犯法呢!想开车,就得先考驾照,不是兄弟不帮你,也不是儿子不帮你。"

这话说给赵志强听,他能明白大哥的心情,如果说给村里人听,他们会笑话赵家大房头,这样大哥会活得更痛苦。

大哥做过大手术,身体不好。赵志强想着帮他把心气儿理顺了,心病自然就好了。

赵志强这样开导了,但是大哥的心气还是有些不顺,说:"没车,想去哪里一点儿不方便。你兄弟几个条件都好,就大哥现在光阴差嘛!"

赵志强这几年回家次数少,与几个哥哥聊得少,没想到他们心里都存了事,有了怨恨,现在明白了几家人为啥不团结。

二哥赵志飞没有大哥赵志龙挣得多,还供着孩子上大学。一次大哥向二哥借了三千元,二哥有困难时向大哥要钱,大哥说没钱还,二哥急得团团转。不还钱就不还吧,二哥还帮大哥家干过农活,用机器干的,要烧油,结果大嫂不仅不给油钱,一句感谢的话也没有,还在村子里说二哥当村干部办事不公的坏话,见人就说。于是大哥、二哥两家人心里有了积怨了,见了面招呼都不打,孩子之间也因大人的问题,互不理睬。

赵志强开导二哥:"你只要做事公正,不用怕大嫂,就把她当作爱闹事的外人,心气儿就顺了。社会上哪里都有这样的人,不可能都说你的好。"

但二哥一时不能释怀，说："村里人说我坏话我能理解，亲亲的嫂子到处告我，我咋能气儿顺呢？我哪里亏待过他们家？我恨她连个外人都不如。"

弟兄几个最有钱的就数老三赵志福，生意人能挣钱，也一直缺钱，多年的经验告诉他钱要用到对的地方，还要省着花，所以他对自己的儿女要求严格。可是他在帮侄儿上却很大方，为此妻子张芳芳不理解，与他产生了矛盾。弄得他帮也不是，不帮也不是。关键是侄儿不争气，帮不起来，他不仅在妻子面前失了威信，两家人还起了嫌隙。但矛盾归矛盾，毕竟是兄弟，还得相处下去。

赵志强离得远，自然问题相对少些。在老家的三兄弟走动频繁，牵扯太多。赵志强觉得不能不管老家的兄弟，否则对不住父母，对不起哥嫂。

这些年，随着新媒体的发展，纸媒没有先前那么红火了，赵志强的收入比起以前明显减少。为了改善居住环境，他又换了大房子，按揭贷款，再加上供孩子上学，赡养母亲，他手里也拿不出钱来，回老家次数就少了，兄弟间的事也很少过问。

俗话说：清官难断家务事。在农村，小事就是大事的头，鸡毛蒜皮的事积多了，就成了要人命的大事。"贪嗔痴"就是罪恶根源和怨恨之母，所以祖宗治理农村社会就推行"仁义礼智信，忠孝廉耻勇"，既方便理解，也便于执行，有时能解决法律无法协调的问题。农民文化程度不高，咋能记住那么多的法律典籍？越简单越好，便于人人照做，促进社会和谐。

家家有本难念的经，只是一家和一家不一样。这穷日子就是要精打细算地过，挥霍不成。

几年不见，哥哥嫂子们的变化也大。二哥赵志飞现在话少、沉稳，闲聊浪费时间的话更是少说，要么讲国家政策，要么聊村里的工作，要么说家里的正事，有些当老大的做派了。兄弟们正在闲聊，赵志飞突然问："老四，你这次来是公干还是私事，打算浪几天？"

赵志强说："这次来是公干，一会儿我还得回县上去开会。妈和李洪霞、赵桐在老家玩几天，等我那边一忙完，就一块儿回城里去了。"

"哦，那时间紧得很。"赵志飞说。

赵志龙、赵志福一听老二有话说，也变得严肃了。

赵志飞问："你们几个知道妈今年多大了吗？"

赵志龙、赵志福明显一怔，赵志强说："妈今年八十六了。"赵志飞看了老大和老三一眼，说："妈在老四那儿生活二十年了，我们没咋管过。妈年龄大了，该接回来了。叶落归根啊！乡俗是这样的。"

赵志飞突然提出这个问题，让弟兄几个都愣了一下。

赵志福说："二哥你知道的。我老在外面跑，总不着家。妈如果在我这儿，身边没个人照看，就和老四家的情况是一样的。"

赵志龙说："他二爸啊，我到外面推土去，也是大半年不回家。一旦没活干回了家，还得给儿子照看一百多只羊，起早贪黑的。你知道我是有难处的。当然，妈得管。你们商量个合适的办法，我听你们的。"

赵志飞沉默了一会儿，说："难，谁家都有难处，妈现在还不需要专人照顾，只是年龄大了，总会有老的那一天。听老四说妈有间歇性失忆症，就是我们常说的偶尔犯迷糊。有一次，两人在外面工作，家里就妈一个人，差点儿引发火灾，在城里这是多危险的事啊！在农村，我们人多，比在老四那儿待着安全。"

半年前，赵志强曾征求过三个哥哥的意见，问母亲百年后，他能不能在外面给买个墓地安葬，三个哥哥说不行，要和父亲葬在一处。他万万没有想到，接母亲回家养老的事二哥会先提出来。

大哥赵志龙结婚早，两个孩子都是母亲一手帮着带大的。二哥赵志飞一结婚就分了家,二嫂和母亲处得不好,几个孩子母亲也没照看过。为此,二嫂对母亲意见很大,说:"他四爸啊,妈老了我俩不管,她对谁好谁管,我的娃娃她没照看过,小时候用绳子在炕上拴着长大的。"

赵志强原本最担心二哥的日子难过,他念书少,年轻时脾气大,爱打架。哪知他的日子还过得挺安逸。看来他当了村干部后,思想境界有了很大的提升。

七八年前,赵志飞承包了村里的土地,硬是靠一把苦,把日子过到了人前头。家里存粮多,人人羡慕,夸两口子一把好苦。后来,儿女渐渐成人,他手里有了钱,借着国家政策,把家里的土院子翻盖成一砖到顶的四合院,花了三十多万元。当时名噪一时,被乡政府评选为"最美农家小院",媒体进行了宣传报道,二嫂马思慧还去乡政府领过奖。随着年龄的增长,赵志飞的火暴脾气不见了,整个人的气质都变了,在村里说话办事讲诚信、敢担当、负责任,威信不断提高,村里人希望他出来主事的呼声越来越高,最终被推选为村支书。

赵志飞年轻时,是四兄弟中长相最英俊的一个,一米八五的大个子,国字脸,高鼻梁,五官端正,头发微卷。二嫂马思慧就是被二哥英俊的长相吸引着倒追过来的。当时马思慧来家里后就不走了,帮着家里干家务活,还和二哥住在一起。父母实在没办法,就找媒人给女方父母说和,择日迎娶。

赵志飞没有结婚之前,劳务输出到大城市里的国有建筑公司上班,领导很赏识他,要把他转成正式工人。但在管理岗位,识文断字是必需的,还要写汇报材料,由于他只念了小学一年级,识的字实在太少,一下子没法补起来。领导亲自带、亲自教,测试了好多次,实在没办法帮他提高学识,但又舍不得他这个人,就认他做了干儿子,留在单位边干边学,等待机会转正。

赵志飞娶了马思慧后,两口子一起到城里工作。干爸一家对赵志飞特别好,很关照他,常叫他到家里做客。但马思慧怕年龄相仿的干妹妹抢了赵志飞,就像泼妇一样,把干爸一家骂得干瞪眼。赵志飞从此丢了工作,只好回家务农。

赵志飞在干爸的建筑公司干时,有一年休假回家,曾伤心地对赵志强说:"好弟弟,我是咱们家最吃亏的一个。等到我念书时,大说家里没人下苦,让我回家跟着他下苦。真后悔当时没坚持念书。结果机会到了眼前,却因没文化干不了。"

赵志飞前半生吃了没文化的苦,这后半生,终于得到了一个展示个人才能的机会,当选了村支书。人的品行还是要在体制内磨炼,要能经受住各种诱惑,才能成为一个优秀的人。

当村支书的这几年,赵志飞接触的乡镇干部多,眼界开阔了,思路也活了,在村里搞起了养殖业。他家的黄牛从一头变两头,两头变三头,现在已十多头了,成了村里的黄牛养殖大户。

二〇二〇年,赵志飞的小儿子顺利地考上了大学,他的生活更有奔头了。他还悟出人生哲理:"只要踏踏实实做事,吃苦耐劳,小日子就能过好。只有踏实做人,我不负人,人不负我,就能找回做人的尊严和自信。"

现在的赵志飞是村干部,家里的事他要带头处理好,所以要以身作则,树立威信,接母亲回家养老,也是他要办的事。

赵志龙是老大,他希望给几家人主事,在兄弟面前能说话算话,受到尊重。可他也是四兄弟里人生最坎坷、生活最难肠的。赵志龙年轻时也是一表人才,是好多姑娘心中的白马王子。赵志强记得小的时候,追大哥的姑娘每次来家里,都会给他一把糖。糖在那个年代是稀罕物,家庭条件不好的吃不起。

赵志龙胆子小，每次和姑娘约会，就让赵志强站岗放哨。如果父母来时，就让赵志强喊一声，他便赶快让姑娘走了。姑娘本来是想见赵志龙的父母公开这段恋情，可赵志龙怕父母责备他自由恋爱。他们两个的恋情一直是个秘密，父母不知道，最终通过媒人的介绍找了性格强势的黄淑贞，这下赵志龙更没了主见。

在成家之前，赵志龙已读到初中，学习成绩还行，考上中专当个老师不成问题，但终因政审过不去，放弃了中考。村里成分好的人家，即使没考上中专，读完初中，也能在村里小学当个民办老师，后来都转正了。赵志龙就没有这个好运，空有初中学历，也只好在家务农。

赵志龙想自信却自信不起来，想强势又强势不起来。他没有勇气找自己喜欢的姑娘，最终还是听从父母之命、媒妁之言，成家务农。妻子黄淑贞聪明强势会来事，拿捏住赵志龙性格中的弱点，把他管得死死的。自此赵志龙失了男人的雄风，家里的大小事都由着妻子做主。慢慢地，赵志龙的思想觉悟反而跟不上文化水平低的赵志飞，这也与接触的人脉圈子不一样有关。

对于母亲吴秀莲回家养老的事，赵志龙听了赵志飞的话后就有些打退堂鼓了："说起来还是你们的条件好些，这事你们定。"

赵志飞镇定地说："这不是谁条件好不好的事，我们要为老人着想。让妈选，妈选谁家，我们就依妈的意思。"

四兄弟来到吴秀莲跟前，问："妈，如果不去城里，你愿意到哪个儿子家生活？"吴秀莲怕伤了儿子们的心，想了想，说："你们四兄弟都大了，我不选，你们定。"

突然间讨论母亲回乡养老的事，赵志强觉得气氛有些沉重，忙说："哥，这事不急。今天高兴，先不说了。"

赵志飞坚定地说："这事我想了好长时间，既然说开了，就说清楚。"

赵志福想了想，说："我的居住条件好，妈要回来，就住我这儿。但妈毕竟年龄大了，需要一个人照看着，最好身边有人。"

赵志龙不敢应承，说："我是想要妈来，但妈住我家就受苦了，我当老大的应该管妈。但你们是知道的，我儿子不争气，生意没做成，欠了一屁股债，我还得给儿子挣钱还债。"

赵志飞说："我们几家的情况，大家都清楚。我家住处也宽敞，住我家是没问题的。妈住我家，我随时照看也方便。至于妈的零花钱啥的，你们几个有条件就担待些，没条件就算了。妈生病花大钱，大家出点力。小病花的钱，你们不用管，我掏。"

赵志强没说啥，想听听他们的意见再定。母亲的性格他最清楚，他成家后，和母亲一起生活了二十年。二十年里，婆媳关系总体上能过得去，但小事上还是磕磕绊绊。赵志强慢慢琢磨着，从最初不会协调母亲与妻子之间的关系，到最后能一碗水端平了。

赵志强认为肯定能协商出一个好的方案，让母亲安度晚年、四兄弟和睦相处。生活节奏快的时代，儿女很难常伴父母身边。作为儿女，最大的孝，不一定是要让父母吃多好、穿多好、玩多好，而是在现有条件下，尽量让他们生活得舒心快乐。

母亲的性格，年轻时没变，老了更不会变，安排不好，会造成几家人的矛盾。她是个娃娃脾气，做啥事由着性子，她想干的事就尽量让干，谁违逆她，她就跟谁急眼。儿子违逆她可以，儿媳不行。她一着急要么离家出走，要么打"110"叫警察来处理。赵志强以前不认为母亲任性、霸道，觉得她做啥事都是对的，婆媳吵嘴都是儿媳的问题。所以他曾多次站在母亲的立场上指责妻子："如果你对老人不好，我宁愿离婚。""如果我听你的话对老人不好，我就禽兽不如。""我作为儿子如果不要老人，老人无依无靠，无法生活，就等于我间接地杀了老人。""逼老人出走，歹毒就如刽子手，我绝不会和一个刽子手一样的女人过一生，和她生儿育女。"这些话显示了赵志强和妻子李洪霞能生活在一起的底线。赵志强坚定地认为，如果妻子爱他，就要无条件地接纳他的母亲，即使租房居住也一样。再者，兄弟分家时就说定了母亲要跟着他生活，这是他作为人子无法推卸的责任，也是他选择妻子的重要标准之一。女人贤惠比长相重要百倍，能福泽后代。所以他鄙视自视清高的女人，这样的女人不管多漂亮，他都不会高看一眼。

赵志强是四兄弟里个头最矮的，虽被高个子女人戏称为"三等残疾"，但他工作好、相貌端正，自信能找到愿意赡养母亲的好妻子。妻子李洪霞也明白，因而从不敢拿离婚闹事。赵志强采访中认识的一些优秀女性对他有好感的也不少，只是他为了家庭的幸福和谐，与这些女性保持着安全距离，这也是他作为男人应有的良知，不管多么欣赏异性，也不能为了满足自己的私欲而去触碰做人的底线。赵志强鄙视一些男人，结了婚还寻花问柳，更鄙视一些人利用手中的权力玩弄女性，没有做人的道德底线。人人以道德为准绳，克制个人欲望、贪念是和谐社会的基本要求。

所以赵志强绝不会纵容妻子对母亲不好，或者找个冠冕堂皇的理由不管母亲，他认为一个女人，不接受与婆婆一起生活，那她的内心是灰暗、自私和歹毒的，这样的女人不值得他珍爱。李洪霞知道赵志强做事果决，她爱他，也恨他，这个男人变了，不宠她和娇惯她了。要不是舍不得可爱的女儿，她早就离婚了。

赵志强知道受过教育的李洪霞能明白他说这些决绝的话的深意。作为人子，他绝不能学哥哥听从媳妇的意愿不要老人；作为妻子，如果不具备这样的素质，她就不值得被珍惜，也不值得与之相守一生。当然，他不单单对自己的母亲好，对李洪霞的父母也很好，一视同仁，有责任担当。

岁月是把利剑，砍掉了顽石的棱角。赵志强渐渐明白婆媳间的问题，不都是妻子的错，也有母亲的问题。当然这事还得由他出面，不能事事由着母亲的性子胡来。他先前一味地护着母亲，伤了妻子的心。有几年，他陷入夫妻生活枯燥乏味的痛苦深渊里，产生悲观厌世、遁入空门的想法，心情坏到极点，一度影响到了工作。

赵志强能公正客观地处理家事时，已年过三十五岁。用李洪霞的话说："赵志强的心就是一块石头，这么多年也该焐热了。"虽然是一份迟来的爱，但李洪霞终于等到了，仍觉得宝贵。赵志强终于活明白了，作为一家之主，母亲是生我的人，妻子是我同甘苦的人，女儿是我生的人，营造健康和谐的家庭氛围，是一家之主的责任，必须要有壮士断腕的决心，克制住自己不可言说的欲望，至少做一个自认为优秀的男人。良好的家庭环境能培养出优秀的孩子，夫妻交恶，大多会影响孩子的教育，所以他正视人生价值，正视孝老养亲，修补夫妻情感，化解两个人之间的隔阂与矛盾。

赵志强郑重地和母亲说："这个家不能没有你的儿媳，不管好坏你都得认她，你的孙女更不能没有妈妈，要不然你就是在毁掉你儿子的幸福。"

同样，他也对李洪霞说："母亲多不好，你我不能赶她走，因为我是儿子，你是儿媳，我们要有做人的良知，尽人子的责任。母亲如有问题，我做儿子的上，就是用刀剐我的肉，我也要让母亲明白自身的问题。"

同样是女人，母亲为什么会那样待儿媳，赵志强想了解她的内心想法，好找出病根对症下药，以缓解矛盾。

吴秀莲年轻时是村里数得上的漂亮女人，心灵手巧，茶饭也做得好，所以看儿媳不如她，便爱指点儿媳。

吴秀莲没上过学，却认得儿子的名字，并会写简单的汉字，但凡儿媳工作不顺，她就爱唠叨个没完："好好干工作，不会就学啊！哪个人的本事都是学来的。"吴秀莲越劝儿媳，儿媳越生气烦闷。她却不知工作不顺还有别的原因。

吴秀莲年轻时给村里妇女接过生，被乡卫生院指定为接生婆。所以她常说："我救过很多女人的命，生娃就如救命，有的娃娃头出不来，腿先出来，如果没有经验、没有技巧，女人会大出血死掉的。有的娃娃在肚子里就死了，要能识别出来，及时将死胎拉出来，不然会要了女人的命。生娃就是在鬼门关走一回。你大嫂、二嫂生娃就是我接生的。"

李洪霞生产时需要住院，赵志强当时在上班，吴秀莲还用农村的那一套跟李洪霞唠叨："生娃娃住啥院，我就会接生。"李洪霞就很恐惧和生气："现在啥年月了，城里能和农村一样？人人都住院生娃。你看你心多狠，非让我在家里生，想要我的命啊？"李洪霞因为这事一直记恨着婆婆，觉得婆婆思想顽固，不懂变通，性格强势。唉，人的感情是复杂微妙的，很难说得清。

吴秀莲跟小儿子进城后，觉得自己一身技能无用武之地，在小区里和别的妇女聊天，总说起自己的本事。一些妇女对吴秀莲会艾灸很感兴趣，便让她给自己艾灸。赵志强夫妇不让吴秀莲干这些，但她想不通，特别生气："你看别人家的女人对我多客气。就你们家的女人看不上我，我活得心烦的。"

赵志强、李洪霞一上班，吴秀莲就在家里雕玩具，弄得满地木头屑，爱干净的李洪霞很生气，说婆婆把屋子弄得太乱了，像个杂货市场。赵志强劝李洪霞："老人开心，就让她干去，免得吵架心烦。"

家庭矛盾很多时候是因为这些小事引起的，根本原因是两个人互相缺少包容心，谁也看不上谁，吴秀莲还想让儿子离婚。李洪霞觉得家里有个天天闹事的老人，一天安生日子过不了，还不如叫她回老家去。弟兄四个，老家三个儿媳，哪一家不能过，偏要待在她家，折磨她一人。

赵志强只能开导，让婆媳俩相互包容、相互理解，因两人的文化、生活习惯有差异，对问题理解不同，又都坚持己见，和平相处实在太难。老人自恃你是我养的儿，你能不管你妈？妻子自恃你是我男人，我是孩子妈，你能不要我？当火无法扑灭时，作为一家之主，赵志强就当着两个人的面扇自己耳光，以期唤醒她们失衡的心。渐渐地，她们明白谁也不能在家庭中占据主导地位，只能听赵志强的话，相互包容。赵志强才渐渐觉得家里多了温馨，体验到回家的幸福。

从这一系列痛苦的回忆中走出来，赵志强对母亲住到赵志飞家隐隐感到不安。他想：不能让二哥一家再经历一次他那样的痛苦，关键是二哥两口子可能会想不通，和母亲的关系走到了极端。赵志飞是村干部，要和村里人打交道，有时候男人出门打工了，就需要和女人家联系，村上一些爱捕风捉影的人，就搬弄是非，说给二嫂马思慧听，马思慧不明就里，一听就急，动不动和赵志飞吵得鸡犬不宁。即使他躲到别人家，想等马思慧气消了回来，但她仍不依不饶，认为他出去和别的女人鬼混了。她还发动在外工作的儿女批评赵志飞。有几次，赵志强还通过视频电话帮这两口子调解过家事。

赵志强劝二嫂："我二哥多大的年龄了，五十五岁了，身体没有那么好，精力也没有那么旺盛。现在有儿有女，他丢不起那人，他是不会干那种事的。当了村干部，就得和村民打交道，这是工作，没办法，你不要冤枉了二哥。"苦口婆心地一顿劝，这事总算消停下来了，但在二嫂马思慧心里就是一个定时炸弹，动不动就爆雷。马思慧自认为年龄大了，已失去美丽容颜，而赵志飞仍英武壮实，本来就特别在乎赵志飞的马思慧，现在更是胆战心惊，在她心里这就是天大的事。

马思慧就是这样的人，对男女之事过度敏感，甚至有些神经质，骂起男人来就如一台大功率的粉碎机。赵志飞用几十年时间练就超强免疫力，能忍受得住马思慧的情感折磨，忍气吞声，暂时维持了家庭和谐。

如果吴秀莲突然进入他们的生活，那就打破了这种平衡，就是新痛苦生活的开始。平凡生活的柴米油盐本就琐碎，夫妻间吵嘴是难免的。吴秀莲见不得儿媳骂儿子，一旦受不了，她会哭天喊地，呼爹喊娘。这让村里人听到看到，多半会骂赵志飞怎么忍心让一个八十多岁的老人这样伤心。这样一闹，婆媳就杠上了，那就彻底坏了赵志飞的名声。如果因此丢了村干部的工作，没了工资收入，等于毁了赵志飞一家的生活。老人是要儿女孝顺，但赵志强绝不能把老人送回家，毁了几个哥哥的生活。老话说得好："儿孝不算孝，儿媳孝才是真孝。"兄弟关系好不算好，妯娌关系好才算好。

如果母亲到大哥家生活，精于算计的大嫂可不会轻易付出和吃亏。她认为老人一直由赵志强赡养，那就是他要承担一生的事，与他们家是毫无关系的。但如果老人一个月有四五千元的生活费，那肯定好说，她还要给儿子扒钱呢。人的思想境界是分层次的，大嫂的境界，有可能已经定型了，一时改变不了。

老早就有闲话传到赵志强的耳朵里，说大嫂黄淑贞曾扬言，如果吴秀莲要想到他们家安度晚年，三兄弟必须每月按时按点给她汇来一笔养老费，老人养病的钱，也需在外面工作的人掏，还有一个条件就是赵志强和老人名下的所有土地、宅基地都必须归老大家。因为老大家儿子多，土地少，需要土地。赵志强知道，大哥家确实存在人多地少的问题，但儿子出门打工的几年，黄淑贞不愿种地，宁愿让田地荒着，也不让缺土地的赵志飞租种。如果黄淑贞能说话算数，赵志强和赵志飞、赵志福都认，就怕等一切都归了她，不出一个月就变卦了，又提出新的要求，没完没了。

之所以有这个担心，是因为赵志强工作后，大哥及侄儿都向他要过钱，不止一次，每次都不是为啥要紧的事。经历过几次后，他不厌其烦。反而是赵志飞、赵志福两家轻易不张口借钱，借了之后，手头一有钱就马上还了。另外大哥家还占了老房子，把院子当作羊圈，从老房子上拆下来的木头和老家具一道搬走当柴火烧了。赵志强曾郑重地提过自己名下的那块好地让赵志飞先种，黄淑贞充耳不闻，宁愿让荒着。弟兄们希望大哥家日子好过，但是他们即便多占多拿，还是没过好，真是人穷不可怕，心穷毁一生。

有一年，赵志飞嫁大女儿，赵志强和母亲跑了几百公里路回家吃席。刚到村里，黄淑贞热情地把母亲接到家里。赵志强想，第二天吃席，那就让母亲在大哥家住一晚。

第二天，赵志强去接母亲，母亲突然说她生病了，赵志强觉得奇怪，好好的怎么就病了？见黄淑贞要找人给母亲输液。赵志强说："妈，没啥大病就先去我二哥家吃席，今天我舅舅家来人，你在那儿给我二哥长个精神。"

母亲强硬地说不去。赵志强又劝，母亲就特别生气地拍打着炕沿："说了不去了，吵啥？我要吊瓶子呢。"赵志强看母亲很精神，没有生病的样子，也生气了："不去就算了，你老人家脾气古怪得没法说。也不知道我们跑这么远做什么来了。"

黄淑贞对赵志强说："你去跟你二哥说，妈身体不舒服，如果一定要去，那就让你二哥、二嫂亲自拉辆架子车来接妈。"

赵志强心想："这大嫂明显是借机欺负老二两口子，他俩哪有时间拉架子车来接人，母亲不知被大嫂灌了什么迷魂汤，连我的话都不听了。"

黄淑贞为了报复老二两口子，将一大家子人的脸一起打了。

典礼马上开始了，赵志强见接不走母亲，只好先到二哥家帮忙。赵志飞忙得手忙脚乱，问妈咋没上来？赵志强只好说："妈生病了，吊瓶子着呢，咱先过事情吧，不管了。"

舅舅家来了人，要见吴秀莲，一问吴秀莲不在赵志飞家，在老大赵志龙家，很不高兴，说："我们就是冲着老姑姑的面子来的，结果老姑姑不在，那这过的啥事？"于是舅舅家的一帮人，在赵志飞家吃完酒席，礼钱也没有上，就去了赵志龙家，扫了赵志飞的面子。

喜事过完，亲戚走后，母亲的病就好了，坐上赵志强的车回了城。二哥二嫂对母亲的怨气更加重了："到了家门口，连门都不进，让舅舅家人说我对老人不好，过喜事都不请进家门。"这就是大嫂黄淑贞利用母亲耍的阴招。

赵志强回想起过去的点点滴滴，综合分析认为最好是让母亲住在赵志福家，日常生活主要由赵志飞两口子照看，尽量避免与大嫂黄淑贞扯上关系，减少些矛盾，或许可以和平相处。赵志强心里盘算好了，看哪个哥哥的提议符合这一标准，就遂了他的意，把母亲留下养老。

赵志强说："二哥，你的提议很好，但妈在你家短时间住还行，时间长了就不好说了。妈的脾气你是不知道。"

赵志福说："要不然让妈住我这儿，这里家具都全，尤其是网络好，妈爱看快手、抖音，也方便。妈能自己做着吃，我们把菜和面都备好就行了。这平时照顾妈的事，就托付给二哥和二嫂，有空时做些饭带过来让妈吃。没空时，由着妈自己做着吃。"

赵志强说："妈倒喜欢自己做着吃，想吃啥就做啥，但不习惯按时按点吃。二哥把妈吃的米面和菜给及时补上，隔一段时间给妈洗换洗换衣裳。妈零花的钱，我和三哥每月给些。当然大哥家离得最近，有空时，也抽空来看看妈。"

赵志福说："这样也行，如果妈做不动饭了，我们再想办法，看谁伺候到时再商量。"赵志强想："先由着妈的性子，真的动弹不了了，再让二哥接走，妈也就不闹腾了。"

赵志龙不满地说："哎，你们三个把话都说完了，我还能说啥？但这样安排相当于让妈一个人单过，叫村里人咋说我们弟兄？儿子这么多，这是个啥安排法嘛！我说让妈住我家。"赵志强也想过让大哥照顾母亲，但心里不放心，就说你们都和母亲相处着看。

见三兄弟同意母亲住老三家，赵志龙很生气，但他生气也不顶事，只好边走边看。

这次回来，赵志强看家乡变化很大，现在的陇川村是个旅游村，环境优美，条件优越，很适合老年人养老，也方便三个哥哥尽孝。再者三个哥哥家和以前相比，发生了巨变，尤其是赵志福家，已今非昔比。赵志飞又是村支书，责任心强，能随时照顾到母亲。

另外，赵志福家安装了远程监控，母亲的行动、说话声，大家在手机上都能实时看到，有啥事可及时提醒二哥赵志飞。如果大哥大嫂真有孝心，愿意照顾母亲，且母亲也愿意去，那当然最好。

吴秀莲回村养老的事就这么定下来了，看到三个哥哥家的条件都好了，也知道尽孝道，这是一件非常开心的事。四个兄弟又聊了一会儿天，赵志强急着要上县城，赵志福开车送他。

路上，赵志福说："妈的事有我呢。虽然我平时多在县城，但离老家也很近，高速开车二十多分钟就到家了，有啥事能随时回去。再者，大哥、二哥都在妈的身边,你不用担心,好好干你的工作。老家兄弟多,比你一个人在妈的身边照顾要好得多。家里有监控,你也随时能看得到。"

赵志强说:"三哥的安排,我放心着呢,有事及时沟通。妈的脾气我最清楚,有不好处理的事给我打电话,我开导妈。妈在老家,以后我回家的次数就多了,我们四兄弟还能常聚聚。"

赵志福说:"你说得对。我们四兄弟要常聚,多走动才能亲近。不管有啥矛盾,紧要处还是要互相帮助。"

回县城后,兄弟各忙各的。

第二天,在陇吉县召开了"看山乡巨变 促乡村振兴"文学采风启动大会。市县领导在会上进行全面介绍,让来自全国各地的第一批三十多位作家对市情、县情、产业都有了一个全面了解,随后采访团重点深入陇吉县四镇十五乡开展文学采风活动。

从县城出来的路上,漫山遍野新生的人工林,让山川披翠,空气清新,生态环境大大好转,雨水增多。尤其是山顶有了成片林子,林下还有了各种野生动物,如狐狸、兔子、野猪等,一个微型的次生林生态环保产业链业已形成,成为陇山地区原始森林生态系统的组成部分,每年的绿化面积在不断扩大,反哺着人们的生活。

昔日的黄土山,山顶很难栽活树,除了一些茅草,一年四季如秃子的头。老人常说:"我们这里山大沟深,一山望着一山高,不知苦日子何时是个头。真的是看着这荒山凄凉得很,生活枯焦得没法说。没想到几辈子人都改变不了的事,现在说变就变了。国家力量太强大了。"

在赵志强的记忆中,三四十年前山坡陡得很,只适合啃草芽的羊群攀爬。那时,羊能吃的草也很少。夏天,人们用铲子把大一点的草胡子铲出来,拍掉上面的土,用背篓背回家,放在太阳下晒干,做饭时当煮饭的柴火烧。人们往往如比赛一般地铲,生怕被别人多抢了去,草皮一铲一大片。被放羊娃和村里人铲光草胡子的山坡露出干净的黄土,太阳把黄土中仅有的水分蒸发掉,就变成干黄土,起风后便刮起漫天黄土,天灰蒙蒙一片。

秋天,山坡上仅剩的一些枯草茎叶,人们用棍子扫倒再用席芨草扫把把枯草叶茎扫成堆,用筐子装起来运回家,到冬天烧土炕用,当时人们称之"扫茅衣"。

冬天,人们往炕上放着的铁盆子里倒些土,用砖块支起一个风干的黄泥拌麦草泥圈圈当炉子用,一面烤火,一面熬罐罐茶喝。山上的树被人砍了当冬天烧火取暖的木材用。长此以往,山渐渐地秃了,树也少了。家里的房顶和土窑顶都被烟熏得如锅底一样黑。后来,生活条件好点儿了,市场上就有卖生铁炉的了。冬天采暖,有钱人家开始烧炭了,木材只用来引火,树相对砍得少了。烧铁炉子后,家里再不会被烟熏黑了。条件好的人家开始翻盖新房子,又大量砍树。此后屋顶能看到木头的本色,再不是一律黑了,还有人家流行吊顶,花花绿绿的非常好看。

现在,家家盖起了一砖到顶的新房子,有的人家还盖起了小别墅。冬天取暖,大部分人家用起了新型供暖设备——太阳能空气能热水泵,如城市里的地暖一样。只有一部分人家才用小锅炉取暖。尤其是整村推进后,农家小院更是特别吸引人,大都用上了各种新型清洁能源,摆脱了人们对自然生态环境的依赖和破坏,使生态环境得到保护与恢复,最终回馈人们的生活,形成良性发展。

采风第一站是陇堡乡龙湖村。赵志强特别兴奋,这里是他上初中的地方,三年中学生活,让他对这里的环境特别熟悉。

车行驶在宽阔的柏油公路上,直通龙湖村,迎面可见一个高大的牌楼,上书"龙湖村"三个鎏金大字。过牌楼后,道路就掩映在树林中。

高大的柳树如一把大伞，树下放着一排休闲木椅。有几个老大爷在树下乘凉、打扑克、下象棋、听戏曲，还有几个老太太在刷抖音、快手，或做手工活。

不远处，有几个年轻妇女在树下进行手机直播，听村里人介绍，村里的网红年收入可达五十万元，他们翻盖了新房，开的都是几十万元的车。再往里走，就看到如古寨一样的木栅栏大门。进村之后，路两边是一排排新建的整齐的农家院落。院子里种着各色的花和小菜，或各类果树。

一院一特色，十院十个景。每家院子宽大整齐，房子是砖木结构，带着廊檐。夜宿农家院落，干净舒服，有自来水、网络、冲水马桶，和城里没有多大差别。庄院里外除了花园、果园，再很少看到土，都用各类艺术造型的砖砌护起来，到处有供人休息的座椅。

从山脚下的农家小院一直走到山顶的观景台，都是宽敞的乡村大道，能并排走两辆汽车。上到山顶，看到偌大一座古堡，让人浮想联翩。

龙湖村古堡建成了民俗博物馆，收藏着几十年前农村的各种生活用具，如照明用的油灯，生火用的火钩、火钳，鼓风用的风匣、皮囊，古法榨油的油房，磨面的石磨，碾米的石碾，碾场的碌碡，还有长条木凳、太师椅、小板凳、方桌、条桌、八仙桌、炕柜、木箱、木柜、独轮车、架子车、牛车等。看着一件件古物，恍若隔世，形成新旧生活的鲜明对照，在场的人无不为乡村的变化而惊叹！

赵志强对农村的"五通七有"工作特别熟悉，"五通"，就是通公路、自来水、工业用电、通信网络、电视；"七有"，就是有村委发挥作用，农民有稳定收入，村集体有产业收入，有公用的办公场所，有幼儿园和小学，有村民的体育活动中心，有取药看病的卫生室。

"五通七有"只是农村最基本的生活要求，真正的目的是全面实现农业农村现代化。乡村旅游只是村容村貌建设的一部分，发展特色经济、特色产业，是未来农村开发的重点。土地流转、温棚种植、冷凉蔬菜基地、万亩高标准梯田，只是乡村振兴的初级阶段。

采风第二站来到陇吉县西芨滩乡。西芨滩乡原先是贫困乡，这里山大沟深，田地稀缺。一九六四年"农业学大寨"时，全县人民支援西芨滩建设，父亲赵万里和村里的壮劳力自带干粮，驻点劳动，平梯田、打水坝、修路。五十九年过去了，西芨滩的眉毛小梯田变成高标准的机耕梯田，秃头的山顶长满树木。

为了今昔对照和参观这一发展壮举，西芨滩乡在最高的山梁上建了一个观景台。鸟瞰西芨滩，群山汇聚，蓝天如海，白云如纱，树木葱郁，梯田如带，呈现如诗如画的壮美山河，不再是昔日满目荒凉、黄尘遮天的穷乡僻壤。

陪同人员说，大家看到的这些农作物长势良好的田地，就是在国家扶持下，西芨滩乡开发出来的万亩高标准梯田。黄河水正在引进中，过两年黄河水滴灌上山，从此摆脱靠天吃饭的局限，可以实现农民丰产自足和全乡粮食产业化。

随后，他们又来到西芨滩乡的几个特色产业基地。大岔庙湾千亩冷凉蔬菜种植基地建在高山梁顶上，新修的山路还没有硬化，陡峭难行，赵志强和其他地方来的作家开车上山，吓得腿肚子都抖，到了山顶基地停好车，心情总算平复。高山远望，眼界开阔，心情舒畅。基地种植的西红柿、小尖椒、地瓜等经济作物长势喜人，问起工作人员，说山下二口湖的水引上了山，实现了滴灌。

赵志强问："经济作物季节性特别强，市场销路是怎么搞的？"工作人员介绍说："主要是订单式生产，保证了销路。旱田滴灌作业比以前靠天吃饭时增收两三倍。"看来，引黄滴灌工程是一项富民大工程。

紧接着，他们来到山对面的大棚种植区，看到棚里错季生长的黄瓜、西红柿、辣子长势良好，工作人员说可以自己采摘食用。一帮子作家没了城里人的矜持，摘了些鲜嫩黄瓜、西红柿，用餐巾纸一擦就往嘴里送，吃得口舌生津，乐得笑逐颜开。

一天的采风即将结束，陇吉县领导介绍这几个基地的负责人和产业带头人给大家认识，这时赵志福在团队成员的簇拥下出现，彬彬有礼地同大家一一握手。赵志福、赵志强两兄弟相视而笑，紧紧握手。

二〇二三年，陇吉县的高标准梯田全面实现农业机械化耕种，一部分梯田已实现引水上山，滴灌种植，逐渐摆脱靠天吃饭的自然劣势。温棚种植、小杂粮种植、冷凉蔬菜种植、黄牛养殖已成为农民增收的主要渠道。部分乡村发展没有这样好，仍在建设中。相信未来几年，乡村还会有意想不到的大发展。如果和几十年前相比，真的是天壤之别，可谓山乡巨变。陇山地区再不是年轻人想方设法逃离的穷窝窝，而是学有所成回乡筑梦的好地方，这里的贫穷落后被新时代封印在故纸堆中了。

为了赞颂家乡人民的不屈奋斗精神和国家乡村振兴的好政策，赵志强激情满怀地写下一首《高粱火炬》：

> 我从泥土的壳壳里孕育，诞生，成长
> 顶破被雨水浇灌后变得有些生硬的土地
> 来到这个世上
> 看着一望无垠的山川
> 呼吸着来到这个世上的第一口新鲜空气
> 吞吐着绿色的希望

向天的方向疯狂生长

蓝天似乎高不可攀，又似乎近在眼前

好像够得着，又够不着

总是那么高远

高粱总努力地向上，想攀着天

一节又一节，记录着它的年轮

风雨的洗礼

成长的生活阶梯

高粱还是扛不住岁月和季节的催促

涨红着脸

把头早早地伸出

如火一样擎着

似那飘扬的五星红旗

高粱说：我生来为了什么？

是粮食又并非粮食

农人并不想用我做可口的饭食

而我却为了那些活蹦乱跳的生灵献出我宝贵的躯体

如燃烧的火炬

　　赵志强和赵志福坐在山梁上，望着老房子的方向，思绪万千：先祖们在这片土地上留下的光辉故事，是不是世人可用的精神财富？千百年来，人们口口相传，顶礼膜拜的又是什么呢？是不是大仁大爱、天下为公？

　　人祖女娲以身化育万物，订婚配，斗自然，使百姓丰衣足食，乐而笙簧。

人皇伏羲昼夜观天象，定四时，演八卦，刻文符，制婚礼，育牲以自食，养蚕以制衣，冶金以炼器，盖房以演舞，兴龙师，治九部。

炎帝九代，赓续接力，制耒耜，创农耕，植五谷，善饮食，种麻为衣，尝百草，治万民，开陶制器，冶金炼斧，午市交易，择地建屋而居，做琴瑟娱乐，以火德王天下，后与黄帝融合，力战蚩尤，三祖共融，成为华夏民族。

黄帝之臣扎根陇山，诸侯国几代城主励精图治，以仁德感召八百诸侯会盟，在牧野开战，伐商兴周，建立奴隶制大一统王朝，以礼乐治国八百载。

春秋五霸兴，战国七雄乱，贪嗔痴起礼乐崩坏，战乱频繁，人心思统。陇山周王属国秦君，看天下诸侯占地攻伐苦民，遂有安民之志，树一统大旗，励精图治，一代君王嬴政，文治武功，横扫六合，开启封建王朝大一统帝制，兴郡县，统文字、度量衡等，称始皇帝，开封建帝王基业。

陇山杨氏兴隋，陇地诞生新贵八大柱国十二大将，出则为将入则为相，杨氏两代皇帝，兴民利、凿大运河，创三省六部制，建科举，功绩卓然。

隋灭唐兴三百年，陇地李氏，依托关陇军事集团，建立大唐王朝，关陇士族成为新宠，李家帝王威德加四海，开盛世帝国，兴丝绸之路，使唐朝商人遍布天下。

后关陇贵族和士族衰落，东南贵族和士族兴起，陇山由关陇京畿重地，成为萧关故地、九边重镇，拥陇山可得陇望蜀，兵指长安、洛阳，直下江南，被兵家评为：峰高太华三千丈，险阻秦关百二重。陇山地区成为游牧民族与农耕民族争夺重地，战火焚烧了一千多年。六盘山、关山等支脉的原始森林遭到大量砍伐，高原湿地功能渐渐弱化，生态大面积破坏，直到民国年间，陇山地区成为"苦瘠甲于天下"之地。

新中国成立后，"三北"防护林工程启动，陇山地区生态得到不断恢复，终于旧貌换新颜，成为新时代的农文旅度假、休闲、避暑胜地，再现西北云蒸霞蔚风光。

赵氏一族在陇山塬繁衍六百余年，开枝散叶，形成一个庞大的家族，拥有众多分枝，因子孙后代际遇不同，形成一定的文化差异，这实属正常。正如赵氏族谱所载，一祖之后应互帮互助、和睦互敬，才能立于不败之地。

赵志强和赵志福从山梁上缓缓站起，目光穿过岁月的长廊，落在这片焕发生机的陇山大地上，心中明了：先祖们在这片土地上镌刻下的，不仅仅是光辉的故事，更是世代相传、永不褪色的精神财富。那大仁大爱、天下为公的信念，如同陇山之巅永不熄灭的灯火，照亮赵氏族人前行的道路，也指引着每一个中华儿女的心灵归途。